心之罪 克莉絲蒂一生非寫不可的六個愛的故事 5

Agatha Christie

撒旦的情歌

Giant's Bread

阿嘉莎·克莉絲蒂 著　吳妍儀 譯

遠流出版公司

名家如獲至寶推薦（依姓名筆畫排序）

吳念真 知名導演、作家

須文蔚 國立東華大學華文文學系教授

詹宏志 PChome Online 董事長

楊　照 知名作家／評論家／新匯流基金會董事長

鍾文音 知名作家

| 目錄 |

特別收錄

名家推薦

（依姓名筆畫排序）

這不是導讀，也不是序，只是一點點閱讀的感觸

——吳念真 知名導演、作家

阿嘉莎．克莉絲蒂的書迷遍及兩、三代數億的人口，而我承認自己只是其中極其平庸的一個。

平庸的證據之一是，每回出國前都不會忘記在隨身行李中塞進一、兩本她的書，但總要在飛機上或旅館中看完幾頁之後才猛然發現：搞什麼，這一本不是多年前就早已看過？

是，依稀看過，但結果是一路讀下來卻依舊樂趣無窮。內容大部分已然遺忘的，讀起來彷彿又是一本新書，內容記得的，則在翻閱書頁的過程中伴隨著起伏的記憶，總會難以避免地想起第一次讀到這個故事時的過往時日，以及當時的點點滴滴，一如一首老歌在耳邊輕輕響起。

時光飛逝，眨眼間遠流出版公司推出克莉絲蒂的推理全集至今已將近十年，且不說在這之前已陸續讀過這位「謀殺天后」的人，即便對當時才開始接觸克莉絲蒂的讀者來說，想必也無法否認那一個一個的故事也

已經都是老歌一首了。

記得推理全集出版的當年許多人都撰文推薦，包括金庸先生。他說：「閱讀她的小說，在謎底沒有揭露前，我會與作者鬥智，這種過程令人非常享受。」這是高手之言。然而對一個單純的讀者來說，詹宏志先生說得準確，令人會心，他說：「整個世界對聽這些故事如此熱情，他們捨不得睡覺，每天問後來還有嗎？還有嗎？永遠不肯離去。」

克莉絲蒂……還有嗎？你是否也曾這樣問過，一如全世界不同世代的許多讀者？

正如金庸先生曾說過的，克莉絲蒂的「佈局巧妙，使人完全意想不到！」她果然還有。

我們無法想像一九三〇年代當阿嘉莎．克莉絲蒂以一系列的推理小說開始扮演類似「《天方夜譚》故事中每天說故事說個不停的王妃薛斐拉柴德」（詹宏志先生的形容）這個角色的同時，還以「瑪麗．魏斯麥珂特」為名在二十幾年中寫下【心之罪】這六部風格完全迥異的小說，並且隱瞞作者真實的身分長達十五年之久。

或許大家都熟悉某些對跨界作家的描述，比如「左手寫小說，右手寫散文」或者「右手寫評論，左手寫詩」，但請原諒，我實在無法對阿嘉莎．克莉絲蒂和瑪麗．魏斯麥珂特這樣的「分身創作」給予一個準確的形容。

總要在讀完瑪麗．魏斯麥珂特這六部小說之後，才約略可以想像：啊，如果阿嘉莎．克莉絲蒂是幕前亮麗的角色，那麼瑪麗．魏斯麥珂特彷彿才是落幕之後她真實的自己。

如果前者是以無比的才華用一個一個精彩的故事取悅自己、迷醉讀者的話，後者則是在離開掌聲和絢爛的燈光之後，冷靜而誠實地挖掘自己內心深處所累積的種種疑惑和祕密，以另一種形式故事跟讀者交心。

這些小說裡不但真實地呈現阿嘉莎．克莉絲蒂童年的記憶以及一次世界大戰中她個人的經歷，甚至自己不圓滿的婚姻以及對家庭、情感的質疑，都能在其中找到蛛絲馬跡。

❖

寫作最難的不是無中生有的虛構，而是最直接的自剖。

自剖對創作者來說有一首歌的歌名正是準確無比的形容：痛並快樂著。

一九四四年克莉絲蒂以瑪麗．魏斯麥珂特的筆名出版了《幸福假面》。

她在自傳中是這樣描述這本書的：「……我寫了一部令自己完全滿意的書（請注意『自己』這兩個字）……這本書我寫了整整三天……一氣呵成……我從未如此拚命過……我一個字都不想改，雖然我並不清楚書到底如何，但它卻字字誠懇，無一虛言，這是身為作者的至樂。」

看到這樣的描述當下熱淚盈眶，相較於她或許沒有資格定位自己為寫作者，但在某些文字形成的時刻裡，這樣的感覺……我完全都懂。

❖

你將讀到的是瑪麗．魏斯麥珂特——那個真實的阿嘉莎．克莉絲蒂——推心置腹的六部小說。

讀完之後也許你還是會問：還有嗎？

我似乎只能這樣回答你了：虛構可以無窮，真實的人生卻唯獨一回。

「心理驚悚劇」的巨大實驗

——詹宏志　PChome Online董事長

人生的彼此傷害並不限於掠奪與謀殺；人際間的誤解、嫉妒、傲慢、背叛、猜忌，甚至是個人野心或感情的挫折與心碎，也都足以構成暴烈的衝突。

英國「謀殺天后」阿嘉莎．克莉絲蒂當然是編構謀殺情節的高手，但她人情練達，洞悉世情，早就看出人心險峻不限於謀殺，光是家庭裡、情人間的心底波瀾就足以讓任何一個故事驚心動魄，讓你像讀謀殺故事一樣屏息以待，心情跟著七上八下。她在生前曾經以化名瑪麗．魏斯麥珂特寫出這系列堪稱「心理驚悚劇」的巨大實驗，如今這些書回歸阿嘉莎名下，重新出版，不讀它無法全面了解謀殺天后的全貌。

名家導讀
（依姓名筆畫排序）

比克莉絲蒂更貼近克莉絲蒂

——楊照 知名作家／評論家／新匯流基金會董事長

我們所熟悉的推理小說家阿嘉莎．克莉絲蒂曾經藏身在另外一個身分裡，寫了六部很不一樣的小說。

一九三〇年，出版克莉絲蒂推理小說的英國出版社，出版了一本名叫 *Giant's Bread* 的書（中譯《撒旦的情歌》），作者是 Mary Westmacott（瑪麗．魏斯麥珂特）。之後在一九三四年、一九四四年和一九四七年，這位魏斯麥珂特女士又出版了另外三本小說。再過兩年，一九四九年，一篇刊登在《泰晤士報》週日版的專欄公開宣告：瑪麗．魏斯麥珂特其實就是克莉絲蒂。克莉絲蒂沒有出面否認這項消息，也就等於承認了。之後，即使大家都已經知道魏斯麥珂特就是克莉絲蒂了，還是有兩本書以這個名字出版，一本在一九五二年，另一本在一九五六年。

為什麼克莉絲蒂要換另外 個名字寫小說？為什麼隱藏真實身分的用意破功了，她還是繼續以魏斯麥珂特的名字寫小說？最簡單的答案是：因為她要寫很不一樣的小說，所以要用不一樣的名字。藏在這個簡單答案底下有稍微複雜些的條件：

第一、因為克莉絲蒂寫的小說風格太鮮明也太成功，儘管到一九三〇年，她不過才累積了十年的小說資歷，卻已經吸引了許多忠實的讀者，在他們心目中，克莉絲蒂的名字就是精彩推理閱讀經驗的保障，克莉絲蒂和出版社都很了解這種狀況，他們不願意、不能冒險——如果讀者衝著克莉絲蒂的名字買了書，回家一看，從第一頁看到最後一頁，卻完全沒看到期待中的任何推理情節，他們將會如何反應？

第二、克莉絲蒂的創作力與創作衝動實在太旺盛了。十年之間，她寫了超過十本推理小說，平均每年至少一本；推理小說不比其他小說，需要有縝密的構思、規劃，照理講是很累人的。但這樣的進度卻沒有累倒克莉絲蒂，她還有餘力想要寫更多的小說，寫不一樣的小說。

如此旺盛的創作力與創作衝動從何而來？或許我們能夠在魏斯麥珂特寫的小說中得到些線索。

❖

第一本以魏斯麥珂特名字發表的小說是《撒旦的情歌》。小說中的男主角在備受保護的環境中長大，自然地抱持著一種天真的人生態度。不過，接踵而來的大事：戰爭與婚姻，讓他迷惑失落了。和他那一代的其他歐洲青年一樣，他們原本對戰爭抱持著一種模糊而浪漫的想像，認為戰爭是打破時代停滯、提供英雄主義表現的舞台。但真實的戰爭，卻是無窮無盡不斷反覆、可怕殘酷的殺戮。

同樣地，真實的婚姻也和他的想像天差地別。婚姻本身無法創造和另一個人之間的親密關係，反而在日日相處中更突出了難以忍受、難以否認的疏離。

儘管他幸運地躲過了戰場上的致命傷害，可是家中卻接到了誤傳的他的死訊。他太太以為他死了，很快就改嫁。在憂鬱迷惑中，他遭遇了一場嚴重車禍，短時間內遺忘了自己究竟是誰。在失去身分的情況下度過一段時間後，他恢復了記憶，記起自己所有的不快樂，於是他決定乾脆放棄原本的人生，和過去切斷了關係，給自己一個新的名字，一份新的職業，變成了一個音樂家。

可以跟大家保證，整部小說裡沒有一點推理的成分。但如果我們對照這段時期中克莉絲蒂自身的遭遇，卻可以很有把握地推理出她寫這部小說的動機。

一九三〇年克莉絲蒂再婚，嫁給了在中東沙漠裡認識的考古探險家。邁向第二次婚姻的過程，想必給了克莉絲蒂足夠勇氣來面對自己失敗的第一次婚姻。她的第一次婚姻是在一九二六年，她三十六歲那年瓦解的。那一年，她母親去世，她必須去處理後事，並整理母親的遺物，她的丈夫卻無論如何不願意陪她同去。她的丈夫曾經參加過第一次世界大戰，是英國皇家空軍的飛行員。丈夫表示：戰場上的恐怖經歷，使得他徹底失去面對死亡傷痛的能力，他就是沒辦法跟她一起去。克莉絲蒂強撐著，孤單地回到童年的房子裡，孤單地忍受了房子裡再也不會有媽媽在的空洞與冷清。

然而，等到她從家鄉回來，等著她的卻是丈夫的表白：他愛上了別的女人，一定要和克莉絲蒂離婚。連番受挫的克莉絲蒂失蹤了十一天，被找到後她說她失去了記憶，忘記了自己是誰。她投宿飯店時，在登記簿上寫的，果然不是自己的名字，而是她丈夫情婦的名字。

兩相對照，很明白吧！克莉絲蒂用小說的形式整理了自己的傷痛、婚姻的疏離與突然的離棄，另外她也明確給了自己一條生命的出路：換一個身分——當然不是換成丈夫愛上的情婦，而是換成一個創作者，創作出自己可以賴以寄託的作品來。

這樣高度自傳性的內容，無法寫成克莉絲蒂最拿手的推理小說．或者該說，如果添加了推理元素來寫成小說，那就無法保留具體經驗的切身性，為了這切身的感觸，克莉絲蒂非得把這些內容寫下來，即使必須另外換一個筆名，都非寫不可。

❖

以魏斯麥珂特名字發表的第二本小說，是《未完成的肖像》，裡面有著同樣濃厚、甚至更加濃厚的自傳意味，就連克莉絲蒂的第二任丈夫都提醒我們：閱讀這部小說，對我們了解克莉絲蒂會有很大的幫助。小說主角希莉亞內向、愛幻想而且性格依賴，和《撒旦的情歌》裡的男主角同樣在封閉、受保護的環境中長大。然後她長大、結婚、有了一個孩子、開始寫作，接著承受了巨大的心理創傷。小說裡的細節和克莉絲蒂自己的生平有些出入，但小說中描寫的感受與領會，卻比克莉絲蒂在《克莉絲蒂自傳》中所寫的，更立體、更鮮明也更確切。

還有一本魏斯麥珂特小說，應該也反映了克莉絲蒂的真實感情，那是《幸福假面》，一個中年女性被困在沙漠中，突然覺察到她的人生，她和自己、她和家人、她和世界的關係，豈不也受困了嗎？她不得不懷疑起丈夫、孩子究竟是如何看待她的，更重要的，她究竟如何看待自己，自己的生活又是什麼？

❖

這些小說，內在都藏了克莉絲蒂深厚的感情，在這裡我們看到的，不是推理小說中的那個聰明狡獪、能夠設計出種種巧計的克莉絲蒂，而是一個真實在人間行走、觀察、受挫、痛苦並且自我克服的克莉絲蒂。

弔詭地，叫做魏斯麥珂特的作者，比叫做克莉絲蒂的作者更接近真實的克莉絲蒂。換個方式說，寫推理小說時克莉絲蒂是個寫作者，設計並描寫其實並不存在的犯罪與推理情景，只有化身做魏斯麥珂特，她才碰觸自我——藏在小說後面探測並揭露自我的實況。

推理之外的六把情火，照向浮世男女

——鍾文音 知名作家

克莉絲蒂一生締造許多後人難以超越的「克莉絲蒂門檻」。八十六歲的長壽，加上勤寫不輟，一生發行了超過八十本小說與劇本。且由於多數作品圍繞著兩大人物，以至於克莉絲蒂的名字常與其筆下的「名偵探白羅」與「瑪波」掛在一起，猶如納博科夫創造「羅莉塔」，最後筆下的人物超越了作者盛名，轉為流行語與代名詞。其作品《東方快車謀殺案》、《尼羅河謀殺案》、《捕鼠器》也因改編成影視與舞台劇，與作者同享盛名。

總之「阿嘉莎．克莉絲蒂」等同是推理小說的代名詞，那麼「瑪麗．魏斯麥珂特」呢？她是誰？她是克莉絲蒂的另一個分身，另一道黯影，另一顆心，另一枝筆。

曾經克莉絲蒂想要從自我的繭掙脫而出，但掙脫過程中，她必須先和另一個寫推理的自我切割，好得以完成蛻變與進化；因而她用「瑪麗．魏斯麥珂特」這個筆名寫出推理之外的人生與愛情世界。妙的是，她寫的愛情小說卻也帶著推理邏輯，一個環套著另一個環，將人性的峰迴路轉不斷地如絲線般拉出，人物出場與事件的鋪陳往往在關鍵時刻留予讀者意想不到的結局，或者揭櫫了愛情的真相。把愛情寫得像推理劇，把推理劇寫得像愛情，箇中錯綜複雜、細節幽微往往是克莉絲蒂最擅長的筆功。

這六本愛情小說，克莉絲蒂，這位謀殺天后企圖謀殺的是什麼？愛情是一場又一場不見血的謀殺，愛情往往是殺死人心的最大元凶，愛情是生命風景裡最大的風暴，也是在際遇裡興風作浪的源頭。時間謀殺愛情，際遇謀殺愛情，悲愴謀殺愛情，失憶謀殺愛情……克莉絲蒂謀殺的是自己的心頭黯影，為的是揭開她真正的人生故事。

為何克莉絲蒂要用筆名寫出另一個「我」？從而寫出《未完成的肖像》、《愛的重量》、《幸福假面》、《母親的女兒》、《撒旦的情歌》、《玫瑰與紫杉》等六本環繞「情」的小說？光從書名就知道，書中情節洋溢著愛情的色彩與人生苦楚的存在探勘。處女座的她對寫作一絲不苟，有著嚴格認真的態度，同時這種秩序與理性也表現在語言的簡潔與簡約，不炫技的語言往往能夠很快進入敘事核心（此也是其能大眾化之故）。

❖

我們回到克莉絲蒂寫這六本小說的處境與年代或許會更靠近她，這些小說陸續發表於一九三〇至五六年間，這幾年前後，她經歷第二次世界大戰與自己的人生戰爭：喪母之慟、失憶事件、離婚之悲……接著是再婚，人生和其筆下的故事一樣高潮迭起。其中被視為克莉絲蒂半自傳小說的《未完成的肖像》，描述「希莉亞」為人妻與人母的心理恐懼黯影，有如女作家的真實再現，「她留下了她的故事以及她的恐懼——給我……我不知道她去了哪裡，甚至不知道她的姓名。」讀畢似曾相識卻又陷入迷惘的想不起來之感。

這六本小說的寫作結構雖具有克莉絲蒂的推理劇場元素，但其寫作語言卻回歸愛情的浪漫本身，詩語與意象的絕妙運用，出現在小說的開始與情節轉折處。可以讀出克莉絲蒂試圖想要擺脫只寫推理的局限，她費盡多年用另一枝筆想要擺脫廣大的閱讀群眾（金氏世界紀錄寫克莉絲蒂是人類史上最暢銷的作家）。至於寫得成不成功，我以為是另一件事，重點是她竟能用另一個筆名（另一種眼光）在當時揚起一場又一場愛情書寫的生命大風。

故這套書系用的雖是筆名，可堪玩味的是故事文本指向的卻是真正的克莉絲蒂。誠如在《母親的女兒》裡她寫出了雙重雙身的隱喻：「莎拉過著一種生活。而她，安妮過著另一種生活，屬於自己的生活。」

克莉絲蒂擅長描繪與解剖關係，在《愛的重量》裡寫出驚人的姊妹生死攸關之奇異情境，姊與妹彼此既是罪惡的負擔，也是喜悅的負擔，最後妹妹為姊姊的罪行付出了代價。在《母親的女兒》裡處理母女關係——母親因為女兒放棄了愛，但也開始憎恨女兒的奧妙心理。克莉絲蒂往往在故事底下埋藏著她的思維，各種關係的拆解與重組，夫妻、母女、姊妹、我……之心理描摹，絲絲入扣至引人深省。心之罪就像是「七宗罪」，藉此探討了占有、嫉妒、愛的本質、關係的質疑、際遇的無常性、不平等的處境、自我觀照、個體與他人……六本愛情小說也可說是六本精神分析小說。在克莉絲蒂寫實功力深厚的基礎下，步步布局，故有了和一般愛情浪漫小說不同的文本，不到最後關頭，不知愛情鹿死誰手，不知故事最後要謀殺分解愛情的哪一塊，貪嗔痴慢疑皆備。

克莉絲蒂筆下的愛情帶有自《簡愛》時代以來的女性浪漫與女子想要掙脫傳統以成為自我的敘事特質，但克莉絲蒂也許因為經歷外在世界的戰爭與自我人生的殘酷撕裂，故其愛情書讀來有時具有張愛玲的惘惘威脅之感，尤其是《未完成的肖像》裡的希莉亞，逐步帶引讀者走向無光之所在，乍然下恍如是曹七巧的幽魂再現。

❖

「要做個藝術家，就得要能不理全世界才行——要是很自覺別人在聽著你演奏，那就一定要把這當成是種刺激的動力。」《未完成的肖像》裡鋼琴老師對希莉亞的母親說的這麼一段話，是我認為克莉絲蒂的「內我」對藝術的宣告。作為一個大眾類型小說的作者，要「不理全世界」、要擺脫「別人」，這簡直是難上加難，莫怪乎她要有另一個舞台，好掙脫大眾眼光與推理小說的緊箍咒。

但克莉絲蒂畢竟還是以克莉絲蒂留名於世，她獲得大眾讀者的目光時，也悄悄地把真正的自己給謀殺了，於是她只好創造「瑪麗．魏斯麥珂特」來完成真正的自己。

也因此「瑪麗．魏斯麥珂特」才是真正的克莉絲蒂。而克莉絲蒂的盛名卻又謀殺了「瑪麗．魏斯麥珂特」。但最後兩個名字又巧妙地合而為一，因為為了辨識度，這六本小說往往是兩個名字並列，虛實合一。

她把自己的生命風暴與暗影寫出，也把愛情的各種樣貌層層推理出來。這六本愛情小說是她留給讀者有別於推理的愛情禁區與生命特區。克莉絲蒂寫作從不特別玩弄技巧，她僅僅以寫實這一基本功就將愛情難題置於推理美學中，將人生困境隱藏在羅曼史的浪漫外皮下，於今讀其小說可謂樸實而有味，反而不那麼羅曼史（甚至是藉羅曼史反羅曼史）。

其擺脫刻板的力道，源於克莉絲蒂在這套書系裡也一併藉著故事誠實處理了自己的內我故事，也因此故事不只是故事，故事這時具有了深刻性，故能如鏡地折射出不同讀者的內心。當一個女作家將「自我」擺入寫作的探照鏡時，往往具有再造自身的深刻力量。

在《母親的女兒》這本小說裡，克莉絲蒂結尾寫道：「多麼美好安靜……」

女作家藉著小說人物看到什麼樣的心地風光與世界風景？

「神所賜的平安，非人所能理解……」

是寧靜。

是了解。

是心若滅亡罪亦亡。

種種體悟，故從房間的黑暗深處往外探視，黎明已然再現，曾有的烏雲在生命的上空散去。

女作家藉著書寫故事與自己和解。猶如克莉絲蒂所擅長寫的偵探小說，其寫作主要使用都是密室推理法，層層如洋蔥剝開內裡，往往要到結局才知誰是真凶。這回瑪麗先是企圖殺死克莉絲蒂，但反之被克莉絲蒂擒住，最後兩人雙雙握手言歡。

故事的字詞穿越女作家的私密心房，抵達了讀者的眼中，我們閱讀時該明白與珍視的是克莉絲蒂這樣坐擁大眾讀者的天后級人物，是如何艱難地從大眾目光裡回到自身，從而又從自身的黑暗世界裡再回到大眾。

我覺得此才是克莉絲蒂寫這套書的難度之所在。

她的這六本小說創造一個新的自己，她以無盡的懸念來勾引讀者的心，冷酷與溫暖的色調彼此交織，和其偵探小說一樣適合夜晚讀之，讀一本她的小說猶如走一趟驚險與華麗的浪漫愛情之旅。但閱讀的旅程結束，真正的力道才浮上來，那就是讀者應該掙脫故事情節的表層，從而進入女作家久遠以來從未離去的浪漫懷想之岸，屬於女作家的浪漫是知其不可而為之，即使現實往往險惡，即使愛情總是幻滅，即使有一天自己也會遠離大眾。

寫作是克莉絲蒂抵抗一切終歸無常的武器，而愛情則是克莉絲蒂永恆的浪漫造山運動，如靜靜悶燒的火焰，是老派的愛情（吻竟是戀人身體的極限書寫），這種老派愛情現在讀來竟是真正的相思定錨處，不輕易繳械自己的愛情，一旦繳械就陷入彼此生命而難以脫鉤。

克莉絲蒂筆下的相思燎原，六本小說猶如六把情火，火光撲天，照向浮世男女，各種世間情與人性頓時被她照得無所遁形呢。

專文導讀

推理天后潛意識中的皮爾・金

——須文蔚　國立東華大學華文文學系教授

一九二六年十二月一個寒冷的夜晚，阿嘉莎・克莉絲蒂駕車離家，她的座車第二天被人發現在伯克郡紐蘭絲角的堤防上，車頂掀開著，燈沒關，車裡有她的毛皮大衣和過了期的駕照，推理天后芳蹤杳然，媒體騷動著大作家恐怕已經香消玉殞的推測。就在謠言甚囂塵上十一天之後，一位投宿在哈洛格特區海德旅館的音樂家鮑伯・泰平認出了克莉絲蒂，但旅館登記簿上的旅客姓名卻是泰莉莎・尼莉，究竟克莉絲蒂是否還健在？成為警方、家屬與媒體都萬分好奇的事件。

警方與克莉絲蒂的先生亞契趕赴海德旅館，亞契與妻子晤談以後，對媒體宣稱，克莉絲蒂暫時失去記憶，完全不知道自己是誰。而值得玩味的是，克莉絲蒂後來也解釋離家出走的原因，是因為亞契與泰莉莎・尼莉發生婚外情，幾經折衝、爭吵與分居，又面臨母喪，精神因之崩潰，人生如戲，竟演出一場失蹤記。

歷經婚變與停筆，克莉絲蒂在一九三四年出版《東方快車謀殺案》，三年後發表《尼羅河謀殺案》，寫作事業邁向高峰。在她的推理小說舉世轟動時，她卻以瑪麗．魏斯麥珂特為化名，在一九三〇年發表愛情小說*Giant's Bread*（中譯「撒旦的情歌」），當時報紙的書評在不知道作者是誰的狀況下，都給予相當正面的評價。《泰晤士報》書評版讚譽，本書能以孩子的眼光看世界，生動、有魅力地描摹出男主角弗農的童年生活。大西洋另一端的《紐約時報》書評直指魏斯麥珂特雖是新人，但作品結構井然，前後呼應，誠屬佳構。克莉絲蒂就在暗自欣喜下，隱身在化名後繼續寫作愛情小說。

讀者不必牽強把《撒旦的情歌》中男主角弗農身陷奈兒與珍的三角戀，穿鑿附會到作者本身複雜的情感與家庭關係上。不妨細細尋覓與對照弗農成長與生命旅程中，克莉絲蒂所埋下的伏筆與典故，無論是脫胎於童話故事的巨人，或是與易卜生著名詩劇《皮爾．金》遙相呼應的旅程與堅貞，在在可以顯示出克莉絲蒂佈局的細心與考究。

《撒旦的情歌》英文書名*Giant's Bread*不妨直譯為「巨人的麵包」，典故源於英國童話〈傑可與豌豆〉（Jack and the Beanstalk）和〈巨人殺手傑克〉（Jack the Giant Killer）中的情節，巨人總是以讓人恐懼的恫嚇：「我聞到凡夫俗子的血腥味，管他活著，還是死了，我都要磨碎他的骨頭，做成我的麵包。」讓世間的凡人不敢越雷池一步，不敢攀登到雲端之上。克莉絲蒂在小說的序幕就破題，在第一次世界大戰後的倫敦國家歌劇院中，演出一個音樂家葛洛恩的現代歌劇《巨人》，這齣歌劇並沒有具體的故事情節，只表現出人類從蠻荒到現代化的歷程，最後在冰山折射出的白光中，結束抽象而難解的劇情。克莉絲蒂更透過樂評家包爾曼點出：「天才就是殘酷的巨人！一個以生肉鮮血為食的怪獸。我對葛洛恩一無所知，但我發誓，他是用他自己的、或許還有別人的血肉去餵養這個巨人……將他們的骨頭磨成粉，做成巨人的食糧……」也就點出《撒旦的情歌》不是一則「小清新」的情愛故事，而是要展現出「人地不仁，以萬物為芻狗」的殘酷，更娓娓道出在戰爭連番摧殘、現實交相煎迫以及命運無情摧殘下，一場難以洞察與捉摸的愛情悲劇。

克莉絲蒂年過四十，在推理小說界已經攀向巔峰，卻隱姓埋名，不顧經紀人的反對出版愛情小說，是對既有成就的不滿足與反叛。每個優秀的作家也正因為有叛逆的因子，才能夠成其偉大。正如一八六四年，三十六歲的挪威劇作家易卜生獲得國家津貼，得以攜家帶眷出國，至羅馬定居。他開始挑戰自我，採擷民間故事，不斷地寫詩，接近四十歲時發表詩劇《皮爾．金》，以浪子冒險故事為主軸，嘲諷挪威的國民性格，抒發對祖國愛恨交加的複雜情感，進而探究自我、矛盾、救贖與信念，易卜生說：「生活就是和心靈中的各種妖魔鬼怪爭戰，寫作就是對自我進行審判。」細心的讀者應當會在克莉絲蒂的《撒旦的情歌》和《未完成的肖像》中，讀出她藉由回溯童年與家族紛爭的細節中，想念父親，質疑母親，反省猶豫不決與不夠真誠對待自己的心靈狀態。

克莉絲蒂在本書中有許多討論音樂的細節，總不吝展現對現代音樂豐富的素養，令人嘖嘖稱奇。在小說第二部的第七章，珍出場時正爭取演出《皮爾．金》裡女主角索薇格，作者大有提示讀者珍將會堅定守護對弗農的愛，至死不渝。在《皮爾．金》的故事中，浪子皮爾．金周遊世界各國，輾轉在不同的女子與女妖榻邊，但故鄉純情的索薇格守護著對皮爾．金的愛，成為最終救贖浪子的一道神聖光芒。葛利格譜曲的〈索薇格之歌〉是經典名曲，索薇格為珍唱出了她的角色與命運：

冬天已經過去，春天不再回來，春天不再回來！
夏天也將消逝，一年年地等待，一年年地等待；
我始終深信，你一定能回來，你一定能回來，
我曾經答應你，我要忠誠等待你，等待著你回來。

啊！無論你在哪裡，願上帝保佑你，願上帝保佑你！

我要永遠忠誠地等你回來，等待著你回來。

讀者細細讀完本書，就可以知道弗農是克莉絲蒂潛意識中的皮爾．金，他曲折與蜿蜒的情感道路，歷經大戰的悲慘際遇，徘徊在實業與音樂創作的追求上，在真愛與自我的選擇上總是迷途，更始終沒有意識到痴心的珍呵護他們的愛，放任悲劇的發生。

這部八十多年前出版的愛情故事所雜揉的三角戀情、愛情與麵包的選擇、藝術與現實的掙扎、失憶與復返的情節，早就是肥皂劇競相挪用的橋段，讀者或許已經不感新鮮，然而克莉絲蒂畢竟是說故事的高手，在化名作者的歌劇《巨人》背後，竟然有著讓人椎心的遺憾與抉擇，浪子弗農終究沒能撥開心中至愛的面紗，聽任撒旦唱起魅惑的情歌，聽任命運巨人的捉弄。

謹以此記念
我最要好、最真誠的朋友
我的母親

序幕

這是倫敦國家歌劇院的開幕夜，所以算是一樁盛事。皇族在場，媒體在場，時髦人士也大批出席。就連樂迷也千方百計要參與——他們大多數都坐在屋頂下最上排極高處的座位。

今晚演出的曲目《巨人》是一位至今仍沒沒無聞的作曲家——波利斯・葛洛恩的新作。在演出第一幕之後的中場休息時間，聽眾席裡傳出下面這些對話片段：

「真是妙極了，親愛的。」

「他們說這就是——最——最——最新的！什麼都刻意弄得荒腔走板……」

「是啊，親愛的，我會告訴大家說這作品真是太神奇了。可是說實在的，這真的會讓人聽到頭痛！」

「為什麼英國歌劇院開張的時候，不去找個像樣的英國作曲家來呢？全是這些俄國來的傻玩意！」有位上校語氣尖刻地說。

「說得真對，」他的同伴拖長聲音說道，「可是你看看，根本沒有英國作曲家嘛。很可悲，但事實如此！」

「胡說八道——先生，別跟我說這種話，那些作曲家只是沒有發表機會——就是這樣。這個叫列文的傢伙是誰啊？一個下流的外國猶太佬。他就是這種人！」

附近有個靠在牆上的男人，半個身子被窗簾遮住了，他不禁微微一笑——因為他就是賽巴斯欽．列文，國家歌劇院的老闆、獨資者，眾所周知的頭銜是世界上最偉大的表演經紀人。

他是個大塊頭的男人，身上的肉有點太多了。他的臉色泛黃，表情不動如山，眼睛像閃亮的黑色小圓珠，兩隻招風大耳往外挺，是諷刺漫畫家最愛取笑的長相。

陣陣談話聲從他身邊如漩渦般流過……

「墮落……病態……神經質……幼稚……」

這些人是評論家。

「太動人了……太妙了……真了不起，親愛的……」

這些是女性觀眾。

「這玩意不過是受到過度誇讚的時事諷刺歌舞劇罷了。」

「我相信在第二幕會有驚人的聲光效果，你知道，就是機關布景。第一幕『石器時代』只能算是一種引子。他們說列文為這個作品嘔心瀝血。以前從沒有像這樣的作品。」

「音樂相當怪，不是嗎？」

「我相信是表達共產主義理想。『噪音管弦樂團』，他們不是這麼說的嗎？」

這些是年輕男子，比女人家有才智，比評論家沒偏見。

「這作品紅不起來的。譁眾取寵，就素這樣。」

「可素，我不那麼確定——這個立體派的東西傳達了某種感覺。」

「列文很精明的。」

「有俗候會故意亂花錢——卻還是能賺回來。」

「代價是……？」交談聲變低了，那些人在提到金錢的時候自己神祕兮兮地降低了音量。

這些人是他的猶太同胞。賽巴斯欽．列文露出微笑。

鈴響了——群眾緩緩地漂移，回流到他們的座位上。

有一段等候時間，這時充滿了竊竊私語和笑聲——然後燈光閃爍了一下，熄滅了。指揮登上他的位置，在他前方的管弦樂團，編制比曾在科芬園演出的其他管弦樂團大六倍，跟普通管弦樂團大為不同。團中有些奇特的樂器是用發光的金屬做成的，就像畸形怪物一樣，而在某個角落裡，有個閃亮得不尋常的水晶。指揮伸出了指揮棒，然後棒子落下，立刻出現一陣低沉有節奏的敲擊，就像是鐵鎚敲在鐵砧上——偶爾會有一記敲擊失了準頭，漏掉了，然後漂回原位，卻亂了次序，擠開了其他聲響。

幕啟了……

在二樓某個包廂後方，賽巴斯欽．列文站在那裡注視著。

跟一般人的理解不同，這不是一齣歌劇。這部作品不講故事，也不突顯任何個別角色。它的規模比較像是大型俄國芭蕾舞演出，包含了壯觀的舞台效果，陌生怪異的燈光照明——這是列文自己的發明。長期以來，大家都認為他的歌舞劇純粹只是華麗感官刺激中最新的一種。但在這齣戲裡，他比較像是藝術家而非製作人，卯足全力注入他的想像力與經驗。

序曲象徵著石器時代——人的嬰兒時期。

這部作品的主體是機械的盛大遊行，神奇到近乎讓人生畏。發電廠、發電機、工廠煙囪、起重機，全都在融合、流動。還有人——人構成的軍隊——有著立體派藝術的機器人面孔，排出隊形列隊前進。

樂音揚起，如漩渦般旋轉著，從奇形怪狀的新型金屬樂器裡傳出低沉宏亮的噪音。一個古怪、高亢卻甜美的音符，在這所有噪音之上響起——就像是無數玻璃片發出的響聲……

有一段描繪摩天大樓的插曲——在黎明初至的時候，從一架繞著圈子的飛機低頭俯瞰紐約，而這種奇特的不和諧節拍比先前更加執拗——有著威脅感愈來愈強的單調性，在其他插曲之後，這首曲子到達它的高潮：外觀如巨人的鋼鐵聳立起來，數以千計有著鋼鐵面孔的男人熔接在一起，變成一個共產巨人……

接著馬上就是終曲。沒有中場休息，燈光也沒亮起。

只有管弦樂團的其中一邊出聲，這一段是現代新詞彙中所說的「玻璃時代」。

小號清亮的音符出現。

布幕消融成一片霧……霧氣分開來……突如其來的強烈光線讓人想遮住眼睛。

冰——沒有別的，就是冰……巨大的冰山與冰河……發著光……

而在那個龐然巨物最頂端之上有個小小人影——背向觀眾，面對著那道象徵旭日東升、讓人難以忍受的強光……

那微小得荒謬的人影……

強光變得更強——就跟鎂燃燒的白光一樣。在觀眾吃痛的驚呼聲中，一雙雙的手本能地摀住眼睛。

玻璃聲響起，高亢而甜美，然後墜落、破裂——實實在在地破裂——在叮噹作響裂成碎片。

布幕落下，燈光亮起。

神情不動如山的賽巴斯欽．列文接受了各式各樣的祝賀和來自側面的幾記輕拍。

「唔，列文，這次你做到了。絕不打折扣，對吧？」

「老友，這場演出好得不得了。但要是我知道這在演什麼就好了。」

「叫做《巨人》，是吧？說得沒錯，我們確實活在機械時代。」

「喔，列文先生，這真是太讓人害怕了，根本無法以言語形容！我大概會夢到那個可怕的鋼鐵巨人。」

「機關布景就是食人巨人，對吧？列文，說得沒錯，我們想回歸自然。葛洛恩是誰？是俄國人嗎？」

「對啊，誰是葛洛恩？無論如何，他是個天才。布爾什維克黨人終於可以誇耀他們有個作曲家了。」

「太糟了，列文，你走共產主義路線了。共產者，還有共產音樂。」

「嗯，列文，祝你好運。時下稱為音樂的這種該死貓叫春，我實在說不上喜歡，不過這場表演很好。」

人群漸散後，有個小老頭走過來，他身形微駝，一邊肩膀比另一邊高，說話有種非常獨特的腔調。

「想請我喝一杯嗎，賽巴斯欽？」

賽巴斯欽點點頭。這個小老頭是卡爾．包爾曼，英國最傑出的音樂評論家。他們一起走到賽巴斯欽的私人包廂去。

兩人分別在扶手椅上坐定。賽巴斯欽給賓客一杯威士忌加蘇打，然後用詢問的目光看著這個男人，他很急著知道小老頭給的判決。

「怎麼樣？」

包爾曼有一、兩分鐘未置一詞，最後才緩緩說道：「我是個老人了。我能夠從某些事物裡得到樂趣；可是也有某些事物——像是現在的音樂——無法帶給我樂趣。但不變的是，只要遇到天才，我就認得出來。世上有一百個招搖撞騙的江湖郎中、一百個傳統破壞者，自以為達到什麼了不起的成就，然而世上還有那第一百零一個人，一個創造者，一個大膽走進未來的人……」

他停頓了一下，才又繼續。

「對，遇到天才我就認得出來。我雖然談不上喜歡剛才的作品，但卻認得出來——葛洛恩，不管他是何許人，他有才能……寫出領導潮流的音樂……」

他又停頓了，賽巴斯欽這次還是沒有催促他，只是等待著。

「我不知道你的大膽投資會成功或失敗，我想是會成功，不過成功的主要原因是你的人格。你有左右大眾品味的技巧，你有獲得成功的才能。你把葛洛恩塑造成一個謎；我想，這是你的媒體宣傳活動的一環吧。」

他眼神銳利地盯著賽巴斯欽。

「我不想干涉你的媒體宣傳活動，不過我想請教一件事：葛洛恩是英國人，沒錯吧？」

「對。包爾曼，你怎麼知道的？」

「音樂中透露的民族性是瞞不了人的。他曾在俄國革命分子的學派裡學習過，沒錯，可是，就像我說的，民族性是瞞不了人的。在他之前有別的開路先鋒，那些人曾經試著做他現在做的事情。我們有我們的英國學派——霍爾斯特、佛漢．威廉斯、阿諾德．巴克斯。全世界的音樂家已愈來愈靠近新的理念了，那就是『音樂的絕對性』。這個作曲家是大戰時陣亡那個年輕人的嫡系繼承人，那男孩叫什麼來著？戴爾？弗農．戴爾——他曾經前途無量。」他嘆息了。「賽巴斯欽，我在想，我們在戰爭中到底失去多少東西？」

「先生，這很難說。」

「讓人不忍回想。不，真的不能回想。」他站起身。「我不再占用你的時間了。我知道，你有很多事要做。」他臉上出現一絲微笑。「《巨人》！我猜想，你跟葛洛恩把這個私房笑話留給你們自己。每個人都理所當然地以為巨人指的是機械魔神，沒看出真正的巨人是那個侏儒似的形體——人類。人類堅忍地經歷了石器時代、鐵器時代，雖然文明崩壞消亡，人類還是一路奮鬥著度過另一個冰河期，在一個我們作夢都想不到的新文明裡奮起……」

他的笑意加深。

「我年紀愈大就愈確信，再沒有任何東西像人類這樣可悲、荒唐、不合理卻又這樣的不可思議……」

他在門口停步，手擱在門把上。

「這讓人很納悶，」他說，「像《巨人》這樣的東西，製作過程裡加入了什麼？是什麼製造出它？是什麼餵養了它？遺傳造就出載具，環境打亮、磨光它，性則讓它覺醒……但還不只如此，它需要有食糧。

哼、嗯、呵、嗯，

我聞到凡夫俗子的血腥味，

管他活著，還是死了，

我都要磨碎他的骨頭，做成我的麵包[1]。

「賽巴斯欽，天才就是殘酷的巨人！一個以生肉鮮血為食的怪獸。我對葛洛恩一無所知，但我發誓，他是用他自己的、或許還有別人的血肉去餵養這個巨人……將他們的骨頭磨成粉，做成巨人的食糧……

「賽巴斯欽，我老了，我有我的幻想，今晚觀眾看到的是結果，而我想知道開端。」

「遺傳、環境、性。」賽巴斯欽緩緩說道。

「對，就是那樣。我並沒有指望你會告訴我詳情。」

「你認為我……知道？」

「我確定你知道。」

一陣寂靜。

「對，」列文最後說，「我確實知道。如果可以的話，我會告訴你全部的故事——但我不能這樣。這是有理由的……」

他慢慢地又重複一遍：「這是有理由的……」

1 這一整段話在英國文學裡經常出現，例如童話故事《傑克與豌豆》裡的巨人便曾說過這段話。

「可惜啊，這本來會很有意思的。」

「哦……是嗎？」

第一部

普桑修道院

第一章

在弗農的世界裡，只有三個人是真正重要的：奶媽、上帝跟葛林先生。當然，還有那些育嬰室女僕。溫妮是現任的，之前還有甄、安妮、莎拉跟葛拉蒂絲等等，但弗農就只記得住這麼多了。育嬰室女僕永遠待不久，因為她們跟奶媽合不來。她們在弗農的世界裡幾乎不算數。

除了上述三個人，還有個雙生神祇叫做「媽咪－爹地」，弗農會在祈禱詞裡提到他們，也會把他們跟下樓吃甜點這事兒連結在一起。他們是朦朧模糊的人物，相當漂亮又神奇，尤其是媽咪。可他們還是不屬於這個真實的世界──弗農的世界。

弗農世界裡的東西極其具象，例如育嬰室地板上的厚地毯。地毯是綠白相間的條紋，對裸露的膝蓋來說很粗糙磨人，地毯的其中一角有個破洞，弗農老是用手指戳弄它，偷偷地把洞弄得更大。還有育嬰室的牆壁，上面有淡紫色的鳶尾花紋彼此交纏、無窮無盡地往上延伸繞成某種圖案，有時候是鑽石形狀，而如果你注視得夠久，就會是十字架形狀。對弗農來說，這非常有趣，也相當神奇。

有隻木馬靠在牆邊，不過弗農很少騎它；弗農常常拿來玩的是用柳條編的火車頭跟幾節載貨車廂。有個矮櫃裡有滿滿的舊玩具，另一個比較高的架子上有更吸引人的東西，是溼答答的下雨天、或者奶媽心情好到不尋常的時候才能玩的，架上有畫畫盒，還有駱駝毛畫筆跟一堆做剪貼用的紙，是奶媽口中「麻煩透了，受不了看它們到處亂放」的東西；換句話說，就是最棒的東西。

而在這個真實、具象的育嬰室宇宙中主宰一切的，就是奶媽——弗農心目中最重要的第一人。奶媽十分高大、胖壯，上了漿的衣服總是非常挺拔，發出響亮的刮擦聲。她是全知全能的，你不可能勝過奶媽。她知道的事情比小男生更多，她經常這麼說。她整個人生都消耗在照顧小男生上面（偶爾也有小女生，不過弗農對她們不感興趣），而他們個個都長成替她增光的人；她是這麼說的，弗農也這麼相信。毫無疑問地他也會長成替她增光的人，雖然有時候看似希望渺茫。奶媽身上有某種讓人敬畏的成分，而同時她也讓人覺得無比舒坦。她知道一切事物的答案，比方說，關於壁紙上那些鑽石跟十字架的謎題。

「喔，是啊！」奶媽說道，「每樣事物都有兩種看法。你一定聽說過這種話。」

某天弗農聽到她跟溫妮說了差不多一樣的話，所以他確認事情真是如此。當時奶媽還加了句：問題總是有兩個面向，以至於後來弗農總是把問題看成字母A，有一堆十字架從字母的一邊往上爬，鑽石則從另一邊往上爬。

排在奶媽之後的是上帝。上帝對弗農來說也非常真實，主要是因為祂在奶媽的談話裡顯得無比重要。奶媽知道你做了哪些事，但是上帝知道所有的事情，而且如果硬要說的話，上帝比奶媽更特別。你看不見上帝，弗農總是覺得這一點讓祂掌握了相當不公平的優勢，就算在黑暗中祂也能看見你。有時在夜裡，弗農躺在床上，一想到上帝穿透黑暗俯視著他，常常會讓他的脊椎竄過一股不寒而慄的感覺。

然而整體看來，上帝比奶媽更無可捉摸。大多數時候你很容易就忘了祂，直到奶媽刻意把祂扯進對話裡為止。

有一次弗農企圖反抗。

「奶媽，你知道我死掉的時候會做什麼嗎？」

正在織長襪的奶媽說：「一，二，三，四，原來這裡漏了一針。不，弗農少爺，我不知道。」

「我會到天堂去，然後跑到上帝面前。我會跑到祂面前，然後說：『你真是可怕，我恨你！』」

一陣靜默。說完了。他已經說出口了。真教人難以置信，他竟做了如此大膽的行為！會發生什麼事呢？有哪種來自天上或地下的懲罰會降臨到他身上呢？他屏住呼吸等待著。

奶媽補上漏掉的那一針，從鏡框上方注視著弗農。她很平靜——波瀾不興。

「這不太可能，」她這麼表示，「全能的神不太可能注意一個調皮的小男生說什麼。溫妮，麻煩把剪刀遞給我。」

弗農氣餒地撤退了。沒有用，奶媽是不可能被擊敗的，他早該知道了。

❖

再來就是葛林先生了。就跟看不到上帝一樣，你也看不到葛林先生。不過對弗農來說葛林先生非常真實。比方說，他知道葛林先生長什麼樣子——中等身材，身強體壯，有點像是在村莊唱詩班裡唱類似男中音的雜貨商，有著紅潤得發亮的雙頰和落腮鬍。他的眼睛是藍色的，一種非常明亮的藍色。葛林先生最棒的一點是他會玩耍——他熱愛玩耍。不管弗農想到什麼遊戲，葛林先生都剛好想玩。他還有一些別的特點，舉例來說，他有一百個孩子，還有三個別的。在弗農心中那一百個孩子總是完整的一群，這一大群快樂的孩子會跟在弗農與葛林先生背後衝下紫杉小徑，不過另外那三個就不太一樣了，他們的名字是弗農所知道的、最美麗的名字：普多、史卡洛跟崔伊[2]。

弗農或許是個孤獨的小男孩，不過他從來不知道這一點。因為呢，你看看，他有葛林先生、普多、史卡洛跟崔伊可以陪他玩耍。

❖

有很長一段時間，弗農無法決定要讓葛林先生住在哪裡。某天答案突如其來地出現在他心中：葛林先生當然應該住在森林裡[3]。森林對弗農來說真是魅力無窮。後院的其中一側跟森林交界，那裡有高大的綠色圍籬，弗農常偷偷地沿著圍籬走，希望找到一個能窺探的縫；沿路聽得到耳語、嘆息與窸窣聲響，就像是樹木正在彼此交談。綠色圍籬上有一道門，可惜的是那道門永遠鎖著，所以弗農一直不知道森林是什麼樣子。

當然，奶媽是不會帶他到那裡去的。她就像所有的奶媽一樣，比較喜歡沿著馬路穩當地散步，免得髒兮兮的潮溼樹葉弄髒雙腳。所以弗農從沒得到進入森林的許可，這讓他更渴望去那裡。總有一天他會在那裡跟葛林先生一起喝茶，而且普多、史卡洛跟崔伊也會穿著新裝出席這個場合。

❖

育嬰室讓弗農覺得好無聊，這裡太小，他已熟悉它所有的一切。花園就不一樣了，那真的是個令人非常興奮的花園；它分成很多區塊：長長的步道兩側有修剪整齊的紫杉樹籬，樹籬上方還修剪成小鳥形狀作為裝飾；水景花園裡有胖金魚；用圍牆圍起來的果樹花園，還有野生花園，春日裡有杏樹新綠，白樺樹下長著藍色風鈴草。花園裡最棒的區塊是由欄杆圍起來的老修道院廢墟，弗農希望能照自己的意思去那裡攀爬與探索，不過他從未有這種機會；然而廢墟之外的其餘部分他已隨心所欲地盡情探索了。溫妮總是被指派跟他一

2 普多（Poodle）、史卡洛（Squirrel）、崔伊（Tree），原文意思分別為「鬈毛狗」、「松鼠」及「大樹」。弗農用它們當作名字。
3 因為葛林（Green）也有「綠色」的意思。

起出門，因為某個可疑的巧合——他們似乎總會遇到園丁助手，所以弗農能不受阻礙地自己玩，而不會得到溫妮太多慈愛的照拂。

❖

弗農的世界漸漸擴大了。那對雙生神祇「媽咪—爹地」分開來，變成了兩個不同的人。爹地仍然朦朧模糊，但媽咪變成一個相當重要的人物。她經常拜訪育嬰室，「來跟我親愛的小男孩玩耍」，弗農以嚴肅而有禮的態度忍耐著她的來訪，因為這通常表示要放棄他自己正在玩的遊戲，去玩另一個在他看來沒那麼好的遊戲。有時會有女性訪客跟媽咪一起來，那時她就會緊緊抱著弗農（他很討厭這樣）大叫道：「身為人母真是太美妙了！有個完全屬於自己的寶寶！我永遠不會對此習以為常。」

滿臉通紅的弗農會從她的擁抱中掙脫開來。他才不是寶寶，他已經三歲了。

有一天他在掙脫媽咪的懷抱時，看到父親站在育嬰室門口，用嘲弄的眼神注視著他。他們四目相望，兩人之間似乎有某種交流：一種理解，一種親近感。

他母親的朋友在講話。

「他長得不像你真是可惜啊，麥拉。你的髮色要是出現在孩子身上那就太可愛了。」

但是弗農突然間有一種驕傲的感覺，他像他父親。

❖

弗農總是記得那個美國女士來吃午餐的那一天。一開始，奶媽對於美國的解釋顯示她把美國跟澳洲混為一談了，這是他後來才明白的。

他滿心敬畏地下樓去吃甜點。如果這位女士在她祖國的家裡，她會顛倒著走路，她的頭會朝著地面，這就足以讓他目瞪口呆了。而且，她也會用古怪的字眼稱呼最簡單的事物。

「他太可愛了，不是嗎？有這邊，甜心，我有一盒硬糖果要送給你。你要不要過來拿？」

弗農小心謹慎地走過去接受了這個禮物。這位女士顯然不知道自己在說什麼。盒子裡的不是硬糖果，而是好吃的愛丁堡口含糖[4]。

在場的另兩位紳士，其中一個是那位美國女士的丈夫，他說道：「好孩子，你看到『半個皇冠』的時候，能認得出來嗎？」

不久謎底就揭曉了，這「半個皇冠」是要給他的[5]。整個來說，這是很美好的一天。

弗農從沒多想過自己家。他知道家裡比牧師公館大，因為他有時會去那兒喝午茶，不過他鮮少跟別的孩子玩或到他們家，所以那天對他來說是驚奇的震撼。訪客們參觀整棟房子，那位美國女士的聲音不斷傳來。

「天啊，如果這還不算神奇，我就不知道什麼才算了。你見過這種事嗎？你是說五百年嗎？法蘭克，你聽聽看，亨利八世！這簡直像是在聽英國歷史。你說這個修道院比他更久遠？」

他們到處都走遍了，還去參觀長長的畫廊，奇怪的是，畫裡的臉孔都跟弗農很像，有著生得很近的黝黑眼睛跟狹窄的頭型，從畫布裡一臉自負或冷淡而忍耐地往外看。還有穿著襞襟[6]、或者髮絲裡別著珍珠的柔弱婦女——戴爾家族的女人顯得柔弱時的表現最好，她們嫁給性情狂野、不知何謂恐懼也不知何謂憐憫的貴族。當麥拉．戴爾——她們之中的最後一位——從畫像底下走過的時候，她們讚賞地看著她。客人從畫廊裡走

4 愛丁堡口含糖（Edinburgh Rock），一種英式甜食。
5 半克朗（half-crown，英國幣制，相當於二十五便士）。弗農家的客人用諧音 half a crown（半個皇冠）說了一個雙關語逗他。
6 襞襟，一種穿戴在領口的衣飾，是十六、十七世紀常見的歐洲貴族裝扮。今日則常見於小丑的戲服。

進方形的大廳，然後從那裡再走到祈禱廳去。

那時弗農早就被奶媽帶開了。稍晚他們回來的時候，他正在花園裡餵金魚。弗農的父親進屋裡去拿修道院的鑰匙，訪客被單獨留下來。

「天啊，法蘭克，」美國女士說道，「這不是太神奇了嗎？這麼多年了，從父親傳承給兒子，我覺得這樣好浪漫，不管怎麼說都太浪漫了。這麼多年啊，真是奇妙！這是怎麼辦到的？」

然後另一位紳士說話了。他不太愛說話，在此之前弗農沒聽過他開口。不過他現在張開雙唇講出一個詞彙——這個詞彙這麼讓人著迷，這麼神祕，又這麼讓人愉快，讓弗農永遠忘不了。

這位紳士說道：「布拉瑪真[7]。」

而在弗農問他（他本來打算這麼做）這個驚人的字眼是什麼意思以前，有一件事讓他分了心。

他母親從屋裡走出來，背後是西下的夕陽——彷彿畫家筆下濃烈的金色與紅色夕陽。弗農看見襯著那個背景的母親——第一次真正看見她——一個雍容華貴的女人，有著白皙的皮膚和金紅色的頭髮，就像是童話故事書裡的人物，某種神奇又美麗的東西。

他永遠忘不了那個神奇的時刻。她是他母親，她很美麗，他愛她。他心裡突然有某種感覺，像是一種疼痛，只是這並非身體上的痛感。而他腦袋裡有一種隆隆作響的古怪噪音，一種打雷似的噪音，最後變得高亢而甜美，有如鳥鳴。整體來說，是非常神奇的時刻。

而跟這一切混合在一起的，是那個魔法般的字眼：布拉瑪真。

7 布拉瑪真（Brunagem），是伯明罕（Birmingham）的別稱；以前這個字也代表「便宜貨」、「拙劣仿冒品」，因為十七世紀時伯明罕曾經一度出現大量四便士偽幣。或作 Brummagem。

第二章

育嬰室女僕溫妮要離開了，事情發生得十分突然，僕人們聚在一起交頭接耳。溫妮哭哭啼啼，沒完沒了的。奶媽給她一頓所謂的「懇談」，然後溫妮就哭得比先前更厲害了。奶媽身上有某種可怕的成分，這時的她似乎比平常更巨大，也更精力充沛。弗農知道，因為父親的緣故，溫妮就要離開了。他不特別好奇，也不怎麼感興趣地接受了這個事實。有時候育嬰室女僕就是會因為父親的關係而離開。

母親把自己關在房裡。她也在哭泣，弗農可以透過房門聽到她的聲音。她沒有派人來找他，他也沒想到要去找她，還因此隱約地感到釋懷。他討厭哭泣的噪音，那種哽噎的聲響，拖長的擤鼻涕聲音，而且那種聲音老是那麼靠近耳朵，因為在哭的人老是摟著你。弗農痛恨讓那種噪音靠近耳朵。這世界上沒有比不對頭的噪音更讓他痛恨的東西了，那種聲音讓你覺得你整個人幾乎要像枯萎的葉子般朝著身體中間捲起來。這也是葛林先生最討人喜歡的地方，他從來不會發出那種噪音。

溫妮正在打包行李。奶媽跟她在一起，奶媽現在沒那麼可怕，幾乎稱得上有人情味了。

「你就把這件事當成個教訓吧，姑娘，」奶媽說，「在下個落腳處別做這種傻事了。」

溫妮吸著鼻子說了句沒有什麼真正的傷害之類的話。

「在由我負責的時候，我希望這裡以後不會再有這種事。」奶媽說，「我敢說，有一大堆來這裡工作的女孩都有紅頭髮。紅髮女孩總是心性不定，我的母親以前常這麼說。我並不是說你是個壞女孩，但你做的事情不合適，不合適──我言盡於此了。」

就像弗農過去注意到的，在說了「言盡於此」以後她會繼續說更多的話。不過他沒往下聽，因為他在思索著「不合適」這個詞。「合適」他是知道的，這是提到帽子時會說的話，但是帽子怎麼會攪和進來呢？

「奶媽，什麼是不合適？」那天稍晚的時候，他問道。

奶媽嘴裡含了一堆大頭針，因為她正在替弗農裁一件亞麻套裝，她回答了：「不恰當。」

「什麼是不恰當？」

「就是小男生一直問傻問題。」奶媽回答。她有著漫長職業生涯練出的靈活反應做後盾。

❖

那天下午弗農的父親到育嬰室來。他臉上有一種鬼鬼祟祟的古怪表情──不開心又不服氣。在弗農直率又興致勃勃的凝視之下，他的臉微微一縮。

「哈囉，弗農。」

「哈囉，父親。」

「我要出發去倫敦了。再見，小子。」

「你要去倫敦，是因為你親了溫妮嗎？」弗農很有興趣地問道。

父親吐出某種字眼，弗農知道那是他不該聽的，更別想學著講了。他知道那是紳士能用、小男生卻不能說的字眼。這讓那個詞產生莫大的魅力，讓弗農習慣在睡前暗自重複它以及另一個禁忌詞彙──馬甲。

「見鬼了，誰告訴你這回事的？」

「沒人告訴我。」弗農思考了一分鐘以後說道。

「那你怎麼會知道？」

「那你是不是做了？」弗農追問道。

父親沒有回答就穿越房間走過來。

「溫妮有時候會親我，」弗農表示意見，「但我不怎麼喜歡，我也必須親她。園丁常常親她，他似乎很喜歡。我覺得親親很傻氣。我長大以後，應該要比較喜歡親溫妮嗎，父親？」

「對，」他深思熟慮地說道，「我想你會的。你知道，有時候男孩子長大以後就會像他們的老子。」

「我想要像你，」弗農說，「你是個非常好的騎手，山姆這麼說過，他還說郡裡沒有人能跟你相比，而且沒有人比你更懂得看馬了。」弗農飛快地說出下面這些話：「我寧願比較像你，不要像媽咪。媽咪讓馬的背很痛。山姆這樣講。」

有一陣子兩人都沒說話。

「媽咪現在『投洞躺下了』。」弗農繼續說道。

「我知道。」

「你有跟她說再見嗎？」

「沒有。」

「你要去嗎？因為你得快一點，雙輪馬車來了。」

「我想我沒時間了。」

弗農睿智地點點頭。

「我敢說這是個很好的計畫。我不想在別人哭的時候親他們，我不喜歡媽咪一直親我。她抱我的時候太用力了，而且又在我耳朵旁邊講話。我想我說不定還比較喜歡親溫妮呢。父親，你比較喜歡親哪個？」

他父親突然轉身離開房間，讓他有些困惑。奶媽剛才就進來了，她很尊敬地退到一邊讓主人通過。弗農隱約地感覺到奶媽讓父親不自在。

下級女僕凱蒂送來午茶。弗農在牆角堆積木，育嬰室原有的和平氣氛再度團團包圍著他。

❖

和平氣氛突然被打斷了。母親站在門口，眼睛哭得紅腫，她用一條手帕輕輕按著。她站在那裡，一副戲劇化的悲慘模樣。

「他走了，」她哭喊道，「連一句話都沒對我說，一句話都沒有！喔，我的小兒子啊。我幼小的兒子。」

她拖著腳步走過地板，把弗農抱進懷裡。那座積木堆起來的塔，比他以前堆過的至少高上一層的塔，垮下來成了一片廢墟。母親大而狂亂的聲音直鑽進他耳朵裡。

「我的孩子，我的稚兒，說你永遠不會遺棄我！你發誓，你發誓……」

奶媽走到他們身邊來。

「好了好了，夫人，別這麼激動。你最好回床上躺著。伊莰絲會送一杯熱呼呼的好茶給你。」

她的聲調很權威，很嚴肅。

母親啜泣著把他摟得更近些。弗農的整個身體開始僵硬地抵抗著，他只能再忍受一會兒而已了，非常短的一會兒，他會做媽咪所期望的任何事，只要她放開手就好。

「你必須補償我，弗農，補償你父親帶給我的痛苦……喔，上帝啊，我該怎麼辦？」

在心靈深處的某個地方，弗農察覺到凱蒂正在享受這一幕，沉默無語卻看得入迷。

「過來吧，夫人，」奶媽說道，「你會壞了孩子的心情。」

她聲音裡的權威感如此明顯，讓弗農的母親屈服了，她虛弱地靠在奶媽的手臂上，走出了房間。

幾分鐘後奶媽回來了，臉漲紅得厲害。

「我的天！」凱蒂說道，「她還是很激動嗎？常見的歇斯底里，他們都這麼說的！喔，這一陣騷動真夠瞧的！她不會做什麼傻事吧？花園裡那些池塘髒兮兮的[8]。老爺真是夠狠的——是說他也從夫人那裡受過很多氣。有那麼多的難堪場面跟大吵大鬧……」

「夠了，姑娘，」奶媽說道，「你可以回去工作了。還有，下級僕人竟然跟他們的上級討論這種事，我還沒聽說這種事曾發生在哪位紳士家裡，你母親應該把你教得好一點才對。」

凱蒂頭一甩，退出了房間。奶媽繞著育嬰室的桌子走動，以一種罕見的激烈情緒移動著杯盤。她的嘴唇蠕動著，對自己喃喃自語。

「把這種想法灌輸到孩子腦袋裡。我可沒耐性對付這種事……」

8 凱蒂其實很期待女主人做傻事，例如去跳池塘自殺，所以才提到花園裡的池塘很髒。

第三章

新的育嬰室女僕來了，是個瘦削蒼白又有金魚眼的女孩。她的名字是伊莎貝，卻被改名為蘇珊，因為這個名字「比較恰當」。這讓弗農非常困惑。他要求奶媽解釋。

「有些名字適合紳士階級，弗農少爺，有些名字則適合僕人。就只是這樣。」

「那為什麼她原本要叫做伊莎貝？」

「有些人在讓他們的孩子受洗的時候，打定主意像猿猴似的模仿比他們更上等的人。」

像猿猴似的模仿，這個說法讓弗農很迷惑。猿猴就是猴子，所以人們是在動物園裡讓孩子受洗的嗎？

「我還以為人是在教堂裡受洗的。」

「他們是啊，弗農少爺。」

真令人困惑，為什麼一切都這麼讓人困惑？為什麼提問以後，事情比以前還要讓人困惑？為什麼這個人告訴你的是這樣，另一個人告訴你的卻是完全不同的狀況？

「奶媽，小寶寶是怎麼來的？」

「弗農少爺，你以前問過我了。小天使在晚上把他們從窗口帶進來。」

「那個美……美……美……」

「不要結結巴巴的，弗農少爺。」

「那天那個美果女士——她說我是在醋栗樹下被發現的。」

「那是他們處理美國寶寶的方式。」奶媽氣定神閒地說。

弗農發出一聲如釋重負的嘆息，原來如此！他對奶媽產生一股感激之情，她總是知道一切，她讓這個動盪不安的宇宙再度恢復穩定，而且她從來不會笑他；不像媽咪，他曾經聽媽咪對其他女士說：「他問我好古怪的問題，你們聽聽看。孩子們不是很滑稽又可愛嗎？」

不過弗農看不出他到底哪裡滑稽又可愛了，他只不過是想知道問題的答案。你必須有知識，那是長大的象徵。等到你長大了，你會知道一切，而且你的錢包裡會有英鎊。

❖

弗農的世界繼續擴大。舉例來說，多出了舅舅、舅媽跟姑姑這些人。

西德尼舅舅是媽咪的哥哥。他矮壯結實，有張紅潤的臉。他習慣哼些小調，還會把褲袋裡的錢幣玩得鏗鏘作響。他喜歡講笑話，不過弗農並不總覺得那些笑話有趣。

「猜猜看，」西德尼舅舅會說道，「如果我戴上你的帽子會怎樣？你覺得我看起來會是什麼樣子？」

大人的問題真是怪！真的是又古怪，又困難；因為如果有哪件事情是奶媽不厭其煩要弗農記住的，那就是小男生絕不可以提出自己的評論。

「說說看嘛，」西德尼舅舅堅持追問，「我看起來會像什麼？來……」他一把抓起那頂亞麻帽子，然後四平八穩地把它放在頭上。「我看起來像什麼，嗯？」

唔，如果非回答不可，那就回答吧。弗農很有禮貌又有點不耐煩地說道：「我想你看起來滿傻氣的。」

「麥拉，你那個兒子一點幽默感都沒有，」西德尼舅舅對媽咪說道，「完全沒有幽默感。真可惜。」

妮娜姑姑，父親的妹妹，就相當不同了。

她聞起來很香，就像夏日的花園，而且她有弗農喜歡的輕柔嗓音。她還有其他美德——她不會在你不想被親吻的時候親你，也不會堅持要開玩笑，可是她不常來普桑修道院。

弗農想著，妮娜姑姑一定非常勇敢，因為她是第一個讓他明白「野獸」可以被制伏的人。

野獸住在大客廳裡。它有四條腿和閃耀著光芒的棕色身體，而且它還有很長的一排「牙齒」——弗農在年紀很小的時候是這麼認為的——閃亮亮、又大又黃的牙齒。在弗農最早的記憶中，野獸讓他著迷又害怕。因為如果你惹毛了野獸，它就會發出奇怪的噪音，怒吼著或者尖銳憤怒地乾嚎，不知怎麼地，那種噪音對他的傷害比世界上的任何一種東西都來得強，就直接傷到他的內在。那種噪音讓他顫抖，感覺不舒服，讓他的眼睛刺痛又灼熱，然而由於某種奇特的魔力，弗農就是無法逃開。

在聽惡龍故事時，弗農總把惡龍想成像野獸一樣。而在他跟葛林先生玩的那些遊戲中，幾個最棒的遊戲就是他們殺死了野獸——弗農將寶劍猛插進它閃耀著光芒的棕色身軀裡，那一百個孩子在後面歡呼高唱。

現在他是個大男孩了，當然也有了更多知識，他知道野獸的名字叫做「平台鋼琴」，攻擊它的牙齒就叫做「彈鋼琴」！那是女士們在晚餐後會為男士們做的事情。不過在內心最深處，他還是心存恐懼，偶爾還會夢到野獸追著他跑上通往育嬰室的樓梯，他會尖叫著醒來。

在夢中，野獸住在森林裡，狂放又野蠻，它製造的噪音太過可怕，讓人難以忍受。

媽咪有時候會「彈鋼琴」，弗農只能苦苦忍耐，他覺得野獸並沒有真正被她的作為給吵醒。但是妮娜姑姑彈它的那天不一樣。

那天弗農在大客廳的角落玩想像遊戲，他、史卡洛和普多在野餐，一起吃龍蝦跟巧克力閃電泡芙[9]。妮娜姑姑甚至沒注意到他在房間裡。她在鋼琴椅上坐下，然後隨手彈了起來。心醉神迷的弗農悄悄爬得愈來愈近。妮娜最後總算發現了他盯著她看，眼淚從他臉上滑落，小小的身體因啜泣而抖動。她停了下來。

「弗農，怎麼回事？」

「我恨它，」弗農啜泣著說道，「我恨它。我恨它。它弄痛了我這裡。」他用手摀住肚子。

麥拉恰好在這一刻走進房間裡，她笑了出來。

「這不是很怪嗎？那孩子就是討厭音樂。這實在好奇怪。」

「如果他討厭音樂，那他為什麼不走開呢？」妮娜說道。

「我沒辦法。」弗農啜泣著說。

「這不是很荒唐嗎？」麥拉說道。

「我覺得這相當有意思。」

「多數小孩子總想在鋼琴上亂彈。有一天我要彈〈筷子〉華爾滋給他聽，但他一點都不覺得好玩。」

妮娜繼續若有所思地盯著她的小姪兒看。

「我簡直無法相信我的孩子會這樣沒有音樂天分，」麥拉用忿忿不平的聲音說道，「我八歲的時候就可以彈很難的曲子了。」

「喔，好吧！」妮娜含糊地說道，「音樂天分有不同的表達方式。」

9 閃電泡芙（éclair），是一種有奶油夾餡的法式甜點，通常外層覆有巧克力糖霜。

麥拉想著，這真是戴爾家族會講的那種典型蠢話。一個人要不是有能夠彈奏樂曲的音樂天分，要不就是沒有。弗農顯然是後者。

❖

奶媽的母親病了，這是育嬰室裡空前的大危機。臉色非常紅而嚴峻的奶媽，在蘇珊—伊莎貝的幫助下打包行李。弗農憂心忡忡又滿懷同情，但最主要的情緒還是好奇；他站在一旁開始發問。

「奶媽，你媽媽非常老了嗎？她一百歲了嗎？」

「當然不是，弗農少爺。一百歲真是太誇張了！」

「你認為她會死掉嗎？」弗農渴望自己能表現得仁慈又體諒，因為之前廚子的媽媽病倒然後死掉了。

奶媽沒回答，反而口氣尖銳地說道：「蘇珊，把最底下抽屜裡裝靴子的袋子拿出來。動作快，姑娘。」

「奶媽，你媽媽會不會……」

「我沒時間回答問題，弗農少爺。」

弗農坐在印花棉布椅面的腳凳邊上陷入深思。奶媽說她媽媽不到一百歲，但就算如此，她媽媽一定也相當老了。他總是把奶媽想成老得不得了，想到有人比奶媽還要年長、還要有智慧，真是讓人難以置信。這種想法以某種奇怪的方式，把奶媽貶低到只是普通人類的層次，她不再是一個僅次於上帝的大人物。

宇宙移動了，價值經過重新調整。奶媽、上帝還有葛林先生，這三者的重要性淡化了，變得更加朦朧、更加模糊。媽咪、父親，甚至妮娜姑姑，卻似乎變得重要了，特別是媽咪，她就像是有著美麗金色長髮的公主，他想為媽咪跟惡龍對抗——像野獸那種棕色的、亮晶晶的龍。

上次那個字眼是什麼來著？那個有魔力的字眼——布拉瑪真——就是這個，布拉瑪真。一個充滿魅力的字眼！布拉瑪真公主！他獨自在夜裡輕輕地、祕密地重複這個字眼，還有「該死」跟「馬甲」。

但是永遠、永遠、永遠不能讓媽咪聽說這件事；因為他知道她一定會大笑。她總是會笑出來，那種笑會讓你身體和心裡一縮，而她會說某些話——她總是有話說，就是那種討厭的話，「小孩子實在很滑稽。」

而弗農知道自己並不滑稽。他並不喜歡滑稽好笑的事情——西德尼舅舅曾經這樣說。要是媽咪不會……

坐在光滑的印花布椅面上的弗農困惑地皺起眉頭，心頭閃過兩個媽咪不完整的影像。一個是公主，他會夢見的美麗媽咪，對他來說跟夕陽、魔法還有屠龍混合在一起；還有另外一個媽咪，她會大笑然後說道：「小孩子實在很滑稽。」只是，當然了，她們其實是同一個人……

他坐立不安、長吁短嘆。奶媽因為用力闔上行李箱而弄得滿臉通紅，這時慈愛地轉向他。

「弗農少爺，你怎麼了？」

「沒什麼。」弗農說道。

你總是得說「沒什麼」，不能把真相說出口。因為要是你說出口，沒有人會知道你是什麼意思……

❖

在蘇珊－伊莎貝的治理下，育嬰室變成了很不一樣的地方。你可以（他確實也常常如此）調皮搗蛋。蘇珊叫你不要做某些事，但你還是照做不誤！蘇珊會說：「我會告訴你母親。」但她從來不這樣做。

蘇珊起初很享受奶媽不在時她所擁有的職位與權威。的確，除了弗農帶來的麻煩以外，她本來能好好享受這一切的。她習慣跟下級女僕凱蒂交換知心話。

「我真的不知道他出了什麼毛病，有時候他簡直是個小惡魔。而他在巴斯卡太太面前實在很乖巧。」

凱蒂回答道：「喔！她是一號人物，她真的是！她總是會冷不防嚇你一跳，不是嗎？」

然後她們會一邊說悄悄話一邊格格笑。

「誰是巴斯卡太太？」有一天弗農問道。

「喔，我真沒想到！弗農少爺，你不知道奶媽叫什麼名字嗎？」

所以奶媽叫做巴斯卡太太。好一個震撼。在弗農心中她一直就只是奶媽；這就好像有人告訴你上帝名叫羅賓森先生一般。

奶媽是巴斯卡太太！愈是去想，這件事就顯得愈不尋常。巴斯卡太太，就好像媽咪是戴爾太太，父親是戴爾先生。非常奇怪的是，弗農從來沒深入思考過巴斯卡先生存在的可能性（這倒不是說有這樣的人存在。以「太太」相稱只是對奶媽地位與權威的肯定）。奶媽享有獨一無二的地位，就像葛林先生一樣莊嚴，雖然他有一百個小孩（還有普多、史卡洛與崔伊），但弗農從來沒想過有個與他有關的葛林太太！

弗農好問的心靈飄到了另一個地方。「蘇珊，你喜歡被叫做蘇珊嗎？你不會比較喜歡叫做伊莎貝嗎？」

蘇珊（或者伊莎貝）發出慣有的格格笑聲。「弗農少爺，這跟我喜不喜歡無關。」

「為什麼？」

「因為我們必須照吩咐做事。」

弗農沉默了。他幾天以前才想到了同樣的事，不過他也開始了解這種說法不是真的。你不必然要照人家的吩咐做事；一切取決於是誰吩咐你的。

這不是懲罰的問題。他不斷被蘇珊處罰：待在椅子上不准下來、去牆角罰站，或者不准吃糖果。而奶媽只要臉上露出某種特定表情，透過她的眼鏡嚴厲地看一眼，他除了立刻投降以外，根本無力反抗、無技可施。

蘇珊的本性毫無權威可言，弗農明白這一點。他已經發現抵抗成功的快感，而且他也喜歡折磨蘇珊。蘇珊愈擔憂、慌張、不開心，弗農就愈喜歡唱反調。他年紀還小，就好像人類還處於石器時代一般，享受著殘酷的樂趣。

蘇珊養成了一個習慣：讓弗農自己一個人去花園玩耍。缺乏吸引力的她不像溫妮那樣喜歡花園。更何況，弗農怎麼可能在花園裡受傷呢？

「弗農少爺，你不會靠近池塘吧，對嗎？」

「不會。」弗農說道，同時立刻起意要這樣做。

「你會像個好孩子一樣，玩你的滾鐵環吧？」

「會。」

育嬰室再度恢復平靜，蘇珊放鬆地嘆了口氣，從抽屜裡拿出一本平裝書，書名是《公爵與擠奶女工》。

弗農滾著鐵環，沿著有圍牆的果園周遊一圈。鐵環從他的手中逃出，跳到一小塊土地上面，正好是這段時間園丁頭兒霍普金斯小心翼翼照顧的那塊地。霍普金斯堅定又充滿權威地命令弗農離開，弗農就走開了。他尊敬霍普金斯。

不玩鐵環以後，弗農爬了一、兩棵樹。也就是說，他用上所有適當的預防措施，爬到大概離地六英尺的高度。他厭倦這個危險的運動後，就跨坐在一張長椅上，仔細思索著接下來該做什麼。

大體上，他想的是那些池塘。既然蘇珊警告過他不准去，那裡就有一種獨特的吸引力。對，他要到池塘邊去。他站起身來，而就在他這麼做的時候，另一個念頭闖進他腦海：這個想法來自一個不尋常的景象。

通往森林的門是開著的！

❖

在弗農的經驗裡，這種事情從來沒發生過。他一再嘗試要偷偷打開那道門，但門總是上了鎖。

他小心翼翼地朝那裡靠過去。森林！森林就在門外沒幾步遠的地方，可以直接衝進那綠色的涼蔭深處。弗農的心跳加快了。

他一直都想要進入森林，這次可是難得的機會。一旦奶媽回來了，這樣的事情想都別想。

但他還是猶豫了一下，並不是大人之前的叮囑制止了他的行動；嚴格說來，從來沒有人禁止他到森林裡去。他孩子氣的狡猾早就準備好藉口了。

不，是別的事情作怪。對未知的恐懼，害怕那綠蔭蔽日的陰暗深處，那與生俱來的恐懼遏阻了他……他想去——但又不想去。那裡可能會有些像野獸那樣的東西跑出來追著你，追著尖叫的你……

他很不自在地把重心從一腳移到另一腳。

可是「東西」不會在白天追著你跑，而且葛林先生是住在森林裡的。倒不是說葛林先生還是像過去一樣真實。不過，去探索並且發掘一個假裝葛林先生住著的地方，仍然相當有趣。普多、史卡洛跟崔伊可以各自有自己的房子，用樹葉搭成的小屋子。

「來吧，普多，」弗農對著想像中的夥伴說道，「你有帶你的弓箭嗎？這樣就對了。我們會在森林裡跟史卡洛會合。」

他喜孜孜地踏出去，心眼裡看得清清楚楚，普多就在他身邊，打扮得像是圖畫書裡的魯賓遜．克魯索[10]。

森林裡棒極了。光線微弱幽暗、一片綠意，鳥兒唱著歌，在枝幹之間飛翔。弗農繼續跟他的朋友對話——這是他平時不太敢縱容自己享受的奢侈，因為可能會有人在旁邊聽到，然後說：「他很滑稽，他假裝有另一個小男生跟他在一起呢。」你在家裡的時候必須非常小心。

「普多，我們會在午餐前到達城堡的，那裡會有烤豹子肉。喔！哈囉，史卡洛在那裡。史卡洛，你好嗎？崔伊在哪？

「我告訴你怎麼回事。我想他走路走累了，我們騎馬吧！」

駿馬就拴在旁邊的一棵樹上。弗農的馬是乳白色，普多的則是炭黑色，至於史卡洛的馬是什麼顏色，他還沒辦法下定決心。

他們在樹木間飛馳，越過危險致命的地方以及沼澤溼地。蛇對他們嘶嘶吐信，獅子朝他們撲過來，但忠實的駿馬聽從了他們的一切要求。

在花園裡玩耍多麼愚蠢啊——或者說，在這裡以外的地方玩耍都很愚蠢！他本來已經忘記跟葛林先生、普多、史卡洛還有崔伊一起玩是什麼感覺了，因為旁人老是提醒你，你是個在玩假想遊戲的滑稽小男生，這種時候你怎麼玩得下去？

原本趾高氣揚地走著的弗農，一下開心地蹦蹦跳跳，過一下又以肅穆的尊嚴大步前進。他很偉大，他很神奇！雖然他自己並不知道，但此刻他需要的其實是一面小鼓，在他歌頌讚揚自己的時候可以打拍子。

森林！他一直都知道森林會是像這樣，而它真的就是這樣！在他面前，突然出現一道覆蓋著苔蘚的傾頹牆壁。城堡的圍牆！還有什麼比這個更完美的？他開始攀爬這堵牆。

往上爬相當容易，雖然這樣做或許很危險，但這也是最令人興奮的地方。這是葛林先生的城堡？還是食人惡魔棲息的地方？弗農還沒下定決心，但不管哪一種想法都很迷人。整體來說，因為此刻他處於某種好戰的心理狀態，所以他傾向於後面那種假定。一臉興奮的他到達圍牆的最高處，然後眺望著另一側。

這時桑莫斯．韋斯特太太闖進了弗農的故事裡——雖然只占了一小段。她鍾愛（短時間的）浪漫孤獨感，所以買下了一棟林間小築[10]，以便「心情輕快地遠離任何地方，而且說真的，如果你懂得我的意思，能到

10 魯賓遜．克魯索（Robinson Crusoe），是《魯賓遜漂流記》裡的主角名。

森林的核心深處，與自然合一！」而既然桑莫斯．韋斯特太太不但有藝術氣息，也有音樂天分，所以她把小屋裡的兩個房間打通，好有足夠的空間擺設一架平台鋼琴。

就在弗農爬到圍牆頂端的同一時間，幾個喘著氣、步履搖晃的男人慢慢把那架平台鋼琴朝著落地窗拉過去，因為從大門口進不去。這處林間小築的花園只有一團團糾結的矮樹叢——狂野的自然，桑莫斯．韋斯特太太是這麼形容的，所以弗農只看得見野獸往前移動！野獸，活生生、充滿決心朝著他慢慢爬過來的野獸，滿懷惡意，一心復仇……

有一刻他生根似的留在原地。然後，他發出一聲狂亂的叫喊，逃跑了。沿著狹窄、傾頹的圍牆頂端逃跑。野獸在背後追著他……它來了，他知道的。他跑著，跑得比任何時候都快。他的腳卡進一團常春藤裡，頓時往下栽。墜落，不斷地墜落……

第四章

很久以後，弗農醒來了，發現自己躺在床上。當然，在床上醒來再自然不過了，但有一大塊東西在面前隆起來，這就不自然了。就在他盯著這玩意看的時候，有人說話了。是科爾斯醫師，弗農與他還滿熟的。

「好，好，」科爾斯醫師說，「我們現在覺得怎麼樣啊？」

弗農不知道科爾斯醫師覺得怎麼樣，他自己倒是覺得很想吐，就這麼說了。

「敢情是，敢情是。」科爾斯醫師說道。

「而且我覺得我好像受傷了，」弗農說，「我想傷得很重。」

「敢情是，敢情是。」科爾斯醫師又說了一遍——弗農心想，這樣實在幫助不大。

「或許不要躺在床上會覺得比較好。」弗農說，「我可以起來嗎？」

「恐怕現在還不行，」醫師說道，「你知道，你才剛跌下來。」

「對，」弗農說道，「野獸在追我。」

「啊？什麼？野獸？什麼野獸？」

「沒什麼。」弗農說道。

「是狗吧？」醫師說道，「對著牆壁又跳又吠。你一定很怕狗吧，孩子？」

「我不怕狗。」弗農說道。

「那裡離你家這麼遠，你去那裡做什麼呢？」

「沒有人跟我說不能去那裡。」弗農說。

「嗯——哼，是這樣嗎？好吧，看來你必須接受懲罰了。你知道嗎？你跌斷腿了。」

「是喔？」弗農很高興，心裡一陣陶醉。他跌斷腿了。他覺得自己好重要。

「是呀。你必須躺一陣子，而且之後會有一段時間要用拐杖。你知道拐杖是什麼嗎？」

嗯，弗農知道。鐵匠的父親賈柏先生就拄著拐杖。他也要用拐杖了！多棒啊！

「我可以現在就試試看嗎？」

科爾斯醫師笑出聲來。「所以你喜歡這個主意囉？可是現在還不行，還得再等一下下。而且你得努力做個勇敢的男生，懂吧？那樣會康復得快一點。」

「謝謝你。」弗農很有禮貌地回答，「我覺得不太舒服，你可以把這個怪東西從床上拿走嗎？拿走以後我想會比較舒服點。」

但那個怪東西似乎叫做支架，它不能被拿走。而且弗農似乎也不能在床上自由移動，因為他有一條腿綁在一塊長長的木板上。他突然覺得有條斷腿看來終究不是好事。

弗農的下唇顫抖了一下下。他不想哭出來——不，他是個大男孩了，大男孩不哭的；奶媽是這麼說的——然後他知道了，他想找奶媽，他急切地需要她來讓人心安，需要她的無所不知，需要她走路時發出的窸窣響聲，還有不疾不徐的莊嚴態度。

「她很快就會回來的，」科爾斯醫師說，「對，很快。在她回來以前會有個護士代替奶媽來照顧你……法蘭西絲。」

法蘭西絲走過來，弗農在沉默中審視著她。她也穿著上漿的衣服，走動時同樣窸窣作響，那全都是好的特質。不過她不像奶媽那麼高大——她比媽咪還要瘦，就跟妮娜姑姑一樣瘦。可是……

然後他看到了她的雙眼：視線穩定、帶點灰色的綠眼睛，讓他覺得（就像大多數人感覺到的一樣）有了法蘭西絲，一切都會「好好兒的」。

她對他露出微笑——不是純粹禮貌性的那種笑法，而是一種嚴肅的微笑，友善卻很含蓄。

「你覺得想吐，我覺得很遺憾，」她說道，「想喝點柳橙汁嗎？」

弗農想了一想，然後說要。科爾斯醫師離開了房間，隨後法蘭西絲端來了柳橙汁，裝在一個奇形怪狀、有個長壺嘴的杯子裡。看來弗農得從那個壺嘴喝果汁了。

這讓他笑了，不過笑卻弄痛了受傷的地方，所以他停了下來。法蘭西絲建議他再睡一會，但他不想睡。

「那我就在這邊陪你吧。」法蘭西絲說道，「我想知道，你能不能數出來牆上有多少朵鳶尾花？你可以從右邊開始，我會從左邊開始。你會數數吧？」

弗農驕傲地說，他可以數到一百。

「那麼多！」法蘭西絲說，「牆上的花應該不到一百朵。我猜有七十九朵，你猜有多少朵？」

弗農猜有五十朵。他很確定不可能超過五十朵的。他開始數了，但不知怎麼的，他不知不覺地闔上眼皮，睡著了……

❖

噪音……噪音與疼痛……他驚醒了。他覺得熱，非常的熱，而且有一股疼痛傳遍半邊身體。噪音愈來愈近，這種噪音總是讓人聯想到媽咪。

她像一陣旋風似的進了房間，那件類似斗篷的衣裳在背後搖曳。她像隻鳥——一隻很大很大的鳥，而且就像鳥一樣地俯衝到他身上。

「弗農，我親愛的，媽咪最親愛的，他們把你怎麼了？多麼可怕，多麼恐怖，我的孩子啊！」

她在哭泣。弗農也開始哭，他突然間害怕起來。麥拉在呻吟抽泣。

「我幼小的孩子，我在世上僅有的。神啊，別把他從我身邊帶走，別把他從我身邊帶走！如果他死了，我也會死！」

「戴爾太太……」

「弗農，弗農，我的寶寶……」

「戴爾太太——拜託你。」

那聲音裡包含的是俐落的命令，而不是懇求。

「請不要碰他，你會弄痛他。」

「弄痛他？我？他的母親？」

「戴爾太太，你似乎不明白，他的腿斷了。拜託你，我必須請你離開這個房間。」

「你有什麼事情瞞著我吧？告訴我，告訴我，那條腿必須截肢嗎？」

弗農口中冒出一聲哭嚎。什麼叫截肢，他連一點概念都沒有——可是這聽起來很痛，而且比痛更重要的是，聽起來很可怕。他的哭嚎變成一陣尖叫。

「他快死了，」麥拉哭喊道，「他快死了，他們卻不肯告訴我！可是他應該死在我懷裡啊。」

「戴爾太太……」

不知怎麼的，法蘭西絲已擋在麥拉跟床鋪之間了。她抓住麥拉的肩膀，聲音裡有奶媽對下級女僕凱蒂講話時的那種口氣。

「戴爾太太，聽我說，你必須克制一些。一定要克制！」她抬起頭，弗農的父親就站在門口。「戴爾先生，請把你太太帶開。我不能讓我的病人激動心煩。」

父親沉靜又明理地點點頭。他只看了弗農一眼，說道：「運氣不好，小子。我的手臂以前也曾斷過。」事情突然之間變得沒那麼嚇人了。其他人也曾斷過腿跟手臂。父親攬著母親的肩膀，帶著她朝門口走去，同時低聲說著什麼，她抗拒、爭論著，聲音因為情緒激動變得高亢刺耳。

「你怎麼可能了解？你從沒有像我這樣照顧過孩子。孩子需要母親的——我怎麼能把孩子留給一個陌生人照顧？他需要母親……你不明白，我愛他。沒有什麼比得上母親的照料，每個人都這麼說。」

「親愛的弗農……」她從丈夫的手臂中掙脫，回到床邊，「你要我陪，不是嗎？你要媽咪嗎？」

「我要奶媽，」弗農啜泣著說道，「我要找奶媽……」

他指的是他原來的奶媽，不是法蘭西絲。

「喔！」麥拉說道。她站在那裡，全身發抖。

「來吧，親愛的，」弗農的父親輕柔地說道，「走吧。」

她靠在他身上，一起從房間離開，含糊的字句飄回房間裡。

「我自己的孩子，背棄我轉向一個陌生人。」

法蘭西絲撫平了床單，問他要不要喝點水。

「奶媽很快就會回來了，」她說道，「我們今天寫信給她，好嗎？你再跟我說信裡要寫些什麼。」

一種奇特的新感受從弗農心裡升起——一種古怪的感激。有人真的了解他。

後來弗農回顧童年時，這段日子顯得相當突出。「摔斷腿的那時候」，標記出一個獨特的時期。當時他視為理所當然的幾件小事，之後回想時也讓他很感激。舉例來說，科爾斯醫師跟戴爾太太之間曾有過非常火爆的會談，這段會談當然不是發生在弗農的房間裡，不過麥拉提高了嗓音，即使隔著房門弗農也聽得到她義憤填膺的叫喊：「我不知道你說我害他激動是什麼意思……我認為應該由我照料自己的孩子……我當然心煩意亂，我不像那些根本就沒有心肝的人——徹底沒有心肝。看看華特，連一根頭髮都沒亂！」

小衝突不斷，更不要說麥拉與法蘭西絲之間氣沖沖的爭執了；法蘭西絲總是贏家，但她卻付出了代價。麥拉帶著狂怒妒意稱她為「領薪餉護士」。她被迫聽從科爾斯的指示，卻遵從得心不甘情不願，還擺出粗魯的態度，但法蘭西絲似乎從不在意。

多年以後，弗農已忘了當時一定有的痛楚與無聊。他只記得玩耍與談話的快樂時光，他以前從沒有這樣跟人玩耍或談話過，因為法蘭西絲是個不會認為事情「滑稽」或者「古怪」的成人，她會明智地聆聽，然後做出認真又有道理的建議。他可以跟法蘭西絲講普多、史卡洛跟崔伊，還有葛林先生和他那一百個孩子的事。法蘭西絲沒有說：「這個遊戲真是滑稽！」她只是問這一百個孩子是女生還是男生——弗農以前從來沒考慮過這個，不過他們倆決定，最公平的安排是男女生各五十個。

有時候他忘了提防，出聲地玩著他的假想遊戲，法蘭西絲也似乎沒有注意到，或覺得這有什麼不尋常。她跟老奶媽一樣，有冷靜、讓人安心的感覺，不過她有某種對弗農來說更加重要的特質，一種回答問題的天賦——而他本能地知道，那些答案是真的。有時候她會說：「我也不知道。」或者「你必須問別人，我不夠聰明，沒法告訴你這個。」她沒有裝出來的無所不知。

偶爾在喝過午茶以後，她會跟弗農說故事。故事從來不重複：今天是淘氣小男孩與小女孩的故事，明天就會是關於中了魔法的公主。弗農最喜歡後面那種故事。有一個他特別愛的，是關於一個住在高塔裡的金髮公主，還有一個戴著綠色破帽子的流浪王子。那個故事的結局場景是在森林裡，可能就是因為這個理由，弗農才會這麼喜歡。

有時候會有個多出來的聽眾。麥拉通常會在剛過中午的時候進來陪弗農，那時是法蘭西絲的午休時間，不過弗農的父親偶爾來訪時總選在午茶後，那時候正好是說故事時間。這漸漸成了一種慣例，華特·戴爾會坐在法蘭西絲後方的陰影裡，然後注視著講故事的人，而不是他的孩子。有一天弗農看見父親的手悄悄伸出來，輕柔地握住法蘭西絲的手腕。

讓弗農非常驚異的是，法蘭西絲從椅子上站起來說道：「今天下午我們恐怕必須把您請出去了，戴爾先生，弗農跟我有別的事情要做。」

這真讓弗農驚訝，因為他想不出要做什麼事情。讓他更加困惑的是，父親也起身了，而且低聲說道：「請你原諒我。」

法蘭西絲的頭微微一點，卻還是站著。她的雙眼穩穩地注視著華特·戴爾的眼睛。他輕聲說道：「你願不願意相信我是真心感到抱歉，並允許我明天再來？」

在那之後，以弗農說不清的某種方式，父親的舉止變了，他不再坐得那麼靠近法蘭西絲、更常跟弗農說話，偶爾三個人會一起玩——通常是玩弗農瘋狂熱愛的「抓鬼」遊戲[11]。他們全都很享受這樣的快樂午後。

有一天，在法蘭西絲離開房間的時候，華特·戴爾突然說道：「弗農，你喜歡這位臨時奶媽嗎？」

11 抓鬼（Old Maid），源自維多利亞時期，之後廣為流傳的撲克牌戲。

「法蘭西絲？我非常喜歡她。你不也是嗎，父親？」

「是啊，」華特．戴爾說，「確實是。」

他的聲音裡有一種哀傷，弗農感覺到了。

「出了什麼事嗎，父親？」

「是無法補救的事情。被留置在崗位上的馬，不會有太多表現機會——就算知道這是那匹馬的錯也於事無補。不過小子，這話對你來說是沒有意義的吧？無論如何，趁著你還跟法蘭西絲在一起的時候，好好享受她的陪伴吧，像她這樣的人可不是到處都有。」

然後法蘭西絲回來了，他們玩起動物配對紙牌遊戲。

不過華特．戴爾的話讓弗農開始思考了。隔天早上他跟法蘭西絲談起這個難題。

「你不會永遠待在這裡嗎？」

「不會。只待到你康復——或者幾乎康復。」

「你不會永遠待下來嗎？我希望你待下來。」

「可是你知道我的工作不能這樣。我的工作是照顧生病的人。」

「你喜歡做那樣的工作嗎？」

「對，非常喜歡。」

「為什麼？」

「唔，每個人都有某種他們喜歡、又適合他們的工作。」

「媽咪就沒有。」

「喔，她有的。她的工作是照料這間大房子，留心讓每件事都順利進行，還有照顧你跟你父親。」

「父親以前是個士兵。他告訴我，如果有戰爭，他就會再去當兵。」

「你喜歡你父親嗎，弗農？」

「我當然最愛我媽咪，因為媽咪說小男生都最愛他們的母親。可是我喜歡跟父親在一起，不過那是不一樣的，我猜這是因為他是男人。我長大以後該做什麼，你有什麼看法嗎？我想當個水手。」

「或許你會寫書。」

「關於什麼的書？」

法蘭西絲微微地笑了。

「或許是關於葛林先生、普多、史卡洛還有崔伊的書。」

「可是大家會說那很傻氣。」

「小男生就不會這樣說。而且等你長大後，你腦袋裡會有不同的人——就像葛林先生和那一百個孩子一樣，只不過是成年的，然後你就可以寫他們的事了。」

弗農想了很久，然後搖搖頭。

「我想我會成為像父親一樣的士兵。媽咪說，大多數戴爾家的人都當過兵。當然你必須非常勇敢才能當兵，不過我想我夠勇敢。」

法蘭西絲沉默了一會兒，想著華特・戴爾之前怎麼形容這個年紀還小的兒子。

「他是個很有勇氣的小伙子，完全無所畏懼，不知道恐懼是什麼！你該看看他騎在小馬背上的樣子。」

是的，弗農可以說是個勇敢無畏的孩子，以這樣年幼的孩子來說，他出奇地能夠忍受斷腿的痛苦與不適。但他有另一種恐懼。隔了　、兩分鐘後，她慢慢說道：「再跟我說一次，那天你怎麼會從牆上摔下來。」

她知道所有關於野獸的事，也很小心不要表現出任何揶揄之情。她聽完弗農的話，並且在他講完的時候溫柔地說：「不過你早就知道它不是真的野獸了，對不對？那只是用木頭跟鋼弦做的東西。」

「我知道，」弗農說，「但夢到它的時候就不是那樣了。而且當我在花園裡看到它靠近的時候……」

「你逃開了，這樣相當可惜，不是嗎？留在那裡仔細看清楚會好得多。你會看到那些男人，也會知道它其實是什麼。仔細看是一件好事。如果你最後還是想逃，你可以隨後再跑開——不過通常看過後你就不會想逃了。而且弗農啊，我要告訴你另一件事情。」

「是？」

「東西擺在面前的時候，永遠不會像跟在背後那麼嚇人。記住這件事，躲在背後讓你看不到的東西總是顯得很可怕，那就是為什麼轉身面對總是比較好，因為只要轉身，你通常會發現，它們根本不算什麼。」

弗農若有所思地說道：「如果我轉身面對，我就不會跌斷腿了，是嗎？」

「是的。」

弗農嘆息了。

「我不是很介意跌斷腿。有你可以陪我玩是非常好的事。」

他以為法蘭西絲低聲細語著「可憐的孩子」，不過那當然很荒唐。她微笑著說道：「我也很享受這段時光。某些我照顧的病人不喜歡玩。」

「你真的喜歡玩耍，是嗎？」弗農說。「葛林先生也喜歡。」

他補上底下這句話的時候相當僵硬不自然，因為他害羞了：「請不要太快離開，好嗎？」

❖

但實際上，法蘭西絲比她自己預期的還更早離開。這一切全都發生得非常突然，在弗農的經驗裡，事情總是如此。

起初非常單純——麥拉提議要為弗農做某件事，而他說他寧可讓法蘭西絲來做。現在他每天都會花一段短暫而痛苦的時間拄著拐杖，而且非常享受這樣做的新鮮感。但他總是很快就累到得回床上休息。今天，他母親建議他練習拄拐杖，還說她會幫忙。以前她也幫忙過弗農；她那雙雪白的大手出奇地笨拙，在打算幫忙的時候卻弄痛他。她出於好意的努力讓他退縮，他說他會等法蘭西絲來幫忙，她才不會弄痛他。

這些出自小孩子毫無修飾的誠實話語，令麥拉．戴爾瞬間怒火大熾。

兩、三分鐘後進來的法蘭西絲，承受著洪水般的譴責。

教這個小男孩討厭自己的母親，真是殘酷、邪惡，他們全都是一個樣，每個人都討厭她——如今她在這個世界上只剩弗農了，而現在他也被人哄著反對她、討厭她。

譴責就這樣繼續下去，如同一道無盡的溪流。法蘭西絲頗有耐性地忍受這一切，不帶驚訝或怨恨。她明白，戴爾太太就是那種女人；大吵大鬧對她來說是一種抒解。法蘭西絲懷著陰鬱的幽默感想著，只有在說話者對你來說很重要的時候，那些嚴厲的話才會造成傷害。她為戴爾太太感到遺憾，因為她明白在那些歇斯底里的怒氣發作背後，有多少真正的不幸與痛苦。

不幸的是，華特．戴爾偏偏在這一刻走進來。有一會兒他驚訝地站在原地，接著便憤怒地漲紅了臉。

「說真的，麥拉，我為你感到丟臉。你簡直是在胡說八道。」

她憤怒地轉向他。

「我很清楚自己在說什麼，也知道你幹了什麼，我看到你天天都偷溜到這裡來。你總是在對這個女人或那個女人求愛，育嬰室女僕、醫院護士，對你來說全都一樣。」

「麥拉——安靜！」

他現在真的生氣了。麥拉感覺到一股恐懼在搏動，但她奮力喊出她最後的謾罵。

「你們全都一樣，你們這些醫院護士！跟別人的丈夫調情。你真是可恥，連在純潔的小孩面前也這樣，你把亂七八糟的事情塞進他腦袋裡。你得離開我家，立刻離開，我會告訴科爾斯醫師我對你的看法。」

「可否請你到別處去繼續這些有教育意義的談話？」現在她丈夫的聲音是她最討厭的那種樣子——冷漠又譏諷。「在你純潔的小孩面前講這些，實在不算明智吧？護士，我為我太太說的話向你道歉。來吧，麥拉。」

她去了——同時開始哭泣，對於自己方才所做的事情感到有點害怕。一如往常，脫口而出的話比她原本打算說的還過火。

「你好殘酷，」她啜泣著說，「太殘酷了。你希望我最好死掉，你恨我。」

她跟著他走出育嬰室。法蘭西絲讓弗農上床睡覺。他原本想問些問題，但她談起了一隻狗，一隻聖伯納大狗，那是當她還小的時候養的狗，他聽得入迷，以至於忘記了其他的一切。

那天深夜的時候，弗農的父親來到育嬰室，看起來蒼白如病人。法蘭西絲起身，走到他站著的門口。

「我不知道該說什麼。我該怎麼才能表達歉意？我太太講的那些話……」

法蘭西絲用實事求是的平靜聲音回答他。

「喔，這完全不要緊的，我了解。然而我認為我最好在安排得當的狀況下盡快離開，我在這裡讓戴爾太太不開心，結果她就害自己情緒太激動了。」

「要是她知道她胡亂指控的偏離事實有多遠就好了。她竟然侮辱了你……」

法蘭西絲笑了出來——或許並不是很有說服力。

「在別人抱怨自己被侮辱的時候，我總是覺得很荒謬，」她開朗地說道，「這個字眼太誇張了，不是嗎？

請不要擔心或者認為我會介意。你應該明白吧，戴爾先生，你的太太是……」

「是？」

她的聲音變了，變得嚴肅又悲傷。

「是一個不快樂又寂寞的女人。」

「你認為這完全是我的錯嗎？」

有一陣停頓。她抬眼看著他——用那對堅定的綠色眼睛。

「對，」她說，「我確實這麼想。」

他深吸了一口氣。

「除了你以外，沒有人對我這樣講過。你——我想就是你的勇氣讓我這麼仰慕——你徹底、無所畏懼的誠實。我替弗農感到遺憾，他竟然現在就失去了你，太快了。」

她嚴肅地說道：「別為了你無須負責的事情責怪自己，這不能說是你的錯。」

「法蘭西絲，」這是弗農的聲音，充滿渴望地從床上傳來，「我不希望你離開。請不要走——今晚別走。」

「當然不會，」法蘭西絲說，「我們還得跟科爾斯醫師講這件事。」

法蘭西絲三天後離開了。弗農心痛地啜泣，他失去了生平第一個真正的朋友。

第五章

在弗農的記憶中，五歲到九歲的那些年有點模糊不清。情況在變——不過變化很慢，所以影響不大。奶媽沒有回來；她母親中風了，無法自理，她被迫留下來看顧。有一位羅彬森小姐被安排來當女家教，這個人實在太沒特色，弗農甚至記不起她的長相。在她的管教下，他一定變得有點蠻橫，因為才剛過八歲生日，他就被送去住校了。學校第一次放長假時，他的表妹喬瑟芬已搬來家裡住。

妮娜很少回普桑修道院，事實上，她來訪的次數逐年減少，也從未帶小女兒同行。弗農即使不懂人情世故，也還是清楚地察覺了某些事情：其一是，他父親不喜歡西德尼舅舅，卻仍然對他極度禮遇。其二是，他母親不喜歡妮娜姑姑，卻不介意表現出來。

有時候，妮娜在花園裡坐著跟華特聊天，麥拉會加入他們，接著在隨後總是會出現的片刻停頓中，她會說：「我想我最好還是離開，看得出來我礙事了。不，謝謝你，華特（這句是用來回答一陣輕聲囁嚅的抗議之詞）。我什麼時候顯得多餘，我自己看得可清楚了。」她會咬著嘴唇、緊張地握緊又放鬆雙手、棕色的眼睛裡含著淚水走開。然後，華特．戴爾總是會一臉非常冷靜、不以為然的表情。

有一天，妮娜爆發了。

「她真是不可理喻！我就連跟你講話她都要來鬧。華特，你當初為什麼要娶她？為什麼要這麼做？」

弗農記得他父親如何環顧四周，凝視著房子，然後把目光調向遠處，朝舊修道院廢墟的方向望去。

「我愛這個地方，」他緩緩說道，「這大概是家族遺傳吧。我不想放棄這裡。」

一陣短暫的沉默之後，妮娜笑了——一種古怪簡短的笑聲。

「我們真的不是什麼理想的家族，」她說道，「你跟我，我們把事情弄得相當糟。」

又是一陣停頓，然後他父親說道：「有那麼慘嗎？」

妮娜發出尖銳的吸氣聲，點點頭。「夠慘了。華特，我覺得我撐不了多久了。佛瑞德痛恨看見我。喔！我們在公開場合表現得完美極了——沒有人猜得到——可是天啊，我們獨處的時候真是糟透了！」

「是啊，可是，我親愛的姑娘……」

然後有一會兒，弗農什麼都聽不到。他們的聲音放低了，似乎在爭辯，最後父親的聲音再度傳來。

「你不能這麼瘋狂，你沒那麼喜歡安斯提，你根本就不喜歡他！」

「我的確不喜歡他——但他對我很著迷。」

他父親說了某句話，聽起來很像是「豬吃社交界」[12]之類的。妮娜又笑了。

「那個啊？我們兩個都不在乎。」

「到頭來安斯提會在乎的。」

「佛瑞德會跟我離婚的——他會很樂得這麼做。然後我就可以再婚了。」

「就算那樣……」

12 其實是「逐出社交界」（social ostracism），但因為弗農還不懂，所以聽成 social ostriches（豬吃社交界）。

「華特對社會規範發表意見耶！這真是滑稽啊！」

「女人跟男人是非常不一樣的。」弗農的父親平淡地說道。

「喔！我知道，我知道的。可是再怎樣都比這無窮無盡的慘況來得好。當然，在內心最深處，我還是愛著佛瑞德——我一直如此，但他卻從來沒愛過我。」

「還有那孩子，」華特・戴爾說道，「你不能就這樣撇下她走掉。」

「不能嗎？你知道，雖然我不是很像樣的媽媽，但我會帶著她跟我一起走的。佛瑞德才不在乎她——他恨她就像恨我一樣。」又一陣停頓，這回比較長。然後妮娜慢慢地說道：「人類能夠害自己陷入多麼可怕的困境啊。而且就你跟我的狀況來說，華特，這全都是我們自己的錯。我們這一家真是了不起……我們替自己，還有任何跟我們扯上關係的人都帶來厄運。」

華特・戴爾起身，心不在焉地裝著菸斗，然後慢慢地走開。這時妮娜第一次注意到弗農。

「哈囉，孩子，」她說道，「我沒看到你在那裡。我很納悶，剛才那些你聽得懂多少？」

「我不知道。」弗農含糊、侷促不安地說。

妮娜打開肩背包拿出玳瑁製的盒子，抽出一支菸，然後點著了它。弗農望著她，著迷不已。他從來沒看過女人抽菸。

「怎麼了？」妮娜說道。

「媽咪說，」弗農說道，「好女人是不抽菸的。她對羅彬森小姐這樣講。」

「喔，是啊！」妮娜說著吐出一片如雲的煙霧。「我想她說得對。你懂吧，弗農，我不是好女人。」

弗農盯著她看，朦朧地覺得憂傷。「我認為你非常漂亮。」他頗為害羞地說道。

「那是兩回事，」妮娜的微笑變大了，「來這邊，弗農。」

他聽話地靠過去。妮娜把雙手放在他肩膀上，然後用謎樣的眼神上下打量他。他很有耐性地順著她，他從來不介意妮娜姑姑碰他，她的雙手很輕盈，不像他母親那樣死抓著不放。

「沒錯，」妮娜說，「你是一個戴爾家族的人——十足的戴爾家人。麥拉運氣真背，不過就是這樣。」

「那是什麼意思？」弗農說道。

「意思是說你像你父親那邊的人，不像你母親那邊的——對你來說這樣比較不走運。」

「為什麼這對我來說比較不走運？」

「弗農，因為戴爾家人從來就不幸福，也不成功。而且他們做不了好事。」

妮娜姑姑說的話多麼奇怪啊！她說這些話的時候半帶笑意，所以也許她不是認真的。然而這些話裡有某種他不太明白的含意，讓他害怕。

「如果我像西德尼舅舅，」他突然說道，「這樣會不會比較好？」

「好得多，好得多了。」

弗農考慮了一會。

「但是，」他慢慢說道，「如果我像西德尼舅舅的話……」他停了下來，試著把話說清楚。

「是，然後呢？」

「如果我像西德尼舅舅，那我就會去住落葉松山莊，而不是這裡。」

西德尼舅舅的落葉松山莊是一處蓋得很牢固的紅磚鄉間別墅，位於伯明罕附近。有一次弗農被帶去西德尼舅舅跟凱莉舅媽家，那裡有三英畝大的絕佳遊樂場，有玫瑰花園、爬滿藤蔓的棚子、養著金魚的水池，還有兩間布置得很合宜的臥室。

「你不喜歡那樣嗎？」妮娜仍然望著他。

「不喜歡！」弗農從他小小的胸膛裡擠出一聲長嘆，「我想住在這裡——直到永遠、永遠、永遠！」

❖

沒多久就有件怪事發生在妮娜姑姑身上。母親開始講到她，而父親會斜瞄弗農一眼，同時設法讓她噤口。他只聽到幾句話：「那個可憐的孩子，我實在替她難過。你只要看妮娜一眼就知道她不守婦道，而且永遠都是這樣。」

弗農知道，那個孩子指的是他素未謀面的表妹喬瑟芬，他會在耶誕節送禮給她，然後也都有收到回禮，他納悶地想，為什麼喬瑟芬會是「貧窮的」[13]，為什麼母親會替她感到難過，還有為什麼妮娜姑姑「不守婦道」——那個詞到底是什麼意思？他去問羅彬森小姐時，她變得很激動，然後跟他說他絕不可以提起「這一類的事」。哪一類的事？弗農納悶著。然而他也沒有再多想，直到四個月後，這件事再度被提起為止。這回沒有人注意弗農在場——眾人情緒太激動，顧不了這麼多。他的父母親正激烈地討論某件事。母親一如往常的大嚷大叫、情緒激動。父親則非常安靜。

「真可恥！」麥拉說。「跟男人跑了，結果還不到三個月又跟了另一個，這顯然是她的本性。我一直都知道她就是這樣。男人，男人，男人，心裡沒別的，就只顧男人！」

「隨便你怎麼想，麥拉。無所謂，我知道你對此事作何感想。」

「我猜其他人也都會這麼想！華特，我真搞不懂，你說你們是一個老世家，而這一切……」

「我們是一個老世家。」他平靜地說道。

「我本來認為你會在意家族的聲譽。她讓家族蒙羞——如果你是真正的男子漢，就該徹底把她逐出家門，她活該。」

「這麼做根本是通俗劇裡的老套胡鬧場面。」

「你老是冷嘲熱諷的！道德對你來說毫無意義——徹底沒有意義。」

「你還不懂嗎？在這個節骨眼上，重點不在道德問題。重點在於我妹妹此刻一文不名，我必須去蒙地卡羅看看能為她做什麼。我本來認為任何有腦袋的人都看得出這一點。」

「謝謝你啊！你還真是有禮貌啊！你倒是說說看，她一文不名是誰的錯？她本來有個很好的丈夫……」

「不——別提這個。」

「至少，他那時娶了她。」

這次是他父親漲紅了臉，用非常低沉的聲音說道：「我搞不懂你，麥拉。你是個好女人——一個仁慈、有榮譽感、正直的女人——然而你竟說出那樣低級卑鄙的嘲弄，降低自己的格調。」

「你就是這樣！老是辱罵我！反正我習慣了，你跟我說話時根本就不在乎自己的措詞。」

「不是這樣的，我已盡可能努力對你客客氣氣了。」

「對，這也是我會恨你的原因之一，你永遠不直說，總是表面有禮地冷嘲熱諷，老是裝模作樣。我真想知道，這種維持表象的做法有什麼必要？反正整個家裡上上下下都知道我怎麼想的，我又何必假裝？」

「我想全家上上下下的確都知道了——多謝你那傳得很遠的聲音。」

「你又來了——又在諷刺人了。無論如何，我可是很樂意告訴你，我對你那寶貝妹妹有什麼想法。跟一個男人跑掉，又跟第二個私奔——我想知道，為什麼第二個男人不能養活她？還是說他已經厭倦她了？」

「我已經告訴過你了，但你沒在聽。他有急性肺癆的毛病，所以必須放棄工作，他也沒有祖產。」

13 因為「可憐的」（poor）也有「貧窮的」意思，弗農把兩個意思搞混了。

「喔！那麼妮娜這次真的打錯算盤了。」

「這是妮娜的特質之一——她的行事動機從來不在於獲利。她是個傻瓜，一個該死的傻瓜，否則她也不會把自己扯進這一團亂裡。她永遠是讓感情跟常識一起失控，才讓麻煩變本加厲。她不會要佛瑞德一毛錢，安斯提想給她一筆錢，她根本理都不理。且提醒你，我同意她的看法，有些事情是一個人不能做的，但是我肯定得去那裡處理事情。如果這讓你心煩，我很抱歉，但事情就是這樣。」

「你從來不照我期望的去做！你恨我！你故意做這種事來讓我痛苦。不過還有一件事情，我還在這裡的時候，別把你那個寶貝妹妹帶回家來。我不習慣跟那種女人相處，懂了沒？」

「你把意思挑得很明，幾乎是在侮辱人了。」

「如果你帶她來這裡，我就回伯明罕。」

華特．戴爾的眼神微微一閃，突然間弗農明白了某件他母親不懂的事情。他對於這番對話的實際內容理解有限，不過他掌握到精髓了：妮娜姑姑生病或者很不快活，媽咪為此很生氣，她說如果妮娜姑姑到普桑修道院來的話，她就要回伯明罕的西德尼舅舅家。她擺明那是一種威脅——不過弗農知道，如果她真的回伯明罕去的話，父親會非常高興。他確定事情就是這樣，但這同時也令他不解。這就像羅彬森小姐給他的某些懲罰，比如說半小時不准講話。她以為他會像午茶時間不准吃果醬一樣介意這種事，而幸運的是，她從來沒發現他其實根本不在乎，反倒還滿享受這種待遇的。

華特．戴爾在房間裡踱來踱去。弗農盯著他看，困惑不已。他知道父親在心裡天人交戰，不過他不明白這番掙扎所為何來。

「怎麼樣？」麥拉說道。

那一刻的她相當美麗——魁偉高大，比例完美——她驕傲地抬著頭，陽光從她金紅色的頭髮上流洩而下。

對某些維京水手來說，她是合適的伴侶。

「麥拉，你是這棟房子的女主人，」華特．戴爾說道，「如果你反對我妹妹來這裡，那麼她當然不會來。」

他朝著門口走去，在那裡頓了一下，然後回頭看她。「如果路維林死了——看來這幾乎是肯定的事，妮娜一定要想辦法找工作，也必須替那孩子做打算。你的反對也適用於那個孩子嗎？」

「你認為我會希望有個小女孩住在家裡，結果到頭來像她媽媽一樣嗎？」

他父親平靜地說道：「這個問題只要用『是』或『不是』來回答就夠了。」

他走了出去。麥拉站在那裡盯著他的背影，淚水出現在她眼中，然後開始滑落。弗農不喜歡眼淚，他慢慢朝著門口移動，但是來不及了。

「親愛的……到我這裡來。」

他必須過去。他被抱住了——緊緊擁抱著，耳朵裡反覆出現一些支離破碎的句子。

「你要補償我——你，我自己的兒子——你不能像他們一樣……那樣陰沉、嘲弄別人。你不會讓我失望的……你永遠不會讓我失望的……是吧？你得發誓……我的兒子，我親生的兒子。」

他對這一切太了解了。他說了母親期望的話，正確的回答了「是」跟「不是」。他實在好恨這一切，這一套總是出現在好靠近耳朵的地方。

那天午茶後，麥拉的心情就變好了。她在寫字桌前寫信，然後在弗農進來的時候開心地抬頭看他。

「我正在寫信給你爹地。也許過不久，妮娜姑姑跟喬瑟芬就會來這裡住了。那樣不是很美妙嗎？」

不過她們沒有來。麥拉對自己說，華特真是讓人無法理解，就只因為她說了幾句其實並非真心的話……

不知怎麼的，弗農並沒有太驚訝。他原本就不認為她們會來。

妮娜姑姑說過，她不是個好女人——但她非常漂亮……

第六章

如果必須總結後來那幾年的事件，弗農會用一個詞來概括——難堪場面！沒完沒了的難堪場面。

而且他開始注意到一個奇特的現象。在每次大鬧過後，母親看起來就更大一點，父親則縮得更小一點。刮起譴責與謾罵等情緒風暴，讓麥拉在身心兩方面都大為振奮。她吵完架後總顯得煥然一新，心緒獲得了安慰，對全世界充滿了善意。

對華特·戴爾來說狀況恰恰相反。他縮進自己的世界裡，天生的每根敏感神經都在這種攻擊之下縮了起來。他僅有的武器——清淡有禮的嘲諷，卻每每刺激他的妻子進入徹底狂怒的狀態。他平靜而疲憊的自制力，比任何行為都更令她激憤。

倒不是說她的抱怨全然毫無來由。華特·戴爾待在普桑修道院的時間愈來愈少。而當他回來的時候，眼睛下面有著眼袋，而且手在顫抖。他很少注意弗農，然而這孩子總是湧起一股暗藏的同情。他們的默契是華特不該「干涉」這個孩子；母親才是應該管這種事的人。除了監督弗農的騎術以外，華特放手由麥拉去做，否則就會引起新的討論與譴責。他很樂於承認麥拉具備了所有的美德，是最小心翼翼又最體貼的母親。

然而他有時候會感覺到，他可以給弗農某種她無法給予的東西。問題在於父子倆都有點不好意思接近，對他們兩個來說，表達自己的感情並不容易——麥拉會覺得這種事很難理解。父親和兒子都對彼此保持著嚴肅的禮貌。

不過在每一回合的「難堪場面」中，弗農都充滿了沉默的同情。他確切知道父親的感覺是什麼——知道那種響亮憤怒的聲音如何弄痛耳朵跟腦袋。他知道，當然了，媽咪一定是對的——媽咪總是對的，而且這是不可質疑的信條——但他仍舊在下意識中站在父親這邊。

事情每況愈下，演變成　場危機。媽咪把自己鎖在房間裡整整兩天，僕人們在屋子角落裡愉快地竊竊私語，西德尼舅舅來家裡打算幫忙。

西德尼舅舅對母親有某種安撫性的影響力。他在房間裡走來走去，就像從前一樣玩弄著錢幣，看起來比過去更矮胖紅潤。

麥拉毫不保留地吐露她的悲哀。

「對，對，我知道，」西德尼邊說邊把錢幣弄得叮噹響，「我知道，我親愛的姑娘。我不是說你沒有忍耐，你的確有，沒有人比我更清楚這一點。不過人總要彼此互相遷就，互相遷就。婚姻生活就是這樣——互相遷就。」

麥拉又來了一陣新的情緒爆發。

「我不是在替華特撐腰，」西德尼說，「完全不是這樣。我只是從一個世故男人的角度來看整件事情，女人過著受人庇護的生活，她們看待事情的角度跟男人是不一樣的——這樣很對，本來就該不一樣。麥拉，你是個好女人，對一個好女人來說，要理解這些事情總是很困難。凱莉也一樣。」

「我倒想知道，凱莉必須忍耐些什麼！」麥拉哭喊道，「你不會去跟噁心的女人花天酒地，你也不會跟僕人求愛。」

「我是不……會啦，」她哥哥說道，「我當然不會，重點是我講到的行事原則。而且我要提醒你，凱莉跟我並不是對每件事都有相同看法。我們有我們的小口角，有時也會連續兩天不跟對方講話，但僥倖的是，我們總會和好，而且之後狀況比過去還要好。一次良性爭執可以消除誤會——我是這麼想的。不過一定要互相遷就，而且事後不要再嘮嘮叨叨。就算是世界上最好的男人也受不了嘮叨。」

「我從來不嘮叨。」麥拉淚眼汪汪。她真心相信自己是這樣子的，「你怎麼可以這樣說？」

「別激動呀，大姑娘，我沒說你怎樣，我只是舉出整體原則。還有要記住，華特跟我們這種人不一樣。他的脾氣靠不住——他是易怒敏感的那種類型，一點小摩擦就會讓他們上火。」

「我難道不知道嗎，」麥拉口氣苦澀地說，「他很難相處。為什麼我會嫁給他呢？」

「唔，你知道的，妹妹，你沒辦法魚與熊掌兼得。當初這是一樁好姻緣，我必須承認這是一樁好姻緣。你住在一個美不可言的地方，認識整個郡的人，地位就只略遜皇室一籌。聽我說，如果可憐的老爹還活著，他會有多驕傲啊！而我要證明的是這一點——每件事都有骯髒的一面。你不出點力，就半毛錢都拿不到，這些老世家是頹廢分子，他們就是那樣——頹廢，你得面對這個事實，要用商業的角度概觀整個狀況——找出其中的利益或諸如此類的，不利之處同樣比照辦理，這是唯一的辦法。聽我的話就對了，這是唯一的辦法。」

「我不是為了你說的『利益』才嫁給他的，」麥拉說，「我恨這個地方，我一直都討厭這裡。他是為了普桑修道院才娶我的——不是因為他愛我。」

「鬼扯，小妹，你以前是個漂亮又可愛的女孩——現在也還是。」他很有騎士精神地補上最後一句。

「華特是為了普桑修道院才娶我的，」麥拉固執地說道，「我告訴你，我知道的。」

「好吧，好吧，」她哥哥說，「咱們就把過去放到一邊吧。」

「如果你是我，你對這件事就不會這麼冷靜又無情，」麥拉苦澀地說道，「如果你必須跟他住在一起就不會這麼說了。我做了我想得到的每件事來取悅他，他卻只是冷冷地嘲笑我。」

「你一直嘮叨他，」西德尼說，「喔，是的，你有。你忍不住。」

「他如果有回答我就不會嘮叨了啊！如果他能說點什麼，別只是光坐在那裡就好了。」

「對，不過他就是這種男人啊，你沒辦法改變別人來配合你。我不能說我自己很喜歡那傢伙——他對我來說太故作清高了。唉，如果你讓他去經營一家公司，不用兩星期就會破產的！不過我得說，他總是對我非常有禮貌，非常正派的一個紳士。我在倫敦遇到他的時候，他帶我去某間時髦俱樂部吃午餐，要是我覺得不大自在，那也不是他的錯。他還是有優點的。」

「你就跟其他男人一樣，」麥拉說，「凱莉就會了解的！他對我不忠，我告訴你。不忠！」

「好了，好了，」西德尼把錢幣撥弄得很響，雙眼直直盯著天花板，「男人都是這樣的。」

「可是西德尼，你就從來沒有……」

「當然沒有，」西德尼匆促說道，「當然沒有。我講的是大原則，麥拉——大原則，你懂吧。」

「一切都結束了，」麥拉說，「沒有一個女人受得了像我現在的遭遇，如今已經走到谷底了，我不想再見到他。」

「啊！」西德尼把椅子拉到桌子旁邊，然後帶著一種準備談生意的態度坐下來。「那就讓我們來談談最重要的事實吧。你已經打定主意了？你打算怎麼做？」

「我說了，我永遠不想再見到華特了！」

「對，對，」西德尼很有耐性地說道，「就拿它當作前提好了。接下來你想怎麼做？離婚嗎？」

「喔！」麥拉嚇著了。「我還沒想到……」

「喔，我們必須把事情擺在一個現實的基礎上來看。我懷疑這個婚離不離得成。你知道，你必須證明他有殘酷的行為，而我覺得你沒辦法做到這一點。」

「要是你知道他讓我吃了多少苦……」

「我敢說他是的，我沒有要否認這一點。可是你需要更嚴重的事情證據才符合法律規定。而且他也沒有遺棄你，如果你寫信叫他回來，他會回來的，是吧？」

「我不是才剛告訴你我再也不要見他了嗎？」

「對、對、對，你們女人家老是反覆嘮叨著同一件事。我們現在是從公事公辦的角度來看待這件事，而我不認為這樁離婚官司有勝算。」

「我不要離婚。」

「喔，那你要什麼，分居嗎？」

「好讓他去倫敦跟那個沒有羞恥心的東西同居？讓他跟她住在一起？我倒想知道，那我該怎麼辦？」

「我家附近有很多很好的房子，你可以帶你兒子一起搬過來。」

「然後讓華特帶那些噁心的女人到這棟房子裡？不，說真的，我不打算讓他這樣稱心如意！」

「喔！麥拉！那你到底想怎麼樣？」

麥拉再度開始哭泣。

「我好慘啊，西德尼，我好悲慘。要是華特不是這種人就好了。」

「啊，但他是——而且他永遠是。麥拉，你得拿定主意來處理這件事。你已經嫁給一個有點像『唐晃』[14]的花花公子了，你必須試著採取心胸寬大的態度。你還喜歡著他，那就親親他，然後談和吧——這是我的建議。我們沒有一個人是完美的。互相遷就，要記住這點，互相遷就。」

他妹妹繼續低聲飲泣。

「婚姻是最棘手的事業，」西德尼用一種深思熟慮的口氣說，「毫無疑問，女人對我們來說太好了。」

「我想，」麥拉用帶淚的聲音說道，「一個人應該要原諒再原諒，一次又一次。」

「就是要秉持這種精神，」西德尼說，「女人是天使，男人卻不是，女人必須多所體諒，總是必須如此，也永遠會是這樣。」

麥拉逐漸停止啜泣。她現在把自己看成一個寬宏大量的天使。

「這可不是說我沒有盡力，」她嗚咽著，「我負責管家，而且我確定再沒有比我更盡心盡力的母親了。」

「你當然是了，」西德尼說，「而且你有個好孩子。我真希望凱莉跟我有個兒子。四個女孩——這有點辛苦，不過我還是一直跟她說：『下次運氣會比較好的。』我們兩個人都覺得很肯定，這次會生個男生。」

麥拉的注意力被引開了。

「我還不知道。什麼時候生？」

「六月。」

「凱莉怎麼樣？」

「她的雙腿有點難受——水腫了，你知道的。不過她還是想辦法多多走動。哎呀，哈囉，你兒子來了。小伙子，你在這裡多久了？」

「喔，很久了，」弗農說道，「你進來的時候我就在這裡了。」

「你這麼安靜，」他的舅舅抱怨道，「跟你的表姊妹都不一樣。她們有時候吵鬧到幾乎讓人難以忍受。你手上拿的是什麼？」

14 此處暗示著西德尼教育程度不高，發不出「璜」的音。

「一個火車頭。」弗農說道。

「不，不是，」西德尼舅舅說，「那是個牛奶貨車嘛！」

弗農保持沉默。

「嘿，」西德尼舅舅說，「那不是牛奶貨車嗎？」

「不是，」弗農說，「這是火車頭。」

「一點都不是，那是牛奶貨車。這很好玩，不是嗎？你說這是火車頭，我說這是牛奶貨車。我們兩個到底誰是對的呢？」

既然弗農知道自己才是對的，這個問題似乎沒有回答的必要。

西德尼舅舅轉向麥拉。

「他是個嚴肅的孩子，老是聽不懂笑話。你知道嗎？孩子，你必須習慣在學校裡被人嘲弄。」

「我應該習慣嗎？」弗農說道。他看不出這件事跟學校有什麼關係。

「可以輕鬆應付別人嘲弄的男生，就能在世界上無往不利。」西德尼舅舅說道，然後再度弄響他的錢幣——一種自然而然的聯想刺激他這麼做。

弗農沉思地盯著他看。

「你在想什麼？」

「沒什麼。」弗農說。

「親愛的，帶著你的火車頭到陽台上去吧。」麥拉說。

弗農照辦。

「我在想，那個小傢伙對我們剛才講的事情聽懂了多少？」西德尼對他妹妹說道。

「喔，他不會明白的。他年紀還小。」

「嗯哼，」西德尼說，「我不這麼肯定。有些孩子能聽得懂——我女兒愛瑟兒就是這樣。但話又說回來，她是個非常機靈的小孩。」

「我不認為弗農曾經注意過任何事，」麥拉說，「有時候這真是一種福氣。」

❖

「媽咪？」弗農後來問道，「六月會發生什麼事？」

「親愛的，你說六月？」

「對——就是你跟西德尼舅舅之前講的事情。」

「喔！那個啊……」麥拉一時之間心神大亂。「呃，你知道嗎——那是一個大祕密……」

「是什麼大祕密？」弗農很熱切地追問。

「西德尼舅舅跟凱莉舅媽希望在六月迎接一個男寶寶，你的小表弟。」

「喔，」弗農很失望地說，「就這樣嗎？」

過了一、兩分鐘，他又問道：「那為什麼凱莉舅媽的腿會腫起來？」

「喔，這個嘛……你知道嗎……她最近有點太操勞了。」

麥拉擔心聽到更多問題。她試著回想她跟西德尼到底說了些什麼。

「媽咪？」

「怎麼了？親愛的。」

「西德尼舅舅跟凱莉舅媽想要有個男寶寶嗎？」

「是呀，當然了。」

「那麼為什麼他們要等到六月？為什麼他們不現在就要？」

「弗農，這是因為上帝知道怎麼做最好，而上帝想讓他們在六月才有小寶寶。」

「那還要等好久，」弗農說道，「如果我是神，在人想要什麼東西的時候，我就會馬上送給他們。」

「親愛的，你不可以褻瀆神明啊。」麥拉溫柔地說道。

弗農安靜了下來。不過他很困惑，褻瀆神明是什麼意思？他覺得這比較像是廚娘用來講她哥哥的字眼。她說他是個最——最什麼來著——的男人，幾乎滴酒不沾！她把這事講得像一種非常值得讚揚的態度。不過顯然媽咪的看法不同。

那天晚上，弗農在他慣常的祈禱詞「上帝保佑媽咪跟爹地，還有讓我變成一個好孩子阿門」之後，又多加了幾句祈禱詞。

「親愛的上帝，」他祈禱，「你能不能在六月送給我一隻小狗？如果你非常忙的話，七月也可以。」

「為什麼要說是六月才要呢？」羅彬森小姐說，「你真是一個滑稽的小男生。我本來以為你會希望現在就有一隻小狗。」

「那樣太『邂逅神明』了。」弗農說著，用譴責的眼神望著她。

❖

突然間這個世界變得非常亢奮。有一場戰爭——在南非——而且父親要去參戰！每個人都激動又難過。弗農第一次聽說波爾人；父親要去對抗的就是他們。

他父親回家住了幾天。他比之前看起來年輕、有活力，也開心得多了。他跟媽咪對彼此都很好，沒有難堪場面，也沒有爭執。

有幾次，弗農看到父親因為母親說了某些話而不自在地扭動著身體。有一次他甚至不耐煩地說：「看在老天的分上，麥拉，不要一直講什麼勇敢的英雄在沙場上為國捐軀。我受不了那種老套俗話。」

但是母親沒有生氣。她只是說：「我知道你不喜歡我這樣說，但這是真的。」

在父親離開前的最後一晚，他叫年幼的弗農陪他一起散步。兩人在園子裡閒逛了一圈，一開始默默無語，然後弗農鼓起勇氣問了問題。

「父親，你很高興要去參戰嗎？」

「非常高興。」

「參戰好玩嗎？」

「我想這並不是能用好玩形容的事；不過從某種角度來看是很好玩。這很令人興奮，而且也能讓你擺脫某些事情——立刻擺脫。」

「那麼說，」弗農沉思著說道，「戰爭裡是沒有任何女士的囉？」

華特．戴爾眼神銳利地看著他兒子，有一抹淡淡的微笑在他唇邊徘徊。說來不可思議，這男孩有時會在相當不自覺的狀態下直指要害。

「當然，那樣會帶來和平。」他父親嚴肅地說道。

「你認為你會不會殺死很多人？」弗農很有興趣地問道。

他父親回答，這種事不可能事前就知道得清清楚楚。

「我希望你會，」弗農說道，很急於讓他父親大顯身手，「我希望你可以殺死一百個人。」

「謝謝你啊，小子。」

「我在想……」弗農開了口，然後又停下來。

「想什麼？」華特．戴爾口氣裡帶著鼓勵的意思。

「我在想……有時候……人會在戰爭的時候被殺。」

華特．戴爾懂得這句含糊不清的話。

「有時候是。」他說。

「你不認為你會這樣，對吧？」

「我說不定會。這是工作的一部分，你知道的。」

弗農深深地思考著這個說法，模模糊糊地感覺到了藏在這句話底下的感受。

「父親，如果這種事發生在你身上，你會介意嗎？」

「說不定這樣反而最好。」華特．戴爾的這句話比較像是對自己說的，而不是在回答這孩子。

「我希望你不會那樣。」弗農說道。

「謝謝你。」

父親微微一笑，弗農的願望聽起來這麼有禮貌又老套。不過他沒有像麥拉那樣，誤以為小孩子沒有情緒感受。

他們抵達了修道院的廢墟。太陽西沉，父子兩人環顧四周，華特．戴爾吸了口氣，同時也吸進一點點痛楚——他或許再也回不來了。

我把事情搞得一團糟，他暗自想著。

「弗農？」

「是，父親？」

「如果我被殺了，普桑修道院就會由你繼承，知道嗎？」

「知道，父親。」

他們再度陷入沉默。想說的事有這麼多，但華特．戴爾卻不習慣開口說。這些事是難以訴諸言語的。怪了，這次跟這個小人兒——他的兒子待在家裡時，感覺多麼奇怪啊。或許沒多了解這孩子是錯的，他們本來可以共享美好時光。他在兒子面前很拘謹——他兒子對他也很拘謹。然而他們卻達成了奇妙的和諧，他們兩個都不多話……

「我十分喜愛這個地方，」華特．戴爾說道，「我希望你也會喜歡。」

「是，父親。」

「想到那些老修士，就覺得奇怪。那些胖呼呼的傢伙捕著魚——我總是把他們想像成一群過著舒服生活的傢伙。」

他們又多盤桓了幾分鐘。

「好吧，」華特．戴爾說，「我們該回家了，時間晚了。」

他們轉過身去。華特．戴爾挺起了肩膀，還得跟麥拉告別呢——就他所知，那會是個很情緒化的過程——他還真怕這套。嗯，應該很快就會結束的。說再見是痛苦的事，如果別這樣大費周章會比較好。不過當然麥拉永遠不會以這種角度來看事情。

可憐的麥拉。整體來說，她做的是一筆爛買賣。她是個美貌女子，但他娶她其實是為了普桑修道院——她卻是為了愛嫁給他。這就是整個麻煩的根源。

「弗農，好好照顧你母親，」他突然間說道，「你知道，她一直對你很好。」

就某方面來說，他滿希望自己不必再回來，這樣會是最好的。弗農還有母親照顧。

然而這個念頭一起，他卻有種背叛了他人的古怪感覺，就像是他要拋棄這個男孩……

❖

「華特，」麥拉哭喊道，「你還沒有跟弗農說再見。」

華特望著他的兒子，站在房間的另一個角落裡瞪大了眼睛。

「再見了，小子。好好享受。」

「再見，父親。」

就只有這樣。麥拉覺得憤慨極了——他一點都不愛自己的兒子嗎？他甚至沒有親吻他，真是古怪啊——戴爾家的人，這麼隨便。奇怪的是，當父子倆分隔房間兩端對彼此點點頭的樣子，卻這麼相像……

可是，弗農，麥拉對自己說，長大後可別像你父親那樣。

在她周圍的牆壁上，戴爾家族的人往下俯視著，露出嘲諷的冷淡微笑……

第七章

在父親揚帆啟航前往南非的兩個月後，弗農去上學了。這是華特．戴爾的希望與安排，這時的麥拉幾乎將他的話奉為聖旨。他是她的戰士、她的英雄，其他的考量都被拋諸腦後。她整個人喜孜孜的，替戰士們織襪子，支持如火如荼進行中的「送懦夫白羽毛[15]」活動，對其他女士表示同情，並跟她們聊天——她們的丈夫也去對抗邪惡又不知感恩的波爾人了。

要跟弗農分開，讓她痛徹心腑。她最親愛的人、她的寶寶——要到離她那麼遠的地方去。為了要符合孩子父親的期望，身為母親的她必須做出多少犧牲啊！

可憐的寶貝，他肯定會有最最嚴重的思鄉病！她甚至不忍心去想這件事。

不過弗農沒有想家。他對母親並沒有強烈的依戀，在整個人生裡，他是在遠離她的時候最愛她。能夠從她情緒化的感性世界裡逃離，對他而言不啻為解脫。

他有能夠適應學校生活的好性情。他有運動方面的才能，有平和的風度，在體能活動方面還有很不尋常

15 根據英國傳統，白羽毛是懦夫的象徵，婦女會把白羽毛交給沒有入伍的年輕男性，羞辱他們沒有勇氣共赴國難；這種「愛國行動」在一次世界大戰時尤其風行。

的勇敢精神。在跟著羅彬森小姐度過一段單調的生活以後，學校是令人開心的新鮮調劑。跟戴爾家族的所有人一樣，他有跟人打成一片的天賦，交朋友對他來說很輕鬆。

可是，這個沉靜少言的孩子太常以「沒什麼」作為答覆，除了對少數幾人以外，這種性情一生都伴隨著他。在學校裡交的朋友是跟他一起「做事」的人，他把想法留在心裡，直到之後遇上了可以分享的那個人。

在住校後的第一個假期裡，他遇上了喬瑟芬。

❖

弗農的母親用一陣喜形於色的感情爆發來迎接他。他對這種事情已相當有自覺，就很有男子氣概地忍下來。麥拉表現完第一波的欣喜若狂以後，說道：「親愛的，有個可愛的驚喜在等著你。你猜猜誰來了？是妮娜姑姑的女兒，你的表妹喬瑟芬，她來跟我們同住。很棒吧？」

弗農不太確定該作何反應，他必須再想一想。為了爭取時間，他說道：「為什麼她要來跟我們住？」

「因為她母親過世了。對她來說這實在是件非常傷心的事，所以我們必須對她很仁慈、非常仁慈，才能夠彌補傷痛。」

「妮娜姑姑死了嗎？」這讓他很遺憾。漂亮的妮娜姑姑，還有她捲曲纏繞的煙圈……

「是啊。你應該不記得她了吧，親愛的。」

他沒有說他清清楚楚記得她。何必說呢？

「喬瑟芬在課室裡，親愛的，去找她，跟她做朋友吧。」

弗農慢吞吞地去了，他不知道該為此感到高興或不高興。一個女生！他正處於鄙視女孩子的年齡。女生很煩人，但從另一面來看，家裡有別人在還不錯；這就取決於她是什麼樣的人了。既然喬瑟芬才剛失去母親，必須好好對待她。

他打開課室的門，走了進去。喬瑟芬坐在窗台上晃著兩條腿。她瞪著他看，弗農那原本滿懷好意卻帶點紆尊降貴的態度就消失了。

她年紀跟他差不多，是個體魄強健的孩子，一頭深黑色的頭髮沿著前額剪得非常整齊，下巴有點突出，顯得意志堅定，皮膚很白，還有著長得驚人的眼睫毛。雖然她年紀比弗農小兩個月，卻比他成熟世故兩倍——混合了厭倦與桀驁不馴的個性。

「哈囉。」她說。

「哈囉。」弗農聲音相當微弱。

他們繼續心存疑慮地彼此對望，就跟所有小孩或小狗一樣的互相打量。

「你是喬瑟芬吧？」弗農說道。

「對，不過你最好叫我喬。每個人都這樣叫我。」

「好吧……喬。」

出現一陣停頓。為了填補空檔，弗農吹起口哨。

「回家真是相當美妙。」他發表評論。

「這裡是個很棒的地方。」喬說道。

「喔！你喜歡這裡嗎？」弗農開始對她泛起一股感激。

「我非常喜歡這裡，這裡比我住過的任何地方都來得好。」

「你住過很多地方嗎？」

「喔，是啊。起初住在庫姆斯——跟我父親住在一起。然後跟安斯提上校一起待在蒙地卡羅。接著是到土倫跟亞瑟住——接著還去了瑞士的好多個地方，因為亞瑟有肺病。亞瑟死掉以後，我去一家女修道院待了一陣子；母親那時候沒辦法照顧我。我不怎麼喜歡女修道院——那些修女蠢透了，她們要我穿著內衣洗澡。然後在母親死後，麥拉舅媽就把我帶到這裡來。」

「我實在很遺憾——我是說，關於你母親的事。」弗農笨拙地說道。

「是啊，」喬說，「這件事在某方面來說真是爛透了——雖然死了對她來說反而最好。」

「喔！」弗農受到了不小的驚嚇。

「這話別告訴麥拉舅媽，」喬說，「因為我覺得她很容易被各種事情嚇到——還滿像那些修女的，跟她說話時必須要小心。你知道嗎，我母親並沒有那麼喜歡我。她非常和藹可親，不過她總是容易對男人動情，我在旅館裡曾聽到有人這樣說，而且說得沒錯。當然，她克制不住，不過這種人生規劃很糟糕。等我長大了，我才不想跟男人有牽扯。」

「喔！」弗農說。在這個了不起的女孩身邊，他覺得自己非常稚幼、非常笨拙。

「我最喜歡安斯提上校，」喬懷念地說，「不過母親跟他走只是為了離開父親。我們跟安斯提上校在一起時住的旅館好得多了，亞瑟很窮。如果我長大以後真的對哪個男人動了心，我要先確定他是個有錢人，這樣會讓生活變得容易許多。」

「你父親不好嗎？」

「喔！父親是魔鬼——母親這樣說。他討厭我和母親。」

「但是，為什麼呢？」

喬困惑地皺眉。

「我也不太清楚。我想……我想這跟我的出生有某種關係。我想他娶母親是因為我就要出生了——類似這樣的事情——這一點讓他很牛氣。」

他們彼此對看，表情嚴肅又迷惑。

「華特舅舅在南非，是嗎？」喬繼續說道。

「對。我在學校時接到他寫來的三封信，很好玩的信。」

「華特舅舅人很可愛，我愛他。他有到蒙地卡羅去找我們，你知道吧。」

弗農隱約想起某些回憶。他現在記起來了，父親本來希望那時候就接喬來普桑修道院。

「讓我去女修道院是他的安排，」喬說道，「女修道院長認為他很討人喜歡——一個貨真價實、血統高貴的英國紳士——這樣講還真好笑。」

他們倆笑了一下下。

「我們到花園去好嗎？」弗農說。

「好啊，咱們走。跟你說，我找到四個鳥巢——不過鳥兒全都已經飛走了。」

他們邊討論著鳥蛋，邊和樂融融地一起往外走。

❖

對麥拉來說，喬是個很難懂的孩子，她舉止有教養，回答別人的話時迅速又有禮貌，但接受別人的親吻擁抱時卻不回應。她非常獨立，對於被指派去照顧她的女僕少有要求。她會補綴自己的衣服，不用催促就會把自己打點得乾淨整齊。她是那種待慣旅館的世故孩子，是麥拉從來沒見識過的。她的知識之深，本來可能會嚇壞她的舅媽，不過喬很精明，腦筋又轉得快，還習慣對接觸到的人做出整體判斷。這小女生小心翼翼地以免「嚇到麥拉舅媽」，還以一種仁慈的輕視來看待麥拉舅媽。

「你母親啊，」她對弗農說道，「人非常好——可是有點笨，不是嗎？」

「她非常美麗。」弗農很生氣地說。

「她是很美，」喬同意，「全身上下都美，只有雙手例外。她的頭髮很迷人，真希望我有金紅色的頭髮。」

「她的頭髮長到過腰。」弗農說道。

他發現喬是個好同伴，相當不同於他先前對「女生」的概念。她討厭洋娃娃，從來不哭，就算沒比他壯，至少也跟他一樣強壯，而且面對危險的運動時毫不遲疑，也樂意參與。他們一起爬樹、騎腳踏車、跌倒、受傷，還在暑假期間合力摘下一個黃蜂巢——不過，與其說是因為技巧好，還不如說是運氣好。

面對喬的時候，弗農有話可說，也確實跟她很有得聊。她為他開啟了一個奇異的新世界，這個世界裡會有人跟別人的丈夫或妻子私奔，這個世界有跳舞、賭博與譏諷。她曾經抱著一種強烈的、充滿保護心態的溫柔愛著她母親，幾乎讓母女角色對調了。

「她太心軟了，」喬說道，「我不會那樣心軟。如果你心腸軟，別人就會欺負你。男人是禽獸，不過如果你先像禽獸似的對他們，他們就都乖乖的了。所有的男人都是禽獸。」

「這樣講很傻，而且我不認為這是真的。」

「那是因為你自己將來會變成男人。」

「不，才不是這樣。無論如何，我不是禽獸。」

「你現在不是，不過我敢說等你長大就會變成那樣。」

「可是你——喬——你總有一天要嫁人的，到時候你就不會認為你丈夫是禽獸了。」

「我為什麼要嫁人呢？」

「呃……女生都會嫁人的。你總不想跟克拉比崔小姐一樣當老處女吧。」

喬動搖了。克拉比崔小姐是一位老小姐，她在村子裡非常活躍，非常喜歡「親愛的孩子們」。

「我應該不會變成克拉比崔小姐那種老處女，」她口氣很微弱，「我應該會……喔！我應該會做些別的事情，拉小提琴、寫書，或者畫某些了不起的畫。」

「我希望你不會去拉小提琴。」弗農說道。

「那其實是我將來最想做的事情。弗農，你為什麼這麼討厭音樂？」

「我不知道。我就是討厭音樂，它讓我心裡充滿恐怖的感覺。」

「多麼古怪啊。音樂給我的感覺很好。等你長大以後，你要做什麼？」

「喔，我不知道。我想娶個非常漂亮的人，住在普桑修道院，然後養很多馬還有狗。」

「真是乏味，」喬說道，「我覺得那樣一點都不刺激。」

「我不覺得我希望事事都很刺激。」弗農這麼說。

「我卻希望如此，」喬說，「我希望事事無時無刻、毫無止盡地刺激。」

❖

喬跟弗農幾乎沒有其他玩伴。弗農年紀更小的時候，曾經跟教區牧師的孩子一起玩，但牧師已經到另一個教區去了，新來的牧師還沒結婚。大多數家庭地位跟戴爾家差不多的孩子都住得太遠了，只能偶爾來訪。

唯一的例外是奈兒．維爾克，她的父親是庫柏里爵爺的部下。維爾克上尉是個高大而駝背的男人，有雙淡藍色的眼睛，舉止優柔寡斷，雖然有很好的人脈，卻沒什麼能力。他的妻子很有效率地彌補了他所缺乏的能力。她愛發號施令，是個金髮碧眼、高大美麗的女子。她敦促丈夫取得現在的職位、住進這一區最好的房子。她有良好的出身，卻像她丈夫一樣沒有祖產；然而她決心要掙得成功的人生。

弗農跟喬都覺得奈兒無聊死了。她是個瘦弱蒼白的孩子，有一頭亂糟糟的金髮，眼皮跟鼻尖微微帶點粉紅，什麼事情都不在行，跑不動、不會爬樹，總是穿著上了漿的白棉布洋裝，最喜歡的遊戲是扮家家酒。

麥拉非常喜歡奈兒。「真是個道道地地的小淑女。」她常這麼說。在維爾克太太帶奈兒來喝茶的時候，弗農跟喬都表現得好心又有禮貌。他們試著想出她會喜歡的遊戲，當她終於直挺挺地坐在母親身旁，乘著出租馬車離開時，他們常會開心地歡呼起來。

弗農第三次放假時，就在摘下黃蜂巢的著名事件之後，關於鹿野莊的第一波謠言傳開來了。

鹿野莊是緊臨著普桑修道院的地產，屬於年邁的查爾斯．阿林頓爵士。戴爾太太的朋友來吃午餐時，聊起了這個話題。

「這事千真萬確，我是從可靠的消息來源聽到的。鹿野莊被賣給了那些猶太人，對，沒錯。喔，當然啦，他們有錢得不得了，對，我相信是很驚人的價格。買家姓列文，不，不，不，聽說是俄羅斯裔的猶太人。喔，這件事實在是相當糟糕。依我看，查爾斯爵士真是太慘了，對，當然還有約克郡的地產，我聽說他最近虧了一大筆錢。不，不會有人去拜訪的，這是當然的囉。」

喬跟弗農都樂陶陶地興奮著，細心地打聽所有關於鹿野莊的瑣碎消息。最後那些陌生人總算抵達，搬了進去。更多類似性質的議論出現了。

「喔，這真是太糟糕了，戴爾太太……就跟我們想的一樣……讓人納悶他們到底在幹什麼……他們期待什麼呢？……我敢說他們會把這裡賣掉然後搬走。對，是全家人。他們家的兒子跟弗農差不多大……」

「我很想知道猶太人是什麼樣子的，」弗農對喬說道，「為什麼每個人都討厭他們呢？我們認為學校裡的某個男生是猶太人，可是他早餐吃培根，所以他不可能是猶太人。」

事實證明，列文家族是篤信基督的那種猶太人。星期天時他們出現在教堂裡，占坐了一整張長椅。會眾們充滿興趣地屏息以待。先出現的是列文先生——身體圓胖結實，長大衣緊緊包在身上，有個特大號的鼻子跟發亮的臉。然後是列文太太——很驚人的景象——大得不得了的袖子！凹凸有致的身材！一串串的鑽石項鍊！還有一頂裝飾著許多羽毛的大帽子，罩著緊緻的黑色鬈髮。跟他們一起來的是個小男生，有一張黃色的長臉，一對招風耳，個子比弗農高得多。

有一輛馬車在等著他們，一等禮拜儀式結束後，他們就坐進車裡離開了。

「唷！」克拉比崔小姐說道。

小團體一個個成形，忙著說長道短。

❖

「我認為那樣很爛。」喬說道。她跟弗農一起在花園裡。

「什麼很爛？」

「那些人。」

「你是說列文家？」

「對。為什麼每個人都對他們這麼壞？」

「嗯……」弗農試著要表現得公正無私，便說道，「因為他們確實看起來怪怪的。」

「嗯，我覺得人真是禽獸。」

弗農沉默了。在環境影響下變成叛逆分子的喬，總用他從沒想過的觀點來看事情。

「那個男生，」喬繼續說道，「雖然他有那麼一對招風耳，可是我敢說他人很不錯。」

「不見得吧。」弗農說，「不過有人搬來住是很棒。聽凱特說，列文家打算在鹿野莊挖一座游泳池。」

「他們一定有錢得不得了，有錢到嚇死人。」喬說道。

有錢人對弗農來說沒多大意義。他從來沒多想過這些。

有好一段時間，列文家都是人們閒聊八卦的大好材料。鹿野莊在裝修！從倫敦請工人來！

有一天維爾克母女來喝下午茶，奈兒一跟弗農他們到花園後，就告訴大家這個引人注目的大消息。

「他們有一輛汽車。」

「一輛汽車？」

那時候汽車十分稀罕少有，在北約克郡的這個小村子裡更是沒人見過汽車。羨慕如風暴一樣搖撼著弗農。一輛汽車！

「一輛汽車還有一座游泳池。」他低聲嘟噥。

這真是太過火了。

「那不是游泳池，」奈兒說，「那是一個低地花園[16]。」

「凱特說那是游泳池。」

「我們的園丁說是低地花園。」

「什麼是低地花園？」

「我不知道，」奈兒招認，「不過那是低地花園。」

「我不信，」喬說，「如果他們可以挖一座游泳池，誰會想要那種傻裡傻氣的花園？」

「唔，那是我們家園丁說的。」

「我知道了，」喬說著，眼中出現一種邪氣的神情，「咱們去看個仔細。」

「什麼？」

「我們自己去那裡看啊。」

「喔，可是我們不能這樣做。」奈兒說道。

「為什麼不可以？我們可以穿過樹林悄悄靠近。」

「非常棒的點子，」弗農說，「咱們走。」

「我不想去，」奈兒說，「我知道母親不會喜歡我這麼做的。」

「喔，別掃興了啦，奈兒。來嘛。」

「母親不會喜歡的。」奈兒又說了一遍。

「好吧，那你在這裡等。我們不會去太久的。」

奈兒眼裡慢慢地湧出了淚水。被撇下來真是太討厭了，她苦著臉站在那裡，用手指扭著身上的連衣裙。

「我們不會去太久的。」弗農重複道。

他跟喬跑走了，奈兒覺得自己受不了了。

「弗農！」

「嗯？」

「等等我，我也要去。」她這麼宣布的時候，覺得自己真是英勇，喬跟弗農看起來卻不覺得特別佩服。他們兩個帶著明顯不耐煩的態度，等著她跟上。

「來吧，」弗農說，「我是領隊，每個人都要照我的指示做。」

三人翻過庭園的籬笆來到樹蔭下，他們低聲說著悄悄話，輕快地跑過矮樹叢，愈來愈靠近那棟房子。現

16 低地花園（sunk garden，亦作 sunken garden），這類花園通常設在低凹處，或刻意將某塊地挖得較四周低陷後設置。

在這棟房子在他們面前挺立著，就在右側前方。

「我們必須再靠近一點，稍微往上坡走一點點。」

她們順從地跟著他。突然之間有個聲音在他們耳邊響起，就在左後方不遠處。

「你們『散』闖民宅。」那聲音說道。

他們轉過身去——嚇了一大跳，那個有對大耳朵的黃臉男孩站在那裡。他把兩手插在口袋裡，表情高傲地打量著他們。

「你們『散』闖民宅。」他又說了一次。

男孩言行舉止裡的某種成分立刻引來了敵意。弗農本來要說「我很抱歉」，但他反而說道：「喔！」

他跟男孩彼此對望——用準備決鬥時那種彼此評估的冷酷目光。

「我們是從隔壁來的。」喬說。

「是嗎？」那男生說道，「喔，那你們最好回去。我父母親不想讓你們進來這裡。」

他說這句話時，故意用一種令人難以忍受的粗魯態度。弗農氣得面紅耳赤，很不愉快地意識到自己是理虧的一方。

「你講話至少可以客氣一點吧。」他說。

「有必要嗎？」男孩說道。

有個穿過矮樹叢的腳步聲傳來，他轉過身去。

「山姆，是你嗎？」他說道，「請把這些闖進來的孩子趕出這裡。」

莊園看守人摸著額頭咧嘴一笑，男孩慢慢踱開了，就好像他對這一切失去了興致。看守人轉向三個孩子，露出凶惡的表情。

「你們這些討厭鬼，滾出去！要是不快點離開這裡，我就放狗咬人了。」

本來正轉身要離開的弗農高傲地說：「我們才不怕狗。」

「呵，你不怕是吧？那好，我這裡有隻犀牛，我現在就去放牠出來。」

他大步走開。奈兒驚恐萬分地扯著弗農的手臂。

「他要去放犀牛出來了，」她喊道，「喔！快點走……快點走……」

她的警告很有感染效果。關於列文家的小道消息這麼多，以至於看守人的威脅聽起來簡直跟真的一樣。他們全員一致飛奔回家，三人排成一直線橫衝直撞地擠過矮樹叢，弗農跟喬帶頭跑在前面，奈兒落在後頭發出可憐兮兮的叫聲。

「弗農……弗農……喔！等等我，我被卡住了……」

奈兒真是個討厭鬼！什麼都不會，也跑不快。他轉回去，把被帶刺灌木卡住的連衣裙猛力一拽（連衣裙破了一個大洞）然後把她拉起來站好。

「走吧。」

「我好喘，我跑不動了。喔！弗農，我好害怕。」

「快走啦。」他牽著她的手一起跑。他們到達庭園的籬笆，然後爬了過去……

❖

「哇——喔——」喬一邊用髒兮兮的亞麻帽子搧風，一邊說道，「剛才好驚險啊。」

「我的連衣裙扯破了，」奈兒說，「怎麼辦？」

「我討厭那個男生，」弗農說，「他真是個禽獸。」

「他是個野蠻的禽獸。」喬表示同意。「對他宣戰吧！你覺得這主意怎麼樣？」

「太好了！」

「我該拿我的連衣裙怎麼辦？」

「他們竟然有犀牛，這真是非常棘手的狀況。」喬沉思著說道，「要是我們訓練一下『野丫頭』，你認為牠會去咬那隻犀牛嗎？」

「我不想讓野丫頭受傷。」弗農說。

野丫頭是一隻養在馬廄的狗——他的最愛。母親不准他在室內養狗，所以野丫頭對弗農來說，是最接近個人寵物的狗了。

「我不知道母親看到我的連衣裙會怎麼說。」

「喔，一直煩惱你的連衣裙幹嘛啊，奈兒。反正它又不是可以穿到花園玩耍的那種連衣裙。」

「我會告訴你母親說是我弄的，」弗農很不耐煩地說道，「別這麼像女生好不好。」

「我是女生啊。」奈兒說道。

「呃，喬也是女生啊。但她可不像你；不管什麼時候她都跟男生一樣棒。」

奈兒看起來快哭了，不過就在這一刻，房子裡的人在叫他們了。

「對不起，維爾克太太，」弗農說道，「我扯壞奈兒的連衣裙了。」

麥拉開口責備他，但維爾克太太則很客氣地沒有多說什麼。奈兒跟她母親離開以後，麥拉說了：「弗農，親愛的，以後絕對不可以再這麼粗魯了。有小女生朋友來喝茶的時候，你得要好好照顧人家才行。」

「為什麼要請她來喝茶？我們又不喜歡她。她搞砸每件事。」

「弗農！奈兒是那麼可愛的小女生！」

「母親，她才不是咧。她糟透了。」

「弗農！」

「她是很糟啊，我也不喜歡她母親。」

「我也不是很喜歡維爾克太太，」麥拉說，「我總覺得她是個很無情的女人。不過我想不通為什麼你們這些孩子不喜歡奈兒。維爾克太太告訴我，奈兒對你死心塌地啊，弗農。」

「我並不希望她那樣。」他跟喬一起逃開了。

「戰爭，」他說，「就是這個——戰爭！我敢說列文家的小鬼其實是經過偽裝的波爾人。我們必須擬定作戰計畫，為什麼他要搬來住在隔壁、破壞這一切呢？」

接下來的游擊作戰讓弗農跟喬忙得很快活。他們發明了各種騷擾敵人的辦法：躲在林中用栗子丟他；手持豌豆槍跟蹤他；有一天還用紅色顏料畫出手掌，底下寫著「復仇」，然後在天黑之後偷偷把那張紙留在門口。敵人時不時也用同樣手法回敬。他也有豌豆槍，而且某天他甚至埋伏起來，等著拿水管噴他們。

戰事延續了將近十天後，弗農發現喬坐在一個樹根上，看起來情緒意外地低落。

「哈囉，怎麼啦？我以為你拿廚子給的那些爛番茄去跟蹤敵人了呢。」

「我是啊。我是說，我本來要這樣做。」

「喬，出了什麼事？」

「我躲在樹上，然後他就從下面經過，我本來可以漂亮地擊中他。」

「你是要說，結果你沒這麼做嗎？」

「對。」

「為什麼？」

喬的臉變得非常紅，然後開始連珠砲似的講話。「我做不到。你知道嗎，那時候他不曉得我在那裡，而他看起來——喔，弗農！他看起來寂寞得要死——就好像他痛恨這一切。你知道嗎，沒有同伴一定是件非常討厭的事。」

「是啊，不過……」弗農停下來，想釐清自己的想法。

喬繼續往下說：「你記不記得我們說過這一切很爛？說大家對列文家那麼惡劣，但現在我們就跟其他人一樣野蠻。」

「對。但是，是他先對我們野蠻的！」

「或許他本來沒那個意思。」

「鬼扯。」

「我沒有鬼扯。你想想看，狗如果害怕或懷疑的時候，是不是會咬人？我想他只是預料我們會對他很惡劣，就先發制人。我們去跟他和好、大家當朋友吧。」

「你不能在戰爭打到一半的時候這樣做。」

「可以的。我們來做一面白旗，然後你拿著白旗前進，要求談判，然後看看你們有沒有可能在合乎榮譽的條件下談和。」

「呃，」弗農說，「如果我們確實談和了，我不介意。無論如何，這樣可以換換花樣。要用什麼來做休戰旗？我的手帕，還是你的圍裙？」

拿著休戰旗前進相當刺激。沒過多久他們就碰上了敵人。他瞪著眼、大吃一驚。

「怎麼啦？」他說。

「我們想要談判。」弗農說。

男孩頓了一下，說：「喔，我同意。」

「我們想說的是，」喬說道，「如果你同意，我們想跟你做朋友。」

三人彼此互望。

「為什麼你們想要跟我做朋友？」他很懷疑地問。

「因為這樣看起來有點傻啊，」弗農說，「住在隔壁卻不做朋友，不是很傻嗎？」

「你們哪個先想到這麼做的？」

「我。」喬說。

她感覺那對小小的黑色眼睛看透了她。他真是個古怪的男孩，那對招風耳看起來比過去更突出了。

「好吧，」男孩說，「我願意。」

然後有一分鐘尷尬的停頓。

「你叫什麼名字？」喬說道。

「賽巴斯欽。」他有一點微微的大舌頭，很輕微，不留意的話幾乎聽不出來。

「真是奇怪的名字。我的名字叫喬，他是弗農。他有在上學。你有上學嗎？」

「有。我再過不久要去上伊頓公學。」

「我也在伊頓公學。」弗農說道。

兩個男孩之間又湧起一陣微微的敵意浪潮。然後浪潮止息了——再也沒有重返。

「來看看我們家的游泳池吧，」賽巴斯欽說，「還滿不錯的喔。」

第八章

他們與賽巴斯欽．列文的友誼之所以開花結果、進展飛快，有一半原因來自於他們必須保密。弗農的母親要是知道這件事，會嚇得魂飛天外。列文夫妻肯定不會嚇著——不過他們的喜悅可能導致同樣淒慘的結果。

對可憐的喬來說，上學時間過得奇慢無比；有位女家教每天早上會過來教喬，對這個健談又叛逆的學生隱約地不表贊同。喬渴望著放假的日子。假日一到，她跟弗農就會到一個祕密的地點去，那邊的樹籬有個缺口。他們發明了一種用口哨和複雜信號組成的密碼。有時在約定時間之前，賽巴斯欽已經躺在羊齒植物之間等他們了——那張黃色的臉跟招風耳搭配上那一身燈籠褲裝，顯得更加奇特了。

他們會一起玩，也會一起聊天——他們聊得多開心啊！賽巴斯欽會說些關於俄國的故事，他們聽說了其他人對猶太人的迫害——大屠殺！賽巴斯欽自己從來沒去過俄羅斯，不過他認識不少俄羅斯猶太人，他自己的父親也曾千鈞一髮地逃過一次大屠殺。有時候他會說幾句俄文來取悅弗農跟喬。這一切都很引人入勝。

「這裡的人都討厭我們，」賽巴斯欽說，「不過無所謂，反正我父親很有錢，他們不能沒有我們。你可以用錢買到一切。」

他有某種古怪的自負態度。

「你不可能買到一切，」弗農反駁，「老尼可的兒子去打仗，回來少了一條腿。就算有錢也不能讓他的腿再長出來。」

「是不能，」賽巴斯欽承認，「我不是指像那樣的東西。可是錢能夠替你弄到非常好的木腿，還有最好的拐杖。」

「我有過一次拄拐杖的經驗，」弗農說，「還滿好玩的。那時候有個非常棒的護士來照顧我。」

「你瞧，要是沒有錢，你是得不到那種待遇的。」

他富有嗎？他想應該是的。他從來沒想過這件事。

「真希望我很有錢。」喬說道。

「等你長大以後，可以嫁給我，」賽巴斯欽說，「那你就會變有錢了。」

「如果沒有人要來拜訪她，對喬來說就不好了。」弗農表示反對。

「我不在意這個，」喬說，「我不在乎麥拉舅媽或別人怎麼說。只要我願意，我就會嫁給賽巴斯欽。」

「到那時就會有人來拜訪她了，」賽巴斯欽說，「這你就不懂啦，猶太人權力大得嚇人。我父親說，大家要是沒有猶太人就辦不了事了。就因為這樣，查爾斯・阿林頓爵士才必須把鹿野莊賣給我們。」

弗農突然感覺全身一寒。他沒有把這個念頭付諸言詞，但他覺得自己好像正在跟一個敵對種族的成員說話。不過他對賽巴斯欽並沒有敵意，就算有也是很久以前的事了。他跟賽巴斯欽是朋友——不知怎麼地，他很確定他們永遠會是。

「錢啊，」賽巴斯欽說，「不只是能買東西。錢的重要性比買東西大得多，而且錢不只是有控制人的力量，還……還能夠把許多的美集合在一起。」

他用雙手做出一個很古怪的、非英國式的動作。

「你說的集合在一起，是什麼意思？」弗農反問。

賽巴斯欽無法回答；那些字眼才剛從他心頭冒出來。

「無論如何，」弗農說，「『東西』不等於『美』。」

「不對，東西等同於美。鹿野莊是美麗的——不過遠遠比不上普桑修道院那樣美。」

「等普桑修道院屬於我的時候，」弗農說道，「你隨時可以過來，愛待多久就待多久。不管別人怎麼說，我們永遠都會是朋友，對吧？」

「我們永遠都會是朋友。」賽巴斯欽說。

❖

漸漸地，列文家的風評有了轉變。教堂需要新風琴，列文先生就奉獻一架。唱詩班男生出遊時，列文家招待他們去鹿野莊玩，還提供鮮奶油草莓當點心。報春花聯盟[17]收到來自列文家的大筆捐款。不管到哪裡都可以看到列文家的富裕與慷慨。

人們開始說：「當然不能跟他們往來——可是列文太太真是驚人地親切啊。」

其他還有：「喔，當然了——猶太人嘛！不過心存偏見也許是很荒謬的。有些很好的人也是猶太人。」

謠傳教區牧師曾說：「就連耶穌基督也是猶太人。」不過沒有人真的相信這件事。教區牧師沒有結婚（這很不尋常），對聖餐有很古怪的想法，有時還會在佈道時說些很難懂的講詞；不過沒有人相信他說過這麼瀆神明的話。

也是教區牧師把列文太太引薦到縫紉姊妹會裡的。這個團體每週聚會兩次，提供在南非作戰的勇敢士兵們勞軍物資。每週要跟列文太太碰面兩次，確實讓人覺得滿尷尬的。

到最後，報春花聯盟收到的大筆捐款軟化了庫伯里爵士夫人，她一馬當先，前往鹿野莊拜訪。只要庫伯里夫人帶頭，大家都會從善如流。

倒不是說大家允許列文家來跟自己親近。不過列文夫婦會受到正式接待，人們會說：「她是個非常親切的女人——雖說她穿著一身不適合鄉間的衣服。」

不過列文太太就像她所有族人一樣通權達變，過不了多久，她就穿著比鄰居更道地的花呢衣服現身了。

喬與弗農被人嚴肅地找去跟賽巴斯欽．列文喝茶。

「我想至少得做這麼一次，」麥拉嘆息著說道，「可是我們必須避免跟他們真正親近。這個男孩子長得真是怪模怪樣。弗農，你不會對他很粗魯無禮的，對不對，親愛的？」

兩個孩子嚴肅而正式地與賽巴斯欽見了面。這件事把他們逗得很樂。

不過才智敏銳的喬猜想，列文太太比麥拉舅媽更清楚他們之間的友誼。列文太太並不是傻瓜；她就像賽巴斯欽一樣。

❖

華特．戴爾在戰爭結束前幾週陣亡。他有個很英雄式的結局：在槍林彈雨中回頭援救一位負傷的戰友，結果中彈身亡，身後獲頒一枚維多利亞十字勳章，麥拉把他的上校長官寫來的信珍藏起來，當成她最貴重的財產。

上校寫道：「他是一個少見的、臨危不懼的人。他的手下愛戴他、願意跟隨他到任何地方。他以最英勇

17 報春花聯盟（Primrose League）成立於一八八三年，是致力於宣揚保守黨政治理念的組織，已於二〇〇四年解散。此一名稱來自維多利亞時期著名保守派首相迪斯雷利（Benjamin Disraeli, 1804-1881）最愛的花名，迪斯雷利也是猶太人。

的方式，一再以身犯險。你確實能夠以他為榮。」

麥拉一遍又一遍地讀著這封信。她把這封信讀給她所有的朋友聽，這麼做抹去了丈夫沒有留下任何遺言或遺書的輕微刺痛感。

「身為戴爾家族的人，他是不會寫遺言或遺書的。」她自忖。

然而華特．戴爾確實有留一封「萬一我陣亡請轉交」的信，只不過不是給麥拉的，她也從來不知道有這回事。她非常悲傷，卻很幸福。她丈夫生前不曾屬於她，死後就完全是她的了；照著自己的心意編故事對她來說輕而易舉，憑著這種能耐，她開始編造很有說服力的、關於她美滿婚姻的羅曼史。

很難說父親的死怎麼樣影響到弗農。他沒有感受到實際的哀痛，母親那麼明顯期待他表現出情緒，反讓他變得更加冷淡麻木。他以父親為傲——簡直驕傲到心痛——然而他現在懂了，為什麼喬會說她母親死掉比較好。他清清楚楚記得那天傍晚最後一次散步的情況、父親說過的話，還有他們之間有的那種感覺。

他知道父親其實不想回來了。他替父親感到擔憂——他一向如此，也不知道為什麼。

他感受到的並不是悲傷，比較像是一種揪心的寂寞。父親死了，妮娜姑姑也死了。雖然還有母親，不過那不一樣。

他無法令母親滿意——他從來沒辦法做到。她總是抱著他哭泣，說他們現在是彼此僅有的了，而他就是說不出她希望聽到的話，甚至無法抬起雙臂環抱她的頸項，對她回以擁抱。

他渴望趕快回學校去。他母親睜著通紅的眼睛，穿著寡婦的喪服，戴著沉重的黑紗，令他難以忍受。

律師弗萊明先生從倫敦來了，西德尼舅舅也從伯明罕來了。在他們抵達後，弗農被叫進書房裡。兩個男人坐在長桌上，麥拉坐在火爐旁的一張矮椅子上用手帕按著眼睛。

「唔，孩子，」西德尼舅舅說，「我們有些事情要跟你談談。你想不想到伯明罕來，住在離舅舅家不遠的地方？」

「謝謝您，」弗農說，「不過我寧願住在這裡。」

「這裡有點陰沉，你不覺得嗎？」他的舅舅說道。「我找到一棟可愛的房子，大小適中，十分舒適，放假時你的表姊妹可以去陪你玩，我認為這是個非常好的主意。」

「我確定這是好主意，」弗農很有禮貌地說道，「可是我最喜歡待在這裡，謝謝您。」

「啊！嗯。」西德尼舅舅說著擤了一下鼻子，然後滿臉疑問地轉向律師，律師輕輕地點頭，對他沒說出口的疑問做了肯定的答覆。

「孩子，事情不是那麼簡單，」西德尼舅舅說，「我想，你也大到能夠明白我要說什麼了。你的父親死……呃，離開了我們，今後普桑修道院就屬於你了。」

「我知道。」弗農說道。

「呃？你怎麼會知道的？僕人說的嗎？」

「父親離開前跟我說過。」

「喔！」西德尼舅舅相當震驚。「喔，原來是這樣。呃，就剛才說的，普桑修道院屬於你，可是像這樣的地方需要一大筆錢才能維持：給付僕人薪水，還有諸如此類的事情，你懂吧？然後有個叫遺產稅的東西，只要有人死了，就必須付一大筆錢給政府。

「目前的狀況是，你父親並不是有錢人。在你爺爺去世，他繼承了這個地方的時候，錢少到讓他覺得必須賣掉這裡。」

「賣掉這裡？」弗農難以置信地脫口而出。

「對，這裡並不是限定繼承的。」

「什麼叫限定繼承？」

弗萊明先生謹慎而清楚地做了解釋。

「可是……可是……你現在不是要賣掉這裡吧？」

弗農用苦苦哀求的眼神凝視著他。

「當然不是，」弗萊明先生說，「這片地產是留給你了，而且在你成年以前什麼都不能做──那就表示要等你年滿二十一歲，你懂吧？」

弗農如釋重負地吁了口氣。

「可是，你明白嗎，」西德尼舅舅說道，「沒有足夠的錢可以讓你繼續住在這裡。就像我說的，你父親本來打算賣掉這裡，不過他遇見了你母親，然後娶了她，而且幸運的是，她有足夠的錢可以……讓這裡維持下去。不過你父親的死讓情況有了轉變。舉個例，他留下了某些，呃，債務，而你母親堅持要付清。」

麥拉發出了吸鼻子的聲音。西德尼舅舅的聲調很困窘，他匆促地往下講：「照這麼說，要做的事就是把普桑修道院出租，一直出租到你二十一歲為止。到那時候，誰知道呢？狀況也許會，呃，會往比較好的方向發展。當然了，你母親住在靠近自家親戚的地方會比較快樂。你知道嗎，你必須替你母親著想才對。」

「是，」弗農說，「父親也叫我要這樣做。」

「所以事情就這麼講定了……喔？」

他們多麼殘忍啊，弗農心想，還說要問他呢──這時他看出根本沒有什麼事情要問他。他們可以隨自己高興，愛做什麼就做什麼。他們都打算要這樣了，為什麼還叫他到這裡來裝模作樣！

會有陌生人搬來住在普桑修道院裡。

沒關係！總有一天他會滿二十一歲。

「親愛的，」麥拉說，「我這麼做都是為了你。少了爹地，待在這裡會很悲哀的，不是嗎？」

她伸出雙臂作勢要擁抱他，不過弗農假裝沒注意到。他走到房門口，有點困難地開口說道：「西德尼舅舅，真是多謝您告訴我這件事……」

❖

他在花園裡漫無目的地走，直走到老修道院為止。他坐下來，用手托住下巴。

「母親可以辦到的！」他對自己說道。「如果她願意，她可以的！她想去住在有水管的可怕紅磚房裡，就像西德尼舅舅家一樣。她不喜歡普桑修道院——她從來就不喜歡。可是她不必假裝這都是為了我，事情不是這樣的。她說了些不實在的話。她總是這樣……」

他坐在那裡，滿懷怨恨地生悶氣。

「弗農，弗農……我到處在找你。你怎麼了？出了什麼事？」

是喬。他把事情都說了。她會了解，也會同情他的，但喬嚇了他一跳。

「唔，為什麼不呢？如果麥拉舅媽想去住在伯明罕，為什麼她不該去？我覺得你的態度很野蠻。為什麼只因為你想在放假時回來，她就應該住在這裡？那是她的錢，為什麼不能照她喜歡的方式來花？」

「可是，喬，普桑修道院……」

「喏，普桑修道院對麥拉舅媽來說代表什麼？在內心最深處，她對這裡的感覺就跟你對西德尼舅舅在伯明罕的房子一樣，她又何必縮衣節食地住在這裡？如果你父親曾經讓她在這裡過得快快樂樂，或許她會考慮——但是他沒有，我母親曾這樣說過。我並不是非常喜歡麥拉舅媽……我知道她人很好什麼的，可是我不愛她——不過我可以公平對待她。那是她的錢。你不能忽略這個事實！」

弗農注視著她。他們是敵手，各有各的觀點，也沒能從對方的角度看，兩人都自覺有理，大為光火。

「我想女人都有很不幸的時候，」喬說，「而我站在麥拉舅媽那一邊。」

「好吧，」弗農說，「去站她那一邊吧！我才不在乎。」

喬走開了。他留在那裡，坐在修道院已成廢墟的圍牆上。

有史以來第一次，他質疑人生……世事並不確定。你怎麼知道將來會發生什麼事？

等他二十一歲的時候。

是的，不過你不能確定！你不可能十拿九穩！

想想他還小的時候。奶媽、上帝、葛林先生！他們原本是那麼穩定的存在，現在他們全都不見了。但至少上帝還在，他猜想著。不過那不是同一個上帝了——完全不是同一個上帝了。

等他年滿二十一歲的時候，事情會變得如何呢？最奇怪的念頭是：他自己會面臨些什麼？

他覺得孤獨得可怕。父親和妮娜姑姑都過世了，只剩西德尼舅舅跟媽咪——然而他們並不……並不屬於這裡。他頓住了，滿心困惑。還有喬啊！喬懂得他的。可是喬對某些事情的看法很古怪。

他把雙手緊握成拳頭。不，一切都會好好的。

等他二十一歲的時候……

第二部

奈兒

第一章

房間裡充滿了香菸的煙霧。煙霧如漩渦般旋轉著四處飄移，形成一層薄薄的藍色霧靄。有三個人的聲音穿透了這層霧，他們正全神貫注談論著如何促成人類的進步與藝術的改革——特別是那些傳統藝術。

賽巴斯欽．列文站在他母親位於倫敦市的宅邸裡，背靠在有紋飾的大理石壁爐架上提出種種想法，用拿著菸的修長黃色手指做著手勢。大舌頭的發音傾向還在，不過已經非常輕微。那黃色的蒙古利亞種臉龐、驚人的大耳朵，大致上跟十一歲時差不多。到了二十二歲，他還是那個賽巴斯欽：很有自信、眼光敏銳、對美有不變的熱愛，以及同樣不感情用事、不偏頗的價值觀。

在他面前，斜倚在兩張寬大皮面扶手椅裡的是弗農和喬。這兩人的性格非常相似，就像是用同一種對比鮮明的黑白模具鑄造出來的。不過就像過去一樣，喬有著比較好鬥的人格，精力充沛又叛逆成性，容易激動。弗農則極為高䠷，懶洋洋地往後躺在椅子上，一雙長腿蹺在另一張椅子的椅背上。他噴著煙圈，若有所思地暗自微笑，只偶爾在對話中咕噥幾聲，或者簡短慵懶的說句話。

「那樣不能回本。」賽巴斯欽正斬釘截鐵地說著。

就像他半認真預期的一樣，喬立刻情緒激動到近乎潑辣的程度。

「誰想要一個能回本的東西啊？這實在是有……有夠爛的觀點！我討厭這樣從商業立場來看待每件事。」

賽巴斯欽冷靜地說道：「那是因為你對人生有無可救藥的浪漫觀點。你喜歡讓詩人在小閣樓裡挨餓，讓藝術家不受賞識地吃苦受難，讓雕塑家在死後才得到掌聲。」

「這個嘛……事情就是這樣，一直都是這樣！」

「不，並不是。這種事或許經常發生，但我認為它不必像現在這樣如此近乎常態。這個世界從來就不喜歡新穎的東西——不過還是有方法可以讓這個世界喜歡的；只要採取正確的方式，就可以讓他們喜歡。不過你得先知道到底什麼會受歡迎，什麼不會。」

「那樣是妥協。」弗農含糊不清地嘟囔著。

「這是常識！我何必違背自己的判斷而損失金錢？」

「喔，賽巴斯欽，」喬喊道，「你……你真是……」

「真是猶太人！」賽巴斯欽平靜地說，「你要說的是這個吧。嗯，我們猶太人有品味，知道東西的價值，不會只照流行走；我們自有定見，而且總是對的！常人只看到價值跟金錢有關，但其實不止於此。」

弗農咕噥了一聲。

賽巴斯欽繼續往下說：「我們現在談的事情有兩面：有人創造出新事物、找出新方法、發展出徹底嶄新的思維——但就只因為這世界害怕新事物，使得這些人得不到施展的機會。

「而另外一些人——他們知道大眾想要什麼，也提供大眾要的東西，因為這樣很安全，而且肯定能獲利。不過，還有第三條路：找到新穎而美麗的事物，然後拿它來碰運氣。這就是我打算要做的事。我昨天簽了約，準備在龐德街開畫廊，還打算開幾家戲院，再來準備經營週刊，內容會跟世面上的完全不同。不只這樣，我還要讓這一切都能獲利。我所讚賞的事物堪稱各式各樣，那也是有文化修養的少數人會讚賞的，但我不會為那些事物出頭，我所打算經營的事業全都瞄準大眾市場。喬，你難道看不出來做這一切事情的樂趣，有一半在於讓它變得值錢嗎？這等於是用成功來證明你自己。」

喬搖搖頭，她沒有被說服。

「你真的準備要這麼做了嗎？」弗農說。

表兄妹兩人都用略帶羨慕的眼神望著賽巴斯欽。賽巴斯欽的處境很古怪，卻又相當美妙。列文先生幾年前就過世了，年方二十二的賽巴斯欽成了好幾百萬家產的主人，光想像那些家產就足以讓人喘不過氣。

多年前賽巴斯欽和他們的友誼在普桑修道院起了頭，之後日益加深。他跟弗農一起上伊頓公學，進劍橋大學時又同學院。放假時，他們三個人也總是膩在一起。

「雕塑怎麼樣？」喬突然問道，「那也包括在內嗎？」

「當然啦。你還是很想去當模特兒嗎？」

「很想，這是我唯一喜歡的事情。」

弗農發出一陣貓頭鷹似的嘲弄笑聲，說道：「對啦，不過明年的這個時候呢，你可能會變成一個狂熱的詩人或之類的。」

「人總要花點時間才能找到真正的使命啊，」喬不失尊嚴地說，「我這次可是誠心誠意的。」

「你總是誠心誠意，」弗農說，「不過呢，感謝老天你放棄了那該死的小提琴。」

「弗農，你為什麼那麼討厭音樂啊？」

「不曉得……我一直都這樣。」

喬轉頭面對賽巴斯欽。她的聲音不自覺地有了一種不同的調子；聽起來有那麼一點非常微弱的勉強克制。

「你對保羅．拉瑪爾的作品有什麼看法？弗農跟我在上星期天去過他的工作室。」

「沒種。」賽巴斯欽言簡意賅地說。

喬的臉頰上揚起一片微微的紅暈。

「這是因為你不了解他的作品。我認為他棒透了。」

「內涵貧弱。」賽巴斯欽完全不受干擾地繼續說。

「賽巴斯欽，你有時候真是可惡透頂。拉瑪爾有勇氣打破傳統……」

「根本不是這樣。」賽巴斯欽說，「一個人可以用一塊起司做出雕塑，說他對寧芙仙子[18]入浴的想法就是這樣，這的確是打破傳統，但這個作品如果無法讓人信服、讓人印象深刻，那他就失敗了。光是做跟別人不一樣的事情，並不等於他就是天才。這樣做的人十之八九只是為了獲取喧騰一時的惡名，缺乏真正價值。」

門打開了，列文太太往裡面瞧。

「來喝茶吧，親愛的。」她一邊說，一邊對他們露出和煦的笑。

黑玉在她寬闊的胸前晃蕩閃爍，一頂點綴著羽毛的黑色大帽子戴在她精心打理的髮型頂端，看起來徹底就是生活富裕的象徵。她眼中滿是溺愛地注視著賽巴斯欽。

他們站了起來準備跟列文太太過去時，賽巴斯欽低聲對喬說：「喬……你沒生氣吧？」

他的聲音裡突然有一種年輕又讓人憐憫的成分，那裡頭的懇求之情，暴露出他既不成熟又易受傷害的那一面，而才不過幾分鐘前，他還那麼有自信地主導著話題內容。

「我為什麼要生氣呢？」喬冷冰冰地回答。

她看都沒看他一眼就朝門口走去，賽巴斯欽的雙眼滿是愁緒地注視著她。她有一種早熟的美，陰沉而有

18 寧芙仙子（nymph），希臘神話中的人物，指居住在山林水澤間的女神。

著磁石般的吸引力，皮膚蒼白，兩頰的勻稱膚色使得她那濃密漆黑的眼睫毛看來有如黑玉。她的舉手投足之中有一股魔力，某種不自覺的、既慵懶又熱情的魅力。才剛過二十歲的她是三人之中最年輕的，卻也是最老成的。對她來說，弗農跟賽巴斯欽還是小男生，而她鄙視小男生。賽巴斯欽那種小狗似的忠誠奉獻讓她惱怒，她喜歡世故的男人，能說出教人興奮、卻又教人懵懂事情的那種。有一會兒，她只是垂下白色的眼瞼，回想著保羅．拉瑪爾。

❖

列文太太的會客室裝潢是種奇特的組合：徹底明目張膽的富麗堂皇，再加上近乎禁欲式的好品味。富麗堂皇的部分要歸功於她——她喜歡天鵝絨掛簾，飽滿的坐墊與大理石，還有鍍金飾品；有品味的部分則屬於賽巴斯欽。是他從牆上扯掉一堆風格混雜的畫，換上他挑選的兩張畫。這些畫作是花了大錢買的，所以他母親只得忍受它們（平淡，她是這樣說的）。西班牙古董皮革屏風是她兒子送的禮物；那個精緻的景泰藍花瓶也是。

擺在列文太太面前的是一個十分沉重的銀茶盤，她用兩手舉起茶壺，然後有點大舌頭地跟他們聊了起來。

「你親愛的母親怎麼樣了？她最近都不進城來了。幫我跟她說，再這樣下去她要生鏽啦。」

她笑著，那是一種和善、渾厚、帶點喘氣聲的笑聲。

「我從來沒後悔過同時擁有市區房子跟鄉間住所。鹿野莊的一切都非常好，不過人就是想要多享受點生活。而且當然了，賽巴斯欽很快就會回來家裡住了，他心裡充滿了各種計畫！他父親大致上也是這樣：不聽任何人的建議就進行交易，結果每次不但沒有虧錢，還賺回兩倍、三倍，我可憐的雅各真是個聰明人。」

賽巴斯欽暗自想著：「真希望她別說這些，喬一向就討厭那種話。現在喬老是跟我過不去。」

列文太太繼續往下說：「我訂了星期三晚上《阿卡迪諸王》的包廂。親愛的，你們覺得怎麼樣？要一起去看嗎？」

「真是非常抱歉，列文太太，」弗農說道，「我真希望我們可以去。不過我們明天要到伯明罕去。」

「喔！你們要回家。」

「對。」

為什麼他沒有說「回家」呢？為什麼這種說法在他耳中聽起來那麼古怪？因為家只有一個，就是普桑修道院。家！一個古怪的字眼，包含了那麼多的意義。這個字讓他想起一首歌裡的荒謬歌詞，喬的某個男友常常大聲吼著這首歌（音樂是多麼該死的東西！）同時還用手指摸著衣領，很多愁善感地望著她：「愛人啊，家，就是心所在的地方，心所在的任何一個地方……」

照這麼說，家應該是在他母親所在的伯明罕才對。

他心神有點兒不寧，每當想起母親時，這種感覺總會籠罩他。他當然喜歡她，可是做母親的呢，說來都是些無可救藥的人，你沒辦法跟她們解釋事情的，她們永遠不會懂。不過他是非常喜歡她的；如果不喜歡她，很不自然吧，就像她經常說的，他是她僅有的了。

突然間彷彿有個小惡魔跳進弗農腦中，還冷不防地說道：「你在說什麼傻話啊！她有房子、有僕人可以差遣指使，還有一群朋友能說長道短，她娘家的人又都住在附近。她在意那一切遠超過在意你。她愛你，不過每次你回劍橋的時候，她也鬆了一口氣——而你比她更覺得如釋重負！」

「弗農！」是喬的聲音，她惱怒得口氣都尖銳起來了。「你在想什麼啊？列文太太在問你普桑修道院的事——那裡是不是還在出租？」

真是幸運啊，還好當別人說「你在想什麼啊？」的時候，根本一點想知道的意思都沒有！只要回答「沒想什麼啊」就好，就好像你小時候會說的，「沒什麼」。

他回答了列文太太的問題，答應要把她的那些口信跟他母親說。

賽巴斯欽送他們到門口，他們說了最後一次再見，然後往外走到倫敦的街道上。喬心醉神迷地嗅著空氣。

「我好愛倫敦啊！你知道嗎，弗農，我下定決心了。我要來倫敦讀書。這次我要極力跟麥拉舅媽爭取，我也不要跟愛瑟兒舅媽住了，我要搬出來自立。」

「你不能這麼做啦，喬，沒有女生搬出來自立的。」

「有！我可以想辦法跟其他女生合租房子，跟愛瑟兒舅媽住的時候，她老問我去哪裡、跟誰去，真教人受不了。而且反正她討厭我這種女權分子。」

愛瑟兒舅媽是凱莉舅媽的姊妹，他們現在跟她住在一起。

「喔，我想起來了，」喬繼續說道，「弗農，你得幫我做某件事。」

「什麼事？」

「明天下午卡特萊太太要帶我去參加鐵達尼號紀念音樂會，算是特別招待。」

「然後呢？」

「然後呢，我不想去——就這樣。」

「你編個理由給她就好啦。」

「沒那麼容易。你懂嗎，必須讓愛瑟兒舅媽認為我去了音樂會。我不希望她知道我去了哪裡。」

弗農吹了聲口哨。「喔！原來是這樣啊！喬，你打算去做什麼？這回是誰？」

「如果你真的想知道的話……是拉瑪爾。」

「那個粗漢啊。」

「他不是粗漢。他棒極了——你不知道他有多了不起。」

弗農咧嘴一笑。「不，我真的不知道。我不喜歡法國人。」

「你真是心胸狹窄得可以。不過你喜不喜歡他都不重要，他要開車帶我到鄉間的一個朋友家去，他的 *chef d'oeuvre*（傑作）擺在那裡。我很想去，可是你也知道愛瑟兒舅媽是不會答應的。」

「你不該跟那種人到鄉間狂歡的。」

「弗農，別這麼混帳。你難道不知道我可以照顧自己嗎？」

「喔，我想是啦。」

「我不是那種什麼都一無所知的傻女孩。」

「說了半天，我還是不曉得我哪裡幫得上忙。」

「啊，那個啊，」喬有點焦慮，「你得去參加音樂會。」

「不，我才不做這種事情。你知道我討厭音樂。」

「喔，你去啦，弗農，這是唯一的辦法了。如果我說我不能去，她就會打電話給愛瑟兒舅媽，提議讓她的某個女兒代替我去，那個胖女人就要冒火了。可是如果你代替我去——我們約在阿爾伯特音樂廳碰面——然後隨便找個藉口給她，一切就穩穩當當了。她非常喜歡你，比喜歡我還要喜歡你。」

「可是我痛恨音樂啊。」

「我知道，但是你只要忍耐一下午而已。就只有一個半小時，音樂會就只有這麼長。」

「喔，該死的。喬，我不想去啦。」

他的手惱怒地顫抖著，喬瞪著他看。

「弗農，你對音樂的態度真古怪！我還沒看過有誰像你一樣這麼痛恨音樂。大多數人就只是覺得它無關痛癢。但我相信你會去——你知道，我幫你做了很多事。」

「好吧。」弗農很突然地說。

這不是什麼好差事，他卻非去不可。喬跟他總是同甘共苦，而且就像她說的，只有一個半小時。但為何他覺得自己做了某種重大決定呢？他的心臟像灌了鉛一樣沉重，直沉到底。他不想去……真的很不想去……簡直就像要去看牙醫一樣……最好別去想這檔事……他逼自己把心思擺到別的事情上。聽到他突然竊笑起來，喬眼神銳利地抬頭看他。

「這是怎麼了？」

「我想起你小時候的樣子——講得那麼偉大，說你永遠不要跟男人有瓜葛。現在跟你有瓜葛的總是男人，一個接著一個，你每個月大概會戀愛一次又失戀一次。」

「弗農，態度別那麼差。那些只是傻女孩的空想而已。拉瑪爾說，要是你有任何血性可言，這種事總是會發生——不過真正偉大的激情來臨時，狀況會很不一樣。」

「啊，那就別對拉瑪爾產生偉大的激情吧。」

喬沒有回答。她很快說道：「我不像我母親。我母親她——她對男人太心軟了，對他們處處讓步，也願意為他們做一切的事情。我不像那樣。」

「嗯，」弗農思考了一會兒之後說道，「你的確不是那樣，你不會用她那種方式搞砸人生，不過你可能會用別的方式搞砸。」

「哪種方式啊？」

「我還不知道。可能是嫁給某個大家都討厭而你因此以為自己熱愛他的對象，然後耗費生命跟他爭執不休。或者決定去跟某個人同居，只因你認為『自由性愛』[19]是個好主意。」

「它是啊。」

「我沒說它不是——雖然我個人認為這種想法是反社會的。但你老是這樣：如果被禁止做某件事，你就更想去做——根本不管你原本是不是想這樣做。我沒辦法把它解釋得很清楚，不過你明白我是什麼意思。」

「我真正想要的是有所成就！做個偉大的雕塑家……」

「那只是因為你對拉瑪爾有一股熱情……」

「才不是。喔！弗農，你為什麼這麼煩人哪？我想要有所成就——一直都是如此！我以前在普桑修道院就這麼說了。」

「這真怪，」弗農若有所思地說，「賽巴斯欽那時候也常說他現在說的話。或許人的改變不像他們自己認為的那麼多。」

「你要娶一個非常美麗的人，然後永遠住在普桑修道院。」喬略帶輕蔑地說道，「你不會到現在還認為自己畢生的野心就只是這樣吧？」

「那樣算是不錯的啦。」弗農說。

「真懶惰——徹頭徹尾的懶惰！」

喬一臉不耐煩地注視著他，她跟弗農在某些方面實在很像，在其他方面卻又這麼不同！

弗農正在想：「普桑修道院。再過幾個月，我就滿二十一歲了。」

此時他們正好經過一個救世軍集會。喬停下腳步。有個瘦削、臉色蒼白的男人站在箱子上說話，聲音又高亢又粗野。

19 自由性愛（Free Love），倡議此一理論者認為婚姻只不過是一種枷鎖，人類應享有性愛自由。

「為什麼你不會被拯救？怎麼不會？耶穌要你！耶穌要你！」他在「你」字上加重了語氣。「沒錯，弟兄姊妹們，聽好了，你也要耶穌。你不想承認這件事，因為你背棄祂，而你害怕了……沒錯，你在害怕，因為你實在太想要祂了……你想要祂，卻不自知！」他揮舞著手臂，蒼白的臉閃耀著狂喜。「可是你會知道……你早晚會知道……有些事情是不可能永遠逃避的。」他慢慢地，幾乎語帶威脅地一字一句地說道，「我向你說，今夜必定要你的靈魂[20]……」

弗農微微哆嗦著避開了。人群外圍有個女人發出一聲歇斯底里的啜泣。

「噁心，」喬說道，態度非常傲慢，「不正派又歇斯底里！就我來說，我看不出有理性的生物除了成為無神論者以外，還能有什麼選擇。」

弗農只暗自微笑，什麼都沒說。他想起一年前喬每天早起做晨間禮拜，有點做作地堅持在星期五吃水煮蛋，著了魔似的聆聽聖巴多羅繆教堂英俊的庫斯柏特神父講道：有點無趣，卻嚴守正統教條；該教堂以「嚴守教規」到連羅馬教廷都比不上而聞名。

「我很好奇，」他大聲說道，「被『拯救』是什麼感覺？」

❖

第二天下午六點半，喬從她偷得的一日遊歸來時，愛瑟兒舅媽在客廳裡等著她。

「弗農在哪裡？」喬先提問，免得舅媽問她是否喜歡那場音樂會。

「他大概半小時以前回來了。雖然他說自己沒事，但我總覺得他狀況不太好。」

「喔！」喬目瞪口呆，「他在哪裡？房間裡嗎？我上去瞧瞧。」

「親愛的，我希望你去瞧瞧。說真的，他看起來有點不對勁。」

喬三步併作兩步上了樓梯，在弗農門上虛應故事地敲了一下就進去了。弗農坐在床上，臉上的神情讓喬吃了一驚。她從來沒見過像這樣的弗農。

他一聲不吭，看起來彷彿遭到了嚴重的驚嚇，滿臉昏沉呆滯、神思恍忽，似乎完全感受不到外界的動靜。

「弗農，」她推推他的肩膀，「你怎麼了？」

他這才注意到喬，「沒什麼。」

「一定有什麼。你看起來……看起來……」她無法用言語形容自己眼前所見，就這樣沒把話說完。

「沒什麼。」他呆滯地重複說道。

她在他旁邊的床沿上坐下來。

「告訴我吧。」她溫柔卻不失權威地說道。

弗農發出一聲顫抖的漫長嘆息。「喬，你還記得昨天那個男人嗎？」

「哪個男人？」

「那個救世軍男人，他用的那些宗教術語，還有那句出自《聖經》的話：『今夜必定要你的靈魂。』我那時不是說，我很好奇被拯救是什麼樣的感覺？那時我只是隨口講講。喔，我現在知道了！」

喬瞪著他看。弗農，喔，怎麼會有這種事情呢？

「你的意思是……你是說……」要擠出那些話不知怎地很困難。「你的意思是說你突然『得到神啟』……就像其他人一樣嗎？」

話一出口她就覺得自己很荒謬。當他突然爆笑出聲時，她鬆了一口氣。

20 這一段仿《路加福音》第十二節，不過文字略有更動。

「宗教？老天爺啊，不是啦！對某些人來說是這樣的嗎？真的嗎？……不，我說的……」他猶豫著停了下來，最後總算非常柔和地說出那個字眼，幾乎就像是害怕似的，「我說的是，音樂……」

「音樂？」她還是完全摸不著頭緒。

「是啊。喬，你還記得那個叫做法蘭西絲的護士嗎？」

「法蘭西絲？我不記得。她是誰？」

「對，你當然不記得。在你來普桑修道院之前，有一次我跌斷了腿，我還記得她對我說過：在仔細看清楚某樣東西以前，別急著逃開。啊，今天發生在我身上的就是這種事，我不能再逃了——我得去看個清楚。喬，音樂是世界上最美妙的東西……」

「可是……可是你總說……」

「我知道，那也就是為什麼這次的衝擊大得可怕。我並不是說現在的音樂有多美妙——但音樂有可能很美妙——如果你讓它回復它該有的樣子！它的某些零星片段是醜陋的，就像你貼近一幅畫時只看得到一團灰撲撲、髒兮兮的顏料，可是只要站遠些，那些顏料便各就各位，成了最美妙的影像。必須要整體來看才行；我還是認為小提琴很醜，鋼琴像野獸……但我想，它們在某方面來說很有用。可是……喔！喬，音樂可以那麼美妙……我知道它可以的。」

喬困惑得說不出話來。她了解弗農的開場白是什麼意思，但心裡仍然有點害怕，他臉上有那種讓人聯想到宗教狂熱的狂喜表情，古怪而夢幻。弗農的臉平常總是鮮有表情，她想著，現在那張臉的表情卻太豐富了。這樣是比較糟糕，或者比較好呢？就取決於你怎麼看了。

他繼續說下去，幾乎不像在對她說話，反倒像是自言自語。

「你知道嗎，總共有九個交響樂團，全都混在一起。如果你能了解它們，聲音是可以光耀奪目的——我指的不只是音量大而已……音量柔和的時候反而能有更多表現，不過還是要有足夠的音量。我不知道他們演奏的是什麼……我想這也沒關係，真的。不過這表現出一件事……表現出一件事……」

他把亮得古怪的興奮目光轉向她。

「有這麼多知識要學！我完全不想學習演奏樂器，不過我想認識每一種樂器。某個樂器能做什麼、限制在哪裡、有哪些可能性。還有音符，有些音符是他們不用的——那是他們該用的音符，我知道有那種音符。你知道現在的音樂像什麼嗎，喬？就像格洛斯特大教堂裡那些小而紮實的諾曼式梁柱。音樂還在它的起步期，就是這樣。」

他靜默地坐著，身體往前傾，神情如在夢中。

「我覺得你瘋瘋癲癲的。」喬說道。

她刻意想讓自己的聲音聽來很實際、很實事求是。可是她忍不住佩服他那種熾熱的信念，她總以為弗農是個反應遲鈍的人——極端保守、褊狹、缺乏想像力。

「我必須開始學習，能盡快就盡快。喔，這真可怕——我已經浪費掉二十年了！」

「瞎說，」喬說道，「當你還是小寶寶的時候，不可能學習音樂呀！」

他微笑起來，漸漸脫離那種迷醉狀態。「你覺得我瘋了嗎？我剛才聽起來一定瘋瘋癲癲的，不過我沒瘋。而且……喔！喬，這是最驚人的如釋重負。就好像你多年來一直在假裝，現在不必再裝下去了。我過去怕音樂怕得要死，一直如此，可是現在呢……」

他坐直了，肩膀一挺。

「我要開始工作了……像個黑奴一樣地拚命工作，我要詳細了解每一種樂器。順便一提，世界上一定還有其他樂器——更多更多的樂器。應該有一種像在哭泣的東西——我在某個地方聽過。你會想要十個、十五個那樣的樂器，還有大約五十架豎琴……」

他坐在那裡，冷靜地計畫著在喬聽來就只是胡扯的細節。然而很明顯地，對他而言，他內心的展望是相當清楚的。

「再過十分鐘就是晚餐時間了。」喬有點膽怯地提醒他。

「喔！是嗎？真煩人。我想留在這裡，思考跟聆聽我腦袋裡的東西。告訴愛瑟兒舅媽說我頭痛或者病得很厲害。老實說，我覺得我的確是快要生病了。」

不知怎麼的，這一點比任何別的事情都更讓喬印象深刻。這是個很常見、很熟悉的現象，要是有什麼事讓你情緒激動，不管是高興還是別的，你總是會想生病！她自己常常就這樣覺得。

她站在門口猶豫不決。弗農又陷入抽象思考之中了。他看起來多麼古怪——變得很不一樣了。就好像……就好像……喬尋覓著她想用的字眼——就好像他突然間活了過來。

她有點心生畏懼。

第二章

麥拉的房子名叫做凱瑞小築，距離伯明罕大約八英里。

每次靠近凱瑞小築，總是有一種微微的沮喪感讓弗農心情沉重。他討厭這棟房子，討厭這裡可靠舒適的設備、厚實的亮紅色地毯，討厭會客廳、餐廳裡精心細選的運動海報，還有塞滿客廳的小擺飾。但話又說回來，他是討厭這些東西，還是討厭這些東西背後的事實？

他質問自己，頭一回試著對自己誠實。他討厭的，是他母親在這裡住得太安穩、太平靜滿足的事實吧？他喜歡從普桑修道院的角度想她——把她想成跟他自己一樣，是被流放在外的人。

然而她不是！普桑修道院對她來說，就像是異族王國對一位王后的意義。在那裡她覺得自己很重要，也為之自鳴得意。那裡曾經是新鮮又刺激的地方，卻不是她的家。

麥拉一如往常，用過火的深情表現迎接她兒子。他真希望她不要這樣。在某種程度上，他比過去更難回應她。遠離她的時候，他會想像自己對母親溫柔而深情；一旦與她共處，那所有的不實幻想都不翼而飛。

自從離開普桑修道院以後，麥拉·戴爾改變了很多。她變得壯實了些，那一頭美麗的金紅色頭髮夾雜了些許灰色，臉上的神情顯得更滿足、更平靜，看起來跟她哥哥西德尼極為相似。

「你在倫敦過得快樂嗎？我好高興。我長大了的好兒子回來跟我相聚，真是太讓人開心了——我已經告訴大家我有多興奮了。為人母的都是些傻瓜，不是嗎？」

弗農想著，還真的是呢——接著又因自己這麼想而感到羞恥。

「看到你真好，母親。」他喃喃說道。

喬說：「麥拉舅媽，你看起來很健朗。」

「親愛的，我一向覺得不是很好。葛雷醫生不是很了解我的狀況，有人說新來的里特沃斯醫生剛買下阿姆斯壯醫生的診所，聽說他絕頂聰明。我確定問題出在我的心臟——葛雷醫生說是消化問題，完全是鬼扯。」

她顯得相當活潑。對麥拉來說，自己的健康狀況是最引人入勝的話題。

「瑪麗走了——你知道吧，那個女僕。我為那女孩做了那麼多，她真的讓人非常失望。」

閒聊持續不斷，喬和弗農敷衍地聽著，心裡卻充滿了優越感：感謝老天，他們屬於覺醒的新生代，遠超過這種揪著家常瑣事不放的層次。對他們來說，一個嶄新的輝煌世界打開了。對於光坐著嘮叨就心滿意足的人，他們感覺到深沉痛切的憐憫。

喬想著：「可憐的麥拉舅媽，真是女性化得可怕！難怪華特舅舅會厭倦她。這不是她的錯！這爛透了的教育教她相信家務事最大。其實她還年輕——至少不是老得牙都掉了，而她想做的事就只有坐在家裡閒磕牙、講家務事、瞎擔心自己的健康。如果晚生個二十年，她大可自由快樂、一輩子都獨立自主的。」

由於她對毫無自覺的舅媽深感憐憫，因而她回話時顯得態度溫柔，還裝出她肯定沒有的興趣。

弗農則想著：「當母親的都這個樣子嗎？不曉得為什麼，她在普桑修道院看起來就不是這樣。還是說我那時候太小了，沒注意到？她一直對我這麼好，我這樣批評她真是糟透了。我只希望她別把我當成六歲小孩，喔，好吧，我猜她是忍不住要這樣。我想我永遠不該結婚……」

突然之間，在極端緊張的情緒催逼之下，他驟然脫口而出：「母親，我想要在劍橋修音樂課程。」

哎，話說出口了！他說出來了。

麥拉正在講阿姆斯壯家的廚子，所以分心了，她含糊地說：「可是親愛的，你一直都這麼沒有音樂天分，你以前還那麼討厭音樂。」

「我知道，」弗農粗著嗓門回答，「可是有時候人會改變主意的。」

「喔，親愛的，我非常高興。以前我還是年輕姑娘的時候，我會彈相當好聽的曲子，不過結婚以後就沒辦法繼續做這些事了。」

「我知道，這種事令人遺憾，」喬語氣激烈地說道，「我不打算結婚——不過要是結了婚，我永遠不會放棄我自己的事業。這倒提醒了我，麥拉舅媽，如果我要在模特兒這一行有任何成就，我就得去倫敦進修。」

「我確定布拉德福先生……」

「喔，該死的布拉德福先生！很抱歉，麥拉舅媽，不過你不明白。我必須去進修——還要很用功。而且我必須自己獨立，我可以跟另一個女孩分租住處……」

「喬，親愛的，別這麼荒唐了。」麥拉大笑。「我需要你留在這裡陪我。我總是把你看成我女兒，親愛的喬，你知道的。」

喬不自在地扭動。「麥拉舅媽，我是說真的。我的整個人生都靠這個了。」

這種悲劇式的發言只讓她舅媽笑得更厲害而已。

「女孩子常常都那樣想。咱們現在別爭這個，免得毀了這個快樂的夜晚。」

「可是你會不會認真考慮這件事？」

「我們必須聽聽看西德尼舅舅的意見。」

「這跟他沒有關係。他不是我的舅舅。當然，如果我想的話，我可以拿走我自己的錢……」

「喬，那其實不真的是你自己的錢。你父親把錢寄給我，當成你的撫育費——雖然我確定我很願意不拿半毛錢就留你在這兒——好確定在我的照應下，你會很健康又安全。」

「那麼我想我最好寫信給我父親。」她講得很勇敢，但心裡一沉。這十年來她只見過父親兩次，父女之間橫亙著一股舊怨。無疑現在的方式是魏特少校屬意的，每年只要花個幾百英鎊，他就不必煩惱自己女兒的問題了。喬沒有繼承其他遺產，如果她堅持要過自己的生活，她不知道父親是不是還會給生活費。

弗農悄悄對她說道：「喬，別這麼沉不住氣。等到我二十一歲再說。」

這樣讓她情緒稍微好轉了一點。弗農總是很可靠。

麥拉向弗農問起列文一家。列文太太的氣喘好一點了沒？聽說他們現在幾乎都住在倫敦了，是真的嗎？

「沒有，我不這麼覺得。當然他們冬天的時候不會常去鹿野莊，不過他們整個秋天都待在那裡。等我們回到普桑修道院的時候，隔壁還是他們住，這樣不是很好嗎？」

麥拉開口了，用一種有點緊張的聲音說道：「喔是啊……非常好。」

她急不及待地又補上這句：「你舅舅西德尼要過來喝茶。他會帶愛妮德一起來。還有，我不再吃比較晚開始的正式晚餐了。我真心覺得下午六點時，好好坐著吃頓便餐比較適合我。」

「喔！」弗農相當震驚，他對於那些便餐有一種不合理的偏見。他不喜歡用茶、炒蛋跟什錦果乾蛋糕湊合起來當一餐。為什麼母親不能像其他人一樣，好好吃頓正餐？這都是因為西德尼舅舅跟凱莉舅媽總是吃便餐的關係。討厭的西德尼舅舅！這一切都是他的錯。

他打住這個念頭，重新檢視自己的想法。這「一切」指的是什麼？他無法回答，心裡也不完全明白。但無論如何，等他跟母親回普桑修道院以後，事情應該就會好轉了。

❖

西德尼舅舅很快就到了——非常直率又快活，身材比過去又更厚實了一點。他的三女愛妮德跟著他一起來。兩個大女兒已經結婚了，比較小的另外兩個女兒還在上學。

西德尼舅舅滿肚子笑話跟打趣。麥拉充滿讚賞地望著她哥哥，說真的，沒有人比得上西德尼！他讓每件事都順順當當。

弗農對他舅舅的笑話發出禮貌性的笑聲，私底下他認為那些笑話既愚蠢又無聊。

「我很好奇，你在劍橋會去跟誰買菸草，」西德尼舅舅說道，「我會賭是跟一個漂亮女孩。哈哈！麥拉，你兒子臉紅囉——真的紅了。」

「老笨蛋。」弗農不屑地想道。

「那麼你又是到哪裡去買菸草的呢，西德尼舅舅？」喬很有義氣地接受這個挑戰。

「哈哈！」西德尼舅舅興高采烈地笑，「這個回答好！喬，你真是個聰明的女孩。我們別告訴凱莉舅媽這個問題的答案，喔？」

愛妮德不太講話，卻常格格發笑。

「你應該寫信給你表哥，」西德尼舅舅說道，「他會很樂意收到信的，不是嗎，弗農？」

「相當樂意。」弗農說道。

「你看吧，」西德尼舅舅說，「我怎麼跟你說的，小姐？這孩子想寫，卻覺得害羞。弗農，她對你評價很高喔。不過我不該把話傳出去的，對吧，愛妮德？」

稍晚在大分量的組合式晚餐結束以後，西德尼舅舅花了不少時間向弗農說明班特公司生意多興旺。

「成長很快，孩子，很快。」他開始說起公司狀況：利潤加倍，得增加人手，諸如此類，沒完沒了。弗農倒喜歡這類對話。雖然他對這個話題連一點點興趣都沒有，但他可以抽離注意力，只要偶爾讚賞地說「嗯」、「是」、「對」就好。

西德尼舅舅繼續沒完沒了地講下去：班特公司的權力與榮耀，永世無盡，阿門。

弗農想到今早買的、在火車上讀的樂器書籍。有那麼多事情得知道。他覺得自己對雙簧管多少有點概念了，還有中提琴，對，沒錯，中提琴。西德尼舅舅的談話就像遠方傳來的低音大提琴，是悅耳的伴奏。

現在西德尼舅舅說他一定得走了。還有更多無聊當有趣的話：弗農該不該給愛妮德一個晚安吻呀？人是多麼蠢笨啊。謝天謝地，他很快就可以上樓回自己房間了。

麥拉在門關上的時候發出一聲快樂的嘆息。

「我的天呀，」她咕噥道，「真希望你父親還在。今天晚上多麼快樂啊，他會覺得很開心的。」

「他並不是那種愛尋開心的人，」弗農說，「我不記得他跟西德尼舅舅有那麼合得來。」

「你那時候只是個小男孩。他們倆是最要好的朋友，我開心的時候你父親也總是很快樂的。喔，天哪，我們以前在一起多麼快樂。」她用手帕擦擦眼睛。

弗農瞪著她看，想著：「這真是最了不起的忠誠。」接著又突然想：「不，才不是。她是真的這麼想。」

麥拉繼續用一種追憶往事的輕柔口吻說話。「你從來沒有真正喜愛過你父親，弗農，我想這有時候一定讓他很難過。但在那時候，你卻對我那麼忠誠，實在還滿有趣的。」

弗農突然很激動地開口了，帶著一種奇怪的、認為這麼說是在替父親辯護的感覺：「父親待你很殘忍。」

「弗農，你怎麼能這麼說？你父親是世界上最好的人。」她不服氣的看著他。

他想道：「她自以為很有英雄氣概。『女人的愛多麼神奇啊——保護她死去的愛人』，諸如此類的想法。

喔！這一切實在太、太令我痛恨了。」

他含糊不清地說了幾句話，親吻她，然後上樓去了。

❖

那天晚上稍晚，喬敲了他的房門，他叫她進來。弗農坐著，放鬆地攤在一張椅子上，講樂器的那本書躺在旁邊的地板上。

「哈囉，喬。天啊，真是個討厭的晚上！」

「你這麼介意啊？」

「你不介意嗎？一切都不對勁。西德尼舅舅真是頭蠢驢。那些白痴笑話！全都那麼低級。」

「嗯哼。」喬說。她沉思著在床上坐下，點了一根菸。

「你不同意啊？」

「我同意——至少從某方面來說是同意的。」

「有話就直說吧。」弗農說。

「喏，我的意思是，他們的確是很幸福快樂。」

「誰？」

「麥拉舅媽、西德尼舅舅、愛妮德。他們是既團結又快樂的一群人，對彼此滿意極了。弗農，不對勁的是我們，你跟我。這些年來我們雖然住在這裡，卻不屬於這裡。就因為這樣，我們才必須離開。」

弗農若有所思地點點頭。「對，喬，你說得對。我們必須離開。」

他快樂地微笑著，因為往後要走的路清晰無比。二十一歲……普桑修道院……音樂……

第三章

「弗萊明先生，可以請您再說一次嗎？」

「沒問題。」

精確、枯燥、平板的字句，一個個從老律師嘴裡唸出來。他的意思再清楚不過了！錯不了！說得這麼清楚，甚至沒留下任何一個可疑的漏洞。弗農聆聽著，臉色非常蒼白，雙手緊抓著椅子的扶手。

這怎麼可能？不可能！然而說到底，多年前弗萊明先生不就說過一樣的話了嗎？對，不過那時候還有「二十一歲」這個神奇的字眼可以指望，當時還能指望「二十一歲」會奇蹟似的讓一切好轉，然而取而代之的卻是：「提醒你，現狀比令尊過世時好太多了，但是假裝已經走出困境並不妥。那筆貸款……」

當然，當然，他們從來沒提過有這筆貸款吧？嗯，他猜想跟一個九歲的男孩提這種事沒多大用處。兜著圈子講話並不好，擺在眼前的事實是，他負擔不起住在普桑修道院的費用。

他等到弗萊明先生說完了，才說道：「但如果我母親……」

「喔，當然了，如果戴爾太太有打算……」他沒把話說完就停下來，然後補上一句，「可是，容我說一句，每次有幸見到戴爾太太的時候，她的心意看來似乎是非常堅定——確實非常堅定。我想你應該知道，她在兩年前買下凱瑞小築了？」

弗農本來並不知道。他很清楚這是什麼意思。為什麼母親不告訴他？她沒有勇氣嗎？他總是認為她會跟他一起回普桑修道院，不盡然是因為他希望她一起去，比較像是因為——很自然地——那是她的家。

不過那裡不是她的家，那裡對她來說，永遠不可能跟凱瑞小築相提並論。

他當然可以對她動之以情，哀求她採取行動，因為他非常想要那裡。

可是，不行，絕對不行！你不能哀求一個你其實不愛的人施恩。弗農並不真正愛他母親。他不相信自己曾經真正愛過她。這件事說來如此古怪而悲哀，還有一點可怕，但正是如此。

如果永遠見不到她了，他會介意嗎？其實不會。只要她健康、快樂、有人關照就夠了，他不會想念她，也永遠不會渴望有她陪伴。因為，很奇怪地，他並不真正喜歡她。他不喜歡她雙手的觸感，總是必須勉強自己才能給她一個晚安吻，他沒辦法告訴她自己的心事——她從來不懂也不明白他的感受。她一直是一個善良慈愛的母親，他卻根本不喜歡她！想來大部分的人都會說這樣很可怕吧……

他平靜地對弗萊明先生說：「你說得很對，我確定我母親不希望離開凱瑞小築。」

「那麼，戴爾先生，你有幾種選擇。你知道普桑修道院多年來都是沙爾蒙少校承租，他很想買下……」

「不」字立刻從弗農口中像槍彈似的爆出來。

弗萊明先生露出微笑。「我確定你會這麼說。坦白講，很高興聽你這麼說。戴爾家族擁有普桑修道院已經……呃……讓我想想，快五百年了。雖然如此，如果沒向你說明買方出的價錢很好，我就是失職了；要是你後來又決定要賣，想再找個合適的買家可能不容易。」

「這是不可能的。」

「非常好。那麼我想，最好的做法就是繼續出租。沙爾蒙少校想買下一個住處，這表示你要另找新房客。

找新房客不難，重點在於：要出租多久？我會說，再度長年出租這個地方，並不是非常吸引人的做法。生命是難以確定的，誰知道呢，再過幾年事情可能會……呃……有相當大的改變，你可能就有能力搬回去住。」

「我會的，不過不是用你想的那種方式，你這個老蠢貨。」弗農想道，「那會是因為我在音樂界建立起名聲，而不是因為我母親死了。我確定我希望她活到九十歲。」

他跟弗萊明先生又多談了幾句，然後就起身準備離開。

「恐怕這對你來說很震撼。」這位老律師在握手的時候說道。

「是的……不過只有一點點。我想我一直在堆砌著空中樓閣吧。」

「我猜想，你要回去跟你母親共度二十一歲生日吧？」

「是的。」

「你可以跟你的舅舅班特先生談談，他是非常精明的生意人。他有個跟你年紀差不多大的女兒吧？」

「對，是愛妮德。兩個大的已經嫁了，兩個小的還在念書。愛妮德大概比我小一歲。」

「喔！有個跟自己相近的表妹是非常愉快的事，我敢說你會常常見到她。」

「喔，我不認為會這樣。」弗農講得很籠統。

為什麼他要常常見愛妮德？她是個乏味無趣的女孩。不過弗萊明先生當然不知道這點。奇怪的老頭，為什麼他要擺出那副狡猾又成竹在胸的表情？

❖

「母親，我似乎不真的算是個繼承人啊！」

「喔，好啦，親愛的，別擔心，冥冥中自有安排。你必須去跟你舅舅好好談一談。」

真愚蠢！跟西德尼舅舅談能有什麼好處？

幸運的是，這件事沒人再提起。讓人喜出望外的是，喬獲准照她的意思做了。她去了倫敦——雖然在某種程度上，還是有人監管與陪伴她，但她總算達成心願了。

他母親似乎總是神祕兮兮地在跟朋友講悄悄話。有一天弗農就聽到她在跟朋友們說悄悄話。

「對……他們真的相當密不可分……所以我想這樣比較明智……真是可惜……」

然後弗農心目中的「另一個長舌婦」說了關於「一等表親……這樣最不明智了」之類的話，然後麥拉突然微微漲紅了臉，提高嗓門說道：「喔！我不這麼認為。」

「誰是一等表親啊？」弗農後來問道。「這樣神祕兮兮的是怎麼回事？」

「親愛的，你說神祕兮兮？我不懂你是什麼意思。」

「我一進來你就閉嘴了。我很納悶，這一切到底怎麼回事？」

「喔，沒什麼啦，我們講的是某些你不認識的人。」她看起來臉很紅，表情不太自在。

弗農並不覺得好奇，也就不再多問。

他很想念喬，凱瑞小築少了她，變得死氣沉沉的。另外就是愛妮德更常出現了，她總是會來看麥拉，弗農只得勉強自己帶她去一家新開幕的溜冰場溜冰，或去參加這個那個無聊至極的派對。

麥拉希望弗農在期末慶祝週[21]時邀愛妮德到劍橋去，她堅持要他這麼做，他只得屈服了。無所謂，反正賽巴斯欽有喬作伴，他自己也並不太介意。跳舞還滿討厭的——會干擾音樂的每件事都很討厭……

在他返校的前一天晚上，西德尼舅舅到凱瑞小築來了，麥拉推著弗農跟他一起進書房，然後說道：「弗

21 期末慶祝週（May Week），根據劍橋大學的傳統，學年期末考結束後會有一連串慶祝狂歡活動。如今雖然仍稱為May Week，但時間通常是在六月。

農，你舅舅西德尼要跟你稍微談一下。」

西德尼舅舅吞吞吐吐了一會兒，然後讓人相當意外地直取重點。弗農從來沒這麼喜歡過他舅舅；他自以為逗趣的舉止態度全擺到一旁去了。

「我就直接說我要說的話了，弗農——不過在我講完以前，我不希望你插嘴，懂嗎？」

「好的。」

「事情的重點就只有這樣：我希望你加入班特公司。現在記住我說的——不准插嘴！我知道你從來沒有想過這些事，而且我敢說現在這個主意對你來說不是非常容易接受。我是個坦白的人，而且我很能面對現實；如果你有一筆好收入，可以像個紳士一樣住在普桑修道院，就不會有任何關於這件事的問題了，我很清楚這一點。你就跟你父親那邊的親人一樣，不過你身上還是有不少班特家族的血，弗農，而且血統是注定會顯現出來的。

「我自己沒有兒子，只要你願意，我很樂意把你當成自己兒子一樣照顧。我家有得是女兒，而且還多得很。容我提醒你，這並不是一輩子做苦工，我不是不講理的人，而且我跟你一樣了解你現在的處境。你還年輕，等你從劍橋畢業、進入商業界的時候，得從底層做起。你只能先領一份普通薪水，然後一步步往上爬。如果想在四十歲以前退休——你是可以那樣做，好讓自己開心——到時候你會有錢去住普桑修道院。

「我希望你會早早結婚，早婚是非常好的。你的長子可以繼承地產，其他的兒子則進入他們可以展現本事的一流公司。班特公司讓我很引以為傲——就像普桑修道院讓你自豪一樣，所以我了解你對那個老地方的感情，我不希望你被迫把那裡賣掉；過了這麼多年以後還讓那個地方脫離家族掌握，就太可惜了。好啦，我的提議就是這樣。」

「西德尼舅舅，你實在是太好心了……」弗農開口了。

他的舅舅伸出一隻巨大方正的手制止了他。「如果可以的話，咱們就把話講到這裡。我不想現在聽到答案，花點時間考慮一下，等你從劍橋回來以後再說。」

他站了起來。「很感謝你邀請愛妮德去期末慶祝週，她因此興奮得很。弗農，如果你知道那女孩對你是什麼想法，你會覺得相當自負。啊，好吧，女孩子就是女孩子。」

他發出震耳欲聾的笑聲，然後砰地關上前門。

弗農仍然在大廳裡皺著眉頭。西德尼舅舅其實表現得很得體——相當得體，但這不表示他打算接受舅舅的提議。就算拿全世界的財富來都不能拆散他跟音樂……

而且他總會以某種方式，回到普桑修道院。

❖

期末慶祝週！

喬跟愛妮德都在劍橋。弗農也勉強讓愛瑟兒舅媽來了，她是監護人。這個世界現在似乎大部分由班特家族構成。

喬有一次脫口說道：「你到底為什麼要請愛妮德來？」

他這麼回答：「喔，母親一直堅持……反正這不重要。」

那時對弗農來說什麼都不重要，只有一件事除外。喬私下跟賽巴斯欽談到這件事。

「弗農對音樂事業是認真的嗎？他會不會有成就？這應該只是一時的狂熱吧？」

可是賽巴斯欽出人意表地嚴肅。

「你知道嗎，這非常有趣，」他說，「就我看來，弗農的目標是某種徹底的、革命性的東西。他現在精通了你可能會形容為『主要事實』的事情，而且學起來的速度快得異常，老卡丁頓是這麼說的——雖然他自然對弗農的想法嗤之以鼻，或者該說，如果弗農曾經把這些想法講出來，他會嗤之以鼻。對這些想法感興趣的人，是數學家老傑弗瑞斯！他說弗農對音樂的想法是四維的。

「我不知道弗農是會成功，還是會被當成瘋子，我想那條界線是非常模糊的。老傑弗瑞斯非常有熱忱，但他沒有要鼓勵弗農的意思。我認同他的想法，他說過，發現新事物、然後讓世人面對它，是沒人感謝的苦工，而從所有的可能性來看，至少要再過兩百年，弗農即將發現的真理才會有人接受。傑弗瑞斯是個老怪胎，總是思考著空間中的虛擬弧形，或者類似的事情。

「不過我懂得他的重點。弗農並不是在創造新東西；他是在找出某樣已存在的東西，還滿像個科學家的。傑弗瑞斯說弗農小時候不喜歡音樂，是完全可以理解的——對他的聽覺來說，音樂是不完整的——就像是隨手描出來的畫，而且整個透視是錯的。我猜想，現在的音樂對弗農來說，就像是我們耳中的原始野蠻人音樂——大多數都是難以忍受的不和諧雜音。

「傑弗瑞斯滿腦怪點子，只要跟他問起方形跟立方體、幾何圖形跟光速，他就會狂熱地講個沒完。他還寫信給一個叫做愛因斯坦的德國人。奇怪的是，他一點都沒有音樂天分，然而他卻能看出——或者他自稱如此——弗農要往哪個方向去。」

喬陷入沉思。

「好吧，」最後她說道，「你剛才說的是什麼意思，我一點都不懂。不過看來弗農似乎可能會大獲成功。」賽巴斯欽的態度卻很讓人洩氣。「我不會這麼說。弗農可能是個天才——而那是相當不同的事情，沒有人歡迎天才。另一方面來說，他可能就只是有一點點瘋狂。有時候他開口大發議論，聽起來真是瘋狂，但不知怎麼地，我總是有種感覺，他是對的——以某種古怪的方式，他知道他在講什麼。」

「你聽說西德尼舅舅的提議了嗎？」

「聽說了。弗農似乎心情輕鬆地把這件事情否決掉了，不過你明白吧，那個提議滿好的。」

「你該不會要他接受那份工作吧？」喬發火了。

賽巴斯欽保持著激怒人的冷靜。「我不知道。這件事情需要通盤考慮。弗農或許對音樂有棒極了的理論——卻沒有跡象顯示他有辦法把這些東西付諸實踐。」

「你真讓人生氣。」喬說著掉頭就走。

最近賽巴斯欽老惹她生氣。對他來說最重要的，似乎就是冷靜分析的能力。如果他有熱忱，他也小心翼翼地藏匿著。

然而對於現在的喬來說，熱忱似乎是世界上最必要的東西。她對失敗者和弱勢者有一股熱情；她是為軟弱與受壓迫者挺身而出的鬥士。她覺得賽巴斯欽只對成功有興趣，她認定他只以金錢為標準來判斷人事。他們碰面時，大半時間都沒完沒了地在吵架拌嘴。

弗農似乎也跟她有了距離，音樂是他現在唯一想談的事情，而且談的是她不熟悉的面向。他心心念念的全是樂器——它們的音域跟力道。喬自己也拉的小提琴似乎是他最不感興趣的一種。喬實在不是討論單簧管、伸縮長號跟巴松管的合適對象；弗農人生中的雄心壯志，似乎就是跟這些樂器的樂手培養友誼，好得到理論以外的實際知識。

「你認不認識任何巴松管樂手？」

喬說她不認識。

弗農說，她可以幫他個忙，試著去結交一些音樂界的朋友。「就算吹法國號的都行。」他好心地說道。

他用手實驗性地劃過洗手缽的邊緣。喬打著冷顫，用雙手蓋住耳朵。那聲音的音量加強了，弗農露出迷濛狂喜的微笑。

「人應該要能夠捕捉、駕馭這種聲音。但要怎麼做到呢？這個聲音很美妙飽滿，不是嗎？就像一個圓。」

賽巴斯欽硬是把那個洗手缽從他身邊拿開，但弗農隨即在房間裡繞圈圈踱步，實驗性地敲響各種高腳杯。

「這房間裡有好多玻璃杯。」他讚賞地說道。

「你弄出的聲音會害水手溺死[22]。」喬說道。

「鐘跟三角鐵難道還不夠嗎？」賽巴斯欽問道，「再來點合拍的銅鑼……」

「不行，」弗農說，「我要玻璃……把威尼斯玻璃跟瓦特福水晶擺在一起……你真有美學品味，賽巴斯欽，有沒有可以拿來弄破的普通玻璃杯……所有叮噹作響的碎片啊，玻璃……真是神奇的東西啊！」

「高腳杯交響曲。」喬口氣刻薄地說道。

「有何不可？以前的人還不是把動物的腸子繃緊，然後發現那截腸子會發出一種嘎嘎響的噪音；還有人拿蘆葦葉片來吹，然後喜歡上那種聲音。我很好奇人類是什麼時候想到要用黃銅跟鐵製造樂器的……我敢說某些書會有答案……」

「哥倫布與蛋[23]，就像你跟玻璃高腳杯。為什麼不是寫字石板跟石板筆[24]？」

「如果你有個……」

「他這樣不是很滑稽嗎？」愛妮德格格笑道。這讓整個對話停擺了——至少現在如此。

弗農並不真的很介意她在場。他太專注於自己的想法，對外界沒那麼敏感，所以察覺不到。愛妮德跟愛瑟兒愛怎麼笑就怎麼笑，隨她們高興。

不過喬與賽巴斯欽之間的不和卻讓他有點困擾；他們本來一直是那樣團結的三人組合。

「我不認為『獨立生活』這套把戲適合喬，」弗農對賽巴斯欽說，「她大部分時候像一隻憤怒的貓。我不懂為什麼我母親會同意，六個月前她還誓死反對這檔事，是什麼改變了她的心意？你想得出原因嗎？」

賽巴斯欽長長的黃色臉蛋現出一抹微笑。

「我是可以猜猜看。」他說道。

「是什麼？」

「我不該說的。首先呢，我可能是錯的，其次，我實在討厭干擾事情（可能會有的）正常發展。」

「你那曲裡拐彎的俄國心靈還真會想。」

「應該是。」

弗農沒有堅持要問個清楚；他懶得探問沒直說的理由。

一日復一日，他們跳舞，吃早餐，用難以置信的高速開車呼嘯穿過鄉間，在弗農房間裡坐著抽菸聊天，然後再去跳舞。徹夜不睡是一種光榮的優點。清晨五點，他們去遊河。

弗農的右手臂在痛。愛妮德跟他坐同一條船，而她是個沉重的同船夥伴。唔，這不打緊。西德尼舅舅似乎很高興，而他是個正派的老好人；他提出那種建議真是太好心了。多麼可惜啊，他——弗農——沒有多點班特血統、少點戴爾血統。

有個微弱的記憶在他心裡擾動，有人說過：「弗農，戴爾家族的人從來就不幸福或者成功。他們做不了

22 喬影射的是希臘神話裡的海妖賽蓮（Siren），會唱歌誘惑駕船的水手，害他們因觸礁而溺斃。

23 哥倫布登陸美洲後，有人說他的成就沒什麼了不起，其他人也辦得到。據說哥倫布因此在一場宴席上詢問眾人，是否知道怎麼讓蛋立起來，沒有人知道答案。哥倫布於是稍微用力把蛋的底部敲裂了一點點，蛋因此能立在桌面上，眾人頓時領悟，就因為有個先驅辦到了，其他人才會覺得這件事情好像很簡單。

24 十九世紀時，學童會用石板和石板筆在課堂上做練習（像是習字或做算術）。後來先是粉筆代替了石板筆，等鉛筆發明以後才徹底淘汰石板。

什麼大事……」是誰說的？那是一個女人的聲音，場景是在花園裡——還有彎曲纏繞的香菸煙霧。

賽巴斯欽的聲音說道：「他要睡著了。醒來啊，你這掃興鬼！愛妮德，塞一條巧克力給他。」一條巧克力呼一聲越過他的頭。愛妮德的聲音伴著一聲格格嬌笑說道：「真要命，我就是丟不直。」她又格格笑起來了，好像覺得那非常滑稽。讓人厭煩的女孩——老是在格格發笑；此外她還暴牙。

他用力把身體轉向側面。他通常不是很能體會自然之美，但今天早晨他被世界的美麗打動了。蒼白、閃爍著光芒的河流、堤岸上到處開著花的樹木。

船慢慢地朝著下游漂去——一個奇異、安靜、在魔咒籠罩下的世界，這是因為附近沒有人類吧，他想著。仔細去想，是人類太多才把這個世界給糟蹋掉的。人總是在吱吱喳喳談話和格格傻笑——然後在你只想獨處的時候，追問你在想什麼。

他一直記得，他還小的時候就覺得，要是他們別煩他就好了。他想起自己發明的那些荒唐遊戲，就暗自微笑。葛林先生！他清清楚楚記得葛林先生，還有那三個玩伴……想不起來了，他們叫什麼名字啊？

一個有趣的兒童世界——一個有惡龍與公主的世界，與奇異卻實在的現實混合在一起。曾經有人告訴他一個故事——有個戴著一頂綠色小帽、穿著破爛的王子，還有一個住在塔裡的公主，在她梳頭髮的時候，那頭金髮閃亮到四個王國都看得到。

他瀏覽著河流沿岸。有艘平底船繫在一棵樹上，上頭有四個人——但弗農眼裡只看得見其中一個。一個穿著粉紅色晚宴洋裝的女孩，有著滿頭金絲般的秀髮，站在一棵開滿粉紅色花朵的樹下。

他目不轉睛地看著她。

「弗農……」喬踢了他一下，喚回他的注意力。「你沒睡著，因為你睜著眼睛。可是我們跟你講了四次話，你都沒回答。」

「抱歉，我在看那邊的那群人。那個女孩相當漂亮，你不覺得嗎？」

他試著讓自己的語氣聽起來很輕快，像隨口提起似的。但他心裡有個狂野的聲音說道：「漂亮？她很迷人，她是世界上最迷人的女孩。我要去認識她，我必須認識她，我要娶她……」

喬用手肘把自己撐起來注視了一番，然後發出一聲叫喊。

「哎呀，」她大叫道，「我知道了！對，我很確定，那是奈兒．維爾克……」

❖

不可能！這不可能。奈兒．維爾克？那個蒼白、瘦巴巴，有著粉紅色的鼻子，穿著不合身衣裳的奈兒？時間能玩出這種惡作劇嗎？要是如此，那還有什麼是能確定的？以前的奈兒跟現在這個奈兒是不同的人。

整個世界感覺像夢境一樣。喬在說話：「如果那是奈兒，我肯定要跟她說說話。我們過去那裡吧。」

然後是寒暄、驚呼、喜出望外。

「哎呀，是喬．魏特，還有弗農！好久不見了，不是嗎？」

她的聲音非常柔和，微笑著望進他眼裡——有那麼一點羞怯。真是美麗動人……動人……比他本來想的更美麗動人。他像個張口結舌的傻瓜，為什麼說不出一句話？某種聰穎、機智、吸引人的話。在又長又柔軟的金棕色眼睫毛襯托下，她的眼睛多麼藍啊。她就像是樹梢上開著的花——仍然保持純淨，有如春天。

一波巨浪般的絕望氣餒掃遍他全身，她永遠不會嫁給他的。像他這樣口舌笨拙的傢伙，哪有可能？她在跟他說話——老天爺啊，他一定要試著聆聽她在說什麼，還得很聰明的回答才行。

「在你們離開以後，我們也很快就搬走了。我父親放棄了他的工作。」

他腦中響起一陣舊時八卦的回音。

「維爾克被開除了。他無能到無可救藥的地步——這種事注定要發生。」

她的聲音繼續往下說——多麼迷人的聲音啊。你想要聽那個聲音，而不是聽那些字句。

「我們現在住在倫敦，我父親五年前過世了。」

他一邊回答，一邊覺得自己像個白痴：「喔，那個，我很遺憾，真是太遺憾了！」

「我給你地址。你一定要來看我們。」

他脫口說希望今晚能再見——她要去參加哪個舞會？她說了。那裡不好。明晚——謝天謝地，他們會參加同一個舞會。他匆匆說道：「聽著，你必須留一、兩支舞給我……你一定要……我們已經好幾年沒見了。」

「喔！但是我可以這樣做嗎？」她的聲音聽起來很懷疑。

「我會想辦法搞定。交給我吧。」

這一切結束得太快了。雙方說了再見，他們再度朝上游去。

喬用一種實際到難以置信的語氣說道：「哇，這不是很奇怪嗎？誰會想到奈兒．維爾克會出落得這麼標緻？我好奇的是，她是不是還像以前那麼蠢。」

真是褻瀆神聖！他覺得自己跟喬之間有了寬廣如海洋的隔閡。喬根本就不懂。

奈兒會不會嫁給他？會嗎？說不定她永遠不會正眼看他。一定有各式各樣的男人愛上她。

他徹底地絕望，一片黑暗的悲慘感受籠罩著他。

❖

他正在與她共舞。他從來沒想過自己可以這麼快樂。在他懷抱裡，她輕得就像一根羽毛、一片玫瑰葉。她一樣穿著粉紅色洋裝——不同的款式，衣裙在她周圍飄動著。

如果能夠一直這樣下去，直到永遠就好了。

不過，當然了，生命從來不是這樣。弗農覺得似乎才過了一秒鐘，音樂就停了。他們並坐在椅子上。他有好多好多事想對她說——不過他不知道要從何開始。他聽見自己說了些關於地板與音樂的傻話。傻瓜——講不出話來的傻瓜！幾分鐘過後，另一支舞開始了。她會從他身邊被人帶走，他一定要想出計畫——設法安排再跟她相見。

她在說話，舞蹈之間的隨口閒聊。倫敦社交季，光想就覺得可怕——她要夜復一夜地參加舞會，有時候一晚上就有三場。他被這個念頭困住了。她會嫁給別人，一個富有、聰明、逗人開心，很快就會贏得她芳心的傢伙。

他嘟噥了幾句關於倫敦生活的話，她把住址給他，母親會很高興再見到他的。他把地址寫了下來。音樂響起來了。他情急之下說道：「奈兒，我以前是叫你奈兒，不是嗎？」

「怎麼了，當然啊。」她笑出聲來。「你還記得嗎，我們以為犀牛會來追我們的那天，你把我從籬笆上用力拉出來？」

他記得，那時候他認為她是個討厭鬼，奈兒！他竟然說她是討厭鬼！

她繼續說下去：「我那時候覺得你很了不起，弗農。」

她有這麼想啊，有嗎？可是她現在不會覺得他很了不起了。他的心情再度陷入谷底。

「我……我想，我那時候是個可怕的小混蛋。」他囁嚅著說。

為什麼他不能表現得聰明伶俐，說些機智的話？

「喔，你是個很可愛的人。賽巴斯欽沒有改變多少，對嗎？」

賽巴斯欽，她叫他賽巴斯欽。好吧，她應該是會這樣叫他的——既然她都叫他弗農了。幸好賽巴斯欽除了喬以外誰都不在意。賽巴斯欽有錢又有頭腦，他疑惑地想，奈兒會喜歡賽巴斯欽嗎？

「到哪去都可以靠那對耳朵認出他！」奈兒說著笑了一聲。

弗農覺得很安慰。他忘記賽巴斯欽的招風耳了，沒有哪個注意到賽巴斯欽那兩個耳朵的女生會愛上他的。可憐的賽巴斯欽，他被耳朵給毀了，運氣真背。

眼看著奈兒的舞伴到了，他倉促地脫口說道：「能再度見到你真是太美好了。奈兒，你不會忘了我吧？我會出現在倫敦的。能再次看到你真是……真是棒得不得了。（喔！該死，我之前就講過這句了！）我是說……這實在好極了，你不明白的。可是你不會忘記吧？」

她已經離開他身邊了。他看著她在勃納德的臂彎裡旋轉。她絕對不可能喜歡上勃納德的，是吧？勃納德是個徹底的傻瓜。

她的眼睛越過勃納德的肩膀，跟他四目相望。她露出微笑。

他再度置身天堂。她喜歡他……他知道她喜歡他。她剛才微笑了……

❖

期末慶祝週結束了。弗農坐在書桌前寫信：

親愛的西德尼舅舅：

我考慮過您的提議了，如果您還想用我，我很樂意進入班特公司。只怕我派不上什麼用場，不過我會用我所知的一切方法努力。我還是認為您極為好心。

他暫時停筆。賽巴斯欽心神不寧地來回踱步，這干擾了弗農。

「看在老天的分上，坐下來吧，」他惱怒地說，「你是怎麼啦？」

「沒什麼。」賽巴斯欽坐下了，態度異常溫和。他填了菸草，點燃菸斗，在煙霧遮蔽之下才開口。

「我說，弗農啊，我昨天晚上向喬求婚。她拒絕了我。」

「喔！運氣真差！」弗農試著要把心思拉回來表示同情，「或許她會改變心意的，」他含糊地說道，「他們說女孩子會這樣。」

「是因為這該死的錢。」賽巴斯欽憤怒地說。

「什麼該死的錢？」

「我的錢。我們還小的時候，喬總是說她會嫁給我，她喜歡我，我確定她喜歡我。然而現在我所說所做的一切動輒得咎。如果我受人迫害、遭人鄙視，或者難以見容於社會，我相信她會立刻就嫁給我，但她總是想站在弱者那一方，在某種程度上，這是個極其優秀的特質；不過這有可能會被實踐到根本該死地不合邏輯的地步。喬很不講邏輯。」

「嗯哼。」弗農含混地應道。

他自私地想著自己的情事。在他看來，賽巴斯欽這麼渴望跟喬結婚是很古怪的。多得是其他適合他的女孩子啊。他重讀一遍剛才的信，然後補上另一句：「我會像個黑奴一樣努力工作。」

第四章

「我們要有另一個男人。」維爾克太太說道。

她那在化妝術下稍有改進的眉毛，每當皺眉時就連成一直線。

「那個年輕的韋瑟瑞爾讓我們失望，真是太惱人了。」她補上這句話。

奈兒沒什麼熱忱地點點頭。她坐在一張椅子的扶手上，還沒有著裝，金髮像溪流似的垂在淡粉紅色日式長袍上。她看起來非常年輕、美麗動人，也非常脆弱。

維爾克太太坐在有鑲嵌裝飾的桌前，眉頭緊皺，若有所思地咬著筆桿末端。原本就舉目可見的困境現在更加明顯了——事實上是昭然若揭。這個畢生持續奮戰不懈的女人，現在進行的是一場最重大的戰鬥。她住在一棟她付不起房租的房子裡，用她買不起的衣服妝點她的女兒。她靠賒帳取得物品；跟其他人不同，她不是靠著哄騙得來的，而是靠著純粹的意志力。她從不哀求那些債主，她脅迫他們。

結果是奈兒到每個地方去，做其他女孩做的每件事情，還妝扮得比別人都好。

「小姐很迷人。」裁縫這麼說，而他們的目光會跟維爾克太太交會，互換理解的一瞥。

一個這麼漂亮、打扮得這麼好的女孩，有可能在她的第一個社交季就嫁掉，到了第二季則更肯定會嫁出去——然後，就可以收割一筆豐厚的收穫了。他們習於冒這種險。小姐很迷人，而夫人——她的母親——是個見過世面的女人，他們看得出來，她也是一個習慣在大事上取得成功的女人。她肯定會設法監督她女兒結一門好親事，不會讓她去嫁一個無名小卒。

別人都不曉得，只有維爾克太太知道，她承擔了這場戰役中多少的困難、挫折，還有難堪的敗北。

「我們還有克里夫，」她沉思著說道，「不過他的社會地位實在太低了，就算有錢都不足以抬舉他。」

奈兒看著自己塗成粉紅色的指甲。

「弗農．戴爾怎麼樣？」她提議，「他寫信說這個週末要到倫敦來。」

「他可以。」維爾克太太說著，眼神銳利地看著女兒。「奈兒……你沒有……你沒有傻呼呼地迷上那個年輕人吧？我們最近似乎常常見到他。」

「他舞跳得很好，」奈兒說，「而且他有用得不得了。」

「是，」維爾克太太說，「對。這很可惜。」

「什麼很可惜？」

「他沒有太多屬於這個世界的優勢。他如果想維持普桑修道院，就必須娶個有錢人。那裡被抵押了，你明白吧。我發現這件事了。當然，要是他母親過世了……但她是會活到八、九十歲的那種大個子健康女人。除此之外，她還有可能再婚。不，把弗農當成結婚對象是沒指望的。他也深深愛上你了，可憐的孩子。」

「你這麼想嗎？」奈兒低聲問道。

「任何人都看得出來。他表現得很明顯——那個年紀的男孩子總是這樣。唔，我想他們必須經歷初戀，但是奈兒，你自己不能犯傻。」

「喔，母親，他只是個男孩——一個非常好的男孩，不過還是個男孩。」

「他是個好看的男孩子，」她母親口氣冷淡地說道，「我只是警告你，要是你無法擁有你想要的男人，那麼，陷入愛河是一個痛苦的過程。而且更糟的是……」

她住口了。奈兒很清楚她的思路朝哪去。她的父親早年是個英俊、眼睛湛藍，但卻鬧窮的年輕中尉，她母親的罪過是傻到為了愛嫁給他。她後來極其悔不當初。一個軟弱的男人，一個失敗者，一個酒鬼。憑良心說，有太多的失望幻滅在其中。

「有那麼一個死心塌地的追求者是很有用的。」維爾克太太回到她的功利主義觀點，「當然，絕不能讓他毀掉你跟其他男人的機會。可是你太聰明了，不至於讓他獨占你到那個程度。對，寫信要他下星期開車到萊內拉公園來，然後跟我們一起吃晚飯。」

奈兒點點頭。她起身回自己的房間，脫下日式長袍開始換裝。她用一把硬毛梳梳開長長的金髮，然後把頭髮盤到她小巧迷人的頭上。

窗戶開著。一隻沾滿煤灰的麻雀啁啾著，以牠那個族類的自負高歌。

有某種東西揪住奈兒的心。喔，為什麼每件事情都這麼……這麼……

這麼什麼？她不知道。她無法把湧上心頭的那種強烈感覺訴諸言語。為什麼事情不能是美好的，而非骯髒的？對神來說，兩者應該是一樣容易的。

奈兒從來沒多想過關於神的事，不過她理所當然地知道有神。或許，以某種方式，神會把一切安排得對她正好。在倫敦的那個夏日早晨，奈兒．維爾克身上有某種孩子氣的成分。

❖

弗農覺得自己樂到直上九霄。那天早上，他與奈兒在公園裡見了面，而且接著還有一整個輝煌、狂喜的晚上！他實在太幸福了，甚至對維爾克太太也似乎充滿感情。

他沒有像平常一樣對自己說：「這女人根本是蛇髮女妖！」反而想道：「或許她並沒有那麼糟。無論如何，她非常鍾愛奈兒。」

在晚餐時間，他仔細觀察宴會裡的其他成員。有個穿著綠衣、比較不好看的女孩，根本不能跟奈兒相提並論；還有個高大黝黑的男人，一位某某少校，穿著完美無瑕的晚禮服，談話中常常提到印度，真是個自滿到讓人難以忍受的人，弗農討厭他，這人大吹大擂、自鳴得意，還很愛炫耀！有隻冰冷的手攫住了他的心，奈兒會嫁給這個討厭鬼然後遠去印度。他知道，他就是知道。他拒絕了遞給他的一道菜，還讓那個綠衣女孩度過一段難熬的時光，她努力攀談，他卻只給她隻字片語的回應。

另一個男人年紀比較大——對弗農來說非常老了。他舉止僵硬，坐得筆直，有灰色的頭髮與藍色的眼睛，還有堅毅的方臉。後來有人說他是美國人，其實他的口音未露痕跡，不說是沒有人知道的。他說話的方式很古板，還有一點拘禮，聽來似乎很有錢。弗農覺得他非常適合當維爾克太太的伴侶，如果她嫁給他，或許她就不必再擔心奈兒，不會再讓她過這種瘋狂的生活。

查特溫似乎非常仰慕奈兒，這再自然不過了，他還給她幾句老派的讚美。他坐在她和她母親之間。

「維爾克太太，請你今年夏天一定要帶奈兒小姐到迪納爾來，」他說道，「你真的非來不可，我們彼此有伴會相當愉快。那是個很美好的地方。」

「查特溫先生，這聽起來很令人愉快，不過我不知道我們是否能去。我們似乎答應了好多人要去拜訪、做這個做那個……」

「我知道你們有很多邀約，所以很難留住你們。我希望令嬡沒有正好在聽——我要恭賀你，身為本季第一美女的母親。」

「然後我就對馬伕說道……」這是戴克少校在說話。

戴爾家族的所有人都是軍人。弗農想著，為什麼他不是個軍人，反而在伯明罕從商？然後他暗笑自己，嫉妒心這麼重真荒唐。還有什麼會比不值一文的中尉更糟的？那樣一定沒有希望跟奈兒在一起了。

美國人發言都相當冗長——他已經開始厭倦查特溫的聲音了。要是晚餐快點結束就好了！如果他跟奈兒可以一起在樹下徜徉就好了。

要跟奈兒一起漫步並不容易。他會受到維爾克太太的阻撓，她會詢問關於他母親還有喬的事，把他牽制在身邊。在戰略上他不是她的對手，他必須留在那裡回答問題，假裝他喜歡這樣。

他只有一丁點的安慰。奈兒是跟那個老傢伙一起走——而不是跟戴克。

他們突然遇上朋友了，每個人都站著聊天。這是個好機會，他設法到了奈兒身邊。

「跟我來，快點，現在就來。」

他辦到了！他把她從其他人身邊帶開了。他走得太匆忙，她幾乎要用跑的才能跟上，但她什麼話都沒說——沒有抗議，也沒有拿這一點來打趣。

其他人的說話聲聽起來愈來愈遠。他現在可以聽到其他聲音了——奈兒急促不穩的呼吸聲。是因為他們走得太快了嗎？——不知怎麼的，他不認為如此。

他放慢了速度。他們現在獨處了——世上只有他們倆了。他覺得，就算在無人島上，也不可能比現在更遺世獨立了。

他必須找些話來跟她閒聊，要不然她可能會想要回到其他人身邊去——他受不了這樣。幸運的是，她不知道他的心臟在猛跳——大力地咚咚跳著，直跳到他喉嚨口了。

他猝然說道：「你知道嗎，我進我舅舅的公司了。」

「對，我知道。你喜歡嗎？」一種冷靜、甜美的聲音。現在一點都沒有激動緊張的成分。

「不是很喜歡。不過，我希望我會慢慢喜歡。」

「我想等你了解它以後，會變得比較有趣。」

「我看不出有任何可能。那家公司是在做鈕釦腳[25]的，你知道吧。」

「喔，我懂了——嗯，那聽起來的確不是很刺激。」

一陣停頓之後，她非常輕柔地說道：「弗農，你很討厭做這行嗎？」

「恐怕我是討厭。」

「我真是太遺憾了。我……我了解你是什麼感覺。」

如果有人了解，那就有了天壤之別。可愛的奈兒！他聲音顫抖地說道：「我說，你……你真是太貼心了。」

又是一陣停頓——像這樣的停頓，因為潛伏的情感重量而顯得沉甸甸的。奈兒似乎害怕了，她相當匆促地說道：「你不是……我是說，我以為你要追求音樂事業？」

「我本來是。可是我放棄了。」

「但這是為什麼？那不是太可惜了嗎？」

「音樂是我在這世上最想做的事，可是那樣做沒有好處。我必須設法賺點錢……」

他應該告訴她嗎？現在就說嗎？不，他不敢——他就是不敢。他急急忙忙地隨口亂說：「你懂嗎，是因為普桑修道院——你記得普桑修道院嗎？」

「當然記得。怎麼了，弗農，我們前幾天才提過那裡呀。」

25 一般扁平的鈕釦上有兩個孔眼可以讓縫線穿過，所以不需要「腳」；但是有些金屬釦沒有孔眼，所以要在釦面下多出「腳」來好讓線穿過。

「抱歉。我今晚傻呼呼的。唔，你知道我非常希望將來有一天再回那裡住。」

「我想你很了不起。」

「了不起？」

「是啊。放棄一切你在乎的事，然後著手做你現在在做的那些事情。這樣很不得了！」

「你這樣說真是太好了。這造成了……喔！你不知道這造成了多少差別。」

「是嗎？」奈兒用很小的聲音說道。「我很高興。」

她暗自想著：「我應該回去了。喔！我應該回去。母親會很氣這件事。我在做什麼？我應該回去聽喬治．查特溫說話，不過他無聊透頂。喔神啊，別讓母親太氣惱。」

她在弗農身旁走著，覺得喘不過氣來，真奇怪，這是怎麼了？要是弗農說點什麼話就好了。他在想什麼？

她用一種應有的淡然聲音說道：「喬最近好嗎？」

「她現在很有藝術傾向。你們兩個都在倫敦的時候，有彼此約見面吧？」

「我們有見過一次，就這樣。」她頓了一下，然後相當沒信心地說，「我想喬不喜歡我。」

「沒這回事。她當然喜歡你。」

「不，她覺得我很輕浮，覺得我只在乎社交——舞會跟派對之類的事。」

「沒有哪個真正認識你的人會那樣想。」

「我不知道。我有時候覺得……嗯，覺得自己很笨。」

「你？很笨？」

那樣溫暖的、不敢相信的聲音。親愛的弗農。所以，他確實覺得她很好。母親是對的。

他們來到一座橫跨溪流的小橋邊。他們走到橋上去，站在那裡，肩並著肩，彎下腰俯視著溪水。

弗農用一種感動的聲音說道：「這裡很美。」

「是啊。」

來了！來了！她沒辦法清楚說明自己是什麼意思，不過感覺就是那樣：這個世界靜止了，做好準備要縱身一躍。

「奈兒……」

為什麼她的膝蓋抖得這麼厲害？為什麼她的聲音聽起來這麼遙遠？

「嗯？」那聲小而古怪的「嗯」，是她發出的嗎？

「喔，奈兒……」

他必須告訴她。他一定要。

「我好愛你……我真的好愛你……」

「是嗎？」

這不可能是她在說話吧？說這種話多麼蠢啊！「是嗎？」她的聲音聽起來這麼僵硬不自然。

他握住了她的手。他的手很熱，她的則很冰冷——兩個人都在發抖。

「你能不能……你認為……你認為你有沒有可能會愛上我？」

她回答了，幾乎不知道自己在說什麼。「我不知道。」

他們繼續站在那裡，像是頭昏目眩的孩子，手拉著手，迷失在一種幾乎像是恐懼的狂喜之中。

一定會有什麼事情很快就跟著發生，只是他們不曉得會是什麼。

黑暗中有兩個人影出現了——粗啞的笑聲，還有女孩子的格格嬌笑。

「原來你們在這裡！真是浪漫的地點啊！」

是綠衣女孩跟那個蠢蛋戴克。奈兒說了某句話，某種有暗示性的笑話——用最冷靜自制的態度說出來——女人真是神奇啊。她往外走進月光裡——冷靜，漠然，輕鬆自如。他們一起走著，邊聊天邊彼此嘲弄。喬治・查特溫跟維爾克太太一起站在草坪上。弗農想著，查特溫看起來心情很悶。

維爾克太太明顯地對弗農態度惡劣，在跟他道別時的舉止相當唐突無禮。

他不在乎。他這時只想離開，然後讓自己沉迷在回憶的放肆歡愉裡。

他告訴她了——他已經告訴她了。他問過她是否愛他了——對，他鼓起勇氣這麼做了，而她沒有笑話他，她說的是：「我不知道。」

不過那就表示……那表示……喔！真教人難以相信！奈兒，仙女一般的奈兒，這麼神奇，這麼高不可攀。她愛他，或者至少願意愛他。

他想要散步一整晚，但他卻必須搭午夜的火車去伯明罕。該死！如果能夠就這樣走下去，走到天亮為止該有多好。

戴著一頂綠色小帽，還有一支魔笛，就像那個故事裡的王子！

突然間這一切全化成了音樂——高塔、公主瀑布般的金色長髮，還有王子的笛聲，那種讓人難忘的詭異旋律，就是那旋律把公主喚出她的高塔。

不知不覺中，這音樂變得比弗農本來的概念更符合公認的正統。它順應了已知範圍的界線，然而在同時，內在的意涵仍舊不變。

他聽見了代表城堡的音樂，圓球狀、代表公主珠寶的聲音，還有流浪王子那歡樂、狂野、無法無天的旋律：「出來吧，吾愛，出來吧……」

他步行穿過倫敦光禿禿的褐色街道，就好像這裡是個處於魔咒下的世界，巨大漆黑的帕丁頓車站赫然出現在面前。

他沒有在火車上睡著，反而在信封背後密密麻麻地寫著喇叭、法國號、英國低音號，旁邊還標上了直線跟曲線，就他的理解來說，那代表著他腦海裡的聲音。

他很快樂……

❖

「我以你為恥。你到底在想什麼？」

維爾克太太非常憤怒。奈兒站在她面前，啞口無言卻美麗動人。

她母親吐出幾句更加惡毒又犀利的話，然後就轉身離開房間，沒說晚安。

十分鐘後，維爾克太太準備上床睡覺時，突然暗自笑了出來——那是一種陰鬱的竊笑。

「我不必這麼生氣。事實上，這對喬治．查特溫來說是好事，可以把他搖醒，他需要一點催促。」

她關了燈，滿足地入睡。

奈兒清醒地躺著。她一次又一次回顧這一晚，試著重溫每一種感覺，每一句對話。

弗農說了什麼？她回答了什麼？怪的是她記不起來了。

他問她是否愛他，她回答了些什麼？她想不起來。可是在黑暗中，那幕場景再度在眼前升起，她感覺到自己的手被弗農握著，聽見他的聲音，低啞而缺乏信心。她閉上眼睛，迷失在迷濛甜美的夢境裡。

人生如此美好……如此美好……

第五章

「那麼你不可能是愛我的！」

「喔，可是弗農，只要你試著了解就會知道，我愛你呀。」

他們絕望地看著彼此，對於人生中詭譎難料的變化，為他們之間帶來這樣突然的齟齬感到大惑不解。前一分鐘他們還這麼親近，似乎分享了對方的每一個念頭，下一刻卻分處兩極，因為對方不能理解自己而感到憤怒又受傷。

奈兒轉過身去，刻意表現出有那麼一點絕望的態度，陷進一張椅子裡。

為什麼會變成這樣？為什麼事情不能就照著應有的樣子發展下去，直到永遠，就像你原本的感覺一樣？那天傍晚在萊內拉公園，以及之後她清醒躺著的夜裡，包裹在一個幸福的夢境中。知道自己是被愛的，那一夜就足夠了，真的，就算被母親激烈痛罵都不足以讓她難過，那些話語來自那麼遙遠的地方，它們無法穿透迷濛夢境閃閃發亮的羅網。

那之後的隔天早上，她快樂地醒來。她母親心情已經變好了，沒再多說什麼。那一整天，奈兒帶著那密而不宣的想法做完種種尋常瑣事：跟朋友閒聊，在公園裡散步，吃午餐，喝下午茶，跳舞。她很確定沒有人會發現有什麼不同，然而她自己隨時都能察覺到，這些瑣事底下有一股深藏的思緒。有時候，就那麼一分鐘，她在話說到一半的時候會忘乎所以，會想起：「喔，奈兒，我確實好愛你……」以及照耀在黝黑河水上的月光，和那握著她的手……她會一陣顫抖，然後立刻回神，繼續閒聊說笑。喔，一個人可以快樂到什麼地步啊……她本來是那麼的快樂。

後來她想過，他有沒有可能會寫信來？她密切注意著信件，每次郵差敲門，她心頭就一陣悸動。信件在第二天來了。她把那封信藏在其他信件底下，直到上床睡覺時，才在怦然心跳的陪伴下打開了信。

喔，奈兒！喔，親愛的奈兒！你真的是那個意思嗎？我寫了三封要給你的信，都撕掉了。我好害怕會說出什麼可能讓你生氣的話，因為說不定你根本沒那個意思。不過你確實是那個意思，不是嗎？奈兒，你這麼迷人，我確實瘋狂地愛著你，我一直想著你。我在辦公室裡犯了驚人的大錯，就只因為我在想你。可是……喔，奈兒，我會非常努力工作。我好想好想見你，什麼時候可以到倫敦去找你？我一定要見你。親愛的，親愛的奈兒，我有這麼多的事情想說，卻無法在一封信裡講完，而且或許寫這些會讓你覺得無聊。寫信告訴我幾時可以見你，拜託，希望可以很快見到你，否則我會發瘋的。

永遠屬於你的

弗農

她讀了一次又一次，然後在睡覺時把信放在枕頭底下，第二天早上又讀了一遍。她好快樂，驚人地快樂。隔天，她動手寫回信。她把筆握在手中的時候，覺得僵硬又笨拙，不知道該寫些什麼。

「親愛的弗農……」這樣寫會不會很蠢？應該寫「最親愛的弗農」吧？喔，不，她做不到……

「親愛的弗農……」一陣長長的停頓。她咬著筆桿，然後苦惱地凝視著眼前的牆壁。

「我們星期五要去霍華家的舞會。你會先到這裡來用餐，然後跟我們一起去嗎？八點見。」更漫長的停頓。她必須說點什麼……她想說點什麼。她俯身振筆疾書。「我也想見你……非常想。屬於你的，奈兒」

他回信道：

親愛的奈兒：

星期五我很樂意去。非常感謝。

屬於你的

弗農

她收到這封信時，有股小小的恐慌橫掃而來。她冒犯他了嗎？他是否認為她應該在信裡多說一點？快樂的感覺跑了。她清醒地躺著，感覺悲慘、沒有信心，還恨著自己，就怕這是她的錯。

然後星期五晚上到了。她看見他的那一刻，就知道一切都好好的。他們的目光越過房間交會，整個世界再度回復光芒四射的幸福狀態。

晚餐時他們沒有比鄰而坐。直到在霍華家舞會來到第三支舞，他們才有辦法說話。他們在擁擠的房間裡到處移動，在低沉感傷的華爾滋舞曲中旋轉。他悄聲說道：「我邀你跳的舞還不算太多，對吧？」

「對。」

她跟弗農在一起的時候會覺得徹底開不了口，多麼奇怪啊。音樂停了，他只多摟著她一分鐘，用手指握緊了她的手，她望著他微笑，兩個人都快樂得暈陶陶的。過了幾分鐘，他在跟另一個女孩跳舞，在她耳畔輕鬆地談笑，奈兒則和喬治·查特溫共舞。有一、兩次她的目光跟弗農相遇了，兩人祕而不宣地只對彼此露出小小的微笑，這真是太美妙了。

當他再度與她共舞時，他的心情變了。

「奈兒，親愛的，有沒有地方可以讓我們說說話？我有這麼多事情想說。這棟房子真是荒唐，根本沒有地方可以去。」

他們試過上樓去，就像你在倫敦的房子裡會做的一樣，他們愈爬愈高，但要避開其他賓客似乎不可能。然後他們看到一道通往屋頂的小鐵梯。

「奈兒，上那裡去好嗎？你可以嗎？這樣會不會毀了你的長禮服？」

「我不在乎禮服。」

弗農先上去，解開活門，爬出去以後跪下來幫忙奈兒。她安全地爬了上去。

他們總算獨處了，兩人俯視著倫敦，無意識地更靠近對方。她把自己的手放到他的手中。

「奈兒……親愛的……」

「弗農……」

她的聲音只能說是耳語。

「是真的嗎？你真的愛我？」

「我真的愛你。」

「這美好到簡直像在作夢。喔，奈兒，我真的好想吻你。」

她把臉轉向他。他們接吻了，顫抖得很厲害，也很害羞。

「你的臉好柔軟、好迷人。」弗農喃喃說道。

他們在一個往外突出的小平台上坐下來，不在乎上頭還有泥土跟煤灰。他的手臂環繞著她，抱著她。她轉過臉去接受他的親吻。

「我真的好愛你，奈兒……我愛你這麼深，幾乎不敢碰你了。」

她不了解這一點……這似乎很古怪。她又更靠近他一點點。他們的吻，讓夜晚的魔法圓滿了。

❖

他們從快樂的夢中醒來。「喔，弗農，我們上來太久了！」

兩人恢復理智，匆忙跑到活門旁邊。下到樓梯平台上時，弗農焦慮地察看奈兒的外表。

「奈兒，你剛才大概坐在煤灰上了。」

「喔，有嗎？真是糟糕。」

「親愛的，這是我的錯。可是，喔，奈兒！這樣做很值得，不是嗎？」

她抬起頭對他微笑，溫柔又幸福。

「是很值得。」她輕柔地說道。

他們下樓去的時候，她輕笑一聲說道：「你想說的所有事情呢？有很多很多不是嗎？」

他們兩個心領神會地笑了。他們相當羞怯地重新走進舞廳，已經又過了六支舞。

美好的夜晚。奈兒去睡了，夢到更多的吻。

然後隔了一天的星期六早上，弗農打電話來。

「我想跟你說話。我可以過來嗎？」

「喔，弗農，親愛的，你不能來。我正準備要出去見其他人。我無法脫身。」

「為什麼不行？」

「我是說，我不知道要怎麼跟母親說。」

「你什麼都還沒告訴她？」

「喔，沒有！」

那聲「喔，沒有！」口氣之激烈，讓弗農為之一頓。他想著：「可憐的小親親。當然她還沒說。」他開口說：「是不是最好由我來說？我現在過來。」

「喔不行，弗農，在我們談過以前還不行。」

「唔，我們還能談什麼？」

「我不知道。我要去跟一些人吃午餐，然後去看一場日場戲，然後今天晚上也要去戲院。如果你告訴過我這個週末要來，我就可以事先安排了。」

「那明天呢？」

「明天要上教堂……」

「那樣就行了！別去教堂。說你頭痛什麼的。我會過來，我們可以那時候談，然後你母親從教堂回來的時候，我就可以和盤托出了。」

「喔，弗農。我不認為我能夠……」

「可以，你可以的。我現在就要掛電話了，免得你編出更多藉口。明天十一點見。」

他掛斷電話，甚至沒告訴奈兒他要待在哪裡。她仰慕他這種男性的決斷力，雖然這樣也讓她很焦慮。她害怕他會把一切搞砸。

現在，他們激烈地討論著。奈兒求他別對她母親說任何話。

「這樣會把一切都搞僵了，我們不會得到許可的。」

「不會得到什麼許可？」

「見到對方之類的。」

「可是，親愛的奈兒，我想娶你，而你想嫁給我，不是嗎？我想要很快就跟你結婚。」

那時候她首次感受到一股強烈的不耐煩。他就不能看清實際狀況嗎？他講話簡直像個小男孩。

「可是弗農，我們一點錢都沒有。」

「我知道，但我會非常努力賺錢。奈兒，你不會介意挨窮的，對吧？」

她說不會，因為他期待她這麼說，可是她意識到自己並不是全心全意這麼認為的。鬧窮很可怕，弗農不知道窮困有多嚇人。她突然間覺得自己比他老許多許多歲，也比他有經驗得多。他的談吐像個浪漫的小男生，不知道世事真正的樣貌。

「唉，弗農，我們不能就照原來那樣下去嗎？我們現在這麼幸福。」

「當然我們很幸福；可是我們還可以更幸福。我想跟你訂婚——我想要每個人都知道你屬於我。」

「我看不出那樣有什麼差別。」

「我猜是沒有。可是我想要有權利見你，而不是可憐兮兮地看著你到處去，跟戴克之流的傻蛋在一起。」

「喔，弗農，你不是在嫉妒吧？」

「我知道我不應該這樣，可是奈兒，你真的不知道你有多迷人！每個人一定都愛上你了。我相信就連那個嚴肅的老美國人都一樣。」

奈兒的臉色微微地變了

「唔，我想你會弄僵一切的。」她囁嚅道。

「你認為你母親會因為這件事凶你嗎？我實在很抱歉，我會告訴她這是我的錯，而且她早晚要知道的。我預料她會覺得失望，因為她可能希望你嫁給有錢人，那還滿自然的。不過富有並不會真正讓你快樂，是吧？」

奈兒突然用一種嚴厲、急切的細小聲音說道：「你這樣講……你知道貧窮是什麼情況嗎？」

弗農很震驚。「但是我很窮啊。」

「不，你並不窮。你去念書、上大學，放假時還跟有錢的母親住在一起。你對貧窮一無所知……」

她絕望地停了下來。她並不是很擅長描述，要怎麼描繪出她如此熟悉的景象？時常搬家、為生活掙扎、躲避債主、為了維持表面光鮮而進行的絕望奮鬥。如果你不能「跟上趨勢」，朋友們會多麼輕易就拋棄你，那些輕慢侮辱、怠慢冷落，更糟的是那些羞辱人的施捨！在維爾克上尉生前與死後，狀況都一樣。當然，你可以住在鄉間的農莊裡，永遠不跟別人往來，永遠不像其他女孩子一樣去參加舞會，永遠不買美麗的衣服，靠著微薄的收入過活，然後慢慢腐爛！不管哪條路都相當糟糕，這實在太不公平了——人應該要有錢。而婚姻總是擺在你面前，明顯指出一條逃脫路線，不再有掙扎、冷落和推諉。

你不會把這當成為錢結婚。奈兒有著年輕人無限的樂觀，總是想像自己跟一個善良又富有的男人墜入愛河。而現在她已經愛上弗農．戴爾了，她的思緒還沒有想到婚姻那麼遠的事情。她就只是覺得快樂——快樂得不得了。

她幾乎要恨起弗農來，恨他把她從雲端上拉下來，也怨他這樣輕易就認定她願意為他面對貧窮。如果他用不同的方式表達就好了，如果他剛才說的，是類似這樣的話就好了：「我不應該問你的；但你覺不覺得你可以為我這麼做？」

那樣她就會覺得自己的犧牲得到感激了。因為這畢竟是一種犧牲！她不想貧窮度日——她痛恨挨窮的念頭。她害怕貧窮。弗農那種目空一切、無視於現實的態度激怒了她。如果你從來不缺錢，不把錢當一回事當然很容易；弗農從沒缺過錢——他沒察覺到這個事實，然而事實俱在。他的生活很輕鬆舒適，而且過得很好。

而他卻一副很震驚的樣子說：「喔，奈兒，你當然不會介意挨窮吧？」

「我一直很窮，告訴你，我知道那是什麼感覺。」

她覺得自己比弗農老了許多許多歲。他是個孩子——是個嬰兒！他哪裡知道賒帳有多困難？他哪裡知道她跟她母親負了多少債？她突然間覺得驚人地寂寞、悲慘。男人有什麼好處？他們會說些天花亂墜的好聽話，說他們愛你，可是他們有試著去了解嗎？弗農現在根本想都沒想就語帶譴責，讓她看出在他心目中她落到了什麼地位。

「如果你那樣說，就表示你不可能是愛我的。」

她無助地回答：「你不懂……」

他們絕望地凝視著彼此。發生了什麼事？為什麼他們之間會變成這樣？

「你不愛我。」弗農憤怒地重複。

「喔，弗農，我愛，我確實……」

突然之間，像是魔咒一般，愛情再度橫掃他們。他們擁抱、親吻，感覺到那種由來已久、總發生在戀人身上的幻覺：到頭來一定會事事順利，因為他們相愛。這是弗農的勝利，他仍然堅持要告訴維爾克太太。奈兒不再反對。他的手臂環繞著她，嘴唇貼著她的。她無法繼續爭辯，只得向被愛的歡愉投降，然後說道：

「好……好的，親愛的，如果你希望如此，就照你喜歡的去做……」

但她自己幾乎都不知道的是，在她的愛情之下，有一絲微弱的怨懟……

❖

維爾克太太是個精明的女人。她遭遇奇襲，卻處變不驚，而且她採取了弗農從沒料想過的策略來回應。

她略帶輕蔑地覺得這很可笑。

「所以你們這兩個孩子認為彼此相愛？唔，好啊！」

她用仁慈而嘲諷的表情看著弗農，讓他禁不住緊張得舌頭打結。

在他陷入沉默的時候，她發出一聲微弱的嘆息。

「年輕是什麼樣的滋味啊！我真覺得羨慕。現在呢，我親愛的男孩，好好聽我說。我不會下禁令，或者做任何通俗劇裡才幹的事情。如果奈兒真的想嫁給你，那她就該這麼做。但如果她這麼做，我不否認我會非常失望。她是我唯一的孩子，我當然希望她能嫁個好丈夫，給她最好的一切，讓她身邊都是奢華舒適的東西。我會這麼想也是很自然的。」

弗農被迫同意。維爾克太太的合理態度太出人意表，讓人極端心神不寧。

「如我剛才說的，我不會下禁令。但我要規定的是，奈兒應該要徹底確定她真的明白自己的心意。我確定你同意這一點吧？」

弗農同意了，同時有一種不自在的感覺，彷彿被纏在一張逃不掉的羅網之中。

「奈兒非常年輕，這才是她的第一個社交季。我希望她有足夠的機會確定她確實喜歡你勝過其他男人。你們彼此同意訂婚是一回事——公開宣布婚約則是另一回事，我不能同意這件事，你們之間的約定不能對外公開，我想你會看出來這樣才公平，必須保留讓奈兒改變心意的機會。」

「她不會這麼想！」

「那你就更沒有理由反對了，身為紳士的你還能有其他做法嗎？如果你同意這些規定，我就不會阻止你見奈兒。」

「可是，維爾克太太，我想盡快娶奈兒。」

「那麼你打算靠什麼來結婚？」

弗農告訴她，他從他舅舅那裡領到的薪水，並且解釋這個職位跟普桑修道院之間的關係。

在他結束說明時，她開口了。她簡單扼要地提出一份清單：房租、僕人的薪水、衣服的開銷，含蓄地暗示可能會有的嬰兒開銷，然後把這幅圖像跟奈兒現在的處境做對照。

弗農就像示巴女王[26]，一點奮鬥精神都沒有了。他被事實嚴酷的邏輯給擊倒了。這個恐怖的女人，奈兒的母親，真是難纏。可是他懂得她的重點何在，他跟奈兒必須等待，就像維爾克太太說的一樣，他必須給予她改變心意的機會，雖然這並不代表她會這樣做。祝福她迷人的心靈。

他做了最後一次的大膽嘗試。

「我舅舅可能會替我加薪。他對我說過許多次早婚的好處；他似乎對這個話題非常熱衷。」

「喔！」維爾克太太沉思了一、兩分鐘。「他自己有沒有女兒？」

「他有五個女兒，最大的兩個已經嫁了。」

維爾克太太微笑了，這個心思單純的男孩，完全誤解了問題的重點。不過她已經發現她想知道的事情了。

「那麼，我們就談到這裡吧。」她說道。

真是個精明的女人！

❖

弗農心情煩亂地離開了。他非常想跟某個有同情心的人談談。他想起了喬，然後搖搖頭。他跟喬老是為奈兒起爭執，喬鄙視奈兒，稱她為「腦袋空空的典型社交名媛」，喬態度不公，心懷偏見。要想得到喬的青睞，得留短髮、穿著藝術家的罩袍，住在切爾西區才行。

總的來看，賽巴斯欽是最佳人選。賽巴斯欽總是願意站在別人的立場來想，而他那種實事求是、講究常識的觀點，有時候異常地有用。賽巴斯欽，一個非常有判斷力的男人。

而且他也很有錢。世事多麼奇怪啊！要是能有賽巴斯欽的財富，他有可能明天就迎娶奈兒。然而即使那麼有錢，賽巴斯欽仍無法獲得心愛女孩的青睞。真是可惜。他希望喬嫁給賽巴斯欽，而不是某個自以為有藝術氣質的無賴。

哎呀，賽巴斯欽不在家。弗農受到列文太太的款待。奇怪得很，他竟在這個身軀龐大的女人身上得到了某種安慰。風趣、肥胖又年長的列文太太，戴著她的黑玉與鑽石，留著一頭油亮的黑髮，感覺比他自己的母親更能體諒他。

「你絕對不能不開心啊，我親愛的，」她說道，「我可以看得出你不快樂。我猜，是因為某個女孩子？喔是啊，是啊，賽巴斯欽對喬也是那個樣子。我告訴他，必須有耐心，喬現在只是在揮霍青春，她很快就會安定下來，發現自己真正要的是什麼。」

「如果她能嫁給賽巴斯欽就好了，我真希望她會。這樣我們就能一直在一起了。」

26 示巴女士（Queen of Sheba），或譯「席巴女王」，示巴王國大約位於今日的東非。根據《舊約聖經》等的記載，示巴女王因為仰慕當時以色列的國王所羅門，不惜紆尊降貴，前往以色列向所羅門提親。

「是的……我也非常喜歡喬。並不是說我認為她真的適合賽巴斯欽——他們兩個人性情距離太大，難以互相理解。親愛的，我是老派的人，我會希望我兒子娶同種族的人，這樣才會有好結果，因為雙方有同樣的利益，還有同樣的直覺，而且猶太女人都是好媽媽。好吧，好吧，可能有一天會實現的，如果喬確實真心不想嫁給他。對你來說也一樣，弗農，跟自己的表親結婚並沒有那麼糟。」

「我？跟喬結婚？」

弗農震驚地瞪著她。列文太太發出一聲飽滿的、帶著好意的格格笑聲，笑得她那重重的雙下巴都震動了。

「喬？不是的，我指的是你的表妹愛妮德。那是你伯明罕那邊親戚的想法，不是嗎？」

「喔，不……至少我確定不是這樣。」

列文太太又笑了。「我可以看得出來，在此之前，你應該從沒想過這種事。但要是你沒愛上別的女孩，這就是個很聰明的計畫，肥水不落外人田嘛。」

弗農離開時腦袋裡嗡嗡作響，種種事情都變得清清楚楚了。西德尼舅舅的玩笑話跟暗示，愛妮德總是被推給他的樣子。剛才維爾克太太應該就是在暗示這個。他們想讓他娶愛妮德！愛妮德！

他回想起母親跟她的老朋友說悄悄話的事，關於一等表親的事情。他突然懂了，原來是這樣喬才會獲准去倫敦，他母親以為他跟喬可能……

他突然間大笑出聲。他跟喬！這足以證明他的母親對他有多麼不理解。無論在什麼處境下，他都無法想像自己愛上喬；他們就像是兄妹，而且永遠都是。他們彼此有著兄妹一樣的同理心、尖銳的性格歧異與不同見解，他們是用同一個模子造出來的，對彼此來說缺光彩或浪漫的感受。

愛妮德！所以這就是西德尼舅舅想要的。可憐的西德尼舅舅注定要失望了——但是他本來就不該這麼蠢。

然而，他或許太快跳到結論了，也許不是西德尼舅舅——也許只有他母親這麼想。女人總是在心裡把你跟某個人配成對。無論如何，西德尼舅舅很快就會知道他是怎麼想的了。

❖

弗農跟他舅舅之間的會談狀況並不是非常令人滿意。西德尼舅舅雖然試著不要表現出來，但他卻明顯地既惱怒又心煩，他起初還不確定該怎麼說，就隨口反駁了幾句。

「胡扯，全是胡扯，現在結婚太早了。你是在胡說八道。」

弗農提醒舅舅他自己說過的話。

「這……我不是指這種婚姻。社交名媛……我知道她們是什麼德性。」

弗農口氣激烈地爆發了。

「抱歉，孩子，我沒有要讓你不愉快的意思。可是那種女孩想嫁的是有錢人，你在往後好幾年裡對她都還沒有用處。」

「我想或許……」

弗農頓住了。他覺得羞恥，很不自在。

「你想我會給你很多的薪水，啊？那位年輕小姐是這樣建議的嗎？我們直說了吧，我的孩子，這樣算是好生意嗎？不，我看得出來你知道這樣不合算。」

「我甚至不覺得我值得你給我的薪水，西德尼舅舅。」

「哎，哎，我不是那個意思。就剛踏入社會來說，你做得非常好了。我對這件事情感到很遺憾，我想這件事會讓你難過。我的建議是，放棄這整件事吧，這可說是最好的做法了。」

「西德尼舅舅，我無法放棄。」

「好吧，反正這不干我的事。順便一提，你有沒有跟你母親談過這件事？沒有？那你要跟她好好談談，看她講的是不是跟我一樣，我敢打賭她跟我看法是相同的。還有記得那句老話，男孩最好的朋友就是他母親——對吧？」

為什麼西德尼舅舅要講這麼蠢的話呢？就弗農記憶所及，他講話總是這麼蠢，但他卻是個精明機靈的生意人。

唔，沒辦法了。他必須忍耐——然後等待。愛情的第一波迷濛魔力正在消退。這可能是天堂，也同樣可能是地獄。他好想擁有奈兒——想得很苦。

他寫信給她：

親愛的：

我無計可施，我們必須耐心等候了。幸好我們還可以常常見到對方。你母親對這件事的態度真的非常正派——她所做的遠遠超越我對她的想像。我現在完全看出她說的話多重要了，這樣很公平，你應該要能自由地去衡量你是否會更喜歡別人。但你不會這樣吧，親愛的，是嗎？我知道你不會變心。我們會永永遠遠愛著對方。不管我們多窮都沒關係……只要跟你在一起，就算是在最狹小的地方……

第六章

母親的態度讓奈兒鬆了一口氣，她本來害怕會有指控跟譴責；言詞斥責跟難堪場面總讓她不自覺地退縮。有時候她會苦澀地想著：「我是個膽小鬼，沒辦法挺身對抗任何事。」

她怕極了母親。從有記憶以來，她總是受到母親的掌控。維爾克太太有著嚴厲專橫的性格，與她接觸的人如果本性比較柔弱，都會受她宰制。而奈兒又是比較容易屈服的那種人，因為她很清楚了解母親愛她，而且就因為愛她，母親才會如此堅持奈兒應該擁有她自己得不到的幸福人生。

所以奈兒覺得無比釋懷——母親沒有譴責她，只是評論道：「如果你決定做傻事，唔，這就是了。大多數女孩子都有一、兩樁沒有結果的、小小的風流韻事。我自己對這種感情用事的玩意兒沒什麼耐性，那個男孩子這幾年內都不可能有錢結婚，你只會害自己很不快樂，但你如果想跳火坑就跳吧。」

奈兒禁不住被這種輕蔑的態度給影響了。她抱著極其渺茫的希望，期待弗農的舅舅或許會幫點忙。可是弗農的信粉碎了她的希望。

他們必須等待——或許要等上很久很久。

在此同時，維爾克太太另有盤算。某天她要奈兒去看一位老朋友——一個幾年前結婚的女孩子。愛梅麗．金曾經是個美麗動人的女孩，奈兒還在學校的時候，滿心羨慕地景仰著她。她本來可以結一門非常好的親事，但讓人人大吃一驚的是，她嫁給一個還在奮鬥的年輕人，然後從她自己的社交圈裡消失了。

「拋棄老友似乎太壞心了，」維爾克太太說道，「如果你去看愛梅麗，我想她會很高興的，反正你今天下午沒別的事要做。」

所以奈兒順從地去了伊靈區的葛倫絲特花園街三十五號，拜訪荷頓太太。

那天很炎熱。奈兒搭都會區地鐵，然後在抵達伊靈大道地鐵站的時候問了路。

結果葛倫絲特花園街距離地鐵站大約還有一英里——那是一條又長又令人沮喪的路，兩旁都是小小的房子，看起來全都一模一樣。一位穿著髒圍裙，外表邋遢的女僕來應門，奈兒被帶進一間小小的客廳裡。裡面有一、兩樣還不錯的舊家具，印花棉布沙發套跟窗簾雖然褪色得厲害，花紋倒非常吸引人，但是整個客廳十分雜亂，到處散落著孩子的玩具跟碎布片。有個孩子氣惱的哭號聲從屋子裡的某處傳來，這時門打開，愛梅麗走進來了。

「奈兒，看到你真是太好了！我好久沒見到你了。」

奈兒見到她，著實一驚。那個迷人的愛梅麗怎麼會變成這樣？她的身形走樣了，上衣毫無裁剪可言，顯然是自家做的，她的臉顯得疲倦又擔憂，過去的閃爍光彩如今全沒了。

她坐下以後，兩人聊了起來。然後奈兒被帶去看兩個孩子，一個小男孩以及一個躺在搖籃裡的小女嬰。

「我原本應該帶他們出去散步，」愛梅麗說，「不過今天下午我真的太累了。你不知道，像今天早上那樣推著嬰兒車到那些店鋪去有多累人。」

小男孩是個很開心的孩子，小女嬰看起來病懨懨的，動不動就哭。

「大概是因為她在長牙，」愛梅麗說，「而且醫生說她的消化系統很脆弱。我真希望她晚上不要那麼常哭。對傑克來說這樣很惱人，他工作一整天以後需要睡眠。」

「你們沒有保母嗎？」

「親愛的，我們負擔不起。我們有個傻蛋——我們是這樣叫剛才那個去開門的女孩。她完全是個白痴，不過她薪水便宜，而且還是會做些工作，比很多女傭會做的還多。一般的僕人都討厭去有小孩的地方工作。」

她喊道：「瑪麗，端些茶來。」然後帶奈兒回客廳去。

「喔，親愛的奈兒，你可知道我幾乎不想要你來看我。你看起來這麼時髦又清爽——你提醒了我以前習慣享受的所有樂子。網球、舞會、高爾夫跟派對。」

奈兒怯生生地說道：「但你是幸福的……」

「喔，當然了。我只是在享受抱怨的樂趣。傑克是個可愛的人，還有孩子們，只是有時候……嗯，人真的會累到不在乎任何人、任何事了。我覺得我說不定會出賣我的近親，去換一間貼有瓷磚的浴室和浴鹽、一個替我梳頭的女僕，還有那些美妙絲質衣服，然後聽某個富有的笨蛋堅稱金錢不能帶來快樂。真是傻瓜！」

她大笑了。

「跟我說些新消息吧，奈兒。現在我跟世事脫節了，沒有錢就沒辦法跟上潮流，我從來不見任何舊友。」

她們說了些閒話，某某人結婚了，某某人跟她丈夫吵架了，某某人剛生了個寶寶，還有關於某某人的可怕醜聞。

茶被端出來了，擺盤相當凌亂，銀器上有汙痕，茶點是厚切吐司跟奶油。在她們吃完以後，有人拿鑰匙開了前門，一個男人的聲音急躁惱怒地在門廳響起。

「愛梅麗……這真是太糟糕了，我只拜託你做一件事，但你就這樣忘記了。這個包裹永遠到不了瓊斯家！你說你會寄的。」

愛梅麗衝出去見門廳裡的他。一陣迅速的低語過後，她把他帶進客廳，他跟奈兒打了招呼。育嬰室裡的嬰兒又開始哭號了。

「我得去看看。」愛梅麗說著就匆匆走開了。

「這是什麼生活啊！」傑克．荷頓說道。他還是非常俊美，雖然他的衣服顯然很寒傖，嘴邊多了些因常常發怒而生的皺紋。他笑得好像這是個很棒的笑話似的。「維爾克小姐，你會發現這裡簡直一團亂，我們總是這樣。在這個季節搭火車來來回回很磨人，而回家的時候也還是不得安寧！」

他又笑了起來，奈兒出於禮貌，也跟著笑了。愛梅麗抱著嬰兒回來了。奈兒起身告辭，他們跟她一起走到門口，愛梅麗對維爾克太太致上問候之意，然後就揮手告別。

出了大門後，奈兒回頭張望，看到愛梅麗臉上的表情。一種飢渴、羨慕的表情。

奈兒忍不住心裡一沉。這就是免不了的結果嗎？貧賤夫妻百事哀？

她走到大路，沿路走向車站的方向，這時一個意想不到的聲音讓她嚇了一跳。

「奈兒小姐，這真是太好了！」

一輛寬敞的勞斯萊斯停在人行道旁，喬治．查特溫坐在方向盤後面對她微笑。

「這簡直好到不像真的！我以為我看到一個背影很像你的女孩子，所以我減速想看看她的臉，結果竟然就是你本人。你要回市區嗎？如果是這樣，就請上車吧。」

奈兒順從地上了車，然後滿足地坐在駕駛的旁邊。車子往前平順地滑行，加足了馬力。奈兒想，這就是天堂般的感覺——毫不費力，輕鬆愉快。

「你到伊靈區來做什麼呢？」

「來這裡拜訪一些朋友。」

在某些隱晦的敦促鼓勵之下，她描述了這趟拜訪過程。喬治滿懷同情地聆聽，不時點點頭，同時用行雲流水般的高超技術開著車。

「如果那還不算太糟，我就不知道什麼叫糟了。」他同情地說道，「你知道嗎，我不願去想那可憐的女孩。女人應該被照顧——要有人讓她們的生活輕鬆容易，她們身邊應該要什麼有什麼。」

他望著奈兒，和藹地說道：「我看得出來，這讓你心煩意亂。奈兒小姐，你一定是個心腸很軟的人。」

奈兒看著他，突然間心頭一暖。她確實喜歡喬治・查特溫。他有一種非常仁慈、可靠、強壯的特質。她喜歡他那張沒什麼表情的臉，還有泛灰的頭髮從太陽穴往後長的樣子。她喜歡他方正挺直的坐姿，還有他握著方向盤的雙手那種堅定準確。他看起來是那種可以應付任何緊急狀況的人，一個可以倚靠的人。事情最沉重的部分永遠是由他一肩挑起，而不是由你來承受。喔，是的，她喜歡喬治。在過了讓人困擾的一天、你覺得疲倦的時候，他是你想見到的那個好人。

「我的領帶歪了嗎？」他沒轉頭看就突然這麼問。

奈兒笑了出來。

「我盯著你看嗎？恐怕我剛才是這樣做了。」

「我感覺到那一瞥了。你在做什麼呢——評估我嗎？」

「我想是的。」

「那麼我猜你發現我大有欠缺。」

「不，恰恰相反。」

「別說這麼好聽的話，我肯定你是言不由衷。你讓我太開心了，我幾乎要撞上那輛街頭電車了。」

「我絕不會說言不由衷的話。」

「你不會嗎？真讓我好奇。」他的聲音變了。「我有些話想告訴你很久了。在這個地方表白很奇怪，不過我準備在此時此地奮力一試。奈兒，你願意嫁給我嗎？我非常希望擁有你。」

「喔！」奈兒大為震驚。「喔，不，我不能。」

他迅速地瞄了她一眼，然後繼續開車穿越街道。他稍微慢下來了。

「我猜想你是說真的？我知道我對你來說太老了……」

「不……你並不是……我是說，不是那樣……」

他的嘴角現出一抹扭曲的微笑。

「奈兒，我一定比你大了至少二十歲。我知道這是很大的差距，可是我確實誠心誠意相信，我可以讓你快樂。這種說法很奇怪，但我很確定自己沒說錯。」

奈兒有一、兩分鐘沒有回答。然後她相當虛弱地說道：「喔，可是真的，我不能……」

「太好了，你這次說得沒那麼堅決了。」

「可是說真的……」

「我現在不會繼續煩你了。我們就這樣說吧，這回你拒絕了，可是你不會永遠說不的，奈兒。為了自己所真心渴望的，我禁得起長時間的等待。有一天你會發現你對我說『好』。」

「不，我不會的。」

「會的，你會的，親愛的。你沒有其他對象吧，有嗎？喔！不過我知道並沒有。」

奈兒沒有回答。她告訴自己，她不知道要怎麼說。她答應過母親不會說出自己訂了婚的事。

然而在內心深處，她覺得羞慚……

喬治．查特溫開始開心地談起其他不相關的話題。

第七章

對弗農來說，八月很難熬。奈兒跟她母親去了迪納爾。他寫信給她，也收到了回信，不過她的信幾乎沒告訴他任何他想知道的事。他推敲出來，她在享受好時光，而且玩得很盡興，雖然她很希望弗農也在那裡。

弗農的工作完全是例行公事，幾乎不必用大腦——只要小心翼翼、按部就班即可。他別無旁騖，就擺盪回他私心愛著的音樂上。

他想要寫一部歌劇，而且從他原本就快遺忘的童話故事裡找到了主題。現在在他心裡，這部歌劇與奈兒緊緊相連——他對她的愛全部的力量，都流入這裡了。

他狂熱地工作。奈兒說過他跟他母親過著舒適的生活，這些話還讓他痛楚難消，讓他堅持要搬出去自己住。他找到的住處非常便宜，卻帶給他一種意外的自由感。在凱瑞小築，他根本無法專心，母親會一直在他背後嘮叨瞎忙，還會催他去睡。而在亞瑟街這裡，他動不動就熬夜到凌晨五點。

他變得非常瘦，看起來形銷骨立。麥拉擔心他的健康，催他吃一種有專利的補品。他向她保證自己完全沒事，卻完全沒說他在做什麼。有時候他對自己的作品充滿絕望，有時候則會突然有一股力量在身上湧現，因為他自知某個小節的音樂寫得很好。

偶爾他會到倫敦去跟賽巴斯欽消磨一個週末，賽巴斯欽也來過伯明罕兩次。在這種時候，賽巴斯欽是弗農最重要的盟友。他是真心的同情弗農，而且他的興趣不只是出於友誼，也是出於他自己的專業立場。弗農極其敬重賽巴斯欽對藝術的判斷力，他會在租來的鋼琴上彈幾個音符解釋管弦樂器編排。賽巴斯欽聆聽著，很安靜地點點頭，很少說話。結束之後他會說：「弗農，這會是一部好作品。繼續寫。」

他絕不批判弗農的作品，因為他確信這麼做會有致命後果。弗農不需要別的，就需要鼓勵。

有一天他說道：「這是你在劍橋時所指的東西嗎？」

弗農考慮了一分鐘。

「不，」最後他說道，「這不是我本來所指的。在那場音樂會以後我所說的、所看到的東西後來又不見了。或許它會再回來。現在這個只是尋常類型的東西，很傳統——總之就是這樣。不過我多少有把我當初所指的東西寫進去了。」

「我懂了。」

面對喬的時候，賽巴斯欽直說了他的想法。

「弗農說那只是『尋常類型的東西』，不過其實它並不是，那是徹底不尋常的東西，整個管弦樂團的編制規劃很不尋常。但無論它是什麼都還不成熟；非常精采，卻不成熟。」

「你有這樣跟他說嗎？」

「老天爺啊，沒有。只要一句貶抑之詞他就會縮起來，把作品送進字紙簍。我了解這些人。我現在用小湯匙一口口餵給他種種讚美，晚一點再用園藝大剪刀跟施肥除蟲藥用的針筒。我把不同的比喻混在一起講了，不過你明白我的意思。」

九月初，賽巴斯欽為了跟名作曲家拉馬格見面，辦了一場派對。弗農跟喬都受邀出席。

「只有大概十來個賓客，」賽巴斯欽說道，「阿妮塔．夸爾，我對她的舞蹈很感興趣，不過她是個個性很差的小惡魔；珍．哈定——你會喜歡她的，她在英國唱歌劇，但她入錯行了，她是個演員，不是歌手。你跟弗農、拉馬格，還有兩、三個其他的人。拉馬格會對弗農感興趣的——他很偏愛年輕人。」

喬跟弗農兩個人都大喜過望。

「喬，你覺得我會不會有成就？我是說，真正做出什麼成績。」

弗農聽起來很氣餒。

「為什麼不會？」喬很有義氣地說道。

「我不知道。我最近做的每件事都不順利。剛開始還好，但現在我就只是跟別人一樣的陳腔濫調，我還沒開始就疲乏了。」

「我想那是因為你整天都在工作。」

「我想是吧。」

他安靜了一陣，然後說道：「可以見到拉馬格真是太好了。他是唯一一個寫出我所謂的音樂的人。真希望可以跟他說說我真正的想法——不過這樣實在太厚顏無恥了。」

派對有一種不拘小節的氣氛。賽巴斯欽清空一間大工作室，只留一個舞台、一架平台鋼琴和一大堆隨意丟在地板上的靠墊。房間的一側有臨時架起來的夾板桌，上面有成堆各式各樣的食物，賓客拿自己想吃的東西，然後選個靠墊坐下來。

喬跟弗農抵達的時候，有個女孩在跳舞——一個嬌小的紅髮女孩，她有一副纖細有彈性、肌肉結實的身體。她的舞蹈姿勢很醜陋，卻很誘人。

舞蹈結束時賓客大聲喝采，她跳下舞台。

「精采，阿妮塔，」賽巴斯欽說道，「現在呢，弗農和喬，你們拿了自己要的東西沒有？這樣就對了。你們最好優雅地在珍旁邊坐下。這位是珍。」

他們聽話地坐下來。珍是個高大的女子，身材很好，一頭深棕色的頭髮卷曲地低垂在頸子上，但是她臉太寬，下巴也太尖，所以顯得不美。她的眼眶深陷，眼珠是綠色的。弗農猜想她約莫有三十歲。他發現她讓人不安，卻很吸引人。

喬開始熱切地跟她聊起來。最近她對雕塑的熱情衰退了；她原本就有一副女高音的嗓子，現在半認真地考慮要當個歌劇歌手。

珍・哈定頗有同情心地聆聽，偶爾回應一、兩個字，似乎隱約覺得有趣。到最後她說：「如果你願意到我的公寓來，我會測試一下你的嗓子，然後我可以在兩分鐘內就告訴你，你的聲音夠不夠好。」

「真的？謝謝，你真是太好心了。」

「不客氣。你可以相信我的判斷，可是別指望靠教唱賺錢的那些人告訴你實話。」

賽巴斯欽走過來說道：「珍，要上台表演嗎？」

她從地板上起身——動作相當漂亮——然後環顧四周，用對狗下指令的那種簡慢的命令語氣說道：「希爾先生。」

一個看起來像條白色蟲子的小個子男人，忙不迭地衝向前，扭動身體的樣子像是急於討好她。他跟著她走上舞台。

她唱了一首弗農從來沒聽過的法文歌。

我失去了我的愛人——她死了

她帶走了我最後僅存的愛，永遠地
可憐的我們！我沒有時間哭泣，
或者為她穿壽衣，
有人對我說「她死了！」而我獨自一人
重複地說道：「她死了！」我哭了……

就像大部分聽珍．哈定唱歌的人一樣，弗農也無法挑剔她的聲音。她製造出一種情緒氛圍——聲音只是一種工具，製造出壓倒性的失落感，讓人暈眩的悲哀，還有最後在眼淚中的解放。

一陣掌聲。賽巴斯欽喃喃說道：「巨大的情緒力量，就是這樣。」

她又唱了起來，這回是一首關於下雪的挪威歌曲，而且聲音不帶任何情緒——就像是雪花一樣——單調，精緻澄淨，終於在最後一句歌詞裡消失在寂靜之中。

在安可聲之後，她唱了第二首歌，教弗農突然間坐起身警醒起來。

我見到了仙女，
她有著修長雪白的手和長長的秀髮，
還有，喔！她的面容狂野又甜美，
甜美又狂野，狂野又奇異，美麗迷人……

就像是這房間被下了一道咒語，那股魔法的感覺，讓人恐懼又著迷。珍伸長了脖子、往前張望，視線投向遠方，彷彿看見了什麼令她既害怕又心醉神迷的事物。

歌聲結束的時候，有人發出一聲嘆息。一個矮壯結實、蓄著白色短髮的男人穿過人群朝賽巴斯欽走來。

「喔！我的好賽巴斯欽，我已經到了。我要跟那位年輕小姐談話──立刻、馬上。」

賽巴斯欽跟他一起穿過房間到珍旁邊。拉馬格拉起她的雙手，認真地望著她。

「嗯，」他最後說道，「體態很好，應該說你看起很健康。你會給我地址讓我去看你。沒錯吧？」

弗農想著：「這些人都瘋了。」

但珍似乎認為這很理所當然。她寫下地址，跟拉馬格又多聊了幾句，然後回來坐在喬和弗農旁邊。

「賽巴斯欽是個很棒的朋友，」她這麼評論，「他知道拉馬格在替他的新歌劇《皮爾．金》找索薇格[27]，就因為這樣，他要我今晚到這裡來。」

喬去找賽巴斯欽說話。留下弗農跟珍獨處。

「告訴我，」弗農有點結巴地說道，「你唱的那首歌……」

「霜雪？」

「不，最後一首。我……我很多年前聽過……在我還小的時候。」

「真是奇怪啊，我還以為它是家傳之歌呢。」

「有個護士在我摔斷腿的時候唱給我聽的，我一直很愛這首歌──從來沒想過會再次聽到。」

珍若有所思地說道：「聽你這麼說……那個人可能是我阿姨法蘭西絲吧。」

「對，那個護士就叫法蘭西絲。她是你阿姨？她後來怎麼了？」

「她好幾年前就過世了。白喉，被病人傳染的。」

「喔！我很遺憾。」他停下來，猶豫了一會，然後匆匆地繼續說下去。「我一直都記得她。她是……她是我小時候一個非常棒的朋友。」

他發現珍的綠眼睛在注視著他，平穩、仁慈的一瞥，而他回想起方才第一眼見到她時是想起了誰，她像法蘭西絲。

她平靜地說道：「你有在作曲吧？賽巴斯欽跟我談過你。」

「對……我是有試著想寫。」

他停了下來，再度猶豫不決。他這麼想：「她很吸引人。我喜歡她嗎？為什麼會覺得怕她？」

他突然覺得又興奮又得意。他可以有所作為——他就知道自己可以有所作為……

「弗農！」

賽巴斯欽在叫他。他起身，賽巴斯欽把他介紹給拉馬格認識。這位偉人既仁慈又有同情心。

「我對你的作品有興趣，」他說道，「我聽到這位年輕朋友對你作品的看法了。」他把手搭在賽巴斯欽肩膀上。「他非常敏銳，雖然年紀輕輕，卻鮮少出錯。我們再找時間見面，讓我聽聽你的作品吧。」

他走開了，弗農留在原地，興奮得發抖。他真的是那個意思嗎？他回到珍身邊，她在微笑，弗農坐下來，突如其來的一波沮喪緊捹著狂喜而來。這有什麼好的？他被綁在西德尼舅舅跟伯明罕那裡，要是不把全部的時間、全部的心思、全部的靈魂都貢獻給音樂，你就不可能作曲。

他覺得受傷，感覺很悲慘，渴望得到同情。要是奈兒在這裡就好了……總是能夠理解他的奈兒親親。

他抬起頭，發現珍正注視著他。

27《皮爾．金》（Peer Gynt）是易卜生寫的象徵主義詩劇，劇中主角皮爾．金是個浪蕩子，只有純潔少女索薇格對他有永遠不變的愛與信心，甚至在金對自己都失去信心的時候還相信他可以得救。

「怎麼了？」她問道。

「我真希望自己死掉。」弗農苦澀地說道。

珍微微揚起雙眉。

「這個嘛，」她說道，「從這棟建築的頂樓跳下去，你就會死了。」

這實在不是弗農會料到的回答。他恨恨地抬頭看，但她那冷靜、仁慈的眼神讓他卸下心防。

「整個世界我只在乎一件事，」他充滿激情地說道，「我想作曲。我可以作曲。但我卻被綁在我痛恨的可惡行業裡。一天又一天地推磨！真是爛透了。」

「如果你不喜歡，為什麼要做？」

「因為我必須做。」

「我想，你其實是想做的──否則你就不會做了。」珍漠然地說道。

「我說了，我想作曲勝過世間的其他一切。」

「那為什麼你不做？」

「因為我沒辦法。我告訴過你了。」

他被她激怒了。她什麼都不懂。她對人生的觀點似乎是：如果想做任何事，就只要去做就好了。

他和盤托出一切：普桑修道院、音樂會、舅舅的提議，然後是奈兒……

在他講完以後，她說道：「你真的是期待人生像童話故事呢！」

「你是什麼意思？」

「就是那個意思。你希望能住在祖傳的宅邸裡，娶自己心愛的女孩，變得極端富有，還要成為一個偉大的作曲家。我敢說，要是你全心全意去做其中一件，你也許有機會成功，可是你不太可能每個想望都到手的，你懂吧？人生可不是那種有大圓滿結局的小說。」

他一時之間覺得她簡直可恨，然而就算在心生恨意的時候，他還是被吸引了。他再度感覺到她歌唱時所創造的那種奇異情緒氛圍。他暗自想道：「一個磁場，就是這樣。」然後又想：「我不喜歡她。我怕她。」

一個長髮的年輕男子加入了他們的談話。他是瑞典人，不過講得一口好英語。

「賽巴斯欽告訴我，你將會寫出前衛的音樂，」他對弗農說道，「我有關於未來的理論。時間只是空間的另一個維度；你可以在時間裡來回移動，就像在空間裡移動一樣。人有一半的夢境，是來自被擾亂的、對未來的記憶。而就像你會跟心愛的人分隔兩地，你也可能跟他們在時間上彼此乖隔，這是人間真正的、或是可能發生的最大悲劇。」

他顯然是瘋了，所以弗農沒去注意他，他對於時空理論並不感興趣；但珍靠過去攀談。

「在時間上彼此乖隔？」她說道，「我從來沒想過這一點。」

受到鼓勵的瑞典人繼續說了下去。他談到終極空間、平行時間。珍是否真的感興趣？她直視著前方，看起來不像是在聽。瑞典人繼續講平行時間時，弗農就逃走了。

他去找喬和賽巴斯欽說話。喬很熱衷地在講珍．哈定。

「我覺得她棒極了。你不覺得嗎，弗農？她邀我去看她呢。我真希望可以唱得像她一樣。」

「她是演員，不是歌手，」賽巴斯欽說道，「演技很好。她的人生相當悲慘，之前曾跟雕刻家波利斯．安卓夫同居了五年。」

喬更加有興致地瞥了珍一眼。弗農突然覺得自己既幼稚又粗魯，回想起那雙謎樣、略帶揶揄的綠眼睛，似乎又聽到那覺得有趣又語帶諷刺的聲音，「你真的是期待人生像童話故事呢！」別再講了，那樣很傷人！然而他又很渴望再見到她。

他該不該問她，他可不可以……

不，他不能……

更何況，他也難得到倫敦來……

他聽到她的聲音出現在他背後——那種歌手的、略微低沉嘶啞的聲音。

「晚安，賽巴斯欽。謝謝你。」

她朝著門口走去，轉頭看弗農。

「找個時間來看我吧，」她漫不經心似的說道，「你表妹有我的地址。」

第三部

珍

第一章

珍·哈定所住的公寓位於切爾西區某住宅區的邊間，可以俯瞰河流。

派對的隔天晚上，賽巴斯欽·列文來到了這裡。

「我已經安排好了，珍，」他說道，「拉馬格明天會找個時間來看你。看來他比較喜歡這樣。」

「來吧，告訴我你是怎麼過活的，他喊道。」珍唸出這句引文[28]。「喏，我全靠自己，日子也能過得非常好又很體面！賽巴斯欽，你想要吃點什麼嗎？」

「有什麼可吃的？」

「如果你能在這裡靜靜坐著，我就去弄蘑菇炒蛋、鯷魚吐司跟黑咖啡來給你。」

她把菸盒跟火柴擺在他旁邊便離開，十五分鐘後餐點就準備好了。

「我喜歡來找你，珍，」賽巴斯欽說道，「你從沒把我當成一個自大的年輕猶太人，對他們來說，只有薩佛伊酒店才具吸引力。」

珍微笑不語。

她說了：「我喜歡你的心上人，賽巴斯欽。」

「喬？」

「對，喬。」

賽巴斯欽用低啞的聲音說道：「你……你對她的想法是什麼？」

珍又停頓了一下才回答。

「好年輕，」她終於說道，「年輕得可怕。」

賽巴斯欽低聲笑了。

「如果她聽你這麼說會氣得半死。」

「很可能。」過了一會以後她又說，「你非常在乎她，不是嗎，賽巴斯欽？」

「對。這樣很怪吧？我們已擁有的一切竟顯得那麼不重要。我實際上要什麼有什麼——除了喬以外——而喬對我來說是唯一重要的。就算知道自己有多傻，也無法改變我的想法！喬跟其他女孩子之間有什麼差別？幾乎沒有。然而以現在來說，她是我在這世界上唯一在意的人。」

「這有一部分是因為你得不到她。」

「或許吧。可是我不認為只有這個原因。」

「我也不認為。」

「你對弗農有什麼看法？」在停頓一陣以後，賽巴斯欽問道。

珍換了個坐姿，讓臉頰避開壁爐的火光。

「他很有趣，」她緩緩地說道，「我想有部分是因為他毫無雄心壯志。」

28 出自《愛麗絲鏡中奇遇》（Through the Looking-Glass）第八章的一首詩〈Haddocks' Eyes〉。

「毫無雄心壯志？你這麼認為啊？」

「對。他希望事情能變得容易。」

「要是這樣，那他在音樂上就永遠不會有成就。要有成就，就得有驅動力。」

「對，你會想要有驅動力。可是音樂本身就會是驅策他的力量！」

賽巴斯欽抬起頭，他的臉色為之一亮，充滿讚賞之情。

「你知道嗎？珍，」他說道，「我想你說對了！」

她微笑著，卻沒有回答。

「我真想知道要怎麼理解跟他訂婚的那個女孩。」賽巴斯欽說道。

「她是什麼樣的人？」

「很漂亮，某些人會說那是迷人——可是我會說那是漂亮。她把大家都會的事做得非常漂亮。她不是那種乖巧聽話的小貓咪，我擔心——對，我應該說我擔心她是真的喜歡弗農。」

「不必擔心，你所寵愛的天才不會改變心意或者被壓抑，不會有這種事的，我很確定那種事不會發生。」

「珍，沒有一件事可以讓你改變心意，但話說回來，你有驅動力。」

「可是你知道嗎，賽巴斯欽，我想我比弗農更容易『改變心意』。我知道自己要什麼，而且會去爭取。但他不知道自己要什麼——或者更精確地說，不知道自己不要什麼，但那個什麼會來找他……而那個東西，不管它是什麼，都會得到侍奉——無論代價有多大。」

「對誰來說的代價？」

「喔！我還不很清楚……」

賽巴斯欽起身。「我必須走了。珍，謝謝你的餐點。」

「謝謝你替我向拉馬格下的功夫。賽巴斯欽，你是個非常好的朋友。而且我認為成功永遠不會慣壞你。」

「喔！成功……」他伸手準備與她握手。

她把雙手搭在他的肩上，然後親吻了他。

「親愛的，我希望你追到你的喬。但若是沒有，我很確定你仍會得到其他的一切！」

❖

將近兩週後，拉馬格才來找珍。有天上午十點半的時候，他沒事先通知就來了，還一句抱歉都沒說，就大步走進公寓裡，環顧著起居室的牆壁。

「這裡是你自己裝潢、挑選壁紙的？是嗎？」

「是。」

「你自己一個人住？」

「是。」

「但你不是一直一個人住？」

「對，我不是。」

拉馬格突然說道：「那樣很好。」然後又用命令語氣說道：「來這裡。」

他拉著她的手臂把她帶到窗邊，從頭到腳端詳了一回。他用食指跟拇指捏她手臂上的肉，叫她張開嘴巴看她的喉嚨，最後把他的大手攏在她的腰部兩側。

「吸氣──很好！現在呼氣──要快。」

他從口袋裡拿出皮尺，要她重複這兩個動作，每次都用皮尺套量她的身體。最後他把皮尺放回口袋擱著。他和珍似乎都覺得這些是很正常的動作。

「很好，」拉馬格說，「你的肺活量非常優越，喉嚨很強壯。你很聰明——因為你沒有打斷我要做的事。我可以找到許多聲音比你好的歌手，雖然你的聲音非常真誠，非常美麗，非常清澈，就像一條銀線，可是如果你強逼它，它會完蛋，那麼，到時候你要怎麼辦？你現在唱的音樂很荒謬——如果你不是傻到極點，理當不會唱那些角色。然而我尊重你的選擇，因為你是個藝術家。」

他停頓了一下，然後繼續說道：「現在聽我說。我的音樂很美，而且不會傷到你的聲音。在易卜生創造索薇格的時候，他寫出的是史上最了不起的女性角色。我的歌劇成不成功，就靠這部戲裡的索薇格——而且光會唱歌是不夠的。卡瓦羅西、瑪麗．汪特娜、珍妮．朵塔——她們都希望能唱索薇格，可是我不會要她們。她們是什麼？一群沒腦子的動物，只是有著神奇的聲帶。對我來說，我必須有個完美的樂器來唱索薇格，一個有智慧的樂器。你是個年輕的歌手，到目前為止還沒沒無聞，如果你讓我滿意，你明年會在柯芬園唱我的《皮爾．金》。現在，聽好了……」

他在珍的鋼琴前面坐下來開始演奏——古怪、有節奏感卻單調的音符……

「這是雪，你了解的——北方的雪。你的聲音必須像那樣，像雪。它純潔得像是白色錦緞——上面佈滿花紋，但花紋是在音樂裡，而不是在你的聲音裡。」

他繼續彈奏。沒完沒了的單調聲音，沒完沒了的重複——接著突然之間有個音改變了，讓人豎起耳朵——那就是他稱為花紋的東西。

他停了下來。

「如何？」

「要唱這個會很困難。」

「相當正確。不過你有絕佳的耳朵，你想唱索薇格，對吧？」

「當然，這是畢生難逢的機會。如果我可以讓你滿意……」

「我想你可以。」他再度起身把手擱在她肩膀上，「你幾歲了？」

「三十三。」

「而你一直過得非常不快樂，是嗎？」

「是的。」

「你曾經跟幾個男人同居過？」

「一個。」

「他不是個好人？」

珍口吻平靜地說道：「他是個非常差勁的人。」

「我懂。對，這些都寫在你的臉上了。現在聽我說，把你所有的苦難、喜悅，都帶到我的音樂裡吧；不是拋棄一切，也不是毫無節制，而是用經過控制與訓練的力量放進去。你有頭腦，也有勇氣。少了勇氣就什麼都不成了。那些沒有勇氣的人背棄人生；你永遠不會背棄你的人生，不管有什麼降臨，你都會站在那裡，眼神非常堅定，頭抬得高高的面對它……但我希望，我的孩子，你不會受太多傷害……」

他轉過身去。

「我會把譜寄來，」他轉頭說道，「你要好好研讀它。」

他大步走出客廳、砰地一聲關上公寓大門。

珍在桌子旁邊坐下，眼神空洞地瞪著牆壁。她的機會來了。

她用很輕的聲音喃喃說道：「我好怕。」

❖

有一整個星期，弗農都費心思量：該不該把珍說的話當真？他可以在週末到倫敦去——但那時候珍可能不在。他覺得自己過分自覺、害羞。或許她早已忘記自己邀請過他了。

第一個週末過去了，他很確定現在她已經忘記他了。接下來，喬寄了信來，提到她跟珍見了兩次面，弗農因此下定決心，在下一個星期六的傍晚六點鐘，他按了珍家的門鈴。

珍自己來開門。她只在發現來人是誰的時候眼睛略略睜大，除此之外，表情如常。

「進來吧，」她說道，「我的練習就快結束，但你應該不會介意吧。」

他跟著她走進一個長方形的客廳，窗戶可以俯視河流。客廳非常空曠：一架平台鋼琴，一張長沙發，幾張椅子，三面牆上貼著狂野的藍色風鈴草跟黃水仙圖案的壁紙，唯獨某面牆貼了深沉的暗綠色，上面只掛著一張畫：一個古怪的禿樹椿寫生。畫的氛圍，讓弗農想起他早年在森林裡的冒險。

坐在鋼琴椅上的，是那個像條白色蟲子的小個子男人。

珍把菸盒推給弗農，用她粗魯的命令式聲音說道：「來吧，希爾先生。」然後開始在房間裡來回走動。希爾撲向鋼琴，雙手以驚人的速度與靈巧在琴鍵上跳動。珍唱了起來，大多數時間是極弱音，幾乎像是氣音，偶爾她會全力唱出一個樂句。有幾次她停下來，發出像是憤怒、不耐煩的叫聲，然後吩咐希爾重複前面的幾個小節。

她雙手一拍，相當突然地結束了。她越過房間走到火爐旁邊，按了一下叫人鈴，然後第一次用對待人類的態度跟希爾說話。

「希爾先生，留下來喝杯茶吧？」

希爾說恐怕不行。他歉疚地扭動著身體，然後扭扭捏捏地出了房間。女僕送來黑咖啡跟熱奶油吐司，看來這就是珍概念中的下午茶了。

「你剛才唱的是什麼？」

「《伊蕾克特拉》，理查．史特勞斯的作品。」

「喔！我喜歡這個。就像狗打架。」

「史特勞斯會覺得受寵若驚吧。不過無所謂，我懂得你的意思。這齣歌劇是戰鬥性的。」

她把吐司推向他，然後補上一句：「你表妹來過這裡兩次。」

「我知道，她在信上跟我提過。」

他覺得舌頭打結，很不自在。他原本很想來，來了卻又不知道該說什麼。珍身上有某種成分讓他不自在。最後他脫口說道：「請誠實告訴我——你會建議我放棄工作，專注於音樂上嗎？」

「我無從判斷。我不知道你想做什麼。」

「你講話的方式就像那個晚上一樣。就好像人可以隨心所欲，做自己想做的事。」

「人當然可以。雖然不是完全絕對，但幾乎總是如此。如果你想謀殺某個人，真的沒有什麼可以阻止你的，但你事後會被問罪吊死——這很自然。」

「我沒有想要謀殺任何人啊。」

「你是不想。你只想要你的童話故事有個快樂結局。舅舅死掉，把他所有的財產留給你，你娶了心愛的女孩，然後住在普什麼的地方，從此過著永遠幸福快樂的日子。」

弗農氣沖沖地說道：「我真希望你沒這樣嘲笑我。」

珍靜默了一會，然後換了一種口氣說道：「我不是在笑話你。我是在多管閒事，試著要干涉你。」

「你所謂的試著要干涉是什麼意思？」

「試著干涉你讓你面對現實，還有忘記你是——該怎麼說呢——比我小了八歲？而且你該面對現實的時候還沒到。」

他突然間想道：「我可以對她說任何話——什麼都可以。不過她不會總是用我期望的方式回答。」

他說出口的是：「請繼續說下去——淨講我自己的事滿自私的，不過我實在太抑鬱、憂慮了。你那天晚上說，我想要的四件事物中，我可以得到其中任一個，卻不能全部得到，我想知道這是什麼意思。」

珍考慮了一會兒。

「我確切的意思是什麼？哎，就只是這樣。想得到渴望的東西，通常必須付出某種代價，或者冒個險——有時候是兩者兼具。舉例來說，我熱愛音樂——某一種音樂，但我的聲音適合的卻是完全不同種類的音樂。我的好嗓子適合唱一般歌曲，卻不適合唱歌劇——除了非常輕量級的歌劇以外。可是我已唱過華格納和史特勞斯的歌劇——所有我喜歡的東西。我還沒真正付出代價，但我冒的是非常大的風險，我的嗓子可能隨時會倒，我明白這一點，也充分認清事實，而我認定我的收穫值得付出這種代價。

「現在就你的狀況來說，你提到了四件事。首先，我猜想如果你繼續待在你舅舅的公司裡，只要待得夠久，你就會無災無難地變得富有。那樣並不是十分有趣。其次，你想住在普桑修道院——如果你娶了個有錢的女孩，明天就可以住進去了。然後你鍾情的、想娶的那個女孩……」

「我可以明天就娶她嗎？」弗農問道，語氣中帶著一種憤怒的反諷。

「我應該說，是的，這相當容易。」

「怎麼說？」

「賣掉普桑修道院。你可以賣掉它，不是嗎？」

「對，但我不能這樣做——我不能……我不能……」

珍往後躺靠在椅背上，露出微笑。

「你寧願繼續相信童話故事裡的人生？」

「一定有別的辦法。」

「對，當然有別的辦法，說起來還可能是最簡單的。沒有人能阻止你們兩個到最近的戶籍登記處去。你們兩個人都有手有腳。」

「你不明白。這條路上有好幾百種難處。我不能要求奈兒面對貧困的生活，她不想當窮人。」

「或許她不能。」

「你說不能是什麼意思？」

「就是那個意思。不能。你知道吧，有些人不能過窮日子。」

弗農站了起來，在房間裡來來回回踱步，然後他又回來趺坐在珍椅子旁邊的爐前地毯上，抬頭看著她。

「那第四件事呢？音樂？你認為我有沒有可能做到？」

「這我說不上來。光有想望是派不上用場的，可是如果你真的去做了——我預料這會把其他一切都吞噬掉，一切都會消失——普桑修道院、金錢、女孩。親愛的，我不認為你的人生會很輕鬆容易。啊！有隻鵝走過我的墳墓了[29]。賽巴斯欽說你在寫歌劇，現在告訴我關於這齣戲的事情吧。」

在他把內容告訴她以後，已經九點了。他們兩個都驚叫一聲，然後一起到一家小餐館去。他告別的時候，起初那種怯生生的感覺又回來了。

29「有鵝（有些人說是貓）走過我的墳墓」，表示說話者打了個冷顫，有不祥的預感。

「我想——在我遇見過的人之中，你是數一數二的好人。你會讓我再來跟你聊天嗎？如果我沒有讓你覺得太無聊的話。」

「你隨時都可以來。晚安。」

❖

麥拉寫信給喬。

親愛的喬：

我很擔心弗農，還有他總是去倫敦見的那個女人——某個比他老了好多歲的歌劇歌手什麼的。女人掌握年輕男生的手腕實在太可怕了。我擔心得要命，不知道要怎麼辦。我跟你們的西德尼舅舅談過了，不過他在這種事情幫不上什麼忙，只說男孩子就是男孩子。可是我不要我的男孩變成那樣。我在想，喬啊，如果我去見這個女人，然後求她放過我兒子行不行得通呢？就算是個壞女人也會聽一個母親的話吧？弗農太年輕了，我不能讓他的人生就這樣毀掉。我真的不知道該怎麼辦，現在我對弗農似乎全無影響力了。

致上我大量的愛，你深情的

麥拉舅媽

喬把信拿給賽巴斯欽看。

「我想她指的是珍，」賽巴斯欽說，「我還滿想看看她們對談的。老實說，我想珍會覺得很有趣。」

「這實在蠢透了，」喬口氣火爆地說道，「真希望弗農會愛上珍。比起死心塌地愛那個蠢蛋奈兒，愛上珍要好上幾百倍。」

「喬，你不喜歡奈兒，對吧？」

「你自己也不喜歡她啊。」

「喔，是啊，在某方面來說我是不喜歡她。我對她不太感興趣，不過我滿能看出那種吸引力的，以那種風格來說，她還滿迷人的。」

「對啦，以花瓶甜心的風格來說。」

「她並不吸引我，因為對我的心智來說，她還沒有吸引我的特質。真正的奈兒還沒出現，或許永遠不會出現。我認為對某些人來說這樣非常有吸引力，因為所有的可能性都是開放的。」

「唔，我想珍比奈兒好上十倍！弗農愈快克服他對奈兒的愚蠢初戀情懷，愈快愛上珍愈好。」

賽巴斯欽點燃一支菸，然後緩緩說道：「我不確定你的看法是否正確。」

「為什麼？」

「嗯，這不是很容易解釋。可是你看，珍是一個真正的人——非常真實。愛上珍得全心全意才行。我們都同意弗農可能是個天才吧？而我不認為一個天才會想要跟一個真人結婚。他會想要跟一個可忽略的人結婚——某個人格不會妨礙他的人。這可能聽起來很憤世嫉俗，可是如果弗農娶了奈兒，應該就是這樣。她此刻代表著——我不知道要怎麼說……那句詩是怎麼說的？『蘋果樹、歌聲與黃金……』[30]諸如此類的東西。一

30 蘋果樹、歌聲與黃金（The apple tree, the singing and the gold），這句詩出自尤里匹底斯（Euripides）的希臘悲劇《希波呂特斯》（Hippolytus）。後被引用來比喻生活中一切美好的事物。

旦他跟她結了婚，那種感覺就會消失。她只會是一個容貌美麗、個性甜美的好女孩，他當然還是非常愛她，不過她不會干涉——她永遠不會介入他跟音樂之間——她沒有足夠的人格力量。珍卻可能會，就算她不是刻意的。珍的吸引力並不是來自外在的美——而是來自她這個人。她對弗農來說可能是絕對致命的……」

「喔，」喬說，「我不同意你的看法。我想奈兒是個蠢蛋白痴，我會很痛恨看到弗農跟她結婚……我希望這一切都成空。」

「但那是最有可能發生的事。」賽巴斯欽說道。

第二章

奈兒回到倫敦了。弗農在她回來的第二天去看她，她立刻注意到他看來面容憔悴，卻情緒興奮。他猝然說道：「奈兒，我要辭掉伯明罕的工作。」

「什麼？」

「聽我說……」

他急切而興奮地說著。他的音樂——他必須獻身給它。他告訴她自己在寫的歌劇。

「聽著，奈兒，這是你——你的金色長髮從塔裡垂下來，閃閃發光……在陽光裡閃耀。」

他走到鋼琴旁邊開始演奏，同時一邊解釋：「小提琴——你聽。這裡全是豎琴……這些是圓形的珠寶……」

他所彈奏的，在奈兒聽來似乎是一連串相當醜陋的不和諧聲音。她暗想：這全都很難聽，或許由管弦樂團演奏時會不一樣吧。

可是她愛他——而且因為她愛他，所以他做的每件事都是對的。她微笑著說道：「這很美妙，弗農。」

「奈兒，你真的喜歡這個？喔，甜心，你實在太好了。你總是能懂我。你總是這麼溫柔。」

他走向她，跪下來把臉埋在她膝上。

「我好愛你，好愛你……」

她撫摸著他的黑髮。「告訴我這個歌劇的故事。」

「可以嗎？嗯，有個塔裡的公主，她有金色的頭髮，許多來自世界各地的國王和騎士都跟她求婚，可是她太高傲了，完全看不上他們——真正好的老童話故事的特色。最後有個人——一個看起來像吉普賽人的傢伙——穿著很破爛，頭上戴著綠色小帽，吹著笛子。然後他唱著歌，說他擁有的王國比任何人的都來得大，因為他的王國就是全世界；沒有哪種珠寶比得上他的珠寶，因為露珠就是他的珠寶。人們說這傢伙瘋了、把他攆出去。但是那天晚上，公主躺在床上的時候，聽到他在城堡的花園裡吹笛子，她聆聽著。

「城裡有個老猶太行商，他說他願意提供金銀財寶好讓吉普賽人去贏得公主芳心，但吉普賽人大笑著說，他哪有東西可以跟他交換？老人就說，用那頂綠色小帽和笛子來換吧，不過吉普賽人說，他永遠不會跟這些東西分離。

「他每天晚上都在宮殿花園裡吹奏——出來吧，我的愛人，出來吧！每天晚上公主都清醒地躺著聆聽。宮殿裡有個老吟遊詩人，他講了個故事，內容是一百年前有個皇室王子中了一個吉普賽女僕的魔法，跟著她去漫遊了，從此沒人再見到他。公主聽到這個故事之後的某個晚上，終於起床到了窗邊。他叫她留下所有的華服跟珠寶，只要穿一件簡單的白色長袍跟他走就好。但她心裡想著，最好還是預防萬一，所以她在裙褶上放了一顆珍珠，然後在月光下溜出城堡跟著吉普賽人走了，他唱著歌……但是裙子上的珍珠對公主來說太重了，她跟不上他。他卻繼續走，沒注意到她被拋在後頭……

「我說得不好，把歌劇講得像個故事一樣——不過這是第一幕的結尾了。他在月光下往外走，她留在後面啜泣。這一幕有三景，城堡大廳、市場，還有公主窗外的宮殿花園。」

「那樣不會很貴嗎——我的意思是說，場景不會很貴嗎？」奈兒表示意見。

「我不知道——我沒想到——喔！我猜這總有辦法能解決的。」弗農被這些平淡無趣的枝節給惹惱了。

「第二幕是在市集外圍。那裡有個縫補娃娃的女孩，黑色的頭髮垂在她臉蛋周圍。吉普賽人過來了，問她在做什麼，她說她在修補孩子們的玩具——用世界上最神奇的針線。他告訴她所有關於公主的事情，還有他是如何失去了她，然後他說，他要去找老猶太行商賣掉他的帽子跟笛子，她則警告他別這麼做——但他卻說他非做不可。

「真希望我會描述——我現在只是把故事告訴你而已，並不是照我切割它的方式在講，因為我自己都還不確定要怎麼處理。我已經有音樂了，很棒的東西；有描述沉重、空虛的宮殿音樂，還有嘈雜的市集音樂，還有給公主的——就像一行詩，『在寧靜山谷裡歌唱的溪流』，還有補娃娃的姑娘，以及樹木跟陰暗樹林的音樂，就像普桑修道院的森林以前的樣子，你知道的，像是中了魔咒、神祕又有點可怕……為了這個，必須特別調整某些樂器的聲音……唔，我不會講太多細節，那對你來說沒有意思，太技術性了。

「我講到哪去了？喔對，這次吉普賽人搖身一變成了個偉大的王子來到宮殿裡，身上佩帶著鏗鏘作響的劍，有漂亮的馬具跟亮晶晶的寶石，公主大喜過望，他們就要結婚了，一切都很順利。可是他開始變得蒼白又疲倦，一天比一天還糟，要是有人問他怎麼回事，他就會說：『沒什麼。』」

「就像你在普桑修道院，還是個小男孩的時候嘛。」奈兒微笑著說道。

「我有那麼說啊？我不記得了。呃，後來在婚禮前一天晚上，他再也受不了了，於是偷偷離開宮殿到市集去搖醒那個老猶太人，說他一定得拿回那頂帽子跟笛子，他會交還一切。老猶太人笑了，把扯碎的帽子和斷掉的笛子丟在王子腳邊。

「他心碎了——世界在他腳下崩潰，他拿著那兩樣東西到處亂走，直到走到跪坐著的補娃娃姑娘身邊，他告訴她發生了什麼事，她就叫他躺下來睡一會兒。早晨他醒來的時候，綠色小帽和笛子被補綴得完好如初，沒有人看得出縫補的痕跡。

「他開心地笑了，她則走向一個壁櫃，抽出一頂同樣的綠色小帽和笛子，兩人一起往外走，穿過了森林，就在太陽從森林邊緣升起的時候，他注視著她，想起了一切。他說：『哎呀，一百年前我離開了宮殿和王座，就為了愛你。』而她說道：『是啊。但是因為恐懼，你在緊身外套襯裡中間夾藏了碎金子，金子的反光迷惑了你的眼睛，我們彼此失散了。但現在全世界都是我們的，我們會永遠在世界上一起漫遊……』」

弗農停了下來，滿臉熱忱的轉向奈兒。「這應該會很美妙，這個結尾……太美妙了。如果我可以進入我看見、聽見的音樂裡……男女主角戴著他們的綠色小帽，吹著笛子，還有森林跟升起的太陽……」

他臉上的神情變得夢幻又迷醉，似乎遺忘了奈兒。

奈兒覺得有一股難以形容的感受掃遍全身，她害怕這個古怪、狂喜的弗農。他以前也跟她談過音樂，可是從來沒有帶著這樣奇特激動的熱情。她知道賽巴斯欽認為弗農將來可能會有了不起的成就，但在回想自己所讀過的音樂天才生平以後，她突然全心全意希望弗農沒有這種神奇的天賦。她想要他保持先前的樣子，熱切又像個小男孩，與她一起沉浸在共同的夢想之中。

音樂家的妻子總是不幸的，她讀過這種說法。她不希望弗農變成一個偉大的音樂家，她想要他快點去賺錢，然後跟她一起住在普桑修道院。她想要一個甜美、正常、普通的日常生活。有愛……還有弗農……

這玩意——這種著魔狀態——很危險。她很確定這滿危險的。

但她不能潑弗農冷水。她太愛他，做不出這種事。她再度開口時，試著讓自己的聲音聽起來感同身受，又很有興趣：「好特別的童話故事！你說你還小的時候就聽過這個故事了嗎？」

「大概吧。在劍橋遊河的那天早上我又想起這個故事——就在看到你站在樹下之前。親愛的，你那麼、那麼迷人……你會永遠這麼迷人，對吧？如果不是的話，我會受不了的。我在說什麼蠢話啊！然後，在萊內拉公園，在我說了我愛你的那個神奇夜晚之後，所有的音樂都湧進我腦袋裡了。只是我無法很清楚地回想起那個故事——其實只有關於高塔的那一段是清楚的。

「可是我交上不得了的好運。我碰到一個女孩子，當初說故事給我聽的護士是她的阿姨。她記得那個故事，就把它說給我聽。能遇上這種事情很不尋常吧？」

「這個女人是誰？」

「我覺得她是個相當棒的人，好心得不得了，而且驚人地聰明。她是個歌手，叫做珍．哈定。她在新英國歌劇團唱過伊蕾克特拉、布倫希爾德和伊索德的角色；明年她可能會在柯芬園獻唱。我在賽巴斯欽的派對裡遇到她，希望你有機會也見見她。我確定你會很喜歡她的。」

「她年紀多大？年輕嗎？」

「看起來年輕——我認為她大概三十歲左右。她對別人有一種相當古怪的影響力，所以有時會讓人覺得不喜歡，但她也會讓你覺得自己有能力成就一些事。她對我非常好。」

「我敢說是。」

她為什麼那樣講？為什麼她會對這個叫做珍．哈定的女人產生一種沒有根據的偏見呢？弗農用帶著困惑的表情盯著她看。「怎麼了，親愛的？你的說法好古怪。」

「我不知道，」她試著用笑掩飾，「或許是有隻鵝走過我的墳墓了。」

「怪了，」弗農皺著眉頭說道，「最近也有誰曾這麼說過。」

「很多人都會這麼說。」奈兒說著，笑了出來。她頓了一下，然後說道：「我會……我會非常樂意見見你這位朋友，弗農。」

「我知道。我希望她見見你。之前也跟她談了很多關於你的事。」

「我真希望你沒這麼做，我是說，沒提到我。畢竟我們答應過母親，大家都不該知道。」

「沒有外人知道——只有賽巴斯欽跟喬曉得。」

「那不一樣。你認識他們一輩子了。」

「對，當然了。很抱歉，我沒想到這些。我沒說我們已經訂婚，或者講到你的名字什麼的。你沒生氣吧，親愛的奈兒？」

「當然沒有。」

就算她自己聽著也覺得這句話的聲音很嚴厲。為什麼人生這麼艱難？她害怕這種音樂，它已經讓弗農拋棄一份好工作了，這是音樂造成的嗎？或是這個珍．哈定引起的？

她絕望地暗自想道：「真希望我從沒遇到弗農。真希望我沒愛上他。我真希望……喔！我真希望我沒有這麼愛他。我好害怕，好害怕……」

❖

結束了！他提出了辭呈！當然有些不愉快。西德尼舅舅勃然大怒，弗農被迫道歉。母親與他之間則出現了一些難堪場面——眼淚與指責。有好幾次他都在投降邊緣，然而不知怎麼的，他挺住了。

這整件事中，他一直有種古怪的孤絕感：只有他自己在孤軍奮戰。奈兒是因為愛他，所以同意他的決定，可是他很不自在地意識到這個決定讓她難過、讓她備感困擾，甚至可能動搖她對未來的信心。賽巴斯欽則認為他太早採取行動了，就現在來說，他會建議設法兩全其美，但他並沒有說出口；賽巴斯欽從來不給任何人建議。甚至連一向支持他的喬都有所懷疑，她領悟到弗農是認真要切斷他跟班特公司之間的關係，而她對弗農未來的成就還沒有真正的信心，無法誠心為他採取的步驟喝采。

在此之前，弗農從來沒有勇氣斬釘截鐵地反抗過誰。等到一切結束，他在一個非常便宜的房子裡（他在倫敦就只負擔得起這樣的住處）落腳的時候，感覺就像剛剛克服堅不可摧的困境。然後，直到那時他才再次去找珍．哈定。

他在自己心裡搬演跟她的對話，充滿小男孩式的想像。

「我做了你叫我做的事。」

「漂亮！我就知道你其實有這種勇氣。」

他很謙遜，她則給予喝采。她的讚揚支持著他，給他希望。

一如往常，現實與想像有相當大的差異。跟珍的對話總是這樣，實際情形跟他心裡想的完全不同。這次的狀況是：當他以合宜的謙遜態度宣布自己的作為以後，她似乎把這看得理所當然，不覺得其中有什麼英雄式的成分。她說道：「嗯，你一定早就想這麼做了，否則你不會採取行動的。」

他啞口無言，幾乎要生氣了。在珍面前，總有奇怪的拘束感落到身上，他大概永遠沒辦法很自然地對待她。他有那麼多話想要說，可是很難說出口，有口難言真是尷尬不已。然後在突然之間，毫無理由地，舌頭不再打結，他開開心心、輕輕鬆鬆地講了起來，說出那些他腦子裡想到的事情。

他想著：「為什麼在她面前我會那麼尷尬？她就滿自然的。」

這讓他擔憂……從遇見她的那一刻開始，他就覺得困擾、害怕。他怨恨著她對他的影響力，也不願意承認那影響力有多強。

讓她跟奈兒建立友誼的嘗試觸礁了。弗農可以感覺到在表面的禮貌、友善之下，她倆對彼此並無好感。當他問奈兒對珍有什麼看法的時候，她的回答是：「我非常喜歡她。我想她非常有意思。」

他探問珍的口風時笨拙多了，不過她幫了他一把。

「你想知道我對你的奈兒有什麼看法？她很迷人——而且非常甜美。」

他說：「那你們會成為朋友嗎？」

「不，當然不會。我們何必當朋友？」

「呃，可是……」他結巴了，變得退縮。

「友誼不是一種等邊三角形，像是『如果A喜歡B且愛著C，那C就會喜歡B』之類的……你的奈兒跟我沒有任何共通點。她也期待人生像童話故事，卻開始覺得擔憂。可憐的孩子，現實不會是那樣的。她是在森林中醒來的睡美人，對她來說，愛是非常神奇、非常美麗的東西。」

「對你來說不是嗎？」

他非問不可，他實在太想知道了。他老是想問她關於波利斯．安卓夫，還有那五年之間的事情。

她用所有表情都死滅了的臉盯著他看。

「總有一天……我會告訴你的……」

他想要說「現在就告訴我」，但他沒有，反而問道：「告訴我，珍，人生對你來說是什麼？」

她停頓了一分鐘，然後說道：「一個困難、危險，卻有著無窮樂趣的冒險。」

❖

終於能著手創作了！他徹底享受著自由的歡愉，沒有任何東西來磨損他的神經、消磨他的精力。這股精力是一條穩定的溪流，流入他的作品中。幾乎沒什麼需要分心的事，此刻他只有剛好足夠的錢可以維持生活，普桑修道院還是沒租出去……

秋天過了，冬季也過一大半了。他每星期見奈兒一、兩次；這種像是偷來的約會讓人難以滿足，兩人都意識到起初那種美好的狂喜消失了。她仔細地問他：歌劇的進展還好嗎？預計什麼時候完成？能正式演出的機會有多少？

弗農對於這些實際的面向概念很模糊，他此刻關心的是創意的部分，這齣歌劇想把自己生出來。它動作緩慢，有著無數的陣痛跟困難，還有上百種挫折；這要歸咎於弗農自己缺乏經驗與技巧。他的話題繞著樂器編制打轉，他跟管弦樂團裡的古怪演奏家一起出去。奈兒去過許多音樂會，很喜歡音樂，不過她能不能分辨雙簧管跟單簧管很令人存疑，她總以為小號跟法國號是差不多的東西。

作曲需要的技術知識讓她生畏，而弗農對於這齣歌劇要如何製作、什麼時候製作漠不關心，也讓她覺得緊張。

他自己幾乎沒注意到，這種種不確定讓奈兒覺得多麼沮喪、多麼疏離。有一天他大吃一驚，因為她對他說——其實是哭著傾訴：「喔，弗農，不要給我這麼大的考驗，這樣太辛苦了……好辛苦……我必須有一點希望。你不了解。」

他震驚地看著她。

「可是奈兒，一切都好好兒的，真的。只要保持耐心就好了。」

「我知道，弗農。我不該這樣說的，可是你知道嗎……」她話沒說完就停了。

「親愛的，如果你不開心，」弗農說，「會令我更加為難的。」

「喔，我不是……我不會……」

但是私底下，壓抑在心底深處的那種古老怨恨感受再度升起。弗農不了解也不在乎這一切對她來說有多艱難，他對她的難處一點概念都沒有。他可能會說那些事情很傻或者微不足道——以某個角度來說確實如此，不過從另一個角度來看，就不是這麼回事了，因為這些小事就是她生活的全部。弗農看不出來也不知道她在打一場仗，隨時都在戰鬥，她永遠無法放鬆，如果他能懂得這一點，給她一句打氣的話，表示他明白她處於什麼樣艱難的地位就好了。但他永遠看不出來。

一股壓倒性的寂寞感橫掃了奈兒。男人就是這樣——他們永遠不了解，也不在乎。愛似乎可以解決一切，可是它其實沒有解決任何問題。她幾乎恨起弗農來了，他自私地沉浸在工作裡，不喜歡她表現出不快樂，因為那樣會讓他心煩……

她想著：「只要是女人都會了解的。」

在某種模糊的衝動驅使下，她決定去找珍・哈定。

珍在家，即使奈兒的來訪有讓她感到驚訝，她也沒有表現出來。她們漫無主題地聊了好一會兒，但奈兒感覺到珍在等待、觀望，靜候適當時機。

為什麼要來這裡？奈兒自己也不知道。她怕珍，也不信任珍，或許這就是原因了！珍是她的敵人。對，不過她還怕這個敵人具備她所沒有的智慧。珍很聰明（她把這點放在自己心裡），也非常有可能是邪惡的——對，她確定珍很壞，不過不知怎麼的，人可以從她身上學到些什麼。

她相當唐突地提了個問題，弗農有可能會成功嗎——會很快就成功嗎？她希望自己的聲音不要發抖，但徒勞無功。

她感覺到珍冷冷的綠色眼睛落在她身上。「現在情況變得很艱難了？」

「是的，你知道……」

話就這樣倒了出來，她說了一大堆，那些變化、難處、她母親默默施加的壓力，還有關於「某人」含糊其詞的暗示，她沒說出名字，那個「某人」很善體人意，很和藹，也很有錢。

向女人說出這些事情有多麼容易啊——就算對象是對這些事一無所知的珍。女人能夠了解這些，她們不會嗤之以鼻、把這些瑣碎事情看得無關緊要。

在她講完以後，珍說道：「這樣對你有點辛苦。你遇上弗農的時候，根本不知道他打算從事音樂事業。」

「我沒想到事情會像這樣。」奈兒苦澀地說道。

「唔，現在說『早知道……』並沒有好處，對吧？」

「我想是沒有。」珍的語氣讓奈兒隱約有些惱怒。「喔！」她喊道，「當然了，你覺得每件事都應該為他的音樂讓步——因為他是個天才，所以我應該高高興興地犧牲……」

「不，我沒這麼想，」珍說道，「這些事情我都沒想到。我不知道天才有什麼好，也不知道藝術作品有什麼好。有些人天生自負，有些人則不這麼想；想斷定誰是誰非是不可能的。對你來說，最好的情況就是說服弗農放棄音樂、賣掉普桑修道院，然後用這筆收入跟你成家。不過我確實知道的是：想說服他放棄音樂，你是一點機會都沒有的。這些事情，像是天才、藝術之類的，都比你強得多。你就像是海邊的卡紐特國王[31]；你沒辦法讓弗農放棄音樂的。」

「我還能怎麼做？」奈兒無助地說。

「喏，你可以嫁給那個『呆人』，過著還算幸福的生活；或者嫁給弗農，過著相當不幸，但偶爾會有如在天堂般的極樂日子。」

奈兒望著她。

「你會怎麼做？」她悄聲問道。

31 卡紐特國王（King Canute）是十一世紀初的丹麥國王，領土包括今日的丹麥、挪威、英國和瑞典部分區域。傳說中他的臣子諂媚過頭，竟說他可以號令海水。卡紐特深知此風不可長，刻意命人把王座抬到海邊，命令海潮不可上漲，結果當然無效，他當場教訓群臣，無論他們以為他有多偉大，他還是無法勝過神的力量，逢迎拍馬可以休矣。此處用以比喻奈兒要弗農放棄音樂，等於卡紐特國王要海潮不可上漲般，是不可能的任務。

「喔！我會嫁給弗農，然後過不幸的生活，但話說回來，有些人是喜歡在悲傷中享受樂趣的。」

奈兒站了起來。她走到門廊後立定回顧，珍沒有動彈，她倚靠著牆壁抽菸，半閉著眼睛，看起來像貓，也像中國人偶。一波怒火突如其來的淹沒了奈兒。

「我恨你，」她哭喊道，「你把弗農從我身邊帶走了。對──就是你。你很壞、很邪惡，我知道，我可以感覺到，你是個壞女人。」

「你在嫉妒。」珍很平靜地說道。

「你承認有惹人嫉妒的事情了？這不表示弗農愛你，他不愛你，他永遠不會愛你。是你想要掌握他。」

一陣沉默──一種暗濤洶湧的沉默。然後，珍坐在原處笑了起來。奈兒匆匆走出公寓，幾乎不知道她在做什麼。

❖

賽巴斯欽很常去探望珍。他通常在晚餐之後來，先打電話確定她是否在家。他們兩個都在彼此的陪伴中找到某種奇特的樂趣。珍細數她為了索薇格的角色如何掙扎，音樂上的種種難處──拉馬格的挑剔、不滿意，以及更嚴重的：她對自己的挑剔。賽巴斯欽則吐露他的雄心壯志、現行的計畫，還有對未來的模糊想法。

有一天晚上，兩人在一段著魔般的漫長對話之後都陷入沉默，隨後他說道：「珍，我能跟你聊的，超過我所認識的每個人。真不明白為什麼會這樣。」

「嗯，從某種角度來說，我們是同一種人，不是嗎？」

「是嗎？」

「我想是。也許表面看來不像，不過骨子裡我們兩個都喜歡真相。我想──就一個人能夠自我判斷的範圍來說——我們都是照事情的真相來看待它們的。」

「難道大部分人不是嗎？」

「他們當然不是啦。舉奈兒．維爾克的例子來說吧，她面前的事物是什麼樣子，她就怎麼看，因為她希望它們就是那樣。」

「你是說，她受制於常規？」

「對，不過這種問題是雙向的。比方說喬，喬對自己不同於流俗感到自傲，但那種想法同樣造就出狹隘與偏見。」

「是啊，如果你『反對』一切，卻不仔細思考真相的話——喬就是那樣。她就是要當個反叛分子，卻從來沒有真正檢視事物的優點，這也是為什麼我在她眼中糟糕透頂的原因。我很成功——而她仰慕失敗。我很富有，所以如果她嫁給我，她會有所獲得，而不是失去。而身為猶太人，現在也不怎麼算是不利的缺點了。」

「甚至還很時髦呢。」珍說著笑起來。

「然而你知道嗎，我總是有種古怪的感覺，或許喬其實是喜歡我的？」

「或許她是。賽巴斯欽，她現在對你來說年齡不對。派對上那個瑞典人所說的理論對得很——他說，在時間中分隔，比起在空間中分離更糟。如果你對某人來說是處於錯誤的年齡，你們之間的分隔不會有比這更絕望的了。你們可能是天造地設的一對，可是對彼此來說卻生在錯誤的時間，聽起來是不是像胡扯？我相信喬到三十五歲左右的時候可能會愛你——真正的、本質上的你，瘋狂地愛你。賽巴斯欽，女人才會愛你，女孩不會。」

賽巴斯欽凝視著火焰。這是個寒冷的二月天，煤炭上疊著成堆木頭。珍討厭瓦斯火爐。

「珍，你有沒有想過，為什麼你跟我沒有愛上彼此？柏拉圖式的友誼通常不存在，而你又非常吸引人。你有很多迷人的地方——對此你毫無自覺，但的確有。」

「或許我們在正常狀況下會相愛。」

「我們現在不是在正常狀況下啊？喔！等等——我知道你是什麼意思了，你的意思是：『已經有人捷足先登了。』」

「對，如果你不愛喬……」

「而如果你……」他停了下來。

「嗯？」珍說道，「你知道的，不是嗎？」

「對，我想我知道。你不介意談談嗎？」

「一點也不。如果事實如此，談或者不談有什麼差別？」

「珍，你是不是那種會相信『如果人全心全意渴求要某樣東西，就可以得到它』的人？」

珍考慮了一下。

「不……我不是。有好多自然而然發生的事情，會讓人忙得不可開交，但這卻不是……呃……卻不是人渴求或自找的。當事情出現在眼前時，你必須選擇要接受或者拒絕。那是命運，一旦做了選擇就必須遵從，不再回顧。」

「那就是希臘悲劇的精神。伊蕾克特拉滲近你骨子裡了，珍。」他從桌上拿起一本書。「《皮爾．金》？我懂了，你正沉浸於索薇格的角色中。」

「是。比起皮爾來，她比較像是故事主角。你知道嗎，賽巴斯欽，索薇格是個極端引人入勝的角色——這樣消極，這樣冷靜，然而又極端確定她對皮爾的愛是天上人間唯一的東西。她知道他想要也需要她，雖然他從來沒有明說。即使被拋棄，她還是設法把這背棄轉化成一種光榮的證據，用來證明他的愛。順便一提，拉馬格寫的聖靈降臨週音樂真是燦爛極了，『祝福讓我人生蒙福的他！』對一個男人的愛可以把女人變成虔誠、熱誠的修女，要表現出這一點很困難，卻相當了不起。」

「拉馬格對你滿意嗎？」

「有時候。但昨天他說我該下地獄，還抓住我猛搖，搖到我的牙齒都在晃了。但他是對的，我的唱法全都錯了，就像通俗劇裡那種嚮往舞台生活的業餘女孩。必須要有純粹的意志力——有所節制——索薇格必須既輕柔溫和，又強悍可怕，就像拉馬格曾比喻過的，雪——看起來光滑，卻有美妙清楚的圖樣浮現在上面。」

她轉而談起弗農的作品。

「他快完工了，你知道吧。我想叫他拿給拉馬格看。」

「他會願意嗎？」

「我想會。你看過了嗎？」

「只看過局部。」

「感覺如何？」

「我想先聽聽你的看法。舉凡跟音樂有關的事，你的判斷力就跟我一樣好。」

「他的作品很粗糙，裡面塞了太多東西——太多好東西了。他還沒學會怎麼駕馭這些素材，可是他的確有料，你同意嗎？」

賽巴斯欽點點頭。「完全同意。我比過去更確定，弗農將要……嗯，帶來革新。不過有個難熬的時期接近了，等一切塵埃落定後，他必得面對事實：他所寫的東西，並不具有商業價值。」

「你是說，這部作品不可能製作、上演嗎？」

「沒錯。」

「你可以製作它啊。」

「你是說——出於友誼考量嗎？」

「沒錯。」

賽巴斯欽起身，開始來回踱步。

「就我的思考方式來說，這樣很不道德。」最後他說道。

「而且你也不喜歡賠錢做事。」

「相當正確。」

「可是你能夠承受損失一定的虧損，卻不至於……嗯，太過在意？」

「我一直都在意虧損。呃，這會傷害自尊。」

珍點點頭。

「我了解。可是賽巴斯欽，我不認為你必須賠錢做事。」

「我親愛的珍……」

「在你聽完我的主張以前，先別跟我爭。你要製作的，是某些這個世界會稱為『高水準』的東西，在小小的霍爾本劇院裡演出，不是嗎？那麼，今年夏天，假設是七月初好了，讓《塔裡的公主》演出大概……兩週左右吧。別用歌劇的觀點來製作它（順便一提，別跟弗農這樣講，但反正你不會講的，你不是白痴），而是用華麗音樂劇的角度來製作。用奇特的布景跟燈光效果——我知道你對燈光很敏銳，把它做成俄國芭蕾舞劇——那就是你要鎖定的目標……那就是這齣戲該有的調性，挑會唱、又長得好看的歌手來演，現在我且先厚著臉皮毛遂自薦，告訴你：我會替你帶來成功的。」

「你……演公主嗎？」

「不，親愛的孩子，我要演補娃娃姑娘。這個奇異的角色會吸引觀眾、抓住他們的注意力。補娃娃姑娘的音樂是弗農寫得最好的。賽巴斯欽，你總是說我可以演戲，他們這一季要讓我在柯芬園唱歌，因為我能演。我會造成轟動，我知道我能演……而演技在歌劇裡很重要。我可以……我可以動搖人心……引發他們內心的感受。弗農的歌劇需要從戲劇觀點來塑造成形；把這個交給我吧。至於音樂方面，你跟拉馬格也許能夠給他一些建議——如果他肯接受的話。我們都知道，音樂家都跟魔鬼一樣難以交涉。但是，賽巴斯欽，這個作品是會成功的。」

她身體往前傾，臉上表情生動，讓人印象深刻。賽巴斯欽的臉則變得漠然無表情，每當他努力思考時總是這樣。他帶著評估的神情看著珍，衡量著，不是從個人的立場，而是用一種不帶私情的觀點。他相信珍，相信她的動力，相信她的吸引力，相信她在舞台上傳達情緒的神奇能力。

「我會再考慮，」他平靜地說道，「你剛才所說的，值得再思考。」

珍突然間笑了出來。

「而且你可以用非常便宜的價錢請到我，賽巴斯欽。」她說道。

「我想也是。」賽巴斯欽嚴肅地說道，「我的猶太人本能必須在某方面得到安撫。珍，你在拐我做這件事，別以為我不知道！」

第三章

《塔裡的公主》終於完成了。弗農苦於強烈的創作反作用力，覺得自己的作品爛透了，根本無可救藥，最好扔進火裡燒掉算了。

這時奈兒的甜美性情與鼓勵像是天賜的甘露。她有著了不起的直覺，總能說出他渴望聽到的話。就像他常說的，要不是有她，他早就向絕望投降了。

這個冬天他比較少見到珍。她有部分時間跟英國歌劇團一起巡迴演出。她在伯明罕唱《伊蕾克特拉》的時候，他也回去看了。這部歌劇讓他極為佩服——包括音樂以及由珍所演出的伊蕾克特拉。那種無情的意志，那種決心：「開口說不，但繼續舞蹈！」她給人的印象比較像是靈魂，而非肉身。他意識到她的聲音對於這個角色來說真的太弱了，不過不知怎麼的，這似乎並不重要，因為她就是伊蕾克特拉：承受無情厄運而狂熱如火的靈魂。

他留下來陪了母親幾天，那幾天真是辛苦難熬。他去探望了西德尼舅舅，得到冷冰冰的接待。愛妮德訂婚了，要嫁給一個低階律師，西德尼舅舅因此不怎麼高興。

奈兒跟她母親出外去過復活節了。她們回來的時候，弗農打電話過去，說他必須立刻見她。他抵達的時候臉色蒼白，目光灼灼。

「奈兒，你知道我聽說了什麼嗎？每個人都在說你要嫁給喬治．查特溫了。喬治．查特溫！」

「誰這樣說？」

「很多人。他們說你陪著他到處去。」

奈兒看起來很害怕又很不開心。

「我真希望你不會相信這些事情。還有弗農，你別這樣……別一臉要責備我的表情。他要我嫁給他，這倒是千真萬確的——實際上他求過兩次婚。」

「那個老人家？」

「喔，弗農，別這麼荒唐。他只有大概四十一、二歲吧。」

「幾乎是你的兩倍歲數了。天啊！我還以為他或許想娶你母親。」

奈兒忍不住笑了出來。

「喔，親愛的，我真希望他會。母親真的還非常好看。」

「我在萊內拉公園那晚就是這樣想的。我從來沒猜到……作夢也沒想到……他的目標是你！還是說那時候事情還沒開始？」

「喔，是的，那時候就『開始』了。這就是為什麼那天晚上母親那麼生氣——氣我跟你單獨走開。」

「我居然從來沒想到！奈兒，你本來可以告訴我的！」

「告訴你什麼？那時候根本沒有什麼好說的！」

「我猜那時是沒有。我是個傻瓜，可是我確實知道他有錢得不得了，我有時候會心生恐懼。喔，親愛的奈兒，我這樣懷疑你——就算只有一分鐘——還是太可惡了，講得好像你會在乎誰多富有這種事。」

奈兒惱怒地說道：「富有，富有，富有！你一直在提這個。他除了有錢，也非常仁慈而善良。」

「喔，我敢說是。」

「弗農，他是這樣。他真的是。」

「親愛的，你還為他辯護真是太好心了，可是他一定是某種遲鈍的粗漢，才會在你拒絕他兩次以後還繼續陰魂不散。」

奈兒沒回答，只用一種他不懂的眼神看著他——在那奇異而澄淨的凝視中，有某種讓人憐憫、充滿懇求，卻又存心反抗的成分，就好像她是從一個離他非常遠、甚至遠到處於不同星球的世界裡看著他。

他說：「奈兒，我感到很羞恥。可是你實在太迷人了……每個人一定都想要你……」

她非常突然地崩潰了——她開始痛哭。他大為震驚。她繼續哭著，在他肩膀上啜泣。

「我不知道該怎麼辦……我不知道該怎麼辦。我很不快樂，如果我能跟你說就好了。」

「可是親愛的，你能跟我說啊。我會聆聽的。」

「不，不，不……我永遠無法跟你說，你不懂，這樣做根本沒有用……」

她繼續哭著。他親吻她，安撫她，傾注他所有的愛……

在他離去以後，她母親進了房間，手中拿著一封信。

她看似沒有注意到奈兒淚痕斑斑的臉。

「喬治・查特溫要在五月三十號搭船回美國了。」她走向書桌時說著。

「我不在乎他幾時走。」奈兒態度叛逆地說道。

維爾克太太沒有回答。

那天晚上奈兒在她那張狹窄的白色床鋪前跪得比平常久。

「喔，神啊，請讓我嫁給弗農。我好想這樣做，我真的很愛他。請讓這一切能順利進行，讓我們結婚吧。為我們做點什麼吧……求求您，神啊……」

❖

四月末，普桑修道院租出去了。弗農有些興奮地來跟奈兒說這件事。

「奈兒，你現在可以嫁給我了嗎？我們可以過得去了。這次出租的價格不好，實際上是很不好，不過我必須接受出價。你知道，因為有貸款利息要付，還有沒出租時的所有維護費用。我原本為此借貸，現在當然得償還，我們會有一、兩年經濟相當拮据，不過接下來一切就不會那麼糟了……」

他繼續講下去，解釋那些財務細節。

「我已經研究過一切了，奈兒，我真的盤算清楚了，情況還可以。我們租間小公寓、雇個女僕後，還剩一點錢可以自由支配。喔，奈兒，你不會介意跟我一起過窮日子吧，你會嗎？你曾說我不懂什麼叫做貧窮，可是你現在不能這麼說了。我到倫敦以後就靠少得嚇人的錢過活，而且我一點都不介意。」

奈兒知道他的確不介意，這個事實在某種程度上是對她的隱晦譴責。然而就算她不太能自圓其說，她還是覺得這兩種狀況無法相提並論。貧窮對女人來說情況完全不同——保持快樂、漂亮、受人仰慕、享受歡樂時光——這些事情對男人並沒有影響，他們不需要追求時尚裝扮，即使他們穿著寒傖也沒有人會在乎。

可是要怎麼讓弗農了解這些？不可能的。他不像喬治．查特溫。喬治了解這類的事情。

「奈兒。」

她坐在那裡猶豫不決，他環抱著她。她必須做決定。種種景象在眼前浮現：愛梅麗……那悶熱的小房屋，哭號的孩子……喬治．查特溫跟他的車子……不通風的小公寓，不衛生又無能的女僕……舞會……衣服……她們欠裁縫的錢……倫敦住處的租金——還沒付……在阿思科特的她，滿面微笑，穿著漂亮的長禮服和朋友談天說地……然後，她帶著突如其來的厭惡感，回想起萊內拉公園跟弗農一起站在橋上……

她用幾乎跟那天晚上一樣的聲音說道：「我不知道。喔，弗農，我不知道。」

「喔，奈兒，親愛的，答應吧……答應吧……」

她從他身邊掙脫，站了起來。

「拜託你，弗農——我必須想想……對，我要想一想。我跟你在一起的時候沒辦法想。」

那天夜裡稍晚的時候，她寫信給他：

親愛的弗農：

讓我們稍微多等一會吧，再六個月好嗎？我現在還不想結婚，再說你的歌劇可能會有些其他狀況。你認為我怕過窮日子，不過不完全是那個問題。我見過一些人——曾經彼此相愛的人，後來因為生活中的煩擾、擔憂，以致他們不再相愛。我覺得如果我們繼續等待，保持耐心，一切都會有好結果。喔！弗農，我知道會的——然後一切都會變得很美好。只要我們繼續等待，保持耐心……

弗農接到信的時候很憤怒。他沒有把信給珍看，可是他說出口的、沒遮掩的話，讓她知道了狀況。她立刻用那種令人不安的方式說道：「你真的認為你對任何女孩子來說都是夠好的，是嗎，弗農？」

「你是什麼意思？」

「嗯，你覺得對於一個曾經參加過舞會跟派對、享受過很多樂趣、受到眾人仰慕的女孩來說，困在一個沉悶的小洞裡，再也無法享樂，會是愉快的事嗎？」

「我們擁有彼此。」

「你不可能天天二十四小時都在跟她談情說愛。在你工作的時候她要做什麼？」

「你不認為一個女人即使窮困也可能是快樂的嗎？」

「當然可以，如果有必要條件的話。」

「是……什麼條件？愛跟信任嗎？」

「不，傻孩子，我說的是幽默感、硬殼，還有能夠自立的寶貴特質。你堅持在貧困狀態下還能相愛是感性的問題，靠的是愛的分量，但這其實更是心理展望的問題。你去到哪裡都沒有差別，不管是白金漢宮或撒哈拉沙漠——因為你在心理上有專注的目標——音樂。可是奈兒要仰賴外在環境，嫁給你會讓她失去朋友。」

「為什麼會這樣？」

「因為彼此收入有差距的人想維持友誼很困難。很自然的，他們並不會總是從事同樣的活動。」

「你總認為那是我的錯，」弗農蠻橫地說道，「或者說，你打定主意要這麼做。」

「嗯，看著你把自己擺在一個高台上，站在那裡毫無意義地崇拜自己，讓我覺得心煩，」珍冷靜地說道，「你期待奈兒為你犧牲她的朋友跟生活，可是你不會為她犧牲你自己。」

「什麼犧牲？我什麼都會做。」

「除了賣掉普桑修道院！」

「你不了解……」

珍溫柔地望著他。

「或許我了解的。喔，是的，親愛的，我非常了解，可是別擺出一副高貴的樣子。看到別人擺出自以為高貴的樣子，總是讓我惱火！我們來談談《塔裡的公主》吧。我要你拿給拉馬格看。」

「喔，這個東西爛透了，我不能那麼做。你知道嗎，珍，直到寫完以前我都不曉得這玩意有多糟糕。」

「確實，」珍說道，「沒有人事前就知道；也幸好如此，否則誰能完成作品？把它拿給拉馬格看，他的意見會很有意思。」

弗農頗為怨恨地屈從了。

「他會覺得這是個不值一哂的東西。」

「不，他不會的。他對於賽巴斯欽的見解有非常高的評價，而賽巴斯欽對你很有信心。拉馬格說，就一個這麼年輕的人來說，賽巴斯欽的判斷力很驚人。」

「賽巴斯欽很了不起。」弗農帶著親切的心情說道，「他所做的每件事幾乎都很成功，錢財滾滾而來。天啊，有時候我真是羨慕他。」

「你不必羨慕他。他其實不是那麼快樂。」

「你是說喬的事嗎？喔！到頭來一切都會好的。」

「會嗎？弗農，你最近常見到喬嗎？」

「還好，但不像過去那麼常跟她見面了。我不能忍受她身邊的那批藝術家——他們的髮型很奇怪，看起來髒兮兮的，而且說的話在我聽來徹底是胡言亂語。他們一點都不像你的朋友——那些真正有建樹的人。」

「我們是賽巴斯欽口中的『成功商業計畫』。不過我還是擔心喬，我怕她會做出傻事。」

「你是指那個叫拉瑪爾的粗漢？」

「對，我指的就是那個粗漢拉瑪爾。他對女人很有一套，弗農，你知道的，某些男人就是這樣。」

「你想她會跟他私奔之類的？喬可以說在某些方面是個該死的傻瓜。」他好奇地看著珍。「可是我本來認為你……」

他住口了，突然間面紅耳赤。珍看起來有那麼一點點覺得好笑。

「你真的不必為我的道德尺度感到尷尬。」

「我沒有。我是說……我總是在猜……喔！我的疑問多得要命……」

他停了下來。一片靜默。珍坐得筆直，她沒有看弗農，只直視著前方。很快地她就用平靜而穩定的聲音開始說了。她說得相當不帶情緒又平穩，就好像在描述一件發生在別人身上的事，簡短地說了些冷酷、可怕的狀況，對弗農來說，最讓人害怕的是她那種疏離的冷靜態度。她就像個科學家般地說著，客觀而冷淡。

他把臉埋進自己手裡。

珍說完了，那平靜的聲音停止了。

弗農用顫抖的低沉聲音說道：「而你撐過了那種狀況？我……我沒想過事情是這樣的。」

珍冷靜地說道：「他是俄國人，又是個浪蕩子。身為盎格魯薩克遜人的我們很難理解那種特別的殘酷欲望。你了解粗魯，卻不了解其他的部分。」

弗農開口提問的時候，覺得自己幼稚又笨拙：「你……那麼愛他嗎？」

她緩緩地搖頭。原本張口想說話，卻又停下來。

「為什麼要分析過去？」她過了一會兒以後說，「他創作出一些好作品。南坎辛頓博物館有他的一件作品，充滿死亡氣息，卻很好。」

然後她再度開始談起《塔裡的公主》。

兩天後，弗農去了南坎辛頓博物館。他很快就找到波利斯．安卓夫那件被單獨陳列的作品。一個遇溺的女人——那張臉很可怕，腫脹鼓起，已然腐敗，但身體卻是美麗的……迷人的軀體。弗農直覺知道那是珍的身體。

他站在那裡俯視著那個裸體銅像，手臂攤開來，長而直的頭髮悲哀地伸展出去……

這樣美麗的身體……珍的身體。安卓夫用她的身體做模。

這麼多年來，關於「野獸」的古怪記憶再次重現，他覺得害怕。

他迅速轉身離開這個美麗的銅像，匆匆地走出這棟建築物，幾乎是用跑的。

❖

這是拉馬格的新歌劇《皮爾．金》的開幕夜。弗農要去看演出，還受拉馬格之邀出席慶功派對。他要先跟奈兒在她母親家吃晚餐，奈兒不去看歌劇。

讓奈兒很驚訝的是，弗農遲到了很久，她們等了一段時間後就先吃了。他直到甜點上桌的時候才出現。

「維爾克太太，我實在是很抱歉，非常抱歉。有一件非常……非常出人意料的事情發生了。晚一點我會告訴您。」

他的臉色十分蒼白，看得出他很心煩意亂，這讓維爾克太太拋開了方才久等的惱怒。她一直是個處世手腕高明的女人，此時便按照她平常的明智態度處理眼前的情況。

「嗯，」她一邊起身一邊說道，「弗農，既然你現在到了，可以先跟奈兒聊一聊。如果你要去看歌劇，也不能待太久吧。」

她離開了。奈兒用詢問的目光看著弗農，他回應了她的目光。

「喬跟著拉瑪爾走了。」

「喔，弗農，不會吧！」

「她真的這麼做了。」

「你是說他們私奔了？意思是她會嫁給他嗎？他們是私奔去結婚的？」

弗農心情沉重地說道：「他不能娶她。他已經有妻子了。」

「喔，弗農，這多麼可怕啊！她怎麼能這麼做？」

「喬的判斷力一向很差。她會後悔的——我知道她會，我不相信她真的喜歡他。」

「那麼賽巴斯欽呢？他不會覺得這很可怕嗎？」

「他是啊，可憐的傢伙。我剛才跟他在一起，這讓他完全心碎了。我原本不知道他對喬用情這麼深。」

「我知道他是這樣。」

「你知道，我們三個人總是在一起——一向如此——喬跟我還有賽巴斯欽。我們在一起時總是很快樂。」

奈兒體內傳來一股嫉妒帶來的微微刺痛。

弗農重複說道：「我們三個是一起的。這是……喔！我不知道……我覺得這件事多少是我的錯，我太少跟喬聯絡了。親愛的喬，她總是這麼忠誠……比任何姊妹都要忠誠。一想到她小時候常講的話，我就覺得心痛——她那時候說她永遠不要跟男人扯上關係，現在她卻陷入這種災難裡。」

奈兒用震驚的聲音說道：「已婚男人，這一點讓整件事變得這麼可怕。他有沒有孩子？」

「我怎麼會知道他有沒有該死的小孩？」

「弗農……不要這麼生氣。」

「抱歉，奈兒。我心裡很亂，就只是這樣。」

「她怎麼能做出這種事。」奈兒說道。原本奈兒就下意識地察覺到喬沒說出口的輕視，也對此頗為怨恨，要是此時奈兒心中沒有一絲絲優越感，那就太缺乏人性了。「跟已婚的人私奔！這真是嚇人！」

「呃，無論如何她有這種男氣。」弗農說道。

他突然有一股強烈的衝動想要替喬辯護——喬是普桑修道院和舊日時光的一部分。

「勇氣？」奈兒反問。

「對，勇氣！」弗農說，「無論如何，她並不是步步為營。她不計代價，為了愛拋棄世界上的所有一切。那比某些人願意做的還要多。」

「弗農！」她站了起來，呼吸沉重。

「唔，這是實話。」他所有悶在心裡的怨言全都爆發出來了。「你甚至不肯為我面對一點小小的不適，奈兒，你總是說『再等一等』還有『咱們小心點』，你無法為了愛而拋棄世界上的一切。」

「喔，弗農，你好殘忍……好殘忍……」

他看到她眼中含著淚水，馬上就內疚起來。

「喔，奈兒，我不是故意的……我不是故意的，甜心。」

他環抱住她，把她攬過來。她的啜泣漸漸停了。他瞥了一眼手錶。

「該死，我必須走了。晚安了，親愛的奈兒。你真的愛我，對吧？」

「是的，當然了……我當然愛你。」

他又吻了她一下，就匆匆離開。她在杯盤狼藉的餐桌旁坐下來，沉浸在自己的思緒中……

❖

他抵達柯芬園的時候，《皮爾．金》已經開演了。這一景是英格麗的婚禮，弗農抵達的時候，劇情正好來到皮爾首度與索薇格的簡短會面。他暗自納悶，不知道珍會不會緊張。靠著漂亮的辮子和無邪平靜的外表，她看起來驚人的年輕，似乎只有十九歲。這一幕結束時，皮爾帶走了英格麗。

弗農發現，自己對珍的注意力要大過對音樂的興趣。今晚考驗著珍，她必須有好表現才行。弗農知道，最重要的是，她急於證明她值得拉馬格信賴。

他看到一切都進行得很順利。珍完美地詮釋了索薇格，她的聲音清澈而真誠——就像拉馬格說的水晶線——堅定不移地唱著，演技絕佳。索薇格冷靜堅定的人格主導了整齣歌劇。

弗農發現自己第一次對軟弱、受到命運風暴作弄的皮爾產生了興趣，這個懦夫一有機會就逃避現實。皮爾與波以格對抗的音樂讓他心頭為之一震，想起小時候對「野獸」孩子氣的恐懼；這一段跟他孩提時代對無形怪物的恐懼是一樣的。索薇格在眼睛看不到的地方，靠著清澈的聲音把他帶出來。在森林裡，索薇格來到皮爾身邊的場景有著無窮的美，這一幕結束前，皮爾要求索薇格留在那裡，他要去挑起他的重擔，她回答道：「如果這負擔如此沉重，最好讓兩個人分擔。」然後皮爾離開了，他最後的遁詞是：「把憂傷帶給她？不行。繞道而行吧，皮爾，繞道而行。」

弗農認為聖靈降臨週的音樂是最美麗的——但氛圍上非常拉馬格。在這段音樂的襯托中，劇情來到最後一景，疲憊的皮爾枕在索薇格的膝上睡著了；索薇格一頭銀髮，身上圍著一件聖母似的藍色袍子，坐在舞台中央，她頭部的剪影襯著升起的朝陽，勇敢地唱著歌，對抗「鎔鑄鈕釦的人」。

這是個了不起的二重唱——知名俄國男低音沙瓦藍諾夫聲音愈來愈低，而珍銀線般的聲音穩定地升高再升高，愈來愈高——直到最後一個音符結束為止——如此高揚，又難以置信地純淨……這時太陽升起了……

後來，像個孩子一樣自以為重要的弗農去了後台。這齣歌劇極為成功，掌聲持久而熱烈。拉馬格握住珍的手，以藝術家的熱情毫無保留地親吻著她。

「你是個天使……你太了不起了……對，了不起！你是個藝術家……喔！」他用母語吐出一連串激流似的話，然後又回到英語。「我會獎賞你——對，小朋友，我會獎賞你。我很清楚要怎麼做，我會說服精打細算的賽巴斯欽。我們一起出擊必能……」

「別說啦。」珍說道。

弗農動作笨拙地走上前去，害羞地說道：「這真是太傑出了！」

他捏捏珍的手，她給他一個短暫深情的微笑。

「賽巴斯欽在哪裡？他剛才不是還在嗎？」

到處都看不到賽巴斯欽。弗農自願去找他、帶他來參加慶功宴。他含糊地說他應該知道賽巴斯欽在哪。珍還不知道喬的事，而他不想在這時候告訴她。

他搭計程車去賽巴斯欽家，卻沒找到他。弗農懷疑也許賽巴斯欽會在他家，那天傍晚他把賽巴斯欽留在家裡了，他搭車回去找賽巴斯欽，突然間覺得得意又振奮，現在就連喬的事似乎都不重要了。他忽然確信自己的作品是好的——或者該說總有一天會是好的。而且他也認為，他跟奈兒之間的事也會變得順利。今天晚上她抱他的方式不太一樣——抱得更緊——更像是她不能忍受讓他離開……對，他確定這一點。到了最後會有好結果的。

他衝上樓到自己的房間去，裡頭一片黑暗，賽巴斯欽不在這裡。他打開燈，環顧四周。有封短箋擺在桌上，是專人送達的，上頭是奈兒的筆跡。他拆開來看……

他站在那裡良久。然後，慢慢地、小心翼翼地拉了一張椅子到桌邊，不偏不倚地把它擺好，就好像這樣做很重要似的，然後握著那封短箋坐下來，第十次或第十一次重讀它：

親愛的弗農：

原諒我……請原諒我。我就要嫁給喬治．查特溫了。我不像愛你那樣愛他，不過我跟他在一起會很安全。再次請你原諒我，拜託你。

總是愛你的

奈兒

他大聲地自言自語說道：「跟他在一起會很安全。這樣說是什麼意思？她跟我在一起也很安全。跟他在一起會很安全？這種說法真傷人……」

他坐在那裡。幾分鐘過去……幾小時過去……他坐在那裡，動都不動，幾乎無法思考。有一次這個念頭模糊地在他腦中出現：「賽巴斯欽就是這種感覺嗎？我不明白……」

門口傳來一陣窸窣聲的時候，他並沒有抬頭看。直到珍走到桌前，在他身邊跪下來的時候，他才看到她。

「弗農……親愛的，發生什麼事了？你沒來慶功宴，我猜想應該有什麼事情發生了，就來這裡看看……」

他遲鈍而機械化地遞出那封短箋。她接過去讀了，然後把紙條放到桌上。

他用一種木然而困惑的聲音說：「她不必那樣說的——說跟我在一起覺得不安全。她跟我在一起會很安全的……」

「喔，弗農……我親愛的……」

她環抱著他。他突然間反抱住她——就像小孩子在害怕時抱住母親一樣。他喉頭迸出一聲啜泣，把臉貼在她雪白閃亮的頸部肌膚上。

「喔！珍……珍……」

她把他抱得更緊，撫摸著他的頭髮。他喃喃說道：「留下來陪我……留下來陪我……別離開我……」

她回答：「我不會離開你。沒關係的……」

她的聲音很溫柔，充滿母性。他體內有什麼東西迸發了，像是潰堤的水壩。各種想法在他腦袋裡旋轉、橫衝直撞。父親在普桑修道院親吻溫妮……南坎辛頓博物館的雕像……珍的身體……她美麗的身體。

他聲音粗啞地說道：「留下來陪我……」

她環抱著他，嘴唇停留在他額頭上，她低聲回答：「親愛的，我會留下來陪你。」

就像母親對孩子一樣。

他突然間掙脫她的懷抱。

「不是那樣，不像那樣。是這樣。」

他吻上了她的唇——很猛烈，很飢渴，他的手緊抓著她渾圓的胸部。他一直都想要她——一直如此——他現在知道了。他渴望的是她的身體，波利斯．安卓夫徹底了解的這個美麗優雅的身體。

他又說了一次：「留下來陪我……」

有一陣長長的停頓——在他看來像是好幾分鐘、好幾小時，甚至好幾年過去了，她才回答。

她說：「我會留下……」

第四章

七月的某一天，賽巴斯欽沿著河堤朝珍的公寓走去。這天的天氣比較像早春，不像是夏天。一陣冷風把灰塵吹到他臉上，弄得他睜不開眼睛。

賽巴斯欽變了，明顯地變得老成，現在他身上沒什麼男孩子氣的成分了——以前多少還有一些的。他一直都有那種閃族遺傳下的奇特成熟觀點。現在他沿著路往前走、暗自皺著眉頭思索的時候，很容易就被當成一個年過三十的男人。

珍幫他開了公寓大門，用一種低沉、沙啞得不尋常的聲音說話。

「弗農出去了，他等不到你。你原本跟他說三點，現在都四點多了。」

「我被絆住了。或許他不在也好，我從來不很確定怎樣對付弗農的脾氣才好。」

「別告訴我又有新的危機產生了？我受不了。」

「喔，你會習慣的。我已經習慣了。你的聲音怎麼了，珍？」

「感冒了，或者說是喉嚨痛。這沒關係，我有在照顧我的喉嚨。」

「我的天啊！《塔裡的公主》明天晚上就要公演了。假如你唱不了該怎麼辦？」

「喔！我會唱的，別怕。只是別介意我悄聲說話，我希望可以盡量少用聲帶。」

「當然。我猜你去看過某個大夫了？」

「我平常在哈利街[32]看的大夫。」

「他怎麼說？」

「平常的狀況。」

「他沒有禁止你明天唱歌？」

「喔，沒有。」

「珍，你是個很厲害的騙子，對吧？」

「我想這樣可以省得麻煩，可是我早該知道這招對你沒用。老實跟你說吧，他警告我，這麼多年來我的嗓子一直使用過度，而且明天晚上還唱，真是瘋了，但我不在乎。」

「我親愛的珍，我不要你冒險失去你的嗓子。」

「管你自己的事就好，賽巴斯欽，我的聲音是我的事。我不會介入你的事情，所以你也別管我。」

賽巴斯欽咧嘴笑了。

「母老虎當家，」他這麼評論，「不過，珍，你絕不能這樣做。這事弗農知道嗎？」

「當然不知道，你在想什麼？不許告訴他，賽巴斯欽。」

「我真的不會介入，」賽巴斯欽說道，「我從來就不做這種事。可是親愛的珍，這樣實在可惜得不得了。這齣歌劇不值得你這樣做；弗農也不值得你這樣做。我話都講了，要生我的氣就隨你高興吧。」

「我為什麼要生你的氣？事實的確是如此，我也知道，但我還是要上台。隨你高興，要說我是自大狂都可以，不過《塔裡的公主》要是沒有我就不會成功。我是成功的伊索德，還是造成轟動的索薇格。這是我的光榮時刻，也會是弗農的光榮時刻。至少我可以為他做到這件事。」

他聽出了一股感情的暗流——那句「至少」無意識地洩露出來了，但他臉上表情文風不動，未顯露出任何會心的神情。他只是再度非常溫柔地說道：「珍，他不值得的。你只要獨善其身就好，這是唯一的路。你已經到了成功的高峰，但弗農還沒有，而他也永遠到不了。」

「我知道，我知道。沒有哪個人會是你認為的『值得』的人——或許只有一位除外。」

「誰？」

「你，賽巴斯欽。你值得我這樣付出——然而我不是為了你才這樣做！」

賽巴斯欽很驚訝也很感動，一陣突如其來的淚水遮住了他的眼睛。他伸出手來握住珍。他們默默地坐了一會。

「珍，你真好。」他最後說道。

「唔，這是真的。你比弗農值十幾倍。你有頭腦，有進取心，有人格力量……」

她低啞的聲音消失了。過了一、兩分鐘以後，他非常溫柔地說道：「最近狀況如何？跟以前差不多嗎？」

「對，我想是。你知道戴爾太太來找我嗎？」

「不，我不知道。她來做什麼？」

「她來求我放棄她兒子，說我會毀掉他的人生，說我所做的事是壞女人才會做的。還有其他類似的話，你猜得到的。」

「那你對她說什麼？」賽巴斯欽好奇地問道。

32 這條街上有大量高級私人診所。

珍聳聳肩。

「我能說什麼？告訴她說，對弗農來講這個蕩婦跟另一個蕩婦沒啥差別？」

「喔，親愛的，」賽巴斯欽溫柔地說，「有這麼糟嗎？」

珍站了起來，點燃一支菸，浮躁地在房間裡走動。賽巴斯欽注意到她的臉變得十分憔悴。

「他是不是……多少還好吧？」他冒險問道。

「他喝太多酒了。」珍簡短地說道。

「你能阻止他嗎？」

「不，我不能。」

「這真古怪。我本來認為你對弗農有很大的影響力。」

「呃，我沒有。現在沒有。」她靜默了一陣，然後說道：「奈兒要在秋天出嫁，不是嗎？」

「對。你認為到時候……事情會變得比較好嗎？」

「我完全猜不出到時候會是什麼狀況。」

「我向神祈求他振作起來，」賽巴斯欽說，「珍，如果你不能讓他振作，就沒有人做得到了。當然，這也是他家族的遺傳。」

她走過來，再度坐下。

「告訴我，告訴我你所知的一切。關於他的家族——他父親，他母親。」

賽巴斯欽簡單扼要的敘述了戴爾家的情況。珍專心聆聽。

「你也見過他母親了，」他以此總結，「很奇怪不是嗎？弗農似乎一點都沒有遺傳到她的氣質。他是個徹頭徹尾的戴爾家人，他們全都有藝術氣質——喜歡音樂，意志薄弱、自我沉溺，又有女人緣。遺傳是個詭異的東西。」

「我不是非常同意你的看法，」珍說道，「弗農不像他母親，不過他有從她身上遺傳到某樣東西。」

「是什麼？」

「活力。她是那種異常優越的動物——你有沒有從這種觀點來看待過她？嗯，弗農有遺傳到那種力量，若少了那股活力，他永遠不會成為作曲家。如果他是個純粹的戴爾家人，他就只會偶爾玩玩音樂。是班特家的遺傳給他創作的力量。你說他外祖父單槍匹馬建立起家族的事業，嗯，弗農身上也有同樣的東西。」

「我在想，說不定你是對的。」

「我確定我是對的。」

賽巴斯欽默默地思考了幾分鐘。

「他只有酗酒嗎？」他最後說道，「或者……嗯，我是說，有……有其他人嗎？」

「喔！有其他人啊。」

「你不介意嗎？」

「介意？介意？我當然介意。賽巴斯欽，你以為我的心是什麼做的？我介意到幾乎沒命了……可是我能做什麼？吵吵鬧鬧、哭哭啼啼嗎？叫嚷、痛罵他，讓弗農徹底離開我嗎？」

她美麗沙啞的嗓門拉高了，超過悄悄話的音量。賽巴斯欽迅速地比了個手勢，她便停下來了。

「你是對的。我必須小心。」

「我沒辦法了解，」賽巴斯欽抱怨道，「對弗農來說，現在似乎連他自己的作品都不算什麼了。他接受拉馬格的每一個建議，順從得像隻羔羊。這樣很不自然！」

「我們必須等待。他會回來的。這是反作用力——反作用力，加上奈兒的事。我忍不住覺得如果《塔裡的公主》成功了，弗農就會振作起來。他一定會有種驕傲的感覺，一種成就感。」

「希望如此。」賽巴斯欽沉重地說道。「可是我有點擔心未來。」

「擔心哪方面？你怕什麼？」

「戰爭。」

珍震驚地看著他，幾乎不敢相信自己的耳朵，她認為自己一定聽錯了。

「戰爭？」

「對，發生在塞拉耶佛那檔事的結果[33]。」

對珍來說，這個說法有點荒誕無稽。

「跟誰打仗？」

「德國——主要是他們。」

「喔，天啊，賽巴斯欽，這麼一件……一件……扯得很遠的事情。」

「藉口是什麼重要嗎？」賽巴斯欽不耐煩地說道，「問題在於錢流動的方式。錢會透露很多消息。我處理金錢，我們在俄國的聯絡人也處理金錢；我們知道的。從這一陣子金錢流動的方式來看，我們可以猜想得到，珍，戰爭要來了。」

珍望著他，改變了自己的想法。賽巴斯欽是認真的，而他通常不會隨口胡說。如果他說戰爭要來了，那麼就算這事目前看起來很異想天開，戰爭還是會來。

賽巴斯欽直挺挺地坐著，沉浸在自己的思緒中。金錢、投資、各種貸款，他肩負的種種經濟責任，他那些劇院的未來，他擁有的週報要採取的政策。然後，當然要參與戰事，列文家自他父親起就已歸化英國了。他一點都不想上戰場打仗，不過他猜想這是必要的，某個年齡層之間的人都理所當然要去的。讓他擔憂的並不是上戰場所面臨的危險，而是把他珍愛的計畫留給別人打理。「他們肯定會弄得一團糟。」賽巴斯欽苦澀地想道。他把戰爭視為一種長程工作——至少維持兩年……或許更久。如果到最後連美國都被扯進去，他也不會覺得意外。

政府會發行公債——戰爭公債會是一筆好投資。劇院裡不能再演出高文化水準的戲碼了——休假的士兵會想要看輕鬆喜劇、漂亮女孩、美腿跟舞蹈，他全都仔細地想好了。有機會可以不受干擾地思考是一件好事；跟珍在一起就像自己獨處一樣，她總是知道你什麼時候不想聽人講話。

他望著對面的她。她也在思考。他對她在想什麼感到疑惑——你永遠無法徹底猜透珍，她跟弗農在這方面很相像——從不洩露自己的想法。她可能在想弗農，如果弗農上戰場，還陣亡了！可是不會的——一定不會的。賽巴斯欽的藝術性靈魂推翻了這個想法。弗農絕對不能死。

❖

《塔裡的公主》被世人遺忘了。它生不逢時，因為就在上演後三週，戰爭就爆發了。

在當時，這齣戲被認為是「評價良好」。某些評論家用略帶諷刺的態度，談論這班自以為可以革新所有既有思維的「年輕音樂家新學派」。其他人則真誠地讚揚，說這是一部顯示出遠大希望的作品，雖然還未臻成熟。但是所有人都異口同聲熱烈讚美整部戲所顯現的美感與藝術性，人們談論著「我去了霍爾本劇院」、「排隊排得這麼長，天哪，不過這樣迷人的神奇戲劇真的值得去看看」，還有「了不起的新歌手，珍．哈定。天哪，她的表演實在是了不起——非常中世紀，少了她就不一樣了！」對珍來說這是一次勝利，雖然這個勝

33 此指一九一四年發生在塞拉耶佛的奧國王儲遭暗殺事件。這件事後來成為第一次世界大戰的導火線。

利為時甚短。在第五天，她就被迫退出演出陣容。

趁弗農不在時，賽巴斯欽被電話召來了。珍跟他見面時臉上帶著那樣魅力四射的微笑，起初讓他以為他的恐懼不會成真。

「我不行了，賽巴斯欽，必須讓瑪麗．洛伊德上場了。仔細想想，她不算太差。事實上，她的嗓子比我的還好，而且她還滿漂亮的。」

「嗯哼，我就怕賀雪會這麼說。我想見見他。」

「好，他也想見你，但我想這並不表示還有什麼別的辦法。」

「你是什麼意思？沒有別的辦法了？」

「我的嗓子完了，永遠完了。賀雪太誠實了，所以不會給我任何不切實際的期望。他說當然沒辦法百分之百確定：我的嗓子可能有機會在休息或做了些什麼之後就恢復。他說得非常婉轉，然後我看著他就笑了出來——接著他就一臉尷尬地吐實了。我想，我接受這個事實的方式讓他鬆了一口氣。」

「可是珍，親愛的珍……」

「喔，賽巴斯欽，不用這麼介意，請別這樣。如果你沒這麼難過，我會比較好過些。你一直都知道，這是一種賭博，我的聲音原本就不夠強韌，我和它對賭，在此之前我都贏，現在我輸了。嗯，就是這樣！要賭就必須輸得起，別讓自己的手抽搐發抖，就好像大家在蒙地卡羅說的那些話。」

「弗農知道嗎？」

「知道，他極端難過。他愛我的聲音，他真的為此相當心碎。」

「可是他不知道……」

「不知道如果我等個兩天，別在開幕夜演唱就會安然無恙？不，他不知道。而如果你不要洩露出去，賽巴斯欽，他就永遠不會知道。」

「我不會答應你這件事，我認為他應該要知道。」

「不行。因為我所做的事是出於自己的選擇。告訴他這件事，等於在他不知情之下迫使他負責任。不該這麼做，這樣不公平。如果我去跟弗農說賀雪說了什麼話，你認為他還會同意讓我唱嗎？他會全力阻止我。現在去跟弗農說：『看看我為你做了什麼！』會是全世界最惡毒殘酷的事情。難道說抽泣著要人同情，感激就會被舀進湯盤裡送上來？」

賽巴斯欽靜默了。

「好啦，我親愛的，別去說吧。」

「好，」賽巴斯欽終於說道，「你是對的，但你做的事情卻不合倫理。你沒有告訴弗農就這樣做，而且從現在開始都要瞞著他。可是，唉！親愛的珍，你為什麼要這樣？弗農的音樂值得這樣做嗎？」

「會的……遲早有一天。」

「你就是為了這樣才做的嗎？」

珍搖搖頭。

「我想不是。」

一陣停頓。賽巴斯欽說：「珍，現在你要怎麼辦？」

「可能教人唱歌，或許純演戲吧，我還不知道。如果情況真的糟到底了，我總還可以去當廚娘吧。」

他們兩個都笑了，不過珍幾乎就要落淚了。

她隔著桌子看著對面的賽巴斯欽，然後突然起身走過去跪在他旁邊，把頭靠在他肩膀上，他則用一隻手臂環抱著她。

「喔，賽巴斯欽……賽巴斯欽……」

「可憐的珍。」

「我假裝我不介意……但我介意的……我介意……我愛唱歌。我愛唱歌，好愛、好愛唱歌……索薇格在聖靈降臨週唱的美妙音樂，我永遠無法再唱了。」

「我知道。為什麼你要這麼傻呢，珍？」

「我不知道。純粹是笨吧。」

「如果這一切能夠重來……」

「我會再次做同樣的事。」

一陣沉默。然後珍抬起頭，說道：「賽巴斯欽，還記得嗎？你說過我有很大的驅動力，沒有事情可以改變我的心意；然而我可能比你認為的更容易被改變。在弗農跟我之間，會是我為他改變方向。」

賽巴斯欽說：「世事真奇怪。」

珍滑坐在他旁邊的地板上，她的手還握在他手裡。

「人或許有才智，」賽巴斯欽打破沉默說道，「有洞察機先的頭腦，還有計畫事情的機智，以及邁向成功的力量，但就算再多的聰明也不能讓人避開苦難，這就是世事最奇怪的地方。我知道我有頭腦，知道自己所選擇從事的事業可以名列前茅。我不像弗農。弗農要不是天才，就是個虛擲天分的年輕人。如果說他擁有什麼，那就是天賦了，我則是有能力。然而就算有全世界的能力，我還是無法避免讓自己受傷。」

「沒有人可以。」

「如果放棄整個人生，或許就可以不受傷——如果我們只追求安全，而且除此之外不求其他，那麼，把自己的翅膀給燒掉或許就可以安全了，但這樣除了安全之外人也就沒有別的了，人可以蓋起一堵很好很平滑的牆壁，躲到它後面去。」

「你有聯想到某個特定的人嗎？是誰呢？」

「只是隨便想想。如果你想要確切知道，那就是未來的喬治．查特溫太太。」

「奈兒？你認為奈兒有那種性格力量放棄自己的人生？」

「喔，奈兒有很大的力量可以發展出保護色。某些物種有這種能耐。」他暫停了一下，然後繼續。

「珍……你有收到……喬的消息嗎？」

「有，親愛的，收到兩次。」

「她說了什麼？」

「沒說什麼。只說一切多麼有趣，她怎麼樣過得很開心，還有一個人在有勇氣對抗習俗常規的時候，感覺有多棒。」她頓了一下，然後補上：「賽巴斯欽，她不快樂。」

「你認為她不快樂？」

「我確定。」

一陣漫長的沉默，兩張不快樂的臉各自望著空洞的壁爐。計程車已到，按響了喇叭，他們匆匆下樓。生命繼續下去……

❖

這天是八月九日。奈兒．維爾克從帕丁頓火車站走出來，緩緩地朝著公園走去。四輪馬車經過她身邊，車裡載著買了許多火腿的老太太。顯眼的公告出現在每個街角。每家店裡都有人在排隊，急著要買日用品。

奈兒反覆對自己說：「我們在打仗……真的在打仗。」卻還是沒辦法相信這是真的。今天，她才第一次明明白白感受到戰爭的存在。剛才搭火車時，售票處不肯找開一張五英鎊的鈔票，這才讓她感受到現實。很荒唐，不過就是這樣。

一輛計程車路過，奈兒伸手招呼。她上了車，給司機珍在切爾西區的公寓地址。她瞥了手錶一眼，現在才十點半，不必擔心珍會這麼早出門。

奈兒坐電梯上樓，按了電鈴後站在門外等待，心臟緊張地跳著。一分鐘後門打開了。她小小的臉蛋變得蒼白緊張。喔！現在門開了，她跟珍彼此面對面了。

她想珍有一點點意外——但就只有這樣。

「喔！」她說，「是你啊。」

「對，」奈兒說，「我可不可以進去，拜託你？」

在她看來，珍似乎猶豫了有一分鐘才退開讓她進門。她往後退，先去關上走廊另一頭的門，然後才打開起居室的門讓奈兒進去。她跟著奈兒進起居室，然後關上門。

「怎麼了？」

「珍，你知不知道弗農在哪裡？」

「弗農？」

「對。我去過他的住處——昨天去的，但他不在那裡。住在那兒的女人說不知道他去了哪裡。她說他的信被轉寄到你這裡。我回家去，想寫信問你他的地址，又怕你不願意告訴我，甚至可能不回信，所以我想我還是自己來好了。」

「我懂了。」

這語調裡沒有任何承諾，也不打算提供幫助。奈兒匆促地繼續往下說。

「你知道他在哪裡吧？你知道的，不是嗎？」

「對，我知道。」

緩慢的回答，慢得沒有必要，奈兒想。珍不是知道就是不知道。

「所以呢？」

又一次停頓。然後珍說道：「奈兒，你為什麼想見弗農？」

奈兒抬起她蒼白的臉。

「因為我很可惡……非常可惡！我現在知道了……現在這場可怕的戰爭來了。我之前是個可悲的膽小鬼，我痛恨我自己，就是恨我自己。就只因為喬治仁慈善良，而且……對，富有！喔，珍，你一定非常鄙視我，我知道你是，你的確可以鄙視我。不知怎麼的，這場戰爭讓人看清了世事。你沒發現嗎？」

「我沒特別這麼想。以前就有過戰爭，以後也還會有。而戰爭其實沒有改變任何東西的本質。」

奈兒沒有注意在聽她說了什麼。

「除了嫁給你愛的男人，其他的做法都是邪惡的。我確實愛著弗農，我知道我愛他，可是我就是沒有那種勇氣……喔，珍，你會覺得現在太晚了嗎？或許是，或許他現在不要我了。可是我一定要見他，就算他不要我了，我也一定要跟他說……」

她站在那裡，可憐兮兮地看著珍。珍會幫她嗎？如果不的話，她得再去找賽巴斯欽——不過她怕賽巴斯欽。他可能會當面拒絕幫她忙。

「我可以替你找到他。」過了一會，珍緩緩地說道。

「喔，謝謝你，珍。還有珍……請告訴我……這場戰爭？」

「他要加入軍隊……如果你要問的是這個。」

「是的。喔，這太可怕了……如果他陣亡的話。可是這不會長久延續下去的，這場戰爭在耶誕節前就會結束，每個人都這麼說。」

「賽巴斯欽說會延續兩年。」

「喔，可是賽巴斯欽不可能知道的。他並不是真的英國人，他是俄國人。」

珍搖搖頭。然後她說道：「我會去……」她頓了一下，「去打電話。在這裡等著。」

她走出起居室，關上門，再走到通道底端，進了臥房。弗農從枕頭上抬起黑髮亂糟糟的腦袋。

「起床，」珍簡短地說道，「去梳洗一下，把鬍子刮一刮，想辦法讓自己看起來夠體面。奈兒來了，她想見你。」

「奈兒？可是……」

「她認為我打電話給你。等你準備好了，你可以到前門外面按門鈴——願神悲憫我們的靈魂。」

「可是珍，奈兒……她來做什麼？」

「弗農，如果你還想娶她，現在你的機會來了。」

「可是我還必須告訴她……」

「告訴她什麼？說你現在過著一種『享樂』的生活，你過得『很狂野』？那一切常用的委婉暗示啊！她早就預料到了，如果你別去強調那些事，她會很感激你的。但要是你告訴她你跟我的事——還把它講得鉅細靡遺——就會推著那孩子下地獄了。叫你那高貴的良心閉嘴吧，替她想想。」

弗農慢慢起床。

「珍，我不懂你。」

「你是不懂，可能永遠不會懂。」

他說：「奈兒拋棄了喬治・查特溫嗎？」

「我還沒問細節。我要回起居室去了，動作快點。」

她離開了房間。弗農想著：「我永遠不了解珍，永遠。她實在是該死地讓人不安。唔，我想對她來說，我算是某種打發時間的娛樂吧。不，這樣講太不知感激，她對我夠好了。沒有人可以比珍更正派，但我沒辦法讓奈兒了解這一點。她一直認為珍很可怕……」

在迅速刮鬍子和梳洗的時候，他暗自想道：「還是一樣沒指望的。奈兒跟我永遠不可能在一起了……喔！我猜現在不是這種問題，她可能只是來要我原諒她，這樣要是我在這場該死的戰爭裡送命，她才會覺得比較舒坦，女孩子就會做這種事。無論如何，我不相信我還會在乎。」

但在內心深處，另一個聲音嘲諷地說道：「喔，不，才不是這樣呢。如果你不在乎，為什麼心臟猛跳，手還發抖？你這蠢蛋，你當然在乎！」

他準備好了，便走到外面去——按了門鈴。一種卑鄙的偽裝，並不值得，他覺得很羞恥。珍打開了門，像個女僕般說道：「請進。」然後揮手要他進起居室。他進去，關上了門。

他一進門奈兒就站起來了。她站在那裡，雙手交握在身體前方。

她的聲音虛弱又無力，像個做錯事的小孩。

「喔，弗農……」

時間迅速地回溯了。他在劍橋的那艘船上……在萊內拉公園的橋上。他忘記了珍，忘記了一切，世界上僅剩他和奈兒兩個人。

「奈兒。」

他們緊緊地擁抱，喘不過氣來，就好像剛剛還在奔跑。話語從奈兒的嘴唇之間跌了出來。

「弗農……如果你想的話……我愛你，喔！我真的愛你……我隨時都會嫁給你，立刻就嫁，今天就嫁。我不在乎要過窮日子或者任何事！」

他把她抱起來，親吻她的眼睛、她的頭髮、她的唇。

「親愛的，喔！親愛的。別浪費一分鐘……一分鐘都不行。我不知道結婚要怎麼辦理，我從來沒想過這件事，不過我們去看看吧。我們去找坎特伯利大主教，大家不就是這麼做的嗎——然後去拿特別許可證？老天爺，人到底是怎麼結婚的啊？」

「我們可以去找牧師問問吧？」

「還有戶籍登記處。就是這個。」

「我不想在戶籍登記處結婚。我覺得那比較像是訂了婚的廚子或者女僕。」

「我不這麼覺得，親愛的。不過如果你比較喜歡在教堂裡結婚，我們就去教堂吧。倫敦有上千個教堂，全都閒著沒事幹，我確定會有教堂很樂意替我們證婚。」

他們一起往外走，快樂地大笑。弗農忘記了一切——悔恨、良心，還有珍……

那天下午兩點，弗農．戴爾跟奈兒．維爾克在切爾西區的聖愛瑟雷德教堂裡結婚了。

第四部

戰爭

第一章

六個月後，賽巴斯欽接到喬寫來的信。

寄自：蘇活區聖喬治旅館

親愛的賽巴斯欽：

我來英格蘭幾天。我會很樂意見你。

你的朋友

喬

這封短箋，賽巴斯欽讀了又讀。他正好回母親那裡準備度幾天假，所以短箋寄來時他立刻看到了。他察覺到早餐桌對面母親注視的目光，而他驚訝地發現，身為人母的她領悟力及反應都很快，他以前就常常這樣覺得。對大多數人來說，他的臉是那麼深不可測，她卻能夠解讀，就像他讀自己手上那張短箋一樣輕鬆。

她開口時，用的是那種稀鬆平常的語調。

「親愛的，要再來一點橘皮果醬嗎？」她說道。

「不用了，謝謝你，母親。」他先回答了宣諸於口的問題，然後繼續回答她沒說出口的問題——他敏銳地感覺到了。「這是喬寫來的。」

「是喬啊。」列文太太說道。她的聲音沒有透露任何訊息。

「她在倫敦。」

一陣停頓。

「我知道了。」列文太太說。

她的聲音還是什麼都沒透露，可是賽巴斯欽可以察覺到那裡頭的情緒騷動，對他來說，母親簡直就像是這樣爆發了：「我的兒，我的兒呀！你才剛要忘記她，為什麼她還要回來？為什麼她不能就放你一馬？這女孩不是猶太人、與我們根本無關！這女孩從來就不是適合你的好太太，永遠也不會是。」

賽巴斯欽站了起來。

「我想我必須去見她。」

他母親用同樣的聲音回答：「我想也是。」

他們都沒再多說。母子彼此理解，兩人都尊重對方的觀點。

賽巴斯欽沿著街道大步而走的時候，才突然想到喬完全沒說她是用什麼名字登記住宿的。她自稱魏特小姐或者拉瑪爾夫人？當然這不重要，不過這類愚蠢荒唐習俗就是會讓人覺得尷尬，找她得用這個或那個名字來詢問櫃台。而喬就是會這樣，完全忽略掉這種事！

但結果是沒有任何尷尬狀況發生，因為他推著旋轉門進入時，第一眼看到的就是喬。她用快樂的驚呼來迎接他。

「賽巴斯欽！你竟然這麼快就收到信！」

她帶頭走向會客大廳的一個隱密角落去。

他的第一個感覺是她變了——變得這麼多，都快像是個陌生人了。他想，這變化有部分來自於她的穿著。那些衣服極其法國風，非常低調、顏色暗沉又樸素，卻完全沒有英國味。她的臉也化了很多妝，彩妝改善了那張臉原先的蒼白，她的嘴唇紅得不可思議，眼角也化了點妝。

他想著：「她看起來好陌生，但還是喬！這個喬卻走得老遠——遠到我們只能勉強跟她搭上線。」可是他們倒頗為容易就聊開了。可以這麼說：雙方都伸出小小的觸角，就好像要探測分隔彼此的距離有多遠。然而隔閡感突然就消失了，優雅的巴黎陌生人融化了，變成了喬。

他們談到弗農。他在哪裡？他從來不寫信或告訴別人任何事情。

「他在索茲伯里平原——靠近魏茲伯里。他隨時都會被派到法國去。」

「而奈兒畢竟嫁給他了！賽巴斯欽，我覺得我以前對待奈兒相當惡劣，沒想到她竟有這種氣魄。如果不是因為戰爭，我不認為她會有這種氣魄。賽巴斯欽，戰爭不是很美妙嗎？我是指它對人產生的效果。」

賽巴斯欽口氣平淡地說，他覺得這場戰爭跟任何別的戰爭沒兩樣。喬情緒激動地對他開砲了。

「它不一樣，不一樣的，這你就錯了。在這場戰爭以後會有一個新世界，人類會開始看清一些事情——過去從來沒看到的事情：所有的殘酷與邪惡行為，還有戰爭造成的虛耗。這之後人類會全部團結起來，好讓這樣的事情不再發生。」

她漲紅了臉、情緒激昂。賽巴斯欽體認到——用他的話來說——戰爭「抓住」了喬。這場戰爭確實抓住了很多人。他跟珍討論過、惋惜過這件事。讀那些關於戰爭的文字跟言論時，讓他覺得噁心。「一個適合英雄的世界」、「終結戰爭的戰爭」、「為民主而戰」。但其實一直以來，總是同一套可惡的老勾當。為什麼人就是不能說出關於戰爭的實情？

珍與他意見不同。她主張這種關於戰爭的文字宣傳噱頭（她同意這確實是噱頭）是免不了的，是跟戰爭分不開的附帶現象。這是自然界提供的逃避路線——人必須有虛妄幻想與謊言為堡壘，幫助他們忍受硬邦邦的事實。對她來說，這很值得憐憫，而且幾乎是美麗的——人們想要相信事實，卻用極端錯誤的方式來看待它們。

賽巴斯欽則說：「我敢說是。不過這些宣傳以後會把這個國家搞得很慘。」

喬激烈的熱情讓他感到悲傷，還有一點沮喪。但說到底，喬本來就是這樣。她的熱忱總是熱得發燙，但她到底會站在兩相敵對陣營的哪一側，機會是一半一半，事情就是這樣。她可能同樣輕易地付出激情擁護和平主義、狂熱地擁抱著殉難者。

她現在控訴似的對賽巴斯欽說道：「你不會這麼想！你認為一切都會跟過去一樣。」

「世界上一直都有戰爭，而戰爭從來就沒有帶來多大的改變。」

「對，但這一次是完全異於以往的戰爭！」

他忍不住露出微笑。

「我親愛的喬，事情如果發生在我們身上，那就是不一樣。」

「喔！我跟你說不下去了，就是有像你這樣的人……」

她住口了。

「對，」賽巴斯欽鼓勵她說下去，「像我這樣的人……」

「你以前不是那樣的。你以前有理念，現在卻……」

「現在我埋在錢堆裡，」賽巴斯欽嚴肅地說道，「我是個資本家，每個人都知道資本家是自私的豬玀。」

「別瞎說。不過我確實覺得錢相當的……嗯，讓人窒息。」

「是的，」賽巴斯欽說，「這樣講很真確，不過問題在於錢對人的影響。我會很同意你所說的：貧困是一種蒙福的狀態；從藝術的角度來說，這可能就像花園裡的肥料一樣寶貴。可是要說因為我有錢，我就不適合預測未來，特別是戰後可能會有的狀態，那就是無稽之談了。就因為我有錢，我的判斷更有可能比一般人精準。金錢跟戰爭非常有關係。」

「對，不過因為你完全從錢的角度來考量，你就說永遠會有戰爭。」

「我並沒有這麼說。戰爭總有一天會消失——大概再過個兩百年吧。」

「喔！那你是承認，到時人類可能會有更純淨的理想了？」

「我不認為這跟理想有什麼關係。這可能是交通運輸的問題；一旦飛行成為常態，就等於讓國與國合而為一了，就好像『前往撒哈拉沙漠的空中巴士，每週三跟週六行駛』，國與國之間距離變近了，彼此成為夥伴，貿易將有革命性的改變。從各方面來看，世界會像是縮小了，人們早晚會把各國看成像是郡縣一般的地方。我不認為那些老生常談的『四海皆兄弟』是從美好的理念裡發展出來的——那會是一種常識層面上的簡單事實。」

「喔，賽巴斯欽！」

「我惹惱你了吧？我很抱歉，喬。」

「你什麼都不相信。」

「唔，你明知你自己才是無神論者啊，雖然那個詞已經退流行了，我們現在會說我們相信著什麼！我相信耶和華，可是我知道你剛才說的是什麼意思，而且你錯了，我相信美，相信創造，相信像弗農的音樂那樣的事物。從經濟面向來說，我實在看不出它們有什麼價值，然而我確定它們比世界上的任何其他東西都重要。

我甚至準備好（偶爾）為了它們浪擲金錢。對猶太人來說，這樣很多了！」

喬忍不住笑出聲。然後她問道：「你給《塔裡的公主》怎樣的評價？賽巴斯欽，說實話吧。」

「喔，還滿像是一個在學步的巨人——一場沒有說服力的演出，然而它的確是與眾不同的。」

「會不會有那麼一天……」

「會，我十分確定。只要他沒有在這場該死的戰爭裡送命就好。」

喬打了個冷顫。

「這好可怕，」她喃喃說道，「在巴黎的醫院裡工作時，人會看到某些事情。」

「我明白。如果他只是受傷或殘廢了還不打緊——不像小提琴家，失去右手就完蛋了。身體殘缺無所謂，只要他的腦袋還在脖子上就行，這麼說很殘酷，可是你知道我的意思……」

「我知道。但是有時候……就算那樣……」她沒有把話說完，就改用另一種口氣講話，「賽巴斯欽，我結婚了。」

就算體內有某個東西讓他痛得一縮，他也沒表現出來。

「你結婚了？親愛的，拉瑪爾離婚了？」

「不。我離開他了，他是個混蛋——一個混蛋，賽巴斯欽。」

「不難想像。」

「我並不感到後悔。人總得過自己的人生——去取得經驗，這遠比從人生中退縮來得好，麥拉舅媽就無法了解這種事。我不會去親近伯明罕那些人，我不會為自己所做的事覺得羞恥或後悔。」

她不馴地凝視著他，而他回想起普桑修道院樹林裡的喬。他想著：「她還是一樣，冥頑不靈、叛逆又可愛。那時候就看得出她會做這類事情。」

他溫柔地說道：「我只為你一直不快樂感到遺憾。因為你一直不快樂，不是嗎？」

「那很恐怖，不過我現在已經找到我真正的人生了。醫院裡有個受重傷的男孩，他們得替他打嗎啡止痛。他退役了——雖然身體康復，但已經不適合服役。不過嗎啡讓他上癮了，這就是為什麼我兩週前要跟他結婚，我們要一起對抗這個問題。」

賽巴斯欽說不出話來。這完完全全是喬的作風，可是看在老天的分上，她為什麼不能找個有殘疾的人就好？染上嗎啡癮的狀況會很可怕。

一股突如其來的刺痛貫穿他全身，就好像他放棄了最後一絲希望。他和喬走上了相反的方向——喬置身於無法實現的理念與落水狗之間，他則繼續往上爬。當然，他有可能會在戰爭中陣亡，但不知怎麼他不覺得會這樣，他幾乎能確定自己連古典戰爭畫裡的那種傷都不會有。他篤定自己會全身而退，還可能得到一點普通程度的榮譽；而且他會回到他的事業中，組織它們，讓它們重現活力；在這個不能容忍失敗的世界裡，他會成功——卓越地成功。他爬得愈高，就離喬愈遠。

他心酸地想著：「女人會願意把你從泥淖中救出來，卻不會來到山巔陪伴你；然而你在那裡可能寂寞得要死。」

他不太知道要對喬說什麼，讓她沮喪沒什麼好的，這可憐的孩子。他相當輕描淡寫地問道：「你的夫家姓什麼？」

「華尼耶。你一定要找個時間見見弗朗索瓦。我是回來處理一些煩人的法律事務，你知道嗎，我父親在一個月前過世了。」

賽巴斯欽點點頭。他聽說過魏特上校的死訊。

喬繼續說下去。「我想見見珍，也想見弗農跟奈兒。」

事情講定了，隔天他會載她去魏茲伯里。

❖

奈兒跟弗農住在距離魏茲伯里一英里遠的一間樸素小房子裡，弗農看起來很好，皮膚曬成棕色，他衝向喬，熱烈地擁抱她。

他們走進一個家具全都罩著布套的房間裡，吃了一頓配酸豆醬的水煮羊肉當午餐。

「弗農，你看起來好極了——幾乎可說是很帥啦，不是嗎，奈兒？」

「是制服的關係。」奈兒很拘謹地說。

她變了，賽巴斯欽看著她想道。他們在四個月前結婚，這之後他就一直沒見到她。對他來說，她原本只是個很一般的、迷人的年輕女孩。現在他把她看成一個獨立個體了——從蛹裡羽化出來的真正的奈兒。她身上有一種含蓄的光彩。她比過去還要安靜，卻反倒更加有生氣了。毫無疑問地，他們在一起很快樂，他們很少看著對方，然而當他們彼此注視的時候，你會感覺到他們之間交流的某種東西——細緻、纖細，卻十分明顯。

這是很快樂的一頓飯，他們談到在普桑修道院的舊日時光。

「現在我們在這裡，我們四個又在一起了。」喬說道。

一股暖意緊緊包裹住奈兒心頭。喬把她也算進去了，我們四個，她剛才這麼說。奈兒記起有一次弗農曾說「我們三個人……」那句話刺痛了她。不過現在那已經過去了，她是他們之中的一員，這是她所獲得的獎賞之一，此刻生命中似乎充滿了獎賞。

她很快樂——快樂得嚇人，而她原本是不可能這麼快樂的。在戰爭爆發的時候，她本來可能會嫁給喬治。她當初怎麼會傻到這種程度，認為除了嫁給弗農以外還有別的事情是重要的？他們現在是多麼不尋常地幸福，他說貧窮不要緊又是多麼地正確啊。

她不是唯一一個這麼做的人。許多女孩子都這麼做了——拋下一切、嫁給心愛的男人，不管他有多窮。在開戰以後，人們的態度改變了，這背後有一種可怕的隱密恐懼，人們永遠不會把這種恐懼掏出來好好看上一眼。人們唯一能做的，最多只是傲慢地說道：「不管發生什麼事，我們都會擁有某樣東西。」

她想著：「這世界在改變，現在一切都不同了。永遠會是這樣，我們永遠回不去了……」

她望著桌子對面的喬。喬現在看起來——非常古怪，而戰前大家只會說她……嗯，「不太對勁」。喬到底經歷了什麼事？那個卑鄙的男人，拉瑪爾……喔，好吧，最好別去想了。現在什麼都不重要了。

喬對她這麼好——跟以往的態度大不相同，那時候奈兒總是不自在地感覺喬看不起她。或許那時喬是對的，因為她——奈兒——是個膽小鬼。

戰爭很可怕，當然，不過戰爭也讓事情變得單純了。舉例來說，母親的態度幾乎立刻就改變了。當然維爾克太太對喬治．查特溫的事感到失望（可憐的喬治，他其實真是個好人，她對他真惡劣），不過維爾克太太繼續以可敬的常識來處理事情。

「這些戰時婚姻！」她肩膀微微一聳，用上這個字眼。「可憐的孩子——你不能怪他們。或許不明智——不過在這種時候，智慧算什麼？」維爾克太太必須運用所有的技巧與機智來對付債主，她的戰果相當好，某些人甚至同情起她來。

如果維爾克太太跟弗農不喜歡彼此，他們也都相當成功地掩飾了這個事實，而事實上，他們在婚事之後只碰過一次面。這一切都這麼輕鬆容易。

或許，如果你有勇氣，事情就會很容易。或許這就是人生中最大的祕密。

奈兒思索著，然後從白日夢中醒來，再度聆聽其他人的對話。

賽巴斯欽在說：「我們回倫敦的時候要去探望珍。我已經好久沒聽到她的消息了，你有消息嗎，弗農？」

弗農搖搖頭。

「沒有，」他說，「我沒有。」

他試著要讓口氣自然點，不過不太成功。

「她人很好，」奈兒說，「不過……呃……相當難懂，不是嗎？我是說你永遠不太清楚她在想什麼。」

「她可能有時候會讓人滿不安的。」賽巴斯欽承認。

「她是個天使。」喬熱烈地說道。

奈兒注視著弗農。她想著：「我真希望他會說點什麼……什麼都好……我好怕珍，一直都怕她。她是個惡魔……」

「她有可能去了俄羅斯，」賽巴斯欽說，「或廷巴克圖或者莫三比克。珍無論做什麼事都不讓人意外。」

「你上次見到她是什麼時候？」喬問道。

「確切的時間嗎？喔！大概三週前。」

「就這樣？我還以為你是真的很久沒見到她。」

「感覺上很久啊。」賽巴斯欽說道。

他們開始講到喬在巴黎工作的醫院，然後講起了麥拉和西德尼舅舅。麥拉非常健康，製作了數量驚人的藥用紗布，而且每週在公共食堂裡值班兩次。西德尼舅舅正要發第二次大財，他開始做炸藥生意。

「他早早就捷足先登了，」賽巴斯欽很佩服地說，「這場戰爭至少要打個三年才會結束。」

他們爭論著這一點。「樂觀估計半年」的時期已經結束了，但是三年被認為是太悲觀的看法。賽巴斯欽談到炸藥，談到俄國的狀態，談到食物短缺問題，還有潛水艇。他的態度有點獨裁，因為他很確定他是對的。

到了五點鐘時，賽巴斯欽跟喬上了車預備回倫敦去。弗農跟奈兒站在路上揮手目送。

「啊，」奈兒說，「就這樣了。」她勾住弗農的手臂。「我很高興你今天能夠放假。要是喬沒看到你，會很失望的。」

「你覺得她變了嗎？」

「變了一點點。你不覺得嗎？」

他們沿著馬路散步，然後在一條通往丘陵地的路上轉彎。

「是啊，」弗農嘆息一聲後說道，「我想這是免不了的。」

「我很高興她結婚了。她非常善良，不是嗎？」

「喔，是啊。喬總是有顆溫暖的心，祝福她。」

他說話時有點心不在焉。奈兒瞥了他一眼，回想起他今天相當沉默；大部分時候是其他人在說話。

「我很高興他們來了。」她又說了一次。

弗農沒有回答。她勾緊了他的手臂，感覺到他把自己拉向他身體側面，可是他繼續保持沉默。

天色晚了，空氣變得刺人而寒冷，不過他們沒有往回走，只是沉默地繼續往前走。他們以前也常常這樣散步——沉默卻快樂。可是今天的靜默卻不一樣，今天的沉默裡有了重量，還帶著威脅。

突然間奈兒懂了……

「弗農！時候到了！你必須去……」

他把她的手拉得更近一些，卻沒開口。

「弗農……什麼時候出發？」

「下星期四。」

「喔！」她站住不動，苦惱之情瞬間貫穿了她。時候到了。她早就知道注定會來，可是她不知道——不是那麼清楚——那會是什麼樣的感覺。

「奈兒，奈兒……不要這麼介意。請不要這麼難過。」現在弗農的話全倒出來了。「沒事的，我知道一切會好好的。我不會被殺的，我現在不能死，因為你愛我，現在我們這麼快樂。有些人在出發的時候就覺得自己氣數已盡，但我不是，我有一種篤定的感覺，我會全身而退。我希望你也感受到這一點。」

她僵硬地站在那裡。真實的戰爭感是它會把你的心臟掏出來，把血液抽出你的血管。她啜泣著抓住他，他把她抱在懷裡。

「不會有事的，奈兒。我們早就知道會來得很快，而我真的非常渴望上戰場——可以說，要不是因為會離開你，我會很樂意去的。你不會希望我在整個戰爭期間都在英國看守一座橋吧？我們可以期待休假日——我們會有最不得了最美妙的假期。我們會有很多錢，而且可以把它揮霍掉。喔，親愛的奈兒，我知道我不會有事的，因為你愛我。」

她同意他的意見。

「不可能……不可能有事……神不會如此殘酷……」

可是她這時想起來，神也讓一大堆殘酷的事情發生了。

她勇敢地開口了，努力逼回眼淚：「一切都會好好的，親愛的。我也知道。」

「甚至……甚至如果不是這樣……你一定要記得……這一切曾經多麼完美……親愛的，你一直很快樂，不是嗎？」

她抬起頭吻他的唇。彼此緊抱著，啞口無言，心痛不已……第一次分離的陰影懸在他們頭上。

他們不知道自己在那裡站了多久。

❖

當他們回到充滿布套的家中時，已愉快地聊著日常瑣事，弗農只有一次提及未來。

「奈兒，在我離開以後，你會去跟你母親同住嗎？」

「不會，我寧願待在這裡。魏茲伯里這兒有很多事情可做——醫院、公共食堂等等。」

「對，不過我不想讓你去做那些。你在倫敦比較能夠分散注意力，那裡總還有劇院之類的。」

「不，弗農，我必須做點事情——我是說工作。」

「嗯，如果你想要工作的話，你可以替我織襪子。我討厭這些護理工作，我想它是有必要的，不過我不喜歡。你不會想去伯明罕吧？」

奈兒非常堅決地說，她不想去伯明罕。

分離時刻真正來臨時並沒那麼吃力。弗農幾乎是很隨便地吻了她一下。

「唔，別了。打起精神，一切都會好好的。我會盡量多寫信，雖然我想上級不會准我們說太多有意思的事。奈兒親親，好好照顧自己。」

他像不太情願似的緊抱了她一下，然後幾乎是用推的把她推開。

他走了。

她想著：「我今天晚上絕對睡不著了……絕對……」

不過她睡著了，睡得很沉。她進入夢鄉時就像進入一個深淵。這是憂心忡忡的睡眠——充滿了恐懼與擔憂，逐漸消融到筋疲力竭的無意識狀態中。

她再度醒來的時候，彷彿有一把疼痛的利劍刺穿了她的心臟。

她想著：「弗農上戰場了。我必須找點事情做。」

第二章

奈兒去見了紅十字會的指揮官柯提絲太太。這位女士態度和藹可親，很享受身處要職的感覺，也相信自己是個天生的組織好手，但她其實相當差勁。不過每個人都說她有著極佳的舉止態度。她用優雅、紆尊降貴的態度對奈兒說話。

「讓我看看，這位是……喔！戴爾太太。你有志願救護隊員資格跟護理執照嗎？」

「有的。」

「可是你不屬於任何本地的救護隊？」

她花了不少時間討論奈兒確切的處境。

「唔，我們必須看看我們能為你做什麼，」柯提絲太太說，「現在醫院裡人手充足，不過當然了，總是會有人離開。第一批被後送的病患才來兩天，我們就收到十七份辭呈，都是某個年齡層的女性，她們不喜歡那些資深護士講話的態度。我自己認為那些資深護士或許粗魯到有點過分，不過這也是因為她們嫉妒紅十字會，那些辭職的人呢，全都是有錢有閒的女士，她們不喜歡被人家『指使』。戴爾太太，你在這方面沒那麼敏感吧？」

奈兒說她什麼都不在意。

「就是這種精神，」柯提絲太太讚許地說道，「我自己呢，是從維持紀律的角度來看待這些事的。要是沒有紀律，我們該怎麼辦？」

奈兒心裡迅速閃過一個念頭：柯提絲太太不必接受任何紀律束縛，這讓她的發言失去了令人欽佩的成分。不過奈兒只是繼續站著，表現出專注又佩服的樣子。

「我有一份候補女孩的名單，」柯提絲太太繼續說，「我會把你的名字加上去。你每週去城鎮醫院的非住院病患病房工作兩天，在那裡學點經驗。他們那裡人手不足，而且願意接受我們的幫助。然後你跟……」她看了名單一眼，「我想是卡德納小姐……對，卡德納小姐……你們會在星期二跟星期五，跟著出診護士出外巡迴工作。當然，你會有制服。這樣就行了。」

瑪麗．卡德納是個性情愉快、身材圓潤的女孩，她父親是個退休的屠夫。她對奈兒非常友善，解釋工作日是星期三跟星期六，而不是星期二跟星期五，「不過老柯提絲總是搞錯。」出診護士是個好人，絕對不會痛罵人，醫院的瑪格麗特護士長就可怕得要命。

在下一個星期三，奈兒跟出診護士做了第一次的巡迴，出診護士是個精力四射的工作狂。巡診結束的時候，她很和藹地拍拍奈兒的肩膀。

「我很高興你確實有腦袋，親愛的。真的，有些來工作的女孩子在我看來真的都是傻瓜，那些大小姐嬌貴到讓人難以置信——不是說她們出身高貴，我不是那個意思。那些常識不足的女孩以為護理就只是撫平枕頭，餵病人吃葡萄。你很快就會上手的。」

受到這種鼓勵，奈兒在指定的時間出現在非住院病患部門時，並不覺得太害怕。有個眼神不善、高高瘦瘦的護士長接待了她。

「又一個沒經驗的新手，」她抱怨道，「我想是柯提絲太太派你來的？我討厭那女人。要教這些自以為什麼都知道的傻女孩，浪費掉我更多時間，還帶來更多麻煩，倒不如全部我自己做。」

「我很抱歉。」奈兒態度軟弱地說道。

「拿一、兩張證書，上十幾堂課，就以為自己什麼都懂，」名叫瑪格麗特的護士長繼續酸溜溜地說道，「他們來了。你能幫的忙就是別擋我的路。」

病人進來了。一個腿上都是潰瘍的年輕男孩，一個被翻倒水壺燙傷腿的小孩，一個手指裡戳了根針的女孩，還有各式各樣有著「壞耳朵」、「壞腿」跟「壞手臂」的病人。

瑪格麗特口氣尖銳地對奈兒說：「知道怎麼在耳朵上打針嗎？我想你是不知道。看我做。」

奈兒仔細地看。

「下次你可以這麼做。」瑪格麗特說，「把那男孩手指上的繃帶拆掉，然後讓他把手指泡在熱硼砂水裡，直到我準備好治療他為止。」

奈兒覺得緊張又笨拙；瑪格麗特把她嚇癱了，感覺上這個護士長好像立刻就出現在她旁邊。

「我們這裡可沒有一整天做這個，」她批評道，「這裡交給我，你看起來笨手笨腳。用泡的把繃帶從那孩子腿上拿掉，用溫水。」

奈兒拿了一盆溫水來，然後跪在那孩子面前，一個才三歲的小傢伙。她嚴重燙傷，繃帶都黏在那雙小小的腿上了。奈兒非常輕柔地用海綿擦拭、浸溼繃帶，但小寶寶卻尖叫起來，充滿恐怖與痛苦的叫喊，聲音拖得又長又響亮，這徹底打敗了奈兒。

她突然間覺得噁心暈眩。她沒辦法做這種工作，就是做不了。她往後退縮，就在這時候，她抬頭瞥見護士長正注視著她，眼中有一絲壞心眼的喜色。

「我本來就認為你不可能堅持下去。」那眼神這麼說。這比任何事情都更能重振奈兒的勇氣。她低下頭，咬著牙繼續做，試著把注意力從小孩的尖叫聲中分散開來。最後總算完成了，奈兒站了起來，臉色蒼白全身發抖，覺得不舒服到極點。

瑪格麗特過來了，她似乎很失望。

「喔，你做完啦。」她接著對孩子的母親講話，「桑瑪斯太太，要是我就會更小心注意不讓那孩子接近熱水壺。」

桑瑪斯太太抱怨說，人怎麼可能分身有術，她不可能老是跟著孩子。

奈兒被叫去用藥水洗一隻中毒的手指，接著協助護士長在病人生了潰瘍的腳上注射，隨後則是站在旁邊看一位年輕醫生從女孩手指裡拔出針來。在他摸索、切割傷口的時候，女孩皺著眉頭縮起身體，他卻口氣尖銳地對她說：「你能不能安靜點？」

奈兒想著：「人們從來沒看過事情的這一面。我們只習慣看到在病床旁彬彬有禮的醫師說：『恐怕這樣會有點痛，請你盡量不要動。』」

年輕醫生繼續拔了幾顆牙，隨手就把牙齒扔在地上，然後他治療了一隻被壓爛的手，病患剛從意外現場被送進來。

奈兒事後回想，他並不是醫術不精，但是那種粗魯無禮有違一般印象，很讓人困擾。不管他做什麼，瑪格麗特都陪著他，用很諂媚的方式對他隨口說的笑話格格發笑。他完全不注意奈兒。

下班時間到了，奈兒滿心感謝。她怯生生地對瑪格麗特護士長說再見。

「喜歡嗎？」護士長臉上帶著惡魔似的笑容問道。

「恐怕我很笨拙。」奈兒說道。

「不然你還能怎麼樣？」瑪格麗特說，「紅十字會派了一大堆像你們這種業餘的人士來，你們還以為自己什麼都懂咧。唔，或許你下次就不會那麼笨拙了！」

這就是奈兒在醫院「振奮人心」的初次體驗。

然而隨著時間過去，工作變得比較沒那麼可怕了。瑪格麗特的態度軟化了，也放鬆了她那種張牙舞爪的防衛心。她甚至還「慷慨地」回答奈兒的問題。

「你不像大部分人那麼自以為是。」她很大方地承認。

在奈兒這方面，她佩服瑪格麗特護士長能在極短的時間裡安排大量稱職工作，而她也稍微了解到護士長為何對業餘人士不滿了。

讓奈兒最震驚的是竟有那麼多的「壞腿」；多數人顯然是老病號了。她怯怯地向瑪格麗特問起這件事。

「醫院幾乎幫不上他們什麼忙，」瑪格麗特回答，「這大多數都是遺傳問題，遺傳不佳是沒辦法治癒的。」

另一件讓奈兒印象深刻的事情是窮人不抱怨的英雄氣概。他們來接受治療，承受巨大的痛苦，然後想都不想就走幾英里路回家去。

她在這些窮人家裡也看到同樣的精神。她跟瑪麗・卡德納接下了出診護士的某些巡迴工作。她們替纏綿病榻的老女人洗澡，照顧「壞腿」，偶爾替病得太厲害、起不了床的母親梳洗、照顧嬰兒。她們去的農舍都很小，窗戶通常像隱士的家一樣封起來，四處散放著種種對屋主來說極為貴重的心頭寶貝。屋裡空氣不流通的程度常讓人難以忍受。

最大的震撼是奈兒開始工作大約兩週後，她們發現一個臥病老人死在自己的床上，她們必須把他抬出去。要不是有瑪麗・卡德納實事求是的愉快態度，奈兒覺得自己可能做不到。

出診護士表揚了她們一番。「你們真是好女孩，是真正的好幫手。」

她們回家的時候滿足得臉上放光。奈兒這輩子從沒這麼享受熱水澡過，她還容許自己用浴鹽奢華的享受了一下。

弗農寄回來兩張明信片，只草草寫了幾句說他很好，一切都棒極了。她每天都寫信給他，描述她的冒險，試著讓這些事情聽起來盡可能有趣。他回了信。

寄自：法國某地

親愛的奈兒：

我很好，覺得體能絕佳。這是很棒的冒險，不過我很渴望見到你，也很希望你不必進入那些糟糕的農舍、不必去那些地方跟那些病人混在一起。你說不定會感染到什麼病，我不懂你為什麼要去。我確定你不必這麼做的，請放棄吧。

在這裡，我們大半時候想的都是食物的問題，大兵們想著他們的茶，他們隨時都願意為了一杯熱茶冒著被炸成碎片的危險。我必須審查他們的信件，有一個人老是用「直到地獄凍結都屬於你的」做結尾，所以我也要效法。

你的

弗農

有一天早上，奈兒接到柯提絲太太的電話。

「戴爾太太，病房缺了一個助手，請在下午兩點三十分到醫院。」

魏茲伯里的市政廳被改裝成一間醫院。這是一間巨大的新建築物，矗立在主教座堂廣場上，籠罩在大教堂高高的尖塔陰影之下。一個穿著制服、腿上受了傷的英俊男子在前門口和藹地接待她。

「小姐，你走錯門了。工作人員要走軍需品倉庫的門，這邊的偵察兵會替你帶路。」

一個個頭很小的偵察兵為她指路，穿過一個光線有點暗的地下室，有位穿著紅十字會制服的年長女士坐在那裡，周圍都是成堆的醫院服裝，她披著好幾件披肩，卻還是抖得厲害。沿著石板鋪成的通道再往前走，終於走進一個昏暗的地下室，克坦小姐在這裡接待她，她是病房助手的主管，這位高瘦女士的臉完全就像是公爵夫人的樣子，還有著充滿魅力的溫柔舉止。

奈兒接受了工作指示，內容簡單，雖然包含粗活，不過並不困難。刷洗石板通道的某個特定區域跟台階；張羅護士們的午茶，在旁邊伺候，最後把碗盤撤走，接著輪到病房助手吃午茶，然後是準備晚餐之類的例行公事。

奈兒很快就學會了。這個新生活的重點就是：第一，跟廚房的戰爭；第二，記住護士長想要的茶。有一張長桌是給志願救護隊護士的，她們像一條河流似的湧入，餓得不得了，而且食物似乎總是在最後三個護士坐下來以前就沒了。然後你就要透過一條通話管提出要求，接著就會挨一頓刮。麵包跟奶油每個人三塊，都算好了的，一定有人吃了超過自己應該拿的量。志願救護隊員會大聲抗議說沒這回事。她們彼此友好、無拘無束地閒聊，用小名稱呼對方。

「小瓊，我沒吃你的麵包。我不會做這麼惡劣的事情！」「她們總是送錯數量。」「聽著，必須給凱兒東西吃，她半小時後有個手術。」「快點，凸眼（這是個充滿感情的暱稱），我們還有一大堆防水布要刮呢。」

房間另一頭則是護士長的桌子，她們的舉止不同，對話以冰冷的悄悄話音量有禮貌地進行。每位護士長面前都有一小壺棕色的茶，奈兒得負責弄清楚每位護士長想要多濃的茶。問題永遠不在於要泡多淡！拿「水似的」茶給一位護士長，就會讓你永遠失寵。

悄悄話語聲連續不斷：「我對她說：『當然外科病患會最先得到照顧。』」「就這麼說吧，我只是把話帶到。」「愛出鋒頭，總是同一套。」「你相信嗎，她忘記握住給醫生擦手的毛巾。」「今天早上我對醫生說……」「我把那句話跟護士說了……」

某句話一次又一次地重現。「我把話帶到。」奈兒逐漸留意到這句話。在她靠近桌子的時候，悄悄話就變得更小聲，護士長們滿心懷疑地看著她。她們的對話充滿祕密，掩蓋在莊嚴的態度底下。她們態度極其正式地替彼此斟茶。

「要喝點我的茶嗎，衛薩文護士長？壺裡還有很多。」「卡爾護士長，可以麻煩您替我拿糖過來嗎？」「請見諒。」

在一個護士生病、奈兒調升到病房以後，她才開始了解醫院的氣氛：長期不和、嫉妒、小團體，還有那一百零一種檯面下的暗流。

她有一排十二張病床要照顧，大多數都是外科手術病患。她的搭檔是葛拉蒂絲．帕茲，一個總是格格笑的小個兒，很聰明卻很懶惰。病房是由衛薩文護士長負責，她是個高大、瘦削，說話尖酸的女人，臉上永遠帶著不贊同的表情。奈兒剛看到她時心中一沉，不過後來就感到慶幸了；在這所醫院的護士之中，分派到衛薩文護士長手下工作已經是最最愉快的了。

總共有五位護士長。卡爾護士長圓圓胖胖，一臉好脾氣的樣子。男人喜歡她，她常常對他們格格笑，又用笑話逗樂他們，然後換藥布的進度就會落後，最後只好倉促行事。她叫那些志願救護隊員「親愛的」，親切地拍拍她們，但她的脾氣陰晴不定。她自己太不準時，每次事情出錯，她就怪「親愛的」。在她手下工作讓人很生氣。

巴恩斯護士長根本無法相處，每個人都這麼說。她從早到晚都在抱怨、痛罵；她痛恨志願護士，也讓她們知道這一點。她一直宣稱：「我會教教那些來到這裡，自以為無所不知的人。」如果不談她冷嘲熱諷的刺人話語，她是個好護士。而就算她有一張利嘴，有些女孩還是喜歡在她手下工作。

鄧洛普護士長就像個避難所。她仁慈溫和，可是很懶惰。她喝很多的茶，並且盡可能少做一點工作。

諾里斯是開刀房護士長。雖然她很擅長這份工作，但她總是嘴唇塗得紅紅的，對下屬出言惡毒。

衛薩文護士長是醫院中其他人遠遠及不上的最佳護士。她對工作很有熱忱，也善於判斷下屬的能耐。如果她們表現得不錯，她就會很合理地善待她們。如果被判定是傻瓜，那些女孩的日子就會過得很慘。

奈兒報到後的第四天，護士長說道：「護士，起先我覺得你不會有多大用處，不過你的工作表現很好。」奈兒已經深受醫院精神感染，所以這天回家的時候樂得有如上了天堂。

漸漸地，她深深融入醫院的常軌之中。起初她一看到傷患就心痛如絞；第一次幫忙在傷口上換藥布的時候，更幾乎難以忍受。那些「渴望照護他人」的人通常會把情緒帶到工作上，可是她們很快就會除去這層情緒，血液、傷口、苦難是每天的例行公事。

奈兒在男性之間很受歡迎。在午茶之後的空閒時刻，她會替他們寫信，猜想他們的喜好、從病房內的書架上替他們拿書，聽他們講家人跟愛人的故事。她變得跟其他護士一樣，熱心地替他們抵擋那些自以為善意的人做出的殘酷或愚蠢行為。

在訪客接待日，會有川流不息的年長女士們到來。她們在床邊坐下，盡力要「為我們勇敢的戰士打氣」。某些對話成了慣例。「我猜想你很渴望回戰場去吧？」答案永遠都是：「是的，女士。」她們還想聽芒斯天使[34]的故事。

還有音樂會。有些音樂會規劃良好，大家也很享受它；其他的嘛——照顧奈兒旁邊那排病床的護士菲莉絲・狄肯下了個結論：「自以為能唱歌卻得不到家人許可的人，現在有機會上台啦！」

還有一些牧師。奈兒心想，從來沒看過這麼多牧師。有一、兩個備受讚賞；他們是好人，有同情心跟理解力，而且知道該說什麼話，不會過度強調他們職責中的宗教面向。可是還有許多別的牧師。

「護士。」

奈兒原本匆匆沿著病房往前走，因為護士長剛剛口氣尖刻地告訴奈兒：「護士，你的病床歪了，七號床凸出來了。」她現在暫時停下腳步。

「是？」

「你能現在替我梳洗嗎，護士？」

這個不尋常的要求讓奈兒瞪大了眼睛。

「現在還不到七點半呢。」

「是教區牧師，他想叫我行堅信禮，他就快要來啦。」

奈兒同情他的處境。結果愛傑頓法政牧師[35]發現，他可能感化的對象被隔簾跟一盆盆的水擋起來了。

「多謝你啊，護士，」病患啞著嗓子說道，「在某人無法行動的時候還拚命對他嘮叨個不停，這樣似乎有點過分啊，不是嗎？」

34 芒斯天使（Angels of Mons）是第一次世界大戰早期的傳說，與一九一四年八月二十三日的芒斯戰役有關。當時英軍竟擋住人數比他們多一倍的德軍攻勢，然而軍力懸殊，英軍第二天還是得全速撤退。一方面這算是奇蹟般的勝利，另一方面卻也讓英國發現這場戰爭沒那麼容易結束。為了鼓舞士氣，有位小說家寫了個故事，描述阿金科特之役（十五世紀時亨利五世打敗法軍的著名戰役）時死去的長弓手鬼魂被召喚到芒斯戰場上，殲滅了一支德國軍隊。這個故事被當成真正的靈異經驗談，後來以訛傳訛，變成英國軍民之間流傳鼓舞士氣的傳說，用來「證明」上帝保佑英國必勝。

35 法政牧師（Reverend Canon）是英國國教派的一種特殊職稱。

清洗——無止盡的清洗。病患洗過了，病房洗過了，每小時還有防水布要刷。還有永遠的整齊要求。

「護士，你的病床。床單從九號床上垂下來了，二號病人把他的床推歪了。醫生看到會怎麼想呢？」

醫生、醫生、醫生，一整天都在講醫生！醫生就是神。區區一個志願救護隊護士直接跟醫生講話是冒犯天條，護士長會把你罵得狗血淋頭。某些志願護士天真地犯了這種錯。她們是魏茲伯里人，原本就認識這些醫生，知道他們只是凡夫俗子。她們開開心心地跟醫生打招呼，很快她們就放聰明了——知道自己犯了可怕的大罪，「愛出鋒頭」。瑪麗．卡德納就「愛出鋒頭」。醫生要剪刀，而她想都沒想，就把自己手上那把遞給他。護士長長篇大論地解釋她犯了什麼罪。她的結語如下：「我不會說你本來就不該這樣做。既然你正好有他要的東西，你本來可以跟我說——我是指用耳語的音量——『護士長，是這個嗎？』然後我就會把剪刀接過去交給醫生。沒有人會反對這樣做。」

你會對「醫生」這個字眼感到厭倦。護士長的每個評論都用「醫生」當句讀，甚至連跟他說話時也一樣。「是，醫生。」「華氏一百零二度，醫生。」「我不這麼認為，醫生。」「抱歉，醫生？我不太懂。」「護士，握好這條給醫生擦手的毛巾。」

你乖順地握住毛巾，像個光榮的毛巾架，而醫生呢，擦過他神聖的手以後，把毛巾扔在地板上，你順從地把它撿起來。你替醫生倒水，你把肥皂交給醫生，最後你會得到這個命令：「護士，替醫生開門。」

「我害怕的是，以後我們再也擺脫不了這種感覺了。」菲莉絲．狄肯憤怒地說道。「我對醫生的觀感再也不會跟過去一樣了，就連最卑微的小醫生我都會對他低聲下氣，而且他們來我家吃飯的時候，我會衝過去替他們開門。我知道我會變成這樣。」

醫院裡有一種很偉大的同舟共濟精神。階級區別是過去式了，無論是教長還是屠夫的女兒，或是服裝店店員的妻子曼佛瑞太太與男爵之女菲莉絲・狄肯，全都用小名互稱，也分享共同的興趣：「晚餐會有什麼？夠每個人吃嗎？」毫無疑問，這裡有弊端。有人發現老是格格笑的葛拉蒂絲・帕茲提早下樓去，而且鬼鬼祟祟地多摸走一片麵包跟奶油，或者不公平地多吃一碗飯。

「你知道嗎？」菲莉絲・狄肯說，「我現在確實同情僕人階級了。我們總覺得他們實在太介意食物——但在這裡我們也變成這樣，因為生活中沒別的好指望了。昨天晚上炒蛋不夠吃的時候，我還差點哭出來。」

「他們不該做炒蛋的，」瑪麗・卡德納生氣地說道，「蛋應該要一個個分開來，用煎的或者水煮。炒蛋讓沒節操的人有機會動手腳。」

說這話時她別有用心地看著葛拉蒂絲，後者緊張地格格笑，然後走開了。

「那女孩是個懶鬼，」菲莉絲・狄肯說道，「在拉隔簾工作的時候她總說有別的事情要做，還猛拍護士長馬屁。這對衛薩文來說沒有用，衛薩文很公平。可是她一直諂媚卡爾，最後弄到所有輕鬆活兒。」

帕茲不受歡迎；大家費了莫大的力氣，要逼她偶爾多做些沒那麼輕鬆愉快的工作，可是帕茲很狡猾，只有足智多謀的狄肯跟她勢均力敵。

醫生也會彼此嫉妒。他們當然全都想要比較有趣的外科病患，把病患分配到不同的病房，會引起情緒上的波濤。

奈兒很快就認得所有醫生跟他們的個性。有一位朗醫生，高大、邋遢、懶散，還有神經質的長手指。他是院裡最聰明的外科醫師，有著愛說反諷話的利嘴，看診的時候冷酷無情，但他很聰明，所有的護士長都崇拜他。

還有一位衛伯拉罕醫生，他在魏茲伯里有一間很時髦的診所。這個紅潤的大個兒男人，在事事順利的時候脾氣很好，然而被惹惱的時候，舉止就像個被慣壞的孩子。如果他很疲倦又氣惱，就會變得很粗魯，奈兒很討厭他。

梅鐸斯醫生是個安靜、有效率的全科醫生。他不熱衷於動外科手術、會持續地關注每個病例，對志願救護隊護士說話時總是很有禮貌，而且不來把毛巾扔在地上這一套。

然後還有貝瑞醫生，大家不認為他有多行，但他覺得自己無所不知。他總是想嘗試不尋常的新方法，而且常常每隔幾天就換一種療法。如果他的某個病人死了，大家常有的說法是：「是貝瑞醫生的病人，你還會覺得奇怪嗎？」

還有年輕、因傷退役的金醫生，他只比醫學院學生強一點，卻自以為重要。他甚至降格來跟志願救護隊護士閒聊，解釋剛剛做完的手術有多麼重要。奈兒對衛薩文護士長說：「我不知道金醫生替病人動手術呢，我還以為是朗醫生開的刀。」護士長嚴肅地回答：「金醫生負責握住那條腿，就這樣。」

起初手術對奈兒來說就像夢魘。她參與第一個手術，覺得自己就快暈倒時，有位護士就把她帶出去了。為此她幾乎不敢面對護士長，可是護士長的態度意外地和藹。

「護士，這有一部分原因在於缺氧跟乙醚的味道，」她仁慈地說道，「下次改參加一個比較小的手術。你會逐漸習慣的。」

在小手術中奈兒還是覺得頭昏，但是不必出手術室了，再下一次她只覺得噁心，更後來的那一次她完全不覺得噁心了。

有一、兩次，在不尋常的大規模手術以後，她會幫忙清理開刀房，裡頭簡直像屠宰場，到處都是血。開刀房護士才十八歲，是個堅毅的小姑娘。她對奈兒透露，起初她痛恨這個工作。

「第一次手術是一條腿，」她說，「截肢。護士長後來就出去了，留下我收拾，我必須自己把那條腿拿到下面的火爐去，真是可怕。」

奈兒在放假的時候去跟朋友們喝下午茶，那些仁慈的老太太大動感情地說她真是了不起。

「你星期天不會工作吧，親愛的？真的嗎？喔，不過這樣是不對的。星期天是休息日。」

奈兒溫柔地指出，星期天就跟其他日子一樣，必須有人替傷兵梳洗、餵飯，老太太們承認這一點，不過似乎認為這件事情應該有更好的安排。奈兒必須在午夜獨自走路回家這件事，也讓她們非常難過。

除了這些老太太，其他人還更難應付。

「我聽說這些醫院護士自以為高高在上，指使每個人，我不想忍受那種事情。我很樂意盡己所能，在這場可怕戰爭中貢獻一己之力，可是我不會忍受無禮的態度。我這樣告訴柯提絲太太了，她也同意我最好別去做醫院的工作。」

對於這些女士，奈兒連回答都省了。

此時關於「俄國人」的謠言在英倫甚囂塵上。每個人都見過他們——或者說，就算沒親眼見到，他們家廚子的二等表親也見到了，所以其實是一樣的意思。這個謠言持續不散——因為實在太有趣又太刺激了。

有位年紀非常大的女士來到醫院，把奈兒拉到一邊去。

「親愛的，」她說，「別相信那個故事。那件事是真的，不過跟我們想的不一樣。」

奈兒疑惑地看著她。

「蛋啊！」老太太用酸楚的語氣耳語道，「來自俄國的蛋！幾百萬個蛋——好讓我們免於飢餓……」

奈兒把這些事情都寫在信裡寄給弗農。她覺得跟他之間音訊隔絕得厲害。他的信理所當然地簡短而克制，而他似乎不喜歡她在醫院裡工作。他一次又一次地敦促她去倫敦……去享受生活……

男人多麼奇怪啊，奈兒這麼想。他們似乎不懂，她討厭側身於「為了男兒著想所以要讓自己每天開開心心」的婦女大軍之中。做著不同的事情時，人們會多快就彼此疏遠啊！她無法分享弗農的生活，他也不能分享她的。

在剛分離的第一波痛楚中，她本來很確定他會被殺——那段時期已經結束了。她現在落入身為人妻的常軌之中。四個月過去了，他連點傷都沒有。他不會受傷的，一切都好好的。

五個月後，他打電報來說他放假了。奈兒的心幾乎停止跳動。她好興奮！她立刻去找主任，獲准休假。她搭車到倫敦去，穿著便服的感覺既陌生又不尋常。他們第一次放假！

❖

這是真的，千真萬確！載著放假士兵的列車進站了，吐出了大量的人潮。她看見他了，他真的在那裡。見了面，兩個人都說不出話來。他瘋狂地捏緊她的手，她這時才知道自己本來有多害怕……

五天的假過得飛快，就像是某種古怪的譫妄夢境。她珍愛著弗農，他也珍愛著她，但他們彼此又有點像陌生人。在她問起法國戰地的時候，他的態度冷淡。那裡很好——一切都很好，大家都會說說笑話，不去認真看待戰事。「奈兒，拜託，別那麼多愁善感。回到家裡卻發現人人愁眉苦臉真是可怕，還有不要那麼濫情地講什麼勇敢的戰士為國捐軀之類的話，那種話讓我覺得噁心。我們去看另一場表演吧。」

他徹底拒人於千里之外的態度中，有某種讓她不安的成分——這麼輕忽地看待這一切，不知怎麼地似乎更加可怕。在他問她都做些什麼的時候，她只能跟他說醫院裡的新鮮事，而他並不喜歡。他再度央求她放棄那個工作。

「病人護理是個骯髒工作，我不喜歡你做這個。」

她覺得全身發冷，覺得被排斥了，但接著又責備起自己。夫婦重聚了，別的事情有什麼重要？

他們有一段狂野的快樂時光。他們去看了一場表演，每天晚上都去跳舞，白天去逛街時，弗農會隨興所至買禮物送她。他們去了一家來自巴黎的裁縫店，坐著看做作的年輕公爵夫人裹在一束束雪紡紗裡飄過去，這時弗農選了最貴的衣服版型。那天晚上奈兒穿上新衣服的時候，他們覺得自己淘氣極了，卻快樂得不得了。

然後奈兒說，弗農應該去見見他母親，他卻不肯。

「喔，親愛的，我不想去！我們只有這麼短的時間能相聚，我不想浪費任何一分鐘。」

奈兒懇求他，說麥拉會覺得極端受傷又失望的。

「那好吧，你必須跟我一起來。」

「不行，這樣不成的。」

到最後，他去伯明罕做了一次旋風式的拜訪。他母親大費周章地招待他——用上大量她所謂的「欣喜驕傲的淚水」來迎接他——然後又趕著他去見所有班特家族的人。那一整天刻意保持美德，讓弗農回來的時候情緒沸騰了。

「奈兒，你真是個狠心的惡魔。我們損失了一整天！天啊，他們真是感情用事。」

他話一出口就後悔了，為什麼他不能更愛母親一點？不管他怎麼下定決心，她為什麼總有辦法讓他不快？他給奈兒一個擁抱。

「我不該這麼說的。我很高興你叫我去了，奈兒，你實在太善良了，你從來不為自己考慮。能再度跟你相聚真是太美好了，你不知道……」

那晚她穿上了那件訂製的法式長禮服，兩人一起出門去吃晚餐時，心裡有種荒謬的感覺：因為他們是模範兒女，所以值得一頓獎賞。

晚餐快結束的時候，奈兒看到弗農的臉色變了，變得僵硬，而且愈來愈焦慮。

「怎麼了？」

「沒什麼。」他迅速地說道。

她轉過頭去看背後。珍坐在一張靠牆的小桌子旁。

一瞬間，有種冰冷的東西落在奈兒心上。然後她輕鬆地說道：「哎呀，是珍。我們去跟她說句話吧。」

「不，我寧可不要。」他激動的口氣讓她有點驚訝，他也察覺了，就繼續說道：「親愛的，我太傻了。我想要擁有你，不要別的就只有你——其他人不能闖入。你吃完了嗎？我們走吧。我不想錯過戲的開場。」

他們付了帳單走人。珍滿不在乎地點點頭，奈兒則朝她揮揮手。他們提早十分鐘到了戲院。

那晚回家後，在奈兒把長禮服從雪白的肩膀上脫下來的時候，弗農突然說道：「奈兒，你覺得我會不會再作曲呢？」

「當然會。為什麼不會？」

「喔，我不知道。我不認為我想這麼做。」

她驚訝地看著弗農，他坐在一張椅子上兀自皺眉。

「我還以為那是你唯一在乎的事。」

「在乎……在乎……這個說法還不足以表達萬分之一。重點並不在於你在乎哪些事，而在於你拋不下的那些事……那些不肯放你走的東西……糾纏著你不放的東西……就像是你即使不願意，也會看見的一張臉……」

「親愛的弗農，不要……」

她走過去跪在他身邊，他突然把她緊緊抱在懷裡。

「奈兒……親愛的奈兒……除了你，其他都不重要……吻我……」

但是他很快又回到剛才的談話主題，沒頭沒腦地說：「你知道嗎，槍砲聲有一種模式，一種音樂模式；人聽到的不是槍砲聲，而是它在空間中製造出的模式。我猜這聽起來有點語無倫次——不過我知道自己說的是什麼意思。」

一、兩分鐘後他又冒出一句話：「要是我能夠適當地掌握這個就好了。」

她非常非常輕盈地，從他身旁挪開了一些，就好像在挑戰她的對手。她從來不曾公然承認，但她其實害怕弗農的音樂。要是他沒有那麼在乎音樂就好了。

但無論如何，今晚她勝過他的音樂了。他把她拉回來，抱得更緊，在她身上落下雨一般的親吻。

但在奈兒睡著之後很久，弗農還躺在那裡瞪著黑暗，不由自主地回想起珍的臉，以及在餐廳深紅色布簾襯托之下，她裹在暗綠色綢緞緊身衣裡的身體曲線。

他非常輕聲地對自己說道：「去他的珍。」

不過他知道，不可能那樣容易就擺脫珍。

他真希望自己沒見到她。

珍有某種讓人困擾到極點的特質。

第二天他就忘了她。這是假期的最後一天，這一天過得驚人地快。

一切都過得太快，假期結束了。

❖

放假期間就像一場夢，現在夢結束了，奈兒回到醫院。在她看來，自己彷彿從來沒離開過。她急切地等待信件——等待弗農放假後的第一封信。信來了，比平常更熱情也更無保留，就好像連信件審查這回事都忘了。奈兒把這封信放在貼近心口的地方，墨水痕都轉印到皮膚上了——她寫信跟他這麼說。

生活照舊進行。朗醫生上前線了，由一位留鬍子的老醫生取代，每次有人給他毛巾，或者幫他穿上白色亞麻醫師袍的時候，他就會說「謝你，謝你啊，護士」。他們有一段閒散時光，大部分病床都是空的，奈兒這時發現被迫賦閒很難熬。

有一天，讓她既驚且喜的是，賽巴斯欽突然出現了。他放假回家，所以來探望她。是弗農要求他的。

「那麼你見過他了？」

賽巴斯欽說是，他的部隊是接弗農的缺。

「他還好吧？」

「喔，是啊，他還好！」

他的語氣讓她心生警覺，因而逼他多說一點。賽巴斯欽困擾地皺起眉頭。

「奈兒，這個很難解釋。你知弗農是個怪胎——一直都是。他不喜歡面對現實。」

他看出她快要開口強力反駁，就制止了她。

「不是你想像中的那個意思。他不是害怕，幸運的傢伙，我不認為他知道什麼叫恐懼；我真希望我也不知道什麼叫恐懼。不，是完全不一樣的意思。這整個生活……你知道，相當可怖，泥與血，汙穢與噪音——最嚴重的是噪音！在固定時刻重複出現的噪音，這讓我神經緊張——所以你想，這對弗農有什麼影響？」

「對，不過你說不肯面對現實是什麼意思？」

「他不肯面對現實。他害怕去想這些事，所以騙自己說沒有任何要介意的事情。要是他像我一樣，承認這一切真是該死的骯髒活兒，也就沒事了。可是，就像關於鋼琴的那個老故事一樣——他不肯好好地正視自己的恐懼。而且，在確實有事的時候，光說『沒這種事』是無用的，不過弗農總是這樣。他興高采烈地享受每件事，這一點都不自然。我真怕他的……喔，我不知道我害怕什麼，可是我知道，假裝自己置身童話故事中是一大錯誤。弗農是個音樂家，他有音樂家的神經，他最糟糕的地方就是他一點都不了解自己，他從來就不了解。」

奈兒一臉困擾的表情。「賽巴斯欽，你認為會發生什麼事？」

「喔，可能什麼事也沒有。我會希望發生的事情是，弗農被迫停下來——受個不太嚴重的傷，然後回來休養一下。」

「我多希望會發生這種事啊！」

「可憐的奈兒。對女人來說，這樣討厭極了。我真高興我沒有妻子。」

「如果你有妻子的話……」奈兒頓了一下，然後又往下說，「你會希望她在醫院裡工作，或者你寧願她無所事事？」

「遲早每個人都會去工作的。我會說，愈快習慣工作愈好。」

「弗農就不喜歡我做這個。」

「那又是他的鴕鳥行為了……再加上他繼承的、永遠無法徹底擺脫的反動精神。遲早他要面對女人家都在工作的事實——但他會拖到最後一刻才肯承認。」

奈兒嘆了口氣。「每件事情都這麼讓人擔心。」

「我知道，而且我說的這些還讓你更擔心。不過我實在非常喜歡弗農，他是我最在意的朋友。而我希望，如果我說出我的想法，你會鼓勵他……呃……無論如何，稍微向你透露一點心聲。不過或許在你面前，他是毫無保留的？」

奈兒搖搖頭。「他只拿戰爭開玩笑，別的都不提。」

賽巴斯欽吹了聲口哨。「那麼，下一次……你得堅持讓他說出來。」

奈兒突然很尖銳地問道：「你覺得他會不會……對珍多說一些？」

「對珍？」賽巴斯欽看起來相當尷尬。「我不知道。或許吧，這要看情形。」

「你確實這麼想了！為什麼？告訴我為什麼？她比較有同理心還是怎樣？」

「喔，老天爺啊，別這樣。珍並不是有同情心的類型，反而該說她很會刺激別人才對。你會被她激怒——然後實話就脫口而出了。她讓你用你不希望的方式發現自己。珍會讓你無法驕傲自滿，沒有人像她那樣的。」

「你會覺得她對弗農有很大的影響嗎？」

「喔！我不這麼覺得。而且無論如何，就算她有過，現在也無關緊要了。她兩個星期前去塞爾維亞做人道救援工作了。」

「喔！」奈兒說道。她深吸一口氣，露出微笑。

出於某種原因，她覺得開心多了。

❖

親愛的奈兒：

你知不知道我每天晚上都夢見你。通常你對我很好，可是有時候你真是個小壞蛋。冷漠、嚴厲又疏遠，你不可能真的那樣吧，是嗎？現在不要。親愛的，上次轉印在皮膚上的墨水痕洗掉了嗎？

奈兒，甜心，我從來不相信我會陣亡，可是如果我出事了，那重要嗎？我們已經擁有這麼多。甜心，你想到的我總是快樂而且愛著你的，不是嗎？我知道就算我死了也會繼續愛著你，那是我身上唯一不死的一小塊。我愛你……愛你……愛你……

他以前從來沒有寫過像這樣的信給她。她把這封信收在平常放的地方。

那天她在醫院裡心不在焉、忘東忘西的。男人們注意到了。「護士在做白日夢喔。」他們尋她開心，開了些小玩笑。而她也回以笑聲。被愛實在太美好，太過美好了。衛薩文護士長在發脾氣，帕茲比平常還懶散，可是這都不重要。什麼都不重要。

就連位高權重、永遠滿腦子悲觀想法的詹金斯護士長來值晚班，都沒讓她產生任何晦暗的心情。「啊！」詹金斯護士長會邊說邊調整袖口，還把三層下巴塞進領口，努力想讓它們看起來沒那麼沉重，「三號病人還活著？真讓我驚訝。我不認為他會撐過今天。嗯，他明天就會過世了，可憐的年輕人（詹金斯護士長總是預言病人明天會過世，即使預言沒有成真，好像也沒讓她產生更正面的態度）。我不喜歡十八號病患的樣子——最後那次手術的效果很糟。除非我判斷錯誤，否則八號病患的情況就要開始惡化了。現在呢，護士（口氣突然尖酸起來）你不必在這裡晃了，該下班就下班。」奈兒接受這個大發慈悲的下班許可，她完全清楚如果自己沒在這裡徘徊，詹金斯護士長就會問她，「你這樣急匆匆的是幹什麼——連晚一分鐘下班都不願意嗎？」

走路回家要花二十分鐘。今夜天氣晴朗又滿天星星，奈兒很享受這趟路程。要是弗農可以在她身邊跟她一起走就好了。

她用鑰匙開門，很安靜地進了屋，因為房東太太總是很早上床。門廳的文件盒裡有個橘色的信封。

她立刻就知道了……

她告訴自己不是這樣……不可能是……他只是受傷了……當然他只是受傷了……然而她明白……

那天早上弗農信裡的一句話，跳到她面前。「奈兒，甜心，我從來不相信我會陣亡，可是如果我出事了，那重要嗎？我們已經擁有這麼多……」

他從來沒有寫過像那樣的信……他一定已經感覺到了，已經知道了。敏銳的人有時候確實會未卜先知。

她站在那裡，握住那封電報。弗農——她的愛人，她的丈夫……她站在那裡良久……

到最後，她拆開那封電報：他們深表遺憾地通知她，弗農．戴爾中尉已經陣亡。

第三章

弗農的追思禮拜在普桑修道院附近亞伯斯福的老教堂裡舉行，就跟他父親的追思禮拜一樣。戴爾家族的最後兩個人都沒能安葬在家族墓園中。一個長眠在南非，另一個長眠於法國。

在奈兒事後的追憶中，儀式似乎在列文太太巨大的身影下進行——這位女性大家長龐大的身形，讓其他一切相形見絀。奈兒必須咬著嘴唇，才不至於歇斯底里地大笑。這整件事從某種角度來看滑稽透頂——實在太不像弗農的風格了。

奈兒的母親在場，優雅而冷淡。西德尼舅舅也在，他穿著黑色絨布西裝，擺出一副恰當的「弔唁者」表情，同時極力克制自己不要把錢幣玩得叮噹作響。麥拉也在，她穿著沉重的喪服，毫無節制地哭個沒完，但支配整個儀式的卻是列文太太。後來她跟著他們回到客棧的會客室，對家屬表達同情之意：「可憐的、親愛的孩子……親愛勇敢的可憐男孩啊。我總是把他當作自己的兒子。」

她真心覺得難過，眼淚滴在黑色的緊身胸衣上。她拍拍麥拉的肩膀。

「好了，好了，我親愛的，你一定要節哀啊，真的。這是我們的使命，我們所有人都得忍耐。你把他獻給這個國家，你不可能做得更多了。看看奈兒，那麼勇敢地面對這件事。」

「我在這世界上所有的一切……」麥拉嗚咽著說道，「先是丈夫，然後是兒子。什麼都不剩了。」

她充血的眼睛瞪著前方，沉浸在一種哀痛逾恆的出神狀態。

「最好的兒子，我們是彼此的一切。」她抓著列文太太的手。「你會知道這種感覺，要是賽巴斯欽……」

一陣恐懼的抽搐掠過列文太太的臉龐，她握緊了麥拉的雙手。

「我看到他們送三明治還有波特酒來了。」西德尼舅舅說話了，分散了她們的注意力。「非常體貼、非常體貼。親愛的麥拉，喝些波特酒吧，你壓力太大了。」

麥拉用嚇壞了的手勢推拒了波特酒，西德尼舅舅因此自覺冷酷無情。

「我們全都必須打起精神啊，」他說，「這是我們的責任。」

他的手偷偷摸進口袋裡，開始叮叮噹噹地把玩錢幣。

「西德尼！」

「抱歉，麥拉。」

奈兒再度感覺想放聲格格傻笑的那種瘋狂欲望。她不想哭泣，她想要大笑、大笑、再大笑……這種感覺真是可怕。

「我想今天事情進行得很順利，」西德尼舅舅說，「確實非常好，來參加儀式的村民比往常多得多。你們想不想去普桑修道院散個步？今天有封信把那個地方交給我們處置了。」

「我恨那個地方，」麥拉激動地說道，「一直都恨。」

「奈兒，你見過律師了吧？據我所知，弗農去法國前立了個非常簡單的遺囑，把一切都留給你，因此普桑修道院現在屬於你了。這裡不是限定繼承的，而且反正現在也沒有任何戴爾家族的人在世了。」

奈兒說：「謝謝您，西德尼舅舅，我見過律師了。他很好心地把一切解釋給我聽了。」

「那比任何律師在慣例上願意做的還多了，」西德尼舅舅說，「他們會讓最簡單的事情聽起來都很難。給你建議不是我分內的事，不過我知道你家裡沒有男人可以做這件事。最好的打算就是把那裡賣掉。你知道，沒有錢能讓你維持那個地方。你明白這一點嗎？」

奈兒確實了解，西德尼舅舅挑明了這件事：班特家不會出錢資助她。麥拉會把錢留給她娘家。當然，那是很自然的。奈兒作夢也不會覺得有別的可能性。

事實上，西德尼舅舅有一次很努力要麥拉去弄清楚奈兒有沒有懷孕，麥拉說她認為沒有，西德尼舅舅說最好確定這件事。「我其實不知道法律怎麼說，不過事實上，如果你明天兩腿一蹬、把你的財產留給弗農了，這筆錢可能就會流向她。最好別冒任何風險。」

麥拉淚眼汪汪地說，他暗示她即將會死掉真是太惡劣了。

「不是那樣啦，你們女人全都一個樣。上次我堅持要凱莉寫份像樣的遺囑，結果她就一整個星期拉長了臉。我們不希望肥水流入外人田呀。」

最重要的是，他不想讓大筆金錢流落到奈兒手上。他不喜歡奈兒，把她看成是擠走愛妮德的人。他也痛恨維爾克太太，她總是讓他覺得羞愧、笨拙、手足無措。

「當然了，奈兒會接受法律上的建議。」維爾克太太語氣甜美地說。

「別把它想成我要插手。」西德尼舅舅說。

奈兒感覺到一股激烈的悔恨心痛，要是她懷孕了多好。弗農曾經那麼為她擔驚受怕。「親愛的，如果我陣亡了，你沒什麼錢，又要面對孩子帶來的所有困擾跟擔憂，那對你來說多可怕啊。此外——誰知道呢——說不定你會死掉，我受不了冒這種風險。」

而且說真的，本來等待時機似乎是比較好、比較審慎的做法。

但現在她覺得好遺憾，母親的安慰在她聽來簡直冷酷野蠻。

「你沒懷孕吧，奈兒？那好，我必須說我覺得很慶幸。你應該會再婚，沒有拖油瓶實在是好得多了。」

對於奈兒激動的抗議，維爾克太太回以微笑。「我是不該現在就這麼說，不過你還只是個年輕女孩，弗農會希望你幸福快樂的。」

奈兒想著：「永遠不會的！她不懂！」

「唉，這是個悲哀的世界。」西德尼舅舅說著，同時偷偷替自己拿了一份三明治，「我們男子漢中的菁英被撂倒了，但我還是以英國為傲，以自己是英國人為傲。我很樂於為英國略盡一己之力，就像那些男孩上前線一樣。我們下個月會二十四小時趕工，把炸藥的產量加倍。我可以說，我為班特公司感到驕傲。」

「貴公司一定利潤可觀吧。」維爾克太太說道。

「我並不喜歡從這個角度去看，」西德尼舅舅說，「我比較喜歡把它看作我在為國家服務。」

「喔，我希望我們都試著盡點力，」列文太太說，「我一星期去工作小組兩次，而且很關切那些生下戰時嬰兒的可憐女孩。」

「現在有太多隨隨便便的想法了，」西德尼舅舅說，「我們絕對不能鬆懈，英國從來就沒有鬆懈過。」

「反正無論如何我們都得照顧那些孩子呀。」列文太太說著又問道，「喬呢？我以為今天會見到她。」

西德尼舅舅跟麥拉看起來都一臉尷尬。很明顯，喬就是所謂的「敏感話題」。他們輕輕地帶過這件事。她在巴黎做戰時工作，非常忙，沒辦法休假。

西德尼舅舅看著他的手錶。

「麥拉，我們得準備去搭火車了。今晚非回去不可，我太太凱莉狀況很不好，所以她今天才無法出席。」

他嘆息了。「說來奇怪，事情常常出人意料地有最好的結果。沒有兒子一直是最讓我們失望的事，然而在某種程度上，我們省下了不少力氣，想想我們現在可能會有多焦慮。神展現旨意的方式真是太奇妙了。」

她們搭列文太太的便車回倫敦，與列文太太道別後，維爾克太太對奈兒說：「奈兒，我希望你不要認為自己有義務常去探望婆家的親戚。對於那女人沉浸於悲慟中的方式，我厭惡到無法形容。她徹底享受著她的痛苦，雖然我敢說，她本來期望會有個像樣的棺材。」

「喔，母親……她真的很不幸。她非常喜歡弗農，就像她說的一樣，他是她在這世界上僅有的。」

「那種女人很愛講這種沒有意義的話。而且你不必在我面前假裝弗農敬愛他母親，他只是容忍她而已。他們根本沒有共通點，他從頭到腳都是個戴爾家的人。」

奈兒無法否認這一點。

她在她母親的倫敦公寓裡待了三星期。維爾克太太盡量對女兒態度仁慈；她不是非常有同理心的女人，不過她尊重奈兒的哀痛之情，不去打擾她。一如以往，她對現實面的判斷力絕佳。與律師之間各式各樣的會晤，維爾克太太都出席了。

普桑修道院仍然在出租中，租約隔年才到期，律師強烈建議屆時以出售取代招租。讓奈兒驚訝的是，維爾克太太似乎並不同意這個觀點。她建議再出租一次，租約不要太長。

「這幾年內可能會發生的事情太多了。」她說道。

弗萊明先生嚴厲地看著她，似乎懂得她的意思了。有一會兒他的眼神停留在奈兒身上，服喪中的她顯得細緻美麗，又像個孩子。

「如你所說，」他評論道，「有很多事可能會發生。無論如何，一年內還無須決定。」

事情處理好了，奈兒回到魏茲伯里的醫院去，只有在那裡，她才會覺得生活有可能繼續。維爾克太太並沒有反對，這個明智的女人自有計畫。

弗農死後一個月，奈兒再度回到病房裡。沒有人提到她的喪夫之痛，她對此很感激。繼續照常生活下去，是此刻的座右銘。

奈兒繼續照常生活。

❖

「戴爾護士，有人來找你。」

「找我？」奈兒很驚訝。

一定是賽巴斯欽，只有他會來這裡。要見他還是不見？她實在不知道。

但讓她大感意外的是，來訪的是喬治·查特溫。他解釋說自己路過魏茲伯里，便停下來看看是否能見她。他問她能不能出來吃頓午餐。

「我想你下午要值班。」他解釋道。

「我昨天換到早班了。我會問問主任，最近不是很忙。」

她得到許可，半小時後她就在魏郡旅館裡，坐在喬治·查特溫對面，面前有一盤烤牛肉，還有侍者在她身邊待命，手上拿著一大盤包心菜。

「這是魏郡旅館唯一知道的蔬菜。」喬治這麼評論。

他談吐風趣，沒有提到她喪夫的事，只說了她繼續工作，是他所知最堅毅勇敢的事。

「我無法向你說明我有多欽佩英國女性。她們繼續過日子，解決一件又一件的工作。沒有小題大做、沒有英雄主義，只是堅持下去，就好像這樣是世界上最自然的事。我想英國女人很行。」

「人總得找點事情做。」

「我知道，我可以了解那種感覺。不管做什麼都比呆坐著、無所事事來得好，喔？」

「就是這樣。」

她很感激喬治的善體人意。他告訴她，這一、兩天他要去塞爾維亞組織那裡的人道救援工作。

「老實說，」他說道，「我為我的祖國沒有參戰感到羞恥，可是早晚會的，我很確信這一點。現在這個時候，我們就做我們能做的，來紓解戰爭帶來的慘狀。」

「你看起來狀況非常好。」

他看起來比她記得的年輕些——身體健康，皮膚曬成了古銅色，泛灰的頭髮只是個特色，而不是年紀大的象徵。

「我感覺很好，有事可做的感覺更好了。救援工作相當費力。」

「你什麼時候出發？」

「後天。」他停頓了一下，然後用不同的口氣說道，「聽好——你不介意我像這樣來探望你吧？不會覺得我多管閒事吧？」

「不會……不會的。你這樣做非常好心，特別是在我……我……」

「你知道我永遠不會對此懷恨在心。我欽佩你聽從自己心意的做法。你愛他，不愛我。不過我們沒有理由不當朋友，對吧？」

他看起來這麼友善，這樣不感情用事，所以奈兒高興地答應了。

他說：「這樣很好。你會讓我以朋友的身分幫你忙吧？我是說，在你有煩惱的時候，給你建議？」

奈兒說，她只會覺得極端感激。

他們就談到這裡。午餐之後，他很快就開車離去，離去前他緊緊握著她的手，說希望六個月後能與她再見，並且再度請她在有任何困難的時候徵詢他的意見。

奈兒答應會這麼做。

❖

那年冬天對奈兒來說很難受。她得了感冒，又沒適當地照顧自己，有將近一個星期病得相當厲害。到最後她變得很不適合重回醫院工作，維爾克太太帶她回倫敦的公寓裡休養。

讓人困擾的事情似乎層出不窮。普桑修道院的屋頂需要換新，水管必須重新安裝，圍牆也得維修了。奈兒首次體認到房地產可以是這樣的一個無底洞。有許多次，修繕費用就把房租給啃光了，必須靠維爾克太太幫忙渡過險境，奈兒才不至於負債太多。她們盡可能地省吃儉用，出外看戲與賒帳購物的日子已經消失無蹤。維爾克太太設法讓收支非常驚險地維持平衡——要不是她在橋牌桌上贏錢，幾乎無法辦到。她是第一流的玩家，而且靠著玩牌替自己增加了實質的收入。她幾乎天天出門去還健在的那些橋牌俱樂部。

對奈兒來說，這種日子很無趣又不快樂。為錢擔憂，又沒有健康到可以去工作，無事可做，只能坐在那裡悶悶不樂地想事情。貧窮加上苦中作樂的愛情是一回事，貧窮卻缺乏愛情滋潤又是另一回事。有時候奈兒不免會想，要怎麼繼續走完眼前沉悶灰暗的人生。她不能忍受這些事；她就是不能。

然後弗萊明先生敦促她對普桑修道院做個決定。租約一、兩個月內就要到期，一定得採取行動了，他認為無法指望用更高的價格把那裡租出去。誰會想租沒有中央暖氣設備或者現代化設施的大房子？他強烈建議她把這裡賣掉。

他知道她丈夫對這個地方的眷戀，可是既然她自己永遠不可能負擔得起住在這裡的生活……

奈兒承認他說的很有道理，卻還是央求給她一點時間做決定。她很不想賣掉這裡，可是卻忍不住覺得若能不必為普桑修道院煩惱，她就卸下肩上最沉重的負擔了。然後有一天，弗萊明先生打電話來說，有人出了非常好的價錢要買普桑修道院。買家提的價格遠遠超乎她的期待——或者說，其實是超過他的期待。他強烈地建議她不要遲疑，立刻敲定交易。

奈兒猶豫了一分鐘……然後說：「好。」

❖

這真是不尋常，擺脫那個可怕的重擔，立刻讓她覺得快樂許多，這跟弗農還活著時的快樂不同。要是你沒有錢可以維護保養，房地產只不過是沒用、徒有表面虛榮的錢坑而已。

就連喬從巴黎寄來的信都沒擾亂她的心情。

「既然你知道弗農對普桑修道院的感情，你怎麼可以賣掉它？我本來以為這會是你最不可能做的事情。」

她想著：「喬不明白。」

她寫了回信：「我能怎麼做？我不知道去哪裡找錢。屋頂和水管都要修理，這些問題沒完沒了，我無法靠舉債來維持它。每件事都這樣累人，我真希望我死了……」

三天後她接到一封來自喬治．查特溫的信，詢問是否可以來看她。他說，他必須坦白告訴她某件事。

維爾克太太出門了。奈兒獨自接待他。他相當憂心地說了：買下普桑修道院的人就是他。

起初這個想法讓她為之一縮。不要是喬治！喬治不能買下普桑修道院！然後他以令人佩服的嘗試為自己辯護。

普桑修道院落入他手中會比較好，總好過賣給陌生人吧？他希望她跟她母親偶爾會去那裡住上幾天。

「希望你覺得你丈夫的老家任何時候都為你開放。我會盡可能不去更動那個地方，請給我建議。你寧可我買下它，也不願讓某個暴發戶用金箔跟假惺惺的老派大師作品塞滿房子吧？」

到最後她納悶的反倒是為什麼一開始她會有抗拒的意思。喬治是比其他人都好的買主，而且他總是這麼仁慈又體諒。她很疲倦又憂心，突然間就崩潰地靠在他肩膀上哭了。他伸出一隻手臂環抱住她，告訴她一切都會好轉的，她現在這樣只是因為生病了。

沒有人可以比他更仁慈、或者更博愛了。

她告訴母親這件事的時候，維爾克太太說：「我早知道喬治打算買房子，他看中普桑修道院真是你的運氣。他可能沒怎麼殺價，就只因為他曾經愛上你。」

她說「曾經愛上你」的那種疏離口氣，讓奈兒覺得頗為舒坦，原本她擔心母親可能還對喬治．查特溫有些「想法」。

❖

那年夏天她們下鄉去普桑修道院；她們是唯一的客人。奈兒從孩提時代以後就沒再去過那裡，一股深切的悔恨爬上她心頭：為什麼先前她沒有機會跟弗農一起住在那裡呢？這房子確實很美，堂皇的花園跟修道院廢墟也是。

整修房子的工程才進行到一半，喬治不斷地徵詢她的意見。奈兒逐漸對那裡產生一種屋主似的興趣，她幾乎又快樂起來了，享受這種舒適與奢華的生活，還有免於焦慮的自由。

的確，一等她收到來自普桑修道院的售屋款項並且加以投資之後，她就會有一筆不錯的小小收入，但她就怕要負起責任決定要住哪裡、該做什麼。跟母親在一起時她並不是真正快樂，而她跟朋友們似乎漸行漸遠、失去聯絡。她幾乎不知該何去何從，如何過自己的人生。

普桑修道院給她的，正是她需要的平靜與休息。她覺得在那裡得到了庇護與安全，她就怕要回到倫敦。

要離開的前一晚，喬治敦促她們多住一陣子，可是維爾克太太宣稱她們真的不能再過度利用他的好客精神了。

奈兒跟喬治一起在長長的石板路上散步。這是個寧靜、溫暖的夜晚。

「這裡一直都很美好，」奈兒發出小小的嘆息聲說道，「我真痛恨要回去。」

「我也痛恨你得回去。」他頓了一下，然後低聲說道，「我想我是沒有機會的，是嗎，奈兒？」

「我不懂，你的意思是……？」

不過她確實懂——立刻就懂了。

「我買下這棟房子，因為我希望有一天你會住在這裡。我想讓你擁有應該屬於你的家。你要耗掉一輩子守著一個記憶嗎，奈兒？你認為他——弗農——會希望如此嗎？我從來不認為死者會怨恨生者得到幸福。我想他會要你有人守護照顧，因為他再也沒辦法這樣做了。」

她低聲說道：「我不能……我不能……」

「你是說你不能忘記他嗎？我明白。可是我會對你非常好，奈兒，你會被包裹在愛與關懷之中。我認為我可以讓你快樂——無論如何，比你自己獨自面對人生來得快樂。我的確誠心誠意相信，弗農也希望如此……」

他會嗎？她很納悶，但她覺得喬治是對的。大家會說這是不忠，但不是這樣的；她跟弗農過的那段人生，是某種自成一格的人生——沒有任何事物能夠再觸碰它……

可是，喔！被人守護照料，珍惜與理解……喬治一直都很喜歡她的。

她用很輕的聲音回答：「好。」

❖

為此怒不可遏的人是麥拉。她寫了長長的辱罵信件給奈兒。「你竟然這麼快就忘記一切。弗農只有一個家——就在我心中。你從來就不愛他。」

西德尼舅舅扭動著雙手的拇指說道：「那個年輕女人知道怎麼做最有好處，相當精打細算。」他寫了一封典型的恭賀信件給她。

出人預料的盟友是喬，她搭機飛到倫敦，過來探望住在母親公寓裡的奈兒。

「我非常高興。」她說著親吻了奈兒，「而且我確定弗農也會。你不是那種可以獨自面對人生的人；你從來就不是。你別介意麥拉舅媽說了什麼，我會去跟她談談。人生對女人來說是一筆爛帳——我想你跟喬治在一起會很快樂。我知道弗農會希望你快樂。」

喬的支持比任何事都更能鼓舞奈兒；喬一直都是弗農最親近的人。婚禮的前一晚，她跪在床邊，抬頭看著床頭，弗農的佩劍就掛在那裡。

她把手壓在閉起的眼睛上。

「我的摯愛，你確實了解吧？你真的懂嗎？我愛的是你，而且永遠會是……喔，弗農，要是我可以知道你能否理解該有多好。」

她試著把自己的靈魂送出去尋找他。他一定、一定要知道，並且理解……

第四章

距離德國邊界不遠處的荷蘭A鎮有個不怎麼醒目的客棧。在一九一七年某個夜晚，有個臉龐憔悴的黑髮年輕男子推開了門，用非常不流利的荷語要求住宿一夜。他的呼吸粗重，眼神焦躁不安。胖胖的客棧主人安娜·史賴德先以平常那種深思熟慮的態度仔細地上下打量他，然後回答說，可以給他一個房間。她女兒芙莉妲帶他到樓上的房間去。在她回來的時候，她母親簡潔地說：「英國逃犯。」

芙莉妲點點頭，什麼也沒說，那雙暗藍色眼睛很柔和又多愁善感，她對這個英國人感興趣是有原因的。後來她再度上樓，敲敲房門就進去了，那年輕男子其實沒聽到敲門聲。他深陷於筋疲力竭的昏沉狀態中，完全沒注意到外在聲響與事件。連著好幾天他都處於警戒狀態，屢次千鈞一髮地逃離險境，身心都不敢鬆懈。此刻他已氣力用盡，躺在原本倒下的地方，上半身伏在床上。芙莉妲站著注視他，最後說道：「我帶了熱水給你。」

「喔！」他一驚跳起。「很抱歉，我沒聽見你敲門。」

她緩慢而小心地用他的語言說道：「你是英國人，對吧？」

「是的。是的，這是……」

他突然間懷疑地停了下來，雖然危險結束了——他已離開德國——但仍必須小心謹慎。他覺得有點頭昏腦脹，從田裡挖出來的生馬鈴薯大餐，不怎麼能保持頭腦清醒，不過他還是覺得必須小心，這很困難——因為他有種古怪的感覺，很想不停地說，既然充滿恐懼的長期緊張結束了，他想要傾吐一切。

荷蘭女孩嚴肅而明智地對他點點頭。

「我知道，」她說，「你是從那裡過來的……」

她的手指著邊界的方向。

他望著她，仍然難以決定要怎麼做。

「你逃出來了……對。我們以前也有像你這樣的人。」

一波確定的安心感再度傳遍他全身，這個女孩沒問題的。他的雙腿突然一軟，再度倒回床上。

「你餓嗎？是的，我看得出。我去帶點東西給你。」

他餓嗎？應該是。上次吃東西是什麼時候？一天前，兩天前？他記不起來。最後幾天就像個夢魘，只知道盲目地繼續往前走。他有份地圖和一個指北針，知道該在哪裡跨過邊界，在他看來那裡最有機會。順利越過邊界的機率是千分之一——但他越過了。守軍開槍卻沒射中他。或者這一切都是夢？他沿著那條河往下游，就這樣——不，不是這樣的。好吧，他不要再想這些了，反正重要的是他逃出來了。

他往前傾，用雙手撐著發痛的腦袋。

芙莉妲很快就用托盤帶著食物和一大杯啤酒回來了。他吃吃喝喝，她則站著觀察他。食物的效果很神奇，他的頭不痛了，沒錯，他剛才的確是頭昏腦脹。他抬頭對芙莉妲微笑。

「這棒極了，」他說，「非常感謝。」

在他的微笑鼓勵下，她在一張椅子上坐下來。

「你知道倫敦？」

「對，我知道那地方。」他微微一笑。她的問法真不尋常。

芙莉妲沒有笑，她認真到極點。

「你認識那邊的一位士兵嗎？那是什麼軍階……葛林下士？」

他搖搖頭，有點感動。

「我不認識他，」他溫柔地說，「你知道他屬於哪一團的嗎？」

「是一個倫敦軍團——倫敦火槍兵團。」

她沒有更進一步的資訊了。他和藹地說道：「如果你願意寫封信，等我回到倫敦的時候，我會試著幫你送去。」

她懷疑地看著他，然而卻有某種想要信任的意思。最後那股懷疑消逝了。

「我會寫信……是的。」她說道。

她起身要離開時突然說道：「我們這裡有英國報紙——兩份英國報紙，我親戚從旅館帶來的。你會想要看看這些報紙，是嗎？」

他謝過了她，而後她帶回一份破破爛爛的《標準晚報》跟一份《每日速寫》，帶點驕傲地交給他。

她再度離開房間後，他把報紙擺在身旁，然後點燃了一支菸——只剩這支菸了！要是少了這些菸，他會做出什麼事啊——他會去偷竊！或許芙莉妲會幫他買些菸來，他還有些錢。一個好心的女孩，芙莉妲，雖然她腳踝很粗，外表又不甚迷人。

他從口袋裡拿出一本小筆記本，頁面是空白的，他在上面寫下：葛林下士，倫敦火槍兵團。他會盡力幫這個女孩的忙。他不很認真地尋思著這件事背後的故事，葛林下士在荷蘭的A鎮做過什麼呢？可憐的芙莉妲，他猜想是那種常見的故事。

葛林——這讓他回想起自己的童年。葛林先生，那無所不能、開開心心的葛林先生——他的玩伴和保護者。小孩腦子裡想的事情真是妙啊！

他從來沒有告訴過奈兒關於葛林先生的事，或許她也有她自己的葛林先生，或許所有孩子都有。

他想著：「奈兒……喔，奈兒……」他的心亂跳，然後他毅然決然地將思緒轉移開來。很快了……可憐的親親，知道他在德國當囚犯，一定讓她很難受。可是現在一切都結束了，很快他們就會重逢了，很快。喔，他絕對不能再想了，快進行手頭上的任務——別再前瞻了。

他拿起《每日速寫》隨手亂翻。似乎有不少新的表演節目，能再去看表演是多麼愉快的事啊。將軍們的照片看起來非常凶惡、充滿戰意。還有宣布婚訊的照片，這些人看起來還不賴。那一個……怎麼會……

這不是真的……這不可能是真的……這是夢……另一個夢魘……

弗農．戴爾的遺孀即將嫁給喬治．查特溫先生。戴爾太太的先夫在一年前陣亡。喬治．查特溫先生是美國人，在塞爾維亞做了許多極有價值的救援工作。

陣亡——是的，他猜想可能有這種誤會。雖然有各種預警措施，但這樣的錯誤確實發生過，弗農認識的某個人曾被誤報為已陣亡。雖然機率是千分之一，但這種事發生過。

奈兒理所當然地相信了——而且很理所當然地，她會再婚。

他在胡扯些什麼！奈兒……再婚！這麼快。嫁給喬治——頭髮都灰了的喬治——一股突如其來的尖銳劇痛貫穿他全身。腦中清楚浮現喬治的影像，該死的喬治——該千刀萬剮、遭天譴的喬治。

但這不是真的，不，這不是真的！

他站了起來，雙腿搖搖晃晃卻還是想穩住自己，那樣子任誰看了都會覺得他喝醉了。

他很冷靜，是的，他十分冷靜，這種事情不能相信、不能去想。把這件事擱到一邊去，立刻擱置，這不是真的……不可能是真的……一承認這可能是真的，你就完了。

他走出房間到樓下去。他走過芙莉妲身邊，她盯著他看。他小聲、冷靜地說道（他竟能如此冷靜，真是神奇）：「我要出去散個步。」

他出去了，全然沒察覺老安娜．史賴德掃視他背後的眼神。芙莉妲對她說道：「他在樓梯上經過我身邊的時候，好像……好像……出了什麼事。」

安娜別有深意地輕敲著額頭，沒什麼事能夠讓她驚訝的。

弗農出了旅館，走得非常快。他必須逃離——逃離跟著他的那件事。要是他回頭看……要是他去想那件事……可是他不會去想的。

每件事都好好的——每件事。

只是他絕對不能去想。這個詭異陰暗的東西尾隨著他……如果不去想，就會沒事的。

奈兒……奈兒，她的金髮和她的微笑。他的奈兒，奈兒和喬治……不，不，不！不是這樣的，他及時趕回去阻止了。

而在突然之間，他心中清清楚楚地掠過這個念頭：「那份報紙至少是六個月前的了。他們已經結婚五個月了。」

他心神大亂，想著：「我受不了。不，我不能忍受這種事。一定會發生什麼事的……」

他盲目地執著於此：一定會發生什麼事的……

有人會來幫助他的，葛林先生會來的。這個死跟著他不放的恐怖玩意是什麼？當然了，是野獸。野獸。

他可以聽見它接近了。他驚恐地瞥向背後，這裡是城鎮與堤防之間的一條筆直道路，野獸用很快的速度，踩著沉重的步伐來了，一路發出喀啦喀啦、乒乒乒乒的聲響。

野獸……喔！要是他可以回去就好了——回到野獸和葛林先生的時代——古老的恐懼，古老的安慰。它們不會像新事物這樣傷害你——像是奈兒和喬治．查特溫。喬治——奈兒屬於喬治……

不……不，這不是真的，這一定不是真的……他受不了了。不能是那個……不要那個……只有一條路可以脫離這一切，回歸平靜，那是唯一的路了——弗農．戴爾把人生搞得一團糟，最好脫離這個人生……

最後一個烈焰般的痛楚貫穿了他的腦袋……奈兒……喬治……不！他用盡最後的力氣把他們推出去。葛林先生，仁慈的葛林先生。

他踏進馬路中央，站在想避開他卻遲了一步的失控貨車前面——貨車撞倒了他，他往後跌……痛得像火燒般的恐怖撞擊——感謝神，這就是死亡……

第五部

喬治·葛林

第一章

在魏茲伯里魏郡旅館的院子裡，有兩個私家車司機正忙著打理車子。喬治・葛林完成了那輛大戴姆勒[36]的內部整修，拿塊油膩膩的破布擦淨雙手，然後直起身來發出一聲滿足的嘆息。他是個快活的年輕人，現在臉上帶著微笑是因為他找到問題所在且已處理完畢，內心覺得很滿意。他漫步到另一個司機身旁，他快要打點好那輛米涅娃[37]了。

他的同伴抬起頭。「哈囉，喬治……你做完了？」

「對。」

「你老闆是個美國佬，對吧？他是什麼樣的人？」

「他還不錯，不過對細節挺囉嗦的。年紀還不到四十吧。」

「唔，你要感謝你運氣好，不必替女人開車。」這人說道，他名叫伊文斯，「她們老是改變心意，用餐時間不正常。戶外午餐是常有的事──而且你知道那是什麼意思吧，一顆全熟水煮蛋跟一片萵苣就算一餐了。」

葛林在旁邊的桶子上坐下來。「你為什麼不辭職算了？」

「這年頭另外找事不容易啊。」伊文斯說道。

「沒錯，真是這樣。」葛林若有所思地答道。

「而且我還有老婆跟兩個小孩，」伊文斯繼續說，「說什麼這是個適合英雄的國家，這是啥鬼話？在一九二〇年的現在，你要是有份工作，最好就黏著不放。」

他靜下來一會，然後又往下講。

「這場戰爭真是怪異。我被碎彈片打中兩次，戰後仍然覺得有點怪怪的。我老婆說我嚇著她了，因為我有時候瘋瘋癲癲的，會在半夜吼叫著醒來，不知道自己在哪裡。」

「我懂，」葛林說道，「我也一樣。我老闆在荷蘭遇到我的時候，除了名字以外，我記不起任何事。」

「那是什麼時候？戰後嗎？」

「停戰協議六個月以後，我那時在那邊的一家修車廠工作。這之前有個晚上，幾個醉漢開著一輛貨車把我撞倒了；那差不多把他們給嚇醒了。我的腦袋重重挨了一下。他們照顧我，還給我工作，他們是一群好漢。布雷納先生到那裡的時候，我已經在那裡工作兩年了。他在那兒租了一、兩次車，都由我替他開車。他跟我聊了不少，最後提議讓我當他的私人司機。」

「這之前，你從來沒想過要回家？」

「沒有——不知怎麼的，我並不想回來。就我記得的，我在英國已沒有親人，而且我依稀記得自己在英國惹上了什麼麻煩。」

「夥伴，我不會把麻煩跟你聯想在一起耶。」伊文斯笑著說道。

36 戴姆勒（Daimler）是英國汽車公司，創辦人 H. J. Lawson 取得 Gottlieb Daimler 引擎專利的授權後獨立發展而成的汽車品牌，跟 Daimler 自己在德國成立的 Daimler 公司（Daimler-Benz 的前身）不同。

37 米涅娃（Minerva），比利時的豪華汽車品牌，現已不存。

喬治．葛林也跟著笑了。他看起來的確是個快活的年輕男子，高大、黝黑、寬肩，臉上永遠掛著微笑。

「沒什麼事會讓我心煩，」他吹噓說，「我想我天生就是能隨遇而安、享受人生的類型。」

他帶著快樂的微笑走開了。幾分鐘後，他向他的雇主回報，戴姆勒準備好上路了。

布雷納先生是個高高瘦瘦、看似苦於消化不良的美國人，有著非常標準的口音。

「很好。葛林，我現在要去達徹爵爺家參加正式午宴，地點在阿賓沃斯修士會，離這裡大概六英里。」

「是的，先生。」

「午宴後我要去一個叫做普桑修道院的地方，村莊的名稱叫做亞伯斯福。你知道那裡嗎？」

「先生，我想我聽過。不過我不知道確實的地點。我會去查地圖。」

「好，那就麻煩你了。應該不超過二十英里——我想是在往林伍德的方向。」

「好的，先生。」葛林碰了一下他的帽子，就退下了。

在普桑修道院裡，奈兒．查特溫穿過客廳的落地窗，走到外面的露台上。

雖然才剛入秋，在這種日子裡，似乎到處都毫無生氣，就好像大自然界也失去了意識。天空是一種蒼白的藍，大氣中有一層非常淡薄的霧靄。

奈兒靠在一個巨大的石甕上，注視著外頭寂靜的景象。一切都非常美麗，也非常英國。這個井然有序的花園受到悉心維護；房屋本身也經過非常審慎而仔細的修繕。

奈兒並不習慣陷溺在個人情緒中，然而在她抬頭看著玫瑰紅的磚牆時，突然感到一陣激動。這實在太完美了，她真希望弗農能夠知道……看見這一切。

婚後這四年奈兒過得很好，但這四年也改變了她。現在她身上沒有任何寧芙仙子的影子了，她已由迷人討喜的女孩變成了美麗的女人，冷靜、有自信。她的美是一種非常清楚確定的美——永遠不會增減變異，舉止比過去更深思熟慮，她還變得圓潤了一點，沒有任何青澀的影子了，她是完全盛放的玫瑰。

屋裡有個聲音在呼喚她。

「奈兒！」

「喬治，我在這裡，在露台上。」

「好。我很快就會出來。」

喬治是個多麼可愛的人啊！她的嘴唇上綻開一抹小小的微笑。完美的丈夫！或許因為他是美國人的關係吧，人們總說美國人是完美的丈夫，而喬治對她來說就是這樣。他們的婚姻很和諧，雖然她對喬治的感情從來就跟對弗農的感情不同——但她不太想承認這樣反而比較好。讓暴風雨般的情緒撕扯著一個人是不可能長久的，每一天你都會更加清楚，那些情緒不會長久。

她過去的抗拒情緒現在止息了。她不再激動地質疑，為什麼上天要帶走弗農。事情發生時你會反抗，但到最後總會明白，不管發生什麼都是神最好的安排。

她和弗農曾經置身至高的幸福之中，沒有任何事可以破壞或帶走這種幸福。它永遠在那裡，一種珍貴的祕密財產，一顆藏起來的珠寶，她現在可以不帶悔恨或渴望地想他了。他們曾經深深相愛，也曾為了在一起甘冒危險，緊接的是痛苦可怕的分離……然後是平靜。

對，那就是她現有人生中最主要的元素——平靜。喬治給她平靜，用舒適、奢華與溫柔包裹著她。她希望自己對他而言是個好太太，就算她並沒有像對待弗農那樣地關懷他，可是她是喜歡他的——她當然是！她在他身上感受到的平靜與深刻感情，顯然是人生中最安全的情緒。

是的，這確實表達出她的感覺——安全而快樂。真希望弗農知道這一切，她確定他會為此感到高興的。

喬治．查特溜出來跟她會合。那一身打扮很英國鄉間風，看起來非常像個鄉紳，他一點都沒有顯老，看來反倒更年輕了。他手裡握著幾封信。

「我同意跟壯蒙共用那個獵場。我想我們會很享受那裡的。」

「那很好。」

「得先決定還想邀誰。」

「對，我們今天晚上來討論一下吧。海伊夫婦不能過來吃晚餐，我其實還滿高興的；能夠和你獨處一晚很不錯。」

「這裡很美妙。」喬治讚賞地望著這片景致。「比起英國其他地方，我最喜歡普桑修道院，這裡有一種特別的氣氛。」

「我們確實常常東奔西跑，不過我想這樣也很好，而且只要來到鄉下，一直是平靜得不得了。」

「奈兒，我就怕你在城裡太忙了。」

奈兒點點頭。「我知道你是什麼意思。」

「我很不願意想像它落入……呃，比方說，像是列文家那樣的人手裡。」

「我知道。那樣會讓人覺得很怨恨，雖然賽巴斯欽是個很可愛的人——而且他的品味真的很完美。」

「他是很了解大眾的品味，」喬治口氣平淡地說，「接連不斷的成功——偶爾會有個『叫好不叫座』的作品，正好表彰他不只是個賺錢機器。然而他開始變得……不是變臃腫，而是變得油滑，擺出種種造作派頭。這期的《潘趣雜誌》上有一幅關於他的諷刺漫畫，很傳神。」

「賽巴斯欽很適合諷刺漫畫的，」奈兒微笑著說道，「那雙招風耳，還有滑稽的高顴骨。他是個外表很不尋常的男孩。」

「想到你們小時候全玩在一起還真怪。對了，我有個驚喜要給你，有一位你久未見面的老朋友今天會來吃午餐。」

「是喬瑟芬嗎？」

「不是。是珍．哈定。」

「珍．哈定？可是你怎麼會……」

「我昨天在魏茲伯里碰到她。她在巡迴演出，是在某個劇團裡表演。」

「珍？哎，喬治，我還真不知道你認識她！」

「我們在塞爾維亞做人道救援工作時碰巧認識的。我有寫信跟你提過這件事。」

「你有嗎？我不記得。」

她的語氣讓他一驚，他緊張地說道：「這沒關係吧？親愛的？我以為這對你來說會是個愉快的驚喜，原本以為她是你很要好的朋友。我可以請她別來，如果說……」

「不用不用。當然，我會很高興見到她，我只是很驚訝。」

喬治放下心來。「那就好。還有一件事，她提到布雷納——他是我以前在紐約非常熟的朋友，現在也在魏茲伯里。我想讓他看看修道院的廢墟——那類東西是他的專長。如果我邀他來吃午餐，你會介意嗎？」

「不會啊，當然不會。請邀他來。」

「我會看看能否用電話跟他聯絡上，昨晚本來要打的，卻一時忘了。」

他又進屋去了。留在露台上的奈兒微微皺著眉。

喬治沒有猜錯，因為某種說不上來的理由，她一想到珍要來吃午餐就不太愉快。她並不想見珍，光是提到珍就已經擾亂這個早晨的平靜。她想著：「我原本感覺這麼平靜，但現在……」真惱人——對，很惱人。她之前就怕珍，現在也是。珍是那種讓你永遠沒把握的人。她……要怎麼說呢？她會讓天下大亂、給人帶來困擾——而奈兒不想被打擾。

她很不講理地想著：「喬治怎麼會在塞爾維亞認識她呢？事情怎麼這麼煩人哪。」可是害怕珍這件事很荒唐，珍現在不可能傷害她了。可憐的珍，她一定搞砸了很多事情，才會淪落到在巡迴劇團裡表演。

人不能背棄老朋友，珍是老朋友，應該讓珍看看她多麼忠於友誼。帶著一種自我讚許的光芒，她上樓去換了一件鴿灰色的喬其紗洋裝，同時配上一串非常漂亮、相稱的珍珠項鍊，那是喬治在結婚紀念日送給她的。她在化妝室裡花了莫大的力氣梳妝打扮，以此滿足了某種含糊的女性直覺。

「無論如何，」她想道，「那個叫布雷納的男人也會來，這樣狀況會比較容易處理。」

話說回來，為什麼會預期狀況難以處理呢？她沒辦法解釋。

喬治過來找她的時候，她正要上最後一輪粉。

「珍到了，」他說，「她在客廳裡。」

「布雷納先生呢？」

「很不巧他午餐有約了，不過他下午會過來。」

「喔！」

她慢慢走下樓去，覺得這麼戒慎恐懼很荒謬。可憐的珍——她一定要好好待珍。失去聲音又落到這步田地，實在是極端不走運。

然而珍似乎沒有察覺到自己不走運。她一派無憂無慮的，背靠在沙發上，用極為讚賞的態度環顧客廳。

「哈囉，奈兒，」她說道，「唔，你似乎把自己保護得滿舒服的。」

這是一句很過分的評論。奈兒整個人僵硬起來，有一刻想不出要說什麼。她迎向珍的雙眼，珍的眼中充滿了作弄人的惡意。她們握手時，奈兒說道：「我不知道你是什麼意思。」

「我指的是這一切。宮殿般的住處，體面的門房，高薪的廚子，腳步輕盈的僕人，可能還有個法國女僕，浴室裡備有剛上市的潤膚油膏和浴鹽，五、六個園丁，奢華的私人轎車，昂貴的衣服，而且我看到了，真正的珍珠！你是不是非常享受這些？我確定你是。」

「告訴我關於你的事情。」奈兒說著，在沙發上坐下來，就在珍旁邊。

珍瞇起眼睛看她。「這是非常聰明的答覆。我活該。抱歉，奈兒，我是個野蠻人。你這麼像個皇后，又這麼會體恤人。我從來就受不了這麼會體恤別人的人。」

她站了起來，開始在房間裡遛達。

「所以這就是弗農的家了，」她輕聲說道，「我以前從沒見過這裡——只聽他提過。」

她安靜了一下，然後突然問道：「你們改變了多少地方？」

奈兒解釋，每樣東西都盡可能維持原樣。只有窗簾、床罩和地毯之類的更新過；舊的那些太破爛了。另外就是添加了一、兩樣極其珍貴的家具。每次喬治發現什麼跟這裡相配的東西，就會買下來。

奈兒做這番解釋的時候，珍的眼睛牢牢盯著她，讓她覺得很不自在，因為她不知道珍在想什麼。

喬治在她結束話題以前進來了，他們去用午餐。

他們談起塞爾維亞，講到幾個在那裡的共同朋友，接著聊珍的事情。喬治很委婉地提及珍的嗓子——他為此感到憂傷——每個人一定都這麼覺得。珍用頗為隨性的態度回應他。

「這是我自己的錯，」她說，「我唱某種音樂，但我的嗓子不適合那種音樂。」

她接著說，賽巴斯欽．列文是個了不起的朋友，他願意現在就讓她在倫敦登台演戲，但她希望先學會這一行的技巧。

「當然，在歌劇裡唱歌也是一種演戲，可是還有各式各樣的事情要學——比方說，控制自己講話的聲音，而且戲劇需要的演出效果也不同——必須更細緻，不能表現得太露骨。」

她說，明年秋天她就要在倫敦演出話劇版的《托絲卡》。

接下來她不談自己的事了，開始談起普桑修道院。她引導喬治討論他的計畫，他對這片地產的想法，在這種狀況下，他表現出一副徹頭徹尾的鄉紳模樣。

雖然珍的眼神或聲音裡並沒有嘲弄的意思，但奈兒還是覺得極端不舒服，她真希望喬治別再講了。他講得好像他的先祖已經在普桑修道院裡住了好幾個世紀，這樣有點荒謬。

喝過咖啡以後，他們再度往外走到露台上，喬治被找去聽電話，他道了聲歉後就把她們留在這裡。奈兒提議帶珍逛一趟花園，珍默許了。

奈兒想著：「她是想看弗農的家，她是為此而來。可是弗農對她的意義，從來就及不上他對我的意義！」

她有一種強烈的欲望想替自己辯白，讓珍看看——但是看什麼呢？她自己並不太清楚，可是她感覺到珍在批判她——甚至譴責她。

她們沿著一條長長的香草圍籬前行，紫色的雛菊在玫瑰色老磚牆下盛放，這時奈兒突然停下腳步。

「珍，我想告訴你……我要解釋……」

她頓了一下，讓自己重振精神，珍只用帶著疑問的表情注視她。

「你一定認為我這麼快就再婚是可怕的事。」

「一點都不會，」珍說，「這樣很合情合理。」

奈兒不想聽這種話，她根本就不是從這種角度考量的。

「我深愛弗農——深愛著他。他陣亡的時候，幾乎讓我心碎了，我是說真的。可是我很清楚，他不會希望我沉浸於悲傷中。死者不會希望我們悲傷哀痛……」

「他們不希望嗎？」

奈兒瞪著她。

「喔，我知道你在說的是一般常見的看法，」珍說，「死者希望我們勇敢地面對逆境，像平常一樣繼續生活，不喜歡我們為他們而難過。那是大家通常都會說的話——可是我從來沒看過任何證據支持這個鼓舞人心的信念。我想人們發明這個念頭，是為了讓自己好過些。活著的人都不盡然想要完全一樣的東西了，所以我看不出為什麼死者會是那樣。一定有一大堆自私的死者——如果還能像生前一樣思考，他們不可能突然間滿心都是美好無私的感情。每次看到痛失所愛的鰥夫在葬禮次日享用早餐，同時嚴肅地說：『瑪麗不會希望我這麼哀傷！』時，我就想笑。他怎麼知道？瑪麗可能正一邊啜泣，一邊咬著牙（當然是鬼魂的牙齒了），看著他像沒事人一樣地繼續過日子，好像她從來沒存在過似的。有許多女人喜歡看別人為她們小題大做，為什麼她們死了以後人格會改變？」

奈兒安靜下來。她現在沒辦法集中思緒。

「我並不是說弗農就是那個樣子，」珍繼續說道，「他可能真的希望你不要沉浸於哀痛中。你最明白這一點，因為你比任何人都更了解他。」

「對，」奈兒熱切地說道，「就是這樣。我知道他會希望我快樂，而且他想讓我擁有普桑修道院。我知道他會很樂意想到我人在這裡。」

「他想跟你住在這裡，那意思不完全是一樣的。」

「是不一樣，我不是說我跟喬治住在這裡的感覺，就像……就像我跟他住在這裡一樣。喔，珍，我想讓你了解，喬治是個好人，但他不是……他永遠不可能像是……像是……弗農對我的意義。」

一陣漫長的停頓之後，珍說道：「奈兒，你很幸運。」

「你以為我真的很愛這一切奢華嗎！哎，如果是為了弗農，我會馬上放棄這一切！」

「真的嗎？」

「珍！你……」

「你認為你會，可是我對此存疑。」

「我以前這樣做過。」

「不——當初你只是放棄那種前景，那是不同的，它並不像現在這樣滲進你骨子裡。」

「珍！」

奈兒熱淚盈眶地背過身去。

「親愛的……我真是個可惡的傢伙。你所做的事情沒有任何傷害，我敢說你是對的——關於弗農的期望，你需要被善待與保護——可是我還是要說，這種舒適的生活確實會侵蝕一個人，有一天你會知道我的意思。順道告訴你，我剛才說你很幸運的時候，我不是你所想的那種意思。我說的幸運，是指你魚與熊掌兩者兼得了。如果你照原訂計畫嫁給喬治，你會帶著祕密的悔恨、帶著對弗農的思念與渴望過完一輩子；那種感覺就像是你因為自己的懦弱被騙得放棄人生。而要是弗農還活著，你們可能會彼此漸行漸遠、起爭執、變得彼此憎恨。然而實情是，你做了犧牲，擁有過弗農——你得到他，再也沒有任何人事物能夠再碰他一下了。愛對你來說，永遠都會是美麗的東西，與此同時你還擁有所有其他一切，這一切！」

她迅速地伸出手臂，比劃出一種突然的擁抱姿勢。

奈兒幾乎沒有注意到這段演說的結尾，她的眼睛變得柔和傷感。

「我知道，到最後一切有了最好的結果。小時候大人總是這樣告訴你，後來你自己也發現了，神知道什麼是最好的安排。」

「奈兒・查特溫，你對神有什麼了解？」

這個問句裡有種蠻橫的成分，讓奈兒震驚地望向珍。她充滿威脅感、氣勢洶洶地指控著，前一分鐘的溫柔消失了。

「神的意志！要是神的旨意沒有剛好讓奈兒・查特溫過得安逸，你還會這麼說嗎？你對神一無所知，否則你不會那樣講，輕輕地拍拍神的背，嘉獎祂讓你的生活舒服又輕鬆。《聖經》裡有一段話總是讓我感到驚恐，今夜必要你的靈魂，在神向你要你的靈魂時，你最好確定自己有靈魂可以給祂！」

她頓了一下，然後平靜地說道：「我要走了。我不該來的，可是我想看看弗農的家。我為我說過的話致歉，可是奈兒，你真是該死的自滿，你不自知，但你真的是這樣，自滿——就是這個形容詞。生命對你來說就意味著你自己，也只有你自己。那弗農呢？這樣對他最好嗎？你認為他想要在他喜愛的一切都才剛開始的時候死掉嗎？」

奈兒不馴地把頭一揚。「我讓他快樂。」

「我不是在想他的幸福快樂，我在想他的音樂。你和普桑修道院——你有什麼重要？弗農有才華——這樣說其實不對——他屬於他的才華。而且才華是世界上最嚴厲的主人，一切都必須為此犧牲，如果那種虛有其表的幸福構成了妨礙，也得讓到一邊去。才華必須被服侍，音樂要弗農——然而他死了，這是莫大的遺憾，這才是真正重要的事，而你甚至想都沒想過。我知道為什麼——因為你怕它，奈兒，它不是為寧靜、幸福和安全感而生的，可是我告訴你，它必須有人服侍……」

突然間她的表情放鬆下來，奈兒厭惡的那種舊有嘲諷光芒又出現了。她說道：「別擔心，奈兒，你大概是我們之中最強的，你有保護色！賽巴斯欽好久以前就告訴過我了，他是對的。在我們全都化為塵土的時候，你還會繼續存在。再見……很抱歉我表現得像個惡魔，不過我天生就是那樣。」

奈兒站在那裡瞪著她離去的身影。她握緊雙手，低聲說道：「我恨你。我一直都恨你……」

❖

這天早上原本多麼平和──現在卻被毀了。淚水湧入奈兒的眼裡，為什麼大家不肯放過她？珍，還有她可怕的嘲弄。珍是個野蠻人──一個有著神祕力量的野蠻人，她知道哪些事情會傷你最深。

為什麼會這樣？喬都說她嫁給喬治很正確了！喬就完全了解。奈兒覺得忿忿不平又深受傷害，為什麼珍要這麼過分？還要那樣說死去的人──那些不虔誠的話──明明每個人都知道死者希望生者勇敢而快活。

珍把一段經文往她腦袋裡塞真是無禮，她自己曾經跟別人同居，做過種種不道德行為呢！奈兒的道德優越感帶給她一陣愉悅。不管大家怎麼說，世界上就是有兩種不同的女人，她屬於某一種，珍則屬於另一種。珍很有吸引力──那種女人總是很有吸引力──這就是為什麼過去她對珍充滿忌憚。珍對男人有某種古怪的力量，她壞透了。

奈兒想著這些念頭，心神不寧地來回踱步。她不想回屋裡去，反正今天下午沒有什麼特別的事要做。得騰出時間去寫幾封信，不過她現在真的沒辦法定下心來。

她已經忘記丈夫的美國朋友要來訪了，所以當喬治帶著布雷納來找她的時候，她相當驚訝。這個美國人又高又瘦，舉止很拘泥，他很嚴肅地對她恭維這棟房子，解釋說現在他們要去看修道院的遺址。喬治提議她跟他們一起去。

「你們去吧，」奈兒說，「我會跟上你們，我必須去拿頂帽子，太陽太大了。」

「親愛的，要我去替你拿嗎？」

「不用了，多謝你。你跟布雷納先生先出發吧，我知道你們會在那裡盤桓很久的。」

「我敢說肯定會是這樣的，查特溫太太。據我了解，你先生對於重建普桑修道院有某種想法。這非常有意思。」

「布雷納先生，這是我們的眾多計畫之一。」

「你很幸運，能夠擁有這個地方。順道一提，希望你不會反對，我告訴我的司機（當然了，經過你先生的許可），他可以在這片地產上散步。他是個非常聰明的年輕人，來自相當優越的階級。」

「沒問題。要是他想看看這間房子，晚一點管家可以帶他參觀。」

「我要說你非常仁慈慷慨，查特溫太太。我的感覺是，我們想讓所有階級都欣賞到美。即將要把國際聯盟結合起來的這種想法……」

奈兒突然間覺得她受不了再聽布雷納對國際聯盟的看法了，這些看法肯定無趣又冗長。她以太陽太大為藉口離開了。

有些美國人是非常無聊的，喬治不像那樣，真是謝天謝地。親愛的喬治——說真的，他幾近完美了。她再度感受到早晨湧上心頭的那股溫暖快樂的情緒。

讓珍擾亂情緒是多麼傻呀。世界上這麼多人，偏偏是珍！珍怎麼說怎麼想，有什麼重要的？當然，這不重要……可是珍有某種特質，她有某種力量……嗯……是讓人不悅的力量。

但現在都結束了，那股放心與安全的浪潮重新漲起。普桑修道院、喬治、關於弗農的溫柔回憶，一切都很好。

她快樂地跑下樓梯，手上拿著帽子。她在鏡子前面停頓了一下，把帽子戴好。現在她要去修道院跟他們會合，她會讓自己在布雷納面前顯得絕對迷人。

她走下露台的台階，沿著花園小徑前行。現在時間比她預期的還要晚，太陽就快下山了，紅色天空中有美麗夕陽。

在金魚池旁邊，有個穿著司機制服的年輕男子背對她佇立。他聽見她的腳步聲時轉過身來，很文雅地把手舉到帽子旁邊行禮。

她僵住了，站在那裡瞪視著對方的時候，她緩慢而不自覺地把手悄悄舉起來貼住心口。

❖

喬治．葛林瞪大了眼睛看。

然後他迅速地對自己說道：「唔，這真是奇怪。」

抵達目的地時，主人曾對他說：「葛林，這裡算是英國最古老也最有趣的地方，我會在這裡待至少一小時——或許更久。我會問查特溫先生可不可以讓你去園裡逛逛。」

葛林帶著某種溺愛的心情想著，他是個仁慈的老傢伙，不過對於所謂的「抬舉」行為敏感得可怕，而且對於任何以古色古香受到尊崇的地方，他都抱有美國人那種非比尋常的敬意。

不過，這裡當然是個很好的地方。他讚賞地看著四周，很確定自己在某處看過這裡的照片。他不介意照著上頭的吩咐，在這裡遛達一番。

他注意到這裡被照顧得很好。誰擁有這個地方？某個美國佬嗎？這些美國人，錢都在他們手上。他納悶地猜想這裡原本屬於哪個家族。不管是誰，要放手賣掉這裡一定很難受。

他遺憾地想著：「真希望我生來就是個上等人，我會很樂意擁有像這樣的地方。」

他漫遊到深入花園的地方去，注意到更遠的前方有一堆廢墟，有兩個人影在那裡走動，他認出一個是他的雇主。古怪的老頭——老是在廢墟裡東摸西找的。

太陽已經開始西沉了——片美不勝收、色彩鮮明的天空，襯托出普桑修道院所有的美。

這真怪，這一切如此似曾相識！有那麼一分鐘，葛林敢發誓他曾經就站在現在站的地方，看著紅色天空襯托出房子的輪廓。他也可以發誓自己曾經感覺到同樣尖銳的痛楚，就好像有什麼東西隱隱作痛，可是還缺了某樣東西——一個有著夕陽般紅色頭髮的女人。

背後傳來腳步聲，他嚇了一跳，轉過身去。一開始他感覺到一股模糊的失望，因為站在那裡的是一個年輕苗條的女人，而從她帽子兩側不經意落下的頭髮，是金色而不是紅色的。

他充滿敬意地碰了一下帽子為禮。

這位女士有點古怪，他想著。她瞪著他看，臉上沒了血色，看起來徹底嚇壞了。

她突然間倒抽了一口氣，接著轉身逃也似的踏上小徑快步走開了。

就在這時他迅速地想道：「唔，這真是奇怪。」

他認定她腦筋一定有點問題。

他繼續漫無目的地閒逛。

第二章

賽巴斯欽．列文在辦公室裡，正準備處理一份棘手合約的細節，這時有人送來一封電報。他隨手就打開了，因為他一天要收四、五十封電報。讀過以後，他把電報握在手中盯著看。

然後他把電報摺起來塞進口袋裡，對他的左右手路易斯簡短地說道：「盡你所能繼續處理這件事，我得出城去。」

他不去理會路易斯的抗議就離開了房間，只停下來要祕書取消各種約會，然後回家打包行李，再搭計程車到滑鐵盧車站。他在那裡重新打開電報來讀。

如果可以立刻過來十萬火急珍魏茲旅館魏茲伯里。

毫不猶豫就依此採取行動，說明了他對珍的信心與敬重。他信任珍的程度，勝過對世界上的任何人。如果珍說一件事很緊急，那它就是很緊急。他遵從她的召喚，沒浪費任何時間去惋惜這樣做必定導致的複雜狀況。因為，就這麼說吧，在這個世界上，他才不會為別人做這種事。

到達魏茲伯里的時候，他直接到旅館去。她在那裡訂了一個房間，此刻正伸出雙手迎接他。

「親愛的賽巴斯欽……太神奇了，你來得這麼快。」

「我立刻就來了，」他脫下外套丟到椅背上，「怎麼了，珍？」

「是弗農。」

賽巴斯欽一臉迷惑。「他的什麼事？」

「他沒有死。我看到他了。」

賽巴斯欽瞪著她看了一分鐘，然後把一張椅子拉到桌邊坐下來。

「珍，這樣不像你，但我在想，你一定是有生以來第一次搞錯了。」

「我沒搞錯。而且，我猜想，國防部也有可能弄錯吧？」

「這種錯發生過不止一次——可是誤報通常很快就被更正了。事情一定是這樣的，這樣很合理。如果弗農還活著，他這些日子以來都在做什麼？」

她搖搖頭。

「我說不上來。可是我確定那是弗農，就好像我確定現在在這裡的是你。」

她說得簡短，卻很有信心。

他眼都不眨地盯著她看，然後點點頭。

「告訴我經過。」他說道。

珍平靜鎮定地說道：「有個叫做布雷納的美國人在這裡，我在塞爾維亞認識他的。我們在街上重逢了，他告訴我他待在魏郡旅館，邀我今天一起午餐。我去了。飯後下雨了，他不肯讓我走路回來，說他的車就在那裡，可以送我一程。我搭了他的車。賽巴斯欽，幫他開車的司機就是弗農——而他不認得我了。」

賽巴斯欽思考著這一點。「你確定你不是看到某個長得跟他很像的人？」

「我確定不是。」

「那麼弗農為什麼認不出你呢？我猜他是裝的。」

「不，我不認為是這樣——實際上，我確定他不是裝的。他一定會顯露出某種跡象——身體一震什麼的。他不可能料到會碰見我。他不可能控制住他最初的驚訝。除此之外，他看起來……不一樣了。」

「怎麼不一樣？」

珍思索著。「很難解釋。他看起來相當快活開心，而且——只有一點點——變得像他母親。」

「真不尋常，」賽巴斯欽說，「我很高興你通知了我。如果那真的是弗農……好吧，事情會難辦得要死。奈兒已經再婚，一切都變了。我們不想讓記者像餓虎撲羊似的跑來這裡，我猜想這事會引發大新聞。」他起身來回踱步。「第一件事就是得先掌握布雷納的行蹤。」

「我打過電話給他，請他六點半的時候過來這裡。我不敢離開，雖然我擔心你可能沒辦法這麼快就到。布雷納隨時都可能會到這裡。」

「珍，你真是太好了。我們必須聽聽他怎麼說。」

有人敲門，布雷納來了。珍起身迎接。

「布雷納先生，你能來真好。」珍開口了。

「這不算什麼，」美國人說道，「我總是樂於聽從女士號令。而你說你是為了一件急事要見我。」

「確實是。這位是賽巴斯欽．列文先生。」

「您就是那位賽巴斯欽．列文先生嗎？很高興認識您，先生。」

兩位男士彼此握手。

「現在呢，布雷納先生，」珍說道，「我就直取重點，告訴你我想跟你談什麼了。你雇用那個司機多久了？對於他，你有什麼能夠告訴我們的嗎？」

布雷納顯然很驚訝，也表現在臉上了。

「葛林？你們想知道葛林的事？」

「是的。」

「這個嘛……」美國人回想著。「我不反對告訴你們我所知的事情，我猜你們會問一定是有理由的，哈定小姐，我對你的了解夠清楚。我是在停戰協議之後不久，在荷蘭偶然雇用了葛林，那時他在一家修車廠工作。我發現他是個英國人，開始對他感興趣。我問起他的來歷，而他講得相當含糊，起初我以為他想隱瞞什麼，但我很快就相信他為人真誠，這個男人在心理上處於某種摸不著頭腦的迷惑狀態。他知道他的名字，還有他從哪來，但除此之外所知無幾。」

「失去記憶，」賽巴斯欽輕聲說道，「我懂了。」

「他跟我說，他父親在南非的戰爭裡過世。他記得他父親在村裡的唱詩班唱歌，還記得有個叫做史卡洛的兄弟。」

「他很確定自己叫什麼名字嗎？」

「喔，是啊，他把名字寫在一本小筆記本上。他被一輛貨車撞倒過，他們就是靠那筆記本知道他的身分。他們問他是不是姓葛林，他說是，還說自己名叫喬治。他在修車廠很受歡迎，個性很開朗隨和。我從沒見過葛林發脾氣。

「呃……我還對那個小伙子有個奇特的想法。我曾見過幾個彈震症[38]的案例，他的狀況對我來說不算是不解之謎。他給我看他筆記本裡的條目，我還問了幾個問題，很快就發現他失去記憶的理由了——你知道，

38 彈震症（shell-shocked），因為耳聞、目睹砲彈爆炸，受到驚嚇後所產生的精神病。

總是會有某種理由。喬治．葛林下士，屬於倫敦火槍兵團，是個開小差的逃兵。

「現在你知道了，他是個膽小鬼——而他其實也是個很正派的年輕人，所以無法面對這個現實。我對他解釋了一切，他還滿疑惑地說道：『我根本沒想過我有可能會開小差——我不會開小差。』我向他解釋我認為就因為這個理由，他才會想不起自己的事，他不記得是因為他不想記得。

「他聽了，可是我不認為他非常信服。我一直都為他感到遺憾，也不認為自己有任何義務要向軍方通報他的存在。我讓他為我工作，給他個機會做些好事。這個決定從沒讓我後悔過，他是個優秀的司機——準時、聰明，是個好機械工，而且總是性情開朗又負責。」

布雷納頓了一頓，然後用充滿疑問的表情看著珍和賽巴斯欽，他們蒼白嚴肅的臉孔讓他印象深刻。

「這真可怕，」珍用她低沉的聲音說道，「這是世上最可怕的事情之一。」

賽巴斯欽握著她的手捏了一下。

「沒關係的，珍。」

珍微微打著哆嗦站起身來，對那美國人說：「我想現在輪到我們解釋了。你知道嗎，布雷納先生，我認為你的司機是我的一位老朋友——而他認不得我了。」

「真……真的嗎？」

「可是他的名字不叫葛林。」賽巴斯欽說道。

「不叫葛林？你是說他入伍時用的是另一個名字嗎？」

「不是。這裡頭似乎有些難以理解的狀況，我猜想我們總有一天會弄清楚。在此同時，布雷納先生，請不要向任何人提起這段對話。因為這件事裡牽涉到一位妻子，還有……喔！還有許多其他的考量。」

「親愛的先生，」布雷納說道，「你可以信任我，我會保持沉默。但接下來怎麼辦？你想見葛林嗎？」

賽巴斯欽望著珍，她點點頭。

「是的，」賽巴斯欽慢慢說道，「或許這麼做是最好的計畫。」

美國人站了起來。

「他現在在樓下，是他載我來這裡的。我會立刻叫他上來。」

❖

喬治．葛林用平常那種輕快的步伐上了樓梯。他邊走邊納悶地想，是什麼事讓老頭兒難過了——老頭兒指的是他的雇主。他看起來非常古怪。

「樓梯最頂端那個門。」布雷納跟他說。

喬治．葛林用指節迅速地敲敲門。有個聲音喊道「請進」，他開了門進去。

房間裡有兩個人——一位是他今天載送的女士（他心裡認為她是個上等貨），還有一個相當胖的大塊頭男人，臉非常黃，還有兩隻招風耳。對這個年輕司機來說，這人的臉有那麼點模糊的熟悉感。他站在那裡，他們兩個都盯著他看。他想著：「今天晚上是怎麼啦？」

他用恭敬的聲音對那個黃皮膚紳士說道：「有何吩咐，先生？」他接著說：「布雷納先生叫我上來……」

黃皮膚紳士似乎這時才反應過來。

「對，對，」他說，「沒錯。請坐，呃……葛林。那是你的名字，是嗎？」

「是的，先生。喬治．葛林。」

他恭恭敬敬地在對方指示的那張椅子上坐下來。黃皮膚紳士交給他一個菸盒，然後說道：「請用。」那雙像要看穿人的小眼睛一直盯著他的臉。那種專注、灼熱的凝視讓這司機不安起來，今天晚上這些人到底是怎麼了？

「我想問你幾個問題。首先，你以前有沒有見過我？」

葛林搖搖頭。「沒有，先生。」

「確定嗎？」對方堅持問下去。

一絲微弱的不確定感滲入葛林的聲音裡。「我……我不認為有。」他疑惑地說。

「我的名字是賽巴斯欽．列文。」

司機的臉色豁然開朗。「當然啦，先生，我在報紙上見過你的照片。難怪我覺得似乎有點面熟呢。」

對話停了一下，然後賽巴斯欽看似隨意地問道：「你有聽過弗農．戴爾這個名字嗎？」

「弗農．戴爾？」葛林若有所思地重複一次這名字，迷惑地皺起眉頭。「先生，這名字似乎滿耳熟的，可是我不是很確定。」他頓了一頓，眉頭皺得更緊，「我想我聽過這個名字，」然後又補上一句，「那位紳士死了，不是嗎？」

「所以你的印象是這樣囉，是嗎？那位紳士已經死了。」

「是的，先生，而且這樣也……」他突然間停下來，面紅耳赤。

「說吧，」賽巴斯欽說道，「你本來要說什麼？」他預想對方不肯明說，所以精明地補上一句：「你不用忌諱你的用詞，戴爾先生跟我沒有任何關係。」

司機接受了這個暗示。「我本來要說『這樣也好』……可是我不知道我該不該這麼說，因為我不記得任何跟他有關的事。可是我有種印象是……嗯，這麼說吧，他最好別礙事了。他把事情搞得滿糟的，不是嗎？」

「你認識他？」

企圖回憶往事造成的苦惱，讓他眉頭皺得更緊。

「我很抱歉，先生，」司機道了歉，「從戰爭以後，我的記憶有點混亂了，我沒辦法清楚地想起事情。我不知道我是在哪遇到戴爾先生的，也不知道我為什麼不喜歡他，可是我確實知道，聽說他死掉的時候我覺得很慶幸。他沒什麼好的——你可以相信我的話。」

一陣沉默——只有房間裡的另一個人發出某種類似悶住了的啜泣聲，打破了平靜。賽巴斯欽轉向她。

「珍，打個電話到劇院去，」他說，「你今天晚上不能上台。」

她點點頭離開房間。賽巴斯欽目送她離開，然後猝然問道：「你以前見過珍．哈定小姐嗎？」

「是的，先生。今天是我載她回來的。」

賽巴斯欽嘆了口氣。葛林疑惑地看著他。

「還……還有別的問題嗎，先生？我很抱歉自己沒派上用場。我知道我……呃，從戰後就怪怪的。那是我自己的錯，或許布雷納先生告訴你了……我……我沒有盡到我應該盡的責任。」

他的臉紅了，但他還是毅然把話說出口。那個老頭子有沒有告訴他們？無論如何最好先講。同時間一陣羞恥帶來的痛楚尖銳地刺穿了他，他是個逃兵——一個潛逃的男人！真是爛透了。

珍回到房間裡，重新回到桌後的座位上。葛林覺得她看起來比剛才還要蒼白。她有一對很奇怪的眼睛——這麼深邃又帶著悲劇性。她在想什麼呢？他有點納悶，或許她跟戴爾先生訂過婚？不，如果是這麼回事的話，列文先生不會要他直說的。可能跟錢有關，遺囑之類的東西。

賽巴斯欽跳過他剛才所說的，開始問起別的。

「你父親是在波爾戰爭中陣亡的？」

「是的，先生。」

「你記得他嗎？」

「喔，是的，先生。」

「他看起來像什麼樣？」

葛林微笑了，這個記憶對他來說很愉快。

「他是體格強壯的那種男人，留著跟鬢角連成一氣的落腮鬍，有非常明亮的藍眼睛。我記得清清楚楚，他在唱詩班裡唱歌，有男中音的嗓子。」他露出快樂的微笑。

「而他是在波爾戰爭中陣亡？」

葛林臉上突然透出一種迷惑的表情，他似乎很擔憂——很焦慮。他的眼睛可憐兮兮地望著桌子對面，就像犯了錯的狗。

「真怪，」他說，「我從沒想過這件事，他太老了，不可能在唱詩班裡。他……可是我發誓，我確定……」

他的眼神顯得如此憂慮，賽巴斯欽因而說道：「別管這些了。」然後繼續問：「你結婚了嗎，葛林？」

「沒有，先生。」

這答案來得迅速而有信心。

「你似乎對這件事非常確定。」賽巴斯欽說著露出微笑。

「我是很確定，先生。婚姻帶來的沒別的，只有麻煩——讓自己跟女人家廝混就是這樣。」他突然住口了，然後對珍說道：「請你見諒。」

她露出淡淡的微笑說道：「沒關係的。」

這時暫停了一下。賽巴斯欽轉向她，很快地說了句什麼，葛林沒完全聽懂。聽起來像是這樣：「很像西德尼．班特，我從沒想過會像在那種地方。」

然後他們兩個再度一起瞪著他看。

突然間他害怕起來——完全是一種孩子氣的恐懼——就跟他記得自己還是幼兒時很怕黑是一樣的。有事發生了——那是他告訴自己的話——這兩個人知道，知道跟他有關的事情。

他往前靠，極端憂慮害怕。

「這是怎麼回事？」他突然說道，「有事情……」

他們沒有否認——就只是繼續看著他。

他越發恐懼。為什麼他們不能告訴他？他們知道某件他不知道的事情，可怕的事情……他又說話了，這次他的聲音又高又尖：「這是怎麼回事？」

那位女士站了起來——他下意識注意到，她的姿態很漂亮，就像是他曾經在某處見過的某個雕像。她繞過桌子，把一隻手放在他肩膀上，用慰問安撫的口氣說道：「沒關係的，你不必害怕。」

可是葛林的眼神繼續質問著賽巴斯欽，這個男人知道——這個男人會告訴他。他們知道，他卻不知道的這個恐怖事情是什麼？

「這場戰爭裡發生過一些非常古怪的事情，」賽巴斯欽開始說，「會有人忘記自己的名字。」

他別有深意地停頓了一下，可是葛林未能領會。他暫時恢復快活的語氣說道：「我沒有那麼糟，我從來沒忘記我的名字。」

「不，你忘了。」賽巴斯欽停下來，然後接著說道，「你的真名是弗農．戴爾。」

這種宣言很戲劇性，但結果卻不是這樣，對葛林來說這完全是傻話，他一臉覺得有趣的樣子。

「我是弗農．戴爾先生？你是說我是他的替身還是什麼？」

「我是指你就是他。」

葛林爽快地笑了。

「先生，我沒辦法像這樣胡鬧下去了。就算這樣表示可以賺到一點錢或是很多錢都不行！就算長得再相像，還是會被發現的。」

賽巴斯欽傾身越過桌面，然後用強調語氣吐出每個字：「你——是——弗——農——戴——爾……」

葛林目瞪口呆。這種強調法讓他印象深刻。

「你在開我玩笑嗎？」

賽巴斯欽緩緩地搖頭。葛林突然間轉向站在他旁邊的女人，她的眼睛看起來非常嚴肅也徹底有信心的回望著他。她非常平靜地說道：「你是弗農．戴爾。我們兩個都知道。」

房間裡一片死寂。對葛林來說，整個世界似乎都在旋轉。這就像個童話故事，離奇古怪又不可能，然而這兩人身上有某種氣氛使人不得不信。他猶疑不定地說道：「可是……可是事情不是那樣的。你不可能忘記自己的名字！」

「很顯然可以……既然你已經這麼做了。」

「可是……可是先生，我知道我是喬治．葛林。我……呃……我就是知道！」

他抱著戰勝的心情看著他們，但賽巴斯欽卻緩慢而冷酷地搖了搖頭。

「我不知道那是怎麼發生的，」他說，「醫生可能有辦法告訴你。可是我確實知道，你是我的朋友弗農．戴爾。這一點不可能有疑問。」

「可是……可是如果這是真的，我應該知道啊。」

他覺得大惑不解，一種可怕的不確定感。他置身於一個讓人煩悶欲嘔的奇異世界裡，你無法確定任何事。這些人是和藹的正常人，他信任他們，他們說的一定是真的——然而他體內有某種東西拒絕被說服。他們為他感到遺憾——他感覺得到，但那也嚇壞了他。還有某種更嚴重的事情——某件還沒被說出來的事。

「他是誰？」他尖銳地說道，「我是說，這個弗農．戴爾是誰？」

「你來自這個地方，你出生並且度過大半童年的地方，叫做普桑修道院……」

葛林震驚地打斷他。

「普桑修道院？哎呀，我昨天才開車載布雷納先生到那裡去呢。你說那裡是我舊家，可是我完全沒有認出來呀！」

他突然間自信滿滿，還覺得輕蔑。這整件事都是漫天大謊！當然是了！他一直都知道是這樣。這些人很誠實，但他們弄錯了。他覺得放心，稍微開心了一點。

「後來你搬去住在伯明罕附近，」賽巴斯欽繼續往下說，「你在伊頓公學讀書，之後念了劍橋。後來你去了倫敦，在那裡學習音樂，還寫過一齣歌劇。」

葛林笑了出來。

「先生，你大錯特錯了。哎，我根本分辨不出音符。」

「戰爭爆發後，你從軍，在騎兵隊有一個職位。你結了婚……」他頓了一下，但葛林沒有任何表情，「然後去了法國。隔年春天，軍方回報你『已陣亡』。」

葛林無法置信地瞪著他，這又臭又長的故事是怎麼回事？他對此毫無印象。

「一定有哪裡弄錯了，」他很有信心地說，「戴爾先生一定是所謂的『另一個我』。」

「弗農，我們沒有弄錯。」珍說道。

葛林把視線從她身上轉向賽巴斯欽。她語調裡那種確信的親密感，比別的東西更能說服他。他想著：「這真可怕，這是夢魘，這種事情不可能發生的。」他整個人開始發抖，沒有辦法停止。

賽巴斯欽站起來，用放在牆角某個托盤上的材料調了一杯強勁的酒，然後端來給他。

「把這個喝下去，」他說，「然後你就會覺得好些。你受了驚嚇。」

葛林大口喝下那杯酒。這讓他穩定下來，顫抖停止了。

「先生，請在神面前發誓，」他說，「這是真的嗎？」

「我在神面前發誓，這是真的。」賽巴斯欽說。

他把一張椅子往前拉，緊靠著他的朋友坐下來。

「弗農，老朋友——你完全不記得我了嗎？」

葛林盯著他看——充滿苦惱的凝視，似乎有某樣極其細微的東西在顫動著。這樣努力回想是多麼痛苦啊。有某樣東西——那是什麼？他狐疑地說道：「你……你長大了。」他伸出手摸了摸賽巴斯欽的耳朵，「我似乎記得……」

「賽巴斯欽，他記得你的耳朵。」珍喊道，然後她走到壁爐架旁邊，把頭靠在上面開始大笑。

「別笑了，珍，」賽巴斯欽站起來，倒出另一杯酒端去給她，「這是給你的一帖藥。」

她喝了下去，把玻璃杯遞還給他，露出淡淡的微笑說道：「我很抱歉。我不會再這樣做了。」

葛林繼續探索他的發現。

「你……你不是我的手足，是吧？不，你住在隔壁。對了……你住在隔壁。」

「這就對了，老友，」賽巴斯欽拍拍他的肩膀，「別急著去想——記憶很快會回來的，放輕鬆。」

葛林注視著珍。他怯懦卻有禮貌地說道：「那麼你是……你是我姊姊嗎？我隱約記得有一位姊妹。」

珍搖搖頭，她說不出話來。葛林臉紅了。

「我很抱歉。我不該……」

賽巴斯欽打斷他。

「你有一位表妹跟你們一起住。她的名字是喬瑟芬，我們叫她喬。」

葛林陷入沉思。

「喬瑟芬──喬。對，我似乎記得關於她的某件事。」他頓了一下，然後很可悲地再度重複，「你確定我不叫葛林嗎？」

「對。」

「相當確定。你還是覺得那是你的名字？」

「對……而且你說我創造音樂……我自己的音樂？那種高水準的東西……不是爵士樂什麼的？」

「這一切全都顯得……唔，很瘋狂。就只是這樣……瘋狂！」

「你絕對不要煩心，」珍溫柔地說道，「我敢說，我們用這種方式告訴你這些事情是錯了。」

葛林的目光在他們之間游移。他覺得頭暈目眩。

「我該怎麼做？」他無助地問道。

賽巴斯欽毅然決然地提出答案。

「你必須跟我們一起待在這裡。你知道，你受了很大的驚嚇。我會去跟老布雷納商量，他是個非常正派的人，他會理解的。」

「我不想讓他有任何不便。他對我來說一直是好得不得了的老闆。」

「他會理解的。我已經告訴他某些事情了。」

「那車子呢？我不想讓別的傢伙開那輛車，它現在跑得可順了……」

他再度變成那個司機，專注於他的職責。

「我知道，我知道。」賽巴斯欽很不耐煩。「可是我親愛的夥伴，重要的是盡快讓你恢復正常。我們得找個第一流的醫生來治療你。」

「醫生跟這檔事有什麼關係？」葛林起了些敵意。「我健康得很。」

「或許是，但還是該請個醫生來看看。不是在這邊──是在倫敦。我們不希望有人在這裡說閒話。」

他聲調裡有某種東西引起葛林的注意。他臉上泛起一陣紅。

「你是指開小差的事情……？」

「不是，不是。說實話，我搞不懂這是怎麼回事。我剛才指的是完全不同的事情。」

葛林疑惑地望著他。

賽巴斯欽想著：「好吧，我想他遲早得要知道的。」他大聲說道：「你知道……你妻子以為你死了，所以她已經再婚了。」

他有點害怕這些話會造成的效果，可是葛林似乎用一種幽默的態度看這件事。

「那樣確實有點尷尬。」他咧嘴笑著說道。

「你不會覺得有點難過嗎？」

「人不可能因為自己不記得的事情而難過。」他停頓了一下，就好像第一次真正的考慮這件事。「戴爾先生……我的意思是，我……我喜歡她嗎？」

「呃……是的。」

可是那個大大的笑容再度出現在葛林臉上。

「而我卻這麼肯定地認為自己沒結婚！不過……」他的臉色變了，「這一切還是相當可怕！」

他突然望向珍，就好像在尋求保證。

「親愛的弗農，」她說，「一切都會沒事的。」

她頓了一下，然後用一種平靜而隨性的聲音說道：「你說，你載著布雷納先生到普桑修道院去過。你有沒有……有沒有見到那裡的任何人？那房子裡的任何人？」

「我見到查特溫先生，還在花園裡見到一位應該是查特溫太太的女士，她一頭金髮、長得很漂亮。」

「她……她有看見你嗎？」

「有啊。她似乎……唔，似乎嚇著了，臉色死白，像兔子一樣拔腿就跑。」

「喔，神啊。」珍說著，忍住那幾乎脫口而出的話。

葛林安靜地思索著這件事。

「或許她以為她認識我，」他說，「她過去一定認識他——認識我。這讓她嚇了一跳，對，一定是這樣。」

他對於自己解出謎題感到相當愉快。

他忽然問道：「我母親有一頭紅髮嗎？」

珍點點頭。

「那麼就是了……」他歉疚地抬頭。「抱歉，我只是想到了某件事。」

「我現在去找布雷納，」賽巴斯欽說，「珍會照顧你。」

他離開了房間。葛林坐在椅子上身體前傾，兩手托著頭。他感覺到極度不舒服，極度悲慘——特別是對於珍。顯然他應該認識她，但他不認得。她剛剛才說過「親愛的弗農」。其他人認得你，你卻覺得他們只是陌生人的時候，實在尷尬極了。如果要對她說話，他想他應該叫她珍——可是他叫不出口，她是個陌生人。但他猜想他必須要習慣。他們在一起的時候，必定是互稱賽巴斯欽、喬治跟珍——不，不是喬治——是弗農，這個名字很蠢。可能他本來是某一類的蠢蛋。

「我想，」他一邊想，一邊絕望地試著逼自己想明白，「我一定曾經是某一類的蠢蛋。」

他覺得孤獨得可怕，自己竟脫離了現實。他抬頭看見珍在注視他，她眼中的憐憫與理解，讓他覺得稍微不那麼孤獨寂寞了。

「一開始真的相當可怕，不是嗎？」她說道。

他很有禮貌地說道：「是滿困難的，不知道……不知道自己到底在什麼處境。」

「我了解。」

她沒再說話了，就只是靜靜地坐在他旁邊。他的頭往前點，開始打瞌睡。他只睡了幾分鐘，但卻感覺自己睡了好幾個小時。珍把所有的燈都關了，只留下一盞。他身體一顫醒了過來，她很快地說道：「沒關係的。」

他盯著她看，呼吸急促如喘息，那麼他還在惡夢中了，他並沒有醒來，而且還有某件更糟的事情要來了——某件他還不知道的事。他很確定，那就是為什麼他們都用那麼憐憫的眼神看著他。

珍突然站了起來。他狂亂地喊道：「留下來陪我。喔！請留下來陪我。」

他不能理解她的臉為何突然間痛苦得扭曲了。他說了什麼，讓她看起來那個樣子？他又說了一次：「別走，留下來陪我。」

她又在他身邊坐下，然後用雙手握著他的手，非常溫柔地說：「我不會走開的。」

他得到撫慰，放下心來。一、兩分鐘後，他又開始打瞌睡。這回他平靜地醒來。房間就跟剛才一樣，他的手仍然在珍手中。他羞怯地開口說道：「你……你不是我姊姊？你以前……是我的朋友嗎？」

「是的。」

「很好的朋友？」

「很好的朋友。」

他停頓了一下，然而心中的信念變得愈來愈強烈。他忽然脫口說道：「你……你是我的妻子，是嗎？」

他很確定。

她把手抽走了。他無法理解她臉上的表情，這讓他害怕。她站了起來。

「不，」她說，「我不是你的妻子。」

「喔！我很抱歉，我以為……」

「沒關係的。」

就在這一刻，賽巴斯欽回來了。他的眼睛望向珍，她臉上帶著有點扭曲的微笑，說道：「我很高興你回來了……我……很高興你回來了。」

❖

珍與賽巴斯欽長談到深夜。該做什麼？該告訴誰？

必須考慮奈兒的處境。理論上應該先通知奈兒，這件事情與她關係重大。

珍同意了。「如果她還不知道的話，是該通知她。」

「你認為她知道？」

「嗯，顯然那天她當面見到弗農了。」

「是的，不過她一定以為他們只是非常相似而已。」

珍默默無語。

「你不這麼認為？」

「我不知道。」

「不過這真要命，珍，如果她認出他了，她應該會做點什麼……找出他或者布雷納在哪裡，現在已經過了兩天了。」

「我知道。」

「她不可能認出他。她只是看到布雷納的司機，這位司機跟弗農很像，像到讓她大吃一驚，她受不了就跑走了。」

「我想是這樣。」

「珍，你在想什麼？」

「賽巴斯欽，我們就認出他了。」

「你指的是你認出他。我是得到你的通知。」

「可是你在哪都認得出他吧，不是嗎？」

「對，我會認得……可是話說回來，我跟他這麼熟。」

珍厲聲說道：「奈兒也是啊。」

賽巴斯欽眼神銳利地看著她，說道：「珍，你到底想說什麼？」

「我不知道。」

「你知道的。你認為真正發生的是什麼狀況？」

珍頓了一下才開口。「我認為奈兒在花園裡突然遇到他，然後認為他是弗農。隨後她說服自己，他們只是容貌相似，才讓她這樣心神不寧。」

「唔……那跟我說的差不多嘛。」

他有點驚訝地聽到她順從地說道：「對，是這樣。」

「差別在哪裡？」

「其實沒什麼差別，只是……」

「只是？」

「就算他不是弗農，你跟我都會想要相信他是。」

「奈兒不會嗎？無疑地她在乎喬治．查特溫的程度及不上……」

「奈兒非常喜歡喬治，但弗農是她曾經愛過的唯一一人。」

「那就沒錯了。或者那樣還更糟？這真是一團亂麻……還有他的親人呢？戴爾太太跟班特家族？」

珍斬釘截鐵地說道：「在告訴他們之前必須先告訴奈兒。戴爾太太一知道這事就會對整個英國大鳴大放，那樣對弗農和奈兒都不公平。」

「對，我想你是對的。我的計畫是這樣，明天帶弗農到倫敦去看一位專科醫生——然後照著他的建議做。」

珍說好，她認為這是最好的計畫。她起身要上床睡覺。在樓梯上她停下來，對賽巴斯欽說：「我在想，喚回他的記憶到底對不對。他看起來這麼快樂，喔，賽巴斯欽，他看起來好快樂……」

「你是說，當他是喬治．葛林的時候？」

「是的。你確定我們是對的嗎？」

「是，我很確定。處於這種不自然的狀態下，對任何人來說都不可能是正確的。」

「我想這樣確實不自然。最奇怪的是，他看起來這麼正常又普通，而且又很快樂……賽巴斯欽，這就是我過意不去的地方——快樂……我們沒有一個人是快樂的，對吧？」

他無法回答這個問題。

第三章

兩天後，賽巴斯欽到了普桑修道院。管家說不確定查特溫太太能不能見他，她臥病在床。

賽巴斯欽報上姓名，說他確定查特溫太太會見他。他被帶進客廳等候。客廳看似非常空曠寂靜，卻十分豪華——跟他小時候看到的非常不同。他暗自想道：「那時候它是一棟真正的房子。」然後很納悶自己這樣說到底是什麼意思。他很快就想通了，現在這棟房子彷彿成了博物館，每樣東西都擺設得很漂亮，彼此協調得很完美，不完美的都被另一個完美的東西取代了。所有的地毯、桌布和掛毯都是新的。

「而且這一定都花了大錢，」賽巴斯欽很讚賞地想著、精確地估了價。他總是知道事物的價值。

門打開的聲音像是一聲招呼，打斷了他的思緒。奈兒走了進來，臉頰上一片粉紅，她伸出她的手。

「賽巴斯欽！多讓人驚喜啊！我本來以為你忙到不可能離開倫敦——除了少數幾個週末！」

「我前兩天剛損失了兩萬英鎊，」賽巴斯欽握她的手時低聲說道，「因為我到處閒晃，卻還讓生意照常進行。你好嗎，奈兒？」

「喔，我覺得好極了。」

但現在那股驚訝的潮紅消逝以後，她的氣色看起來並沒有那麼好。除此之外，管家不是說她臥病在床，感覺不適嗎？他竟覺得她的臉看起來有點緊張憔悴。

她繼續說道：「請坐，賽巴斯欽。你看來好像馬上就要去趕火車了。喬治去西班牙出差了。至少要去一星期。」

「這樣啊。」

無論如何這是好事。這件事尷尬得要命，奈兒根本一無所知……

「賽巴斯欽，你看起來很鬱悶。出了什麼嚴重的事情嗎？」

她相當輕鬆地問起這個問題，可是他熱切地抓住這個機會。這就是他需要的開頭。

「是的，奈兒，」他嚴肅地說道，「事實上是有件大事。」

他聽到她突然間倒抽一口冷氣，她的眼睛看起來很警覺。

「什麼事？」她說道。

她的聲音聽起來不一樣了——嚴厲又充滿疑慮。

「恐怕我要說的話會造成很大的驚嚇。跟弗農有關係。」

「關於弗農的什麼事？」

賽巴斯欽等了一分鐘，然後說道：「奈兒，弗農……還活著。」

「還活著？」她悄聲說道。她的手悄悄抬起，摸著心口。

「是的。」

她沒有做任何他預期的事情——昏倒、哭出來，或者急切地問一連串問題，她就只是直直盯著前方。然後一股來得又快又突然的疑慮，進入他精明的猶太心靈裡。

「你早就知道了？」

「不，不。」

「我以為你可能見到他了——那天他到這裡來的時候？」

「所以那真的是弗農？」

她說出這句話的時候就像在哭喊。賽巴斯欽點點頭，這就是他對珍說過的，她不相信自己的眼睛。

「你那時怎麼想的——認為他們非常酷似嗎？」

「對……沒錯，我就是那麼想。我怎麼可能認為那是弗農？他望著我，卻認不得我。」

「奈兒，他失去記憶了。」

「失去記憶？」

「是的。」

他把事情始末告訴她，盡可能清楚地說明細節。她在聽，卻不像他預料的那麼專心。在他講完以後，她說道：「是的……不過現在要拿他怎麼辦？他會重拾記憶嗎？我們要做什麼？」

他解釋說，弗農正在接受一位專科醫生的治療，在接受催眠治療後已恢復一部分記憶了，整個療程不會拖太久。他並沒有深入說明技術細節，因為他知道跟她說這些沒有用。

「所以到時候他就會知道……知道一切？」

「是的。」

她縮回椅子上。他突然感覺一陣憐憫。

「他不能怪你，奈兒，你不知道——沒有人會知道……當初他的死亡消息是完全確定的。這幾乎是獨一無二的案例，我只聽過另一樁類似的，在大多數狀況下，誤報的死亡通知幾乎立刻就被更正。弗農愛你愛到足以了解你、原諒你。」

她什麼話都沒說，但她舉起雙手遮住了臉。

「我們在想——如果你同意的話——現在最好什麼都不要說。當然你會告訴查特溫，然後你跟他還有弗農可以……呃，一起商量這件事……」

「不要！不要！不要討論細節。就讓這件事保持現在的原樣，等到我見過弗農再說。」

「你想立刻見他？你要跟我一起去倫敦嗎？」

「不……我不能那樣做。讓他來這裡……來見我。沒有人會認出他，僕人全都是新聘的。」

賽巴斯欽慢慢地說道：「非常好……我會告訴他。」

奈兒站了起來。

「我……我……賽巴斯欽，你必須現在離開，我再也受不了了，我真的不能。這一切都好可怕，才不過兩天前，我還覺得這麼幸福又平靜……」

「可是奈兒——你現在可以重新跟弗農團聚了。」

「喔，對，不過我指的不是那個。你不懂。當然，那樣太好了。喔！請離開吧，賽巴斯欽，我這樣把你趕出去太可怕了，不過我再也承受不住了。你必須離開。」

賽巴斯欽走了。在回倫敦的路上，他覺得非常納悶。

❖

賽巴斯欽離開後，奈兒回到臥房裡躺著，把絲質被套的鴨絨被拉起來，密密實實地蓋在身上。

所以這終究是真的，那個人真的是弗農。她原本告訴自己那不可能是真的，她完全看錯了，可是隨後她就一直不安到現在。

接下來會發生什麼事？喬治會怎麼說？可憐的喬治，他一直對她這麼好。

當然有些女人再嫁後才發現她們的第一任丈夫還活著，那是相當可怕的處境。其實她從來沒有真正成為喬治的妻子。

喔！這不可能是真的，這種事不會發生。神不會讓⋯⋯

但或許最好別想到神。她想起珍前兩天說的那些話，非常不中聽。那就在同一天。

她在一股突如其來的自憐中想道：「我本來是那麼快樂⋯⋯」

弗農會了解嗎？他說不定會⋯⋯責怪她？當然，他會要她回到他身邊，或者他不會——現在她跟喬治在一起了——男人是怎麼想的？

當然，他們可能要離婚，然後她就可以嫁給喬治。可是那樣會讓很多人說閒話。一切都這麼艱難。

她突然間震驚地想道：「可是我愛弗農。既然我愛弗農，我怎麼可以考慮離婚然後嫁給喬治？他從死者之中回來了，回到我身邊。」

她在床上輾轉反側。這是一張很漂亮的帝國風格大床，是喬治從法國的一座古堡裡買回來的。這張床很完美又相當獨特。她環顧整個房間，迷人的房間，一切都安排得很協調——完美的品味，完美無缺又毫不造作的奢華。

她忽然記起魏茲伯里附家具租處的馬毛沙發和家具布套。

⋯⋯太可怕了！但他們那時過得很快樂。

現在呢？她用新的目光環顧著房間。當然了，普桑修道院屬於喬治。或者不是這樣，因為現在弗農回來了？無論如何，弗農就像過去一樣貧窮——他們負擔不起住在這裡⋯⋯喬治為這裡做的所有一切⋯⋯她腦中迅速掠過一個又一個讓人眼花撩亂的念頭。

她必須寫信給喬治——求他回家，就說這是急事，此外不再多說。他那麼聰明，可能會看出端倪。或者她可能不會寫信給他，先等見過弗農再說。弗農會非常生氣嗎？這一切多麼可怕啊。

淚水湧入眼眶，她啜泣起來：「這不公平……這不公平……我從來沒做錯任何事。為什麼這種事會發生在我身上？弗農會怪我，但我不可能知道的。我怎麼可能知道？」

方才那個念頭再度閃過她心底：「我本來是那麼快樂的！」

❖

弗農正在聆聽，試著了解醫生說些什麼話。他望著桌子對面的醫生，一個高大瘦削的男人，眼睛似乎可以直接看穿你的心，然後解讀出連你都不知道、關於你的事情。

他叫你看那一大堆你不想看的東西，讓你從內心深處挖出許多東西。他說：「現在你已經想起來了，就再一次確切告訴我，你怎麼樣看到你妻子結婚的新聞。」

弗農大喊：「我們一定要一次又一次重複這件事嗎？一切都這麼可怕。我不要再去想這件事了。」

然後醫生就會開始解釋，既嚴肅又和藹，卻讓人印象非常深刻。就是因為那種不願「再去想」的欲望，才會造成這一切結果，現在一定得面對它——討論一番，理出頭緒……要不然喪失記憶的狀況會復發的。

他們又回溯了一次。

然後，在弗農覺得他再也承受不了的時候，醫生叫他躺在一張長椅上，觸碰著他的前額跟四肢，跟他說他在休息——也得到了休息——他會再度變得強健而快樂……

一種安寧感降臨在弗農身上。

他閉上了雙眼。

❖

三天後，弗農來到普桑修道院。他搭賽巴斯欽的車來，對管家說的名字是葛林先生。奈兒在有著白色鑲邊板的小起居室裡等他，當年他母親在早晨時總是用那個房間。她走上前迎接他，硬擠出一個合乎禮節的微笑。管家出去時把門關上，正好讓她在對他伸出手以前，猛然停下來。

他們注視著彼此，然後弗農說道：「奈兒……」

她在他臂彎裡了。他親吻著她……吻她，不斷地吻她……

他終於放開了她，兩人坐下來。他很安靜，頗為悲哀，除了一見面時那個狂野的動作以外，非常克制自己。他經歷了這麼多事……這麼多事，就發生在過去這幾天裡……

有時候他真希望他們撇下他不管——讓他繼續當喬治．葛林就好。當喬治．葛林時他很開心。

他結結巴巴地說道：「沒關係的，奈兒。你絕對不要認為我會怪你，我了解的……只是我很難過，難過得像下了地獄，這也是難免的。」

她說道：「我並不是刻意……」

他打斷她。「我知道，我跟你說——我知道的！別說了，我不想聽，甚至不願去想……」他用不同的語調補上一句：「他們說那是我的問題。事情就是這樣發生的。」

她相當急切地說道：「告訴我這件事……告訴我這一切。」

「沒有多少事情好說的。」他用很疏離而冷淡的口氣說道，「我被俘虜了，不知道為什麼會被回報成已經陣亡。但我有個模糊的猜測——德軍裡有某個傢伙跟我長得非常像，我不是指完全一模一樣之類的，就只是大概外表相似。我的德語不怎麼好，不過我聽出他們說了這件事：他們拿走了我的裝備跟識別牌，我想他們的點子是讓他扮成我、滲透進我們的防線——殖民地的部隊正在解救我們——他們也知道這一點。那傢伙會去個一、兩天，然後取得他想要的資訊。這只是我的猜想——不過它解釋了為什麼我沒被送去英國戰俘行列，反倒被送去幾乎都是法國人和比利時人的戰俘營去，不過這全都不重要，對吧？我猜想那個德國人在穿越我們的防線時被殺了，還被當成我埋葬。我在德國過了一段相當苦的日子——發高燒，又有傷在身，差點就死掉了。到最後我逃走了……喔！這是個很長的故事，我不會一次全部說完。我有一段很辛苦的日子——有時候一連好幾天沒有食物沒有水，能活下來真是奇蹟，但我的確撐過去了。我進入荷蘭邊界時已筋疲力竭、神經非常緊繃，而我只想到一件事——回到你身邊。」

「然後呢？」

「然後我看到了新聞，說你結婚了，這……這讓我覺得自己完了，可是我無法面對事實，一直告訴自己這不是真的。我走到外面去，不知道自己身在何處。在我心裡，所有的事情都混在一起了。

「有一輛大得不得了的貨車沿路開過來，我看到我有機會可以結束這一切——擺脫一切，我就站到車子前面去。」

「喔，弗農……」她發抖了。

「然後一切就結束了，結束我身為弗農．戴爾的生涯。再次醒來的時候，我腦中只有一個名字——喬治，那個幸運兒喬治。喬治．葛林。」

「為什麼是姓葛林？」

「那是我小時候幻想出來的人物。還有客棧裡的一個荷蘭女孩曾經要我替她找她的男人，他的名字叫做葛林，我把他的名字寫進我的小筆記本了。」

「而你什麼都不記得了？」

「不記得。」

「你不會很害怕嗎？」

「不，不會——完全不會，我似乎什麼都不擔心。」他帶著盤旋不去的懊悔補充道，「我那時快樂開朗得不得了。」

然後他望著對面的她。「可是現在這不重要了，什麼都不重要了——只有你才重要。」

她對著他微笑，笑容閃爍不定，他卻幾乎沒有注意到，只是繼續往下講。

「這相當辛苦——我是說回到現實，記起種種事情，所有那些討厭的事情。所有那些……說真的，我不想面對的事情。我似乎一直是個該死的懦夫，總是從不想看的東西面前逃開，拒絕承認事實……」

他突然間站起來，走向她，把頭靠在她的膝蓋上。

「親愛的奈兒……這都沒關係了，我知道是我先來的。我確實是，對吧？」

她說：「當然了。」

為什麼她的聲音，在她自己耳中聽起來那麼生硬？確實他是第一個。現在他的嘴唇貼著她的，她瞬間回到戰爭剛開始時那些美妙的日子。她對喬治從來沒有那種感覺……像是沉溺下去……被帶走……

「你的口氣好奇怪……就好像你不是真心那麼想。」

「我當然是真心的。」

「我為查特溫感到難過——他運氣真差。他怎麼面對這個消息？非常難以接受嗎？」

「我還沒告訴他。」

「什麼？」

她被迫捍衛自己。

「他不在……他去了西班牙……我沒有他的地址。」

「喔，我懂了……」

他停頓了一下。

「奈兒，這樣會讓你很辛苦，不過這也沒辦法。我們擁有彼此。」

「是的。」

弗農環顧四周。

「無論如何，查特溫會擁有這個地方。我真是個不知感激的乞丐，甚至曾因此怨恨他。可是該死的，這裡是我家，這裡已經在我家族手上五百年了，可是，喔，這有什麼要緊呢？珍曾說過我不能什麼都想要。我已經有你了——這是唯一重要的。我們會找到地方住的——就算只有兩個房間也可以。」

他的手臂悄悄抬起來，環抱著她。為什麼她聽到這些話——兩個房間——就有一股冰冷的沮喪感？

「這些東西真該死！真是礙事！」

他很急躁，還半帶著笑地托起她戴的那一串珍珠。他把珍珠扯下來，扔到地板上。她美麗的珍珠！她想著：「反正我想我必須把它們還回去。」另一陣冰冷的感覺。喬治曾經給她的所有美麗珠寶啊。

她像這樣繼續想著那些東西，真是不像話。

他終於看出某種不對勁。他挺直身體跪著，注視著她。

「奈兒……有……有什麼不對嗎？」

「不——當然沒有。」

她沒有辦法注視他的眼睛，她覺得太羞愧了。

「一定有什麼……告訴我。」

她搖搖頭。

「沒什麼……」

她不能回去過窮日子……她不能……不能……

「奈兒，你一定要告訴我……」

不可以讓他知道——永遠都不能讓他知道她其實是什麼樣的人。她太羞愧了。

「奈兒……你真的愛我，對吧？」

「喔！當然！」她急切地回答。這是千真萬確的。

「那是什麼？我知道有某件事……喔！」

他站了起來，臉色變得蒼白。她疑惑地抬頭看他。

「是這樣嗎？」他低聲問道，「一定是的。你懷孕了……」

她坐在那裡，像是泥塑木雕一樣……她從來沒想過這種事。如果這是真的，就解決所有問題了。弗農永遠不會知道……

「是這樣吧？」

好像又過了好幾個小時，她腦中有種種思緒在打轉。不是她，而是她以外的某種力量，讓她很輕很輕地點了頭……

他略略挪開了身體，用嚴厲冷淡的聲音說了。

「這會改變一切，我可憐的奈兒……你不能……我們不能……聽好，沒有人知道——我是說，除了醫生、賽巴斯欽和珍，沒有人知道我的存在。他們不會說出去的。我已經被宣告死亡了——我現在是死了……」

她動了一下，但他舉起手制止她，並朝著門口退開。

「什麼都不要說——看在老天的分上，什麼都別說，言語只會讓事情變得更糟。我要走了。我不敢再碰你或是吻你了。我……再見……」

她聽到門打開——她做了個動作，像是要喊他，但喉嚨裡沒發出任何聲音。門再度關上。

還有時間……汽車還沒有發動……

但她還是沒有動彈……

她有一陣子感覺到一股灼熱的痛楚，她審視自己的內心，同時想著：「所以我其實是這樣的人……」

但她沒有出聲也沒有動。

四年的安逸生活束縛了她的意志，悶住她的聲音，癱瘓了她的身體……

第四章

「哈定小姐來找您，夫人。」

奈兒為之一驚。跟弗農見面後已過了二十四小時，她以為事情結束了，現在珍卻來了！

她害怕珍……她可以拒絕見她。

她說：「帶她來這裡。」

在她自己的起居室裡隱密多了……

等候的時間多麼長啊。會不會是珍走了呢？不——她就在這裡。

她看起來非常高大。奈兒縮在沙發上。珍有張邪惡的臉——她總是這麼認為。現在她臉上有一股復仇的憤怒火焰。

管家離開了房間。珍聳立在奈兒面前，然後她把頭往後一甩，笑了出來。

「別忘了叫我來參加洗禮啊。」她說道。

奈兒畏縮了一下，嘴裡卻高傲地說道：「我不知道你在說什麼。」

「現在還不能對外公開呢，對吧？奈兒，你這該死的小騙子——你才沒有懷孕。我不相信你會想要生小孩——要冒太多險又太痛了。是什麼讓你想到要跟弗農說這麼奇特又可惡的謊話？」

奈兒寒著臉說道：「我沒有說。是他……他猜的。」

「那更可惡。」

「我不知道你來這裡然後……然後說這種話是什麼意思。」

她的抗議聽起來很虛弱——全無勇氣。不管怎麼努力，她就是沒辦法擠出義憤之情，她對珍就是沒辦法。珍總是有一雙令人不快的利眼，這真是可怕！要是珍走開就好了。

她站起身，試著讓自己聽起來很果決。「我不知道你為什麼要來這裡，如果你只是來胡鬧的話……」

「聽著，奈兒，你要聽到真相了。你以前拋棄過弗農一次，那時他來找我，對——來找我，他跟我同居了三個月。你到我公寓來的那天，他就住在那裡。喔！這傷害到你了……我很高興看到，你身上還有那麼一點女人的成分在。

「然後你就把他從我身邊帶走了。他迎向你，完全沒想到我。如果你要他的話，他現在就是你的了，可是我要告訴你這件事，奈兒，如果你再一次讓他失望，他會再來找我，喔，沒錯，他會的。你在你心裡編派我——對我嗤之以鼻，認為我是『某一類的女人』，嗯，或許就因為這樣才讓我有力量，我對男人的理解超出你這輩子有可能學到的。如果我要弗農，我就可以得到他；而我確實要他。我一直都如此。」

奈兒聳聳肩，把臉撇開，指甲深埋在掌心裡。「為什麼要告訴我這些？你是個惡魔。」

「告訴你這些是為了傷害你！在一切都太遲以前重重地傷害你。不，你不應該把臉撇開，不能從自己即將聽到的事實面前退縮。你必須看著我，看清楚——對，看清楚——用你的眼睛、你的心和你的腦袋看清楚……你那可憐渺小的靈魂僅剩的一小角還愛著弗農……想想他在我的臂彎裡，想想他吻著我，想想他的吻灼燒著我的身體……對，你應該想想這個……

「很快你就會連這個都不介意了。可是你現在還在乎……你不是還有足夠的女人心，阻止你將心愛的男人送給別的女人嗎？送給一個你憎恨的女人？一份由奈兒充滿愛意地送給珍的禮物……」

「你走，」奈兒微弱地說道，「你走開……」

「我要走了。現在還不會太遲……你可以抹消你說的謊話。」

「走開……你走開……」

「快點去——要不然你就永遠不會做了。」珍在門口停住，回顧背後，「我是為了弗農來的——不是為了我自己。我要他回我身邊，而且我會擁有他……」她頓了一下，「除非……」

她出去了。

奈兒坐在那裡，緊握著雙手，激動地喃喃自語：「她不會擁有他的。她不會……」

她想要弗農，她要他。他曾愛過珍，他會再愛上她的。她怎麼說的？「他吻著我，他的吻灼燒著我的……」喔，天啊，她不能忍受。她跳起來——走向電話。

門打開了。她緩緩轉過身去，是喬治。他看起來很正常，而且心情愉快。

「哈囉，甜心，」他穿過房間親吻她，「我回來了。這一趟真是糟糕的旅程。再怎麼說我都寧願穿越大西洋，也不要跨過英倫海峽。」

她完全忘記喬治今天要回來了！這時候不能告訴他，這樣太殘酷了，也太困難了——要如何在日常活動裡，突然宣布悲劇性的消息？今天晚上——晚一點好了……現在她會扮演她應有的角色。

她生硬地回應他的擁抱，坐下來聽他說話。

「親愛的，我有個禮物要給你。這個東西讓我想到你。」他從口袋裡拿出一個天鵝絨盒子。在盒子裡的白色天鵝絨襯墊上，放著一顆大大的玫瑰色鑽石——很精緻——毫無瑕疵，掛在一個長鍊子上。奈兒發出一聲小小的驚喜歡呼。

他從盒子裡拿出那顆鑽石，然後把項鍊套過她的頭上。她低頭看著精緻的玫瑰色鑽石在胸前對著她閃爍。它的某種特質讓她入迷了。

他帶著她走到鏡子前面。她看見一個金髮的美麗女人，非常冷靜又優雅。她看到波浪般層層疊疊的秀髮，保養得當的手，點綴的柔軟蕾絲有如泡沫一般的家居長袍，細如蛛絲的絲質長襪，還有小巧的刺繡居家拖鞋。她看到那顆玫瑰色鑽石冰冷堅硬的美。

而在這些東西的後面，她看到喬治——仁慈、慷慨、給人美好的安全感……

親愛的喬治，她不可以傷害他……

親吻……說到底，親吻是什麼？你不必去想這些，最好別去想……

弗農……珍……她不會去想他們了。無論好壞，她已經做了選擇，或許之後偶爾會有不快的時候，不過整體來說，這樣會是最好的。這樣對弗農也是最好的，如果她不快樂，她也無法讓他快樂……

她溫柔地說道：「你真是太好了，送給我這麼美妙的禮物。按鈴叫人送茶來吧，我們在這裡吃。」

「這樣很好。不過你本來不是要打電話給誰嗎？我打斷你了。」

她搖搖頭。「不，」她說，「我已經改變主意了。」

❖

弗農．戴爾致賽巴斯欽．列文的信件

寄自：莫斯科

親愛的賽巴斯欽：

你知不知道，在俄國一度有個傳說，是關於一隻即將要來襲的「無名野獸」？

我提這個不是因為它有任何政治上的意義，（順便一提，這整個反基督的情緒騷動很古怪，不是嗎？）而是因為這讓我想起我自己對「野獸」的恐懼。自從來到俄國以後，我就常常想起「野獸」——我想弄清楚它真正的重要性在哪。

因為這之中有超越只是害怕一架鋼琴的意義。倫敦的醫生讓我對許多事情都眼界大開，我已經開始看出，我這輩子一直都是個懦夫。賽巴斯欽，我想你明白這一點，你不會用冒犯人的方式說出來，不過你有一次這樣暗示過，我會從種種事情面前逃開……我總是逃避現實。

然而現在重新思考這一切，我看出野獸是某種象徵性的東西，不只是一個用木頭跟鋼弦做成的設備。數學家不是說嗎，未來跟過去同時存在，我們在時間中旅行，就像我們在空間中旅行一樣。不是曾有人主張，記憶只是心靈的一種習慣，只要我們學會訣竅，就可以往前記憶，就像往後回憶一樣？由我口中說出，聽起來就像胡說八道——可是我相信有某種類似這樣的理論。

我相信我們之中有些人確實知道未來，總是清楚地感覺到未來。

這就解釋了我們為什麼偶爾會退縮。命運給我們的負擔會變得很沉重，而我們自它的陰影下退縮……我試著逃離音樂——可是它抓住了我。它在音樂會裡逮到了我，就像是救世軍集會裡的那些人被宗教逮住一樣。

這是惡魔的召喚，還是神的旨意？若是後者，那它就是《舊約》裡那種要求絕對忠誠的神——我嘗試要抓住的所有事物都被掃開了，普桑修道院……還有奈兒……

該死的，然後還剩下什麼？什麼都沒有，甚至連那個被詛咒的玩意本身都沒有了……我完全不想作曲。我什麼都聽不見，也感覺不到……它還會回來嗎？珍說它會的……她好像非常確定。她要我代為向你致上她的愛。

你的朋友

弗農

❖

寄自：莫斯科

你這個善體人意的傢伙，賽巴斯欽，竟沒抱怨我本來應該給你寫一封關於俄式茶壺、俄國整體政治情勢與生活描述的信。當然，這個國家處於要命的泥沼中，它還能是什麼別的樣子？但這裡非常有趣……

珍致上她的愛

弗農

❖

寄自：莫斯科

親愛的賽巴斯欽：

珍把我帶來這裡是對的。重點一，不可能有人在這裡碰到我，然後開心地宣布我死而復生。重點二，從我的觀點來說，這裡大概是世界上最有趣的地方了。這裡是自由而輕鬆的實驗室，每個人都在嘗試著某些危險的實驗。整個世界似乎都純粹從政治的角度來關注俄國，經濟、饑荒、道德、缺乏自由、疾病等等……

但在惡行、汙穢與無政府狀態中，偶爾會產生令人驚訝的東西。俄國藝術思潮的整體趨勢很不同凡響……有一部分是你聽過最孩子氣的胡來，然而從中可以看出了不起的靈光，就像是乞丐的破衣服裡露出充滿光澤的肌膚……

這種「無名野獸」……集體人[39]……你有沒有看過共產主義革命的紀念碑藍圖？鋼鐵巨人？我告訴你，那很刺激想像力。

機械——機械年代……布爾什維克主義者真是崇拜跟機械有關的事物啊，而他們對此所知又那麼少！我猜想，這就是機械會讓他們感覺這麼了不起的原因。想像一個芝加哥機械技工，創作出一首活力十足的詩，把他所在的城市描述成「建築在螺絲釘上，電器動力機械化的城市，以螺旋形坐落在鐵盤上，隨著每小時敲響的鐘自轉……五千棟摩天大樓……」沒有別的東西比這更不符合美國精神了！

然而……你是否曾經把臉貼近去看某樣東西？只有那些不了解機器的人才看得見它的靈魂與意義……那「無名野獸」……是我的野獸嗎？我很納悶。

集體人——重新塑形變成一個龐大的機器……拯救古老民族的同一種群體心理，以不同形式再度出現了……

對人來說，生命變得太艱難、太危險。杜斯妥也夫斯基在他的書裡是怎麼說的？

「群眾會再度集結起來，接著再度臣服，然後永遠、永遠都會是這樣。我們會給他們一種平靜節制的幸福快樂。」[40]

群體心理……我很納悶。

你的朋友

弗農

❖

寄自：莫斯科

我在杜斯妥也夫斯基的作品裡找到其他段落了，我想這就是你說的那個。

「而且只有我們，我們這些守護奧祕的人，只有我們會不快樂。我們會有上億個快樂的孩子，而只有十萬個烈士，把決定善惡的詛咒攬在自己身上。」

你的意思，還有杜斯妥也夫斯基的意思是：總是會有人站出來留住那一線微光，因為熔接到大機器裡的群眾最後必定死滅，因為機器是沒有靈魂的，終究會變成廢鐵。

人崇拜石頭，才會建造巨石陣，而今建造巨石陣的人已然沒沒無聞地死去，巨石陣卻還屹立著。也可以反過來說，那些人還活在你我——他們的後代——之中，但巨石陣與它所代表的東西卻死了。會死去的事物長存不輟，能長存不輟的事物卻死去了。

會永遠存在的是人，（是嗎？這不會是毫無來由的自滿嗎？然而我們卻深信不疑！）所以機器後

39 集體人（Collective Man），有一種說法是：藝術家並不是憑著一己的自由意志追尋目標，反而是藝術透過他來實現目標；換言之，「集體人」是具有人形，但無自我意識的工具。

40 這裡與下一段的引文均出自《卡拉馬助夫兄弟們》中的著名段落〈大審判官〉，這是書中角色——無神論者伊凡對僧侶弟弟阿遼莎說的一個寓言故事。

面必然有個人。杜斯妥也夫斯基這麼說，你也這麼說。可是話說回來，你們兩個都是俄國人，而身為英國人的我對此比較悲觀。

你知道那段來自杜斯妥也夫斯基的引文讓我想到什麼嗎？我的童年。葛林先生的一百個孩子——還有普多、史卡洛跟崔伊，那上億人的代表……

你的朋友

弗農

❖

寄自：莫斯科

親愛的賽巴斯欽：

我想你是對的，我以前從來沒想這麼多，過去我覺得這像是個毫無用處的練習。事實上，我不確定自己現在是不是還這樣看待它。

麻煩在於我沒辦法「用音樂說出來」。該死的，為什麼我不能用音樂把它說出來？音樂是我的工作，我比過去更確定這一點了，然而至今我什麼都沒寫出來……

這是地獄……

弗農

❖

親愛的賽巴斯欽：

我沒有提到珍嗎？關於她有什麼可說的呢？她棒極了。我們兩個都知道這一點。為什麼你不自己寫信給她？

你永遠的朋友

弗農

❖

親愛的賽巴斯欽：

珍說你可能會來這裡，我祈禱你真的會來。很抱歉有六個月都沒寫信給你——我從來不是擅長寫信的人。

你最近有喬的消息嗎？我很高興珍跟我在途經巴黎時曾去探望過她。喬很忠誠——她永遠不會告密，無論如何，我很高興她總算知道我的事。她跟我，我們從來不寫信給對方，從來也沒有……可是我很想知道你有沒有聽說什麼。我覺得她看起來不是很健康……可憐的喬——她把很多事情搞得一團糟……

你有聽說塔特林要為第三國際建立紀念碑的計畫嗎？建造方式是用一個以垂直斧頭與螺旋線構成的系統，連結三個大型玻璃室。藉由特定的機械裝置，這些房間會永遠保持動態，但會以不同的速度運行。

而我猜想，他們會在玻璃室裡對一支神聖的乙炔吹管唱聖歌！

你還記得嗎？有一天晚上我們開車回倫敦，卻在路易生區那些有軌電車線之間的某個地方轉錯了彎；結果我們沒有進入文明地帶，反而從薩里碼頭區的某處穿出來，透過那些髒亂房屋中間的空隙，我們看到了一種古怪的立體派繪畫——由起重機、霧濛濛的蒸氣和鋼筋所組成。你的藝術靈魂立刻就把它收藏起來，準備以後當成落幕前的最後一景（舞台上或許有其他正式稱呼）。

我的天啊，賽巴斯欽！你能夠建立起來的，是如何神奇壯觀的機械景觀——純粹的聲光效果——還有一群群有著非人面孔的人類——他們是「群眾」，不是「個人」。你心裡有類似那樣的景象，不是嗎？

那位建築師塔特林，說了某些我認為很好的話，但也說了很多胡言亂語。

「只有都會、工廠與機器的節奏，與群眾的組織聯合起來，才能帶給新藝術衝勁……」

他還發表了「機械的永存不朽」說法，這是目前唯一能令人滿意的闡述。

你應該知道關於俄羅斯劇場界的現況吧，因為那是你的工作。我想梅耶赫德就像他們說的一樣神奇。可是一個人可以把戲劇跟政治宣傳混在一起嗎？

不過，進到一個劇場，然後立刻被指揮著加入踏步的人群中還是很刺激的——來來回回，踩著精確的步伐，直到表演開始——而整個場景是由搖椅、大砲、旋轉木馬，還有其他只有老天知道的東西！它幼稚得像個嬰兒似的，很荒唐，然而你會覺得那個嬰兒掌握了某種危險卻有趣的玩具，要是在其他人手上……

賽巴斯欽，要是在你的手上……你是個俄國人，可是謝天謝地，你不是政令宣傳家，只是一個再單純不過的表演製作人……

都會的節奏——變得更加生動……

我的天，要是我可以給你音樂……我們需要的就是音樂。

還有「噪音管弦樂」——他們用工廠汽笛製造的交響曲！一九二二年在巴庫有一場表演，用上了大砲、機關槍、合唱團，還有海軍的霧號。真荒唐！是的，可是如果他們有作曲家的話……沒有哪個女人對養育孩子的渴望，像我對創作音樂的渴望這樣強烈的。

然而我孕育不出音樂——一片荒蕪……

弗農

❖

親愛的賽巴斯欽：

你來了又走，就像場夢一樣……我很納悶，你真的要做《一個惡棍智取三個惡棍的故事》嗎？

我才剛開始體認到，你怎麼讓各種事物取得驚人的成功。我終於體認到，現在你就是時代潮流。對，擁有屬於你自己的國家歌劇院——上天明察，我們是該有個國家歌劇院了。可是你想拿歌劇怎麼辦呢？那是老古董了，劇碼總是死氣沉沉、荒謬的個人戀愛事件……

到目前為止，音樂在我看來就像是小孩子塗鴉畫裡的房子——只有四面牆跟一扇門，兩個窗戶和一個煙囪，就這樣而已了，你還能指望更多嗎？

無論如何，芬伯格[41]與普羅高菲夫[42]就比塗鴉畫好得多。

你記得我們以前怎麼樣粗魯地嘲弄「立體派」和「未來派」嗎？至少我記得——現在回想這件事，還真不敢相信當初你同意那些看法。

有一天在戲院裡，我看到了一個景象，那是個來自空中的大城市。尖塔翻轉過來，建築物彎曲了——讓水泥鋼鐵展現出異於常識的樣子！而生平第一次，我稍微了解了愛因斯坦所講的相對論是什麼意思。

對於音樂的形狀，我們一無所知……話說回來，其實我們對任何東西的形狀也都一無所知，因為總是有一邊是朝著空間開放的……

有一天你會知道我是什麼意思、知道音樂可以有什麼意義……我總是知道它是什麼意思……

我之前寫的那齣歌劇是怎麼樣的一團糟啊！所有歌劇都是一團糟。音樂從來就不是被寫成有什麼具象性的意義。信手拈來一個故事，替它寫下描述性的音樂，就跟（在抽象的意義上姑且這麼說好了）寫一段音樂以後隨便找個能演奏它的樂器一樣地錯謬！要是史特拉汶斯基[43]寫下的是一段單簧管音樂，你甚至無法想像用別的樂器來演奏它！

音樂應該要像數學一樣——一種純粹的科學——不受戲劇影響，不受浪漫主義影響，而除了脫離觀念的聲音所導致的純粹情緒以外，也不應受任何情緒影響。

我心裡一直都知道這一點……音樂必須是絕對的。

當然，這並不代表我會實現我的理想。創造不受觀念影響的純粹聲音，是一種追求完美的計畫。

我的音樂會是機械裝置的音樂，我把修飾外表的工作留給你。這是編舞藝術的時代，而舞蹈編排的藝術性會達到我們作夢都無法想像的高度。我可以信賴你，我尚未完成的巨作在視覺方面就交給你了——然而從各方面來說，這巨作可能永遠不會寫成。

音樂必須是四維的——講求音色、音高、相對速度與週期性。

就算是現在，我也不認為荀伯格[44]有被世人正確地評價。那種乾淨俐落、無休無止的邏輯，就是今日的精神。他，而且也只有他，具備無視於傳統的勇氣——追根究柢，發現真理。

在我心中，他是舉足輕重的第一人，我認為我們應該普遍採用他的譜曲系統。總譜若要能被理解，這樣做是絕對必要的。

我反對他的地方，在於他對樂器抱持輕蔑的態度。他害怕成為樂器的奴隸。他讓樂器服侍他，無論它們聽不聽話都一樣。

我會把榮耀帶給我用的樂器……我要把東西給它們——它們一直想要的東西……

該死的，賽巴斯欽，音樂這奇異的東西到底是什麼？我所知的愈來愈少了……

你的朋友

弗農

❖

我知道我很久沒寫信了。我一直很忙，忙著做實驗，試著找出「無名野獸」的各種表現手段。

41 芬伯格（Samuil Feinberg, 1890-1962），俄國作曲家兼鋼琴家。
42 普羅高菲夫（Sergey Prokofiev, 1891-1953），俄國作曲家。
43 史特拉汶斯基（Igor Stravinsky, 1882-1971），俄國作曲家。
44 荀伯格（Arnold Schoenberg, 1874-1951），奧地利作曲家。

換句話說，在做樂器。金屬真是非常有趣——我現在正在處理合金。

聲音是多麼迷人的東西……

珍向你致上她的愛。

這是回答你的問題——不，我不認為我應該離開俄國——就算是蓄著我偽裝用的鬍子出現在你剛規劃好的歌劇院裡！

我臉上鬍子比你當初看到時更野蠻、更美麗了！長了滿臉還很飄逸，我徹底就是個喜怒無常的俄國大鬍子！

雖然有保護色，我還是要留在這裡，直到我被某一班野孩子殲滅為止。

你永遠的朋友

弗農

弗農．戴爾給賽巴斯欽．列文的電報：

「剛聽說喬病重恐喪命困於紐約珍與我搭璀璨號希望倫敦見你。」

第五章

「賽巴斯欽！」

喬在床上奮力起身，然後又虛弱地往後倒，難以置信地瞪著眼睛。穿著毛皮大外套的賽巴斯欽，冷靜又無所不知，平靜地低頭對她微笑。

從他臉上一點都看不出她的外表帶給他多麼突然的劇痛。喬——可憐的喬。她的頭髮長長了，綁成兩條短短的辮子垂在肩膀兩側，臉消瘦得可怕，兩邊顴骨上都有發高燒造成的潮紅，肩胛骨從她薄薄的睡衣底下突出來。

她看起來像個生病的小孩。在她的驚喜、愉悅、熱切的問題之中，有某種孩子氣的成分。護士留下他們獨處。

賽巴斯欽在床邊坐下，握著喬纖瘦的手。

「弗農打電報給我。我沒有等他就搭了第一班船過來。」

「為了來找我？」

「當然。」

「親愛的賽巴斯欽！」

淚水湧進她眼中。賽巴斯欽警覺起來，匆促地繼續說下去：「這倒不是說我探完病以後不會去做點別的正事。我常來出差，而實際上我這次就可以做一、兩筆好生意。」

「別掃興啦。」

「不過這是真的啊。」賽巴斯欽驚訝地說道。

喬開始笑，但卻反而咳了起來。賽巴斯欽焦慮地注視著——他準備要叫護士了，因為先前有人警告過他。但那一陣發作過去了。

喬滿足地躺在那裡，她的手再一次悄悄地爬進賽巴斯欽手裡。

「我母親也是這樣過世的，」她悄聲說道，「可憐的母親。我以為我會比她明智得多，但我卻搞砸了這麼多事情——喔！搞砸了這麼多……」

「可憐的喬。」

「賽巴斯欽，你不知道我把狀況弄得多糟。」

「我可以想像，」賽巴斯欽說，「我總是認為你會這樣。」

喬沉默了一分鐘，然後她說：「你不知道能見到你是多大的安慰，賽巴斯欽。我見過、認識過那麼多混帳東西。我以前不喜歡你那麼強悍、成功，又跩得不得了——那讓我很氣惱……但現在……喔！這實在太美好了！」

他捏捏她的手。

「這世界上再沒有別人會像你這樣，立刻就大老遠趕來這裡。弗農當然會，不過他是親戚，可以說是我的哥哥。可是你……」

「我同樣是你的一個哥哥——甚至更甚於兄弟。從在普桑修道院的時候開始，我就一直……嗯，準備好要支持你，只要你需要的話……」

「喔，賽巴斯欽，」她的眼睛瞪得大大的，很快樂的樣子，「我從來沒想過——你還是那樣覺得。」

他稍微吃了一驚。確切來說，他不是喬以為的那個意思，他說的是他無法解釋的某一點——無論如何不能向喬解釋的。這是一種很獨特、只屬於猶太人的感覺。猶太人不死的感激之心，他們永遠不會忘記蒙受的恩惠。還小的時候，他是個社會的棄兒，喬曾經支持過他——她願意為此反抗她的世界。賽巴斯欽從來沒有忘記這件事，永遠也不會忘記。他就像剛才說的一樣，只要她有需要，他就會為她走到天涯海角。

她繼續說下去。「他們把我移到這個地方來——從那個恐怖的病房移過來——是你幫的忙嗎？」

他點點頭。「我打越洋電報要求的。」

喬嘆了口氣。「賽巴斯欽，你的效率高得驚人。」

「可是沒有人像你一樣——沒有人。我最近常常想起你。」

「應該是吧。」

「是嗎？」

他想起那些寂寞的年歲，那種痛楚的渴望，那種難以解釋的欲望。為什麼一切總是在錯誤的時刻來到你身邊？

她往下說。「我從來沒想到你還想著我，我總是想像有一天你跟珍會……」

一種奇異的痛楚貫穿了他。珍……

他和珍……

他簡短地說道：「在我心裡，珍是神所創造過最精緻美好的造物之一。不過她的身體與靈魂都屬於弗農，而且永遠都會如此……」

「我猜也是。但這樣很可惜，你跟她都是強悍的人，你們彼此相屬。」

他們確實彼此相屬——以某種古怪的方式。他知道她是什麼意思。

喬帶著閃爍的微笑說道：「這裡讓我想起小孩子讀的那種書，那種充滿教育意義的臨終床邊場景、朋友跟親戚齊集一堂、臉上帶著虛弱微笑的女主角。」

賽巴斯欽已經下定決心了。為什麼還覺得這不是愛？這是愛，這是一種由純粹無私的憐憫與溫柔構成的熱情，一種延續多年的深刻感情。比起那些在他的人生中蜻蜓點水、從來沒有觸及內心深處、以單調規律發生的狂暴或溫吞情事，這種愛好上一千倍。

他的心走向孩提時代的自己。不知怎麼的，他把那個身影喚出來了。

他溫柔地說道：「喬，不會有任何臨終床邊場景的。你會恢復健康，然後嫁給我。」

「親愛的賽巴斯欽……把你綁在一個有肺癆的妻子旁邊？這當然不行。」

「胡說八道。你會有一、兩種可能——不是痊癒就是死掉。如果你死掉，你反正就是死了，事情就此了結。如果你痊癒了，就嫁給我。為了治好你，我不惜千金。」

「我狀況滿糟的，親愛的賽巴斯欽。」

「有可能。不過沒有哪件事比治療肺結核更難判斷的了，隨便哪個醫生都會這樣告訴你。你一直以來就只是放棄自己，我認為你會好起來的。這是很漫長很累人的過程，卻是可以辦到的。」

她望著他，他看到她瘦削顴骨上的血色揚起又落下。他那時候就知道，她愛著他——而他的心中有一種古怪的小小暖意顫動著醒過來。他母親兩年前過世了，從那以後，沒有人真正在乎過他。

喬用低微的聲音說道：「賽巴斯欽……你真的需要我嗎？我……我已經把一切弄得這麼糟了。」

他誠摯地說：「需要你？我是地球上最寂寞的人了。」

然後突然間他哭了出來，這是他這輩子從來沒做過的事情——他從沒想過他會這樣。他跪在喬的床邊，把臉埋在那裡，肩膀劇烈起伏。

她的手撫摸著他的頭。他知道她很快樂，她驕傲的靈魂平靜了。親愛的喬……這麼衝動、這麼好心、這麼執迷不悟。對他來說，她比地球上的任何人都寶貴。他們可以彼此幫助。

護士進來了——訪客時間結束。她再度退出房間，好讓賽巴斯欽可以說再見。

「順便一提，」他說，「那個法國佬——他叫什麼名字？」

「弗朗索瓦？他死了。」

「那沒關係。你當然可以弄到離婚證書，不過身為寡婦會讓事情容易得多。」

「你真的認為我會好轉？」

她說那句話的方式——真可悲！

「當然。」

護士再度出現，他離開了。他叫來醫生與他長談。醫生不抱希望，不過他同意有這種機會。他們決定去佛羅里達。

賽巴斯欽離開療養院。他沿著街道前行，陷入沉思。他看到一張快報，上面寫著「『璀璨號』上的恐怖災難」，但這沒讓他連想到任何事。

他忙著想自己的事。怎麼樣對喬才真的是最好？活著或者死去？他很疑惑……

她經歷過這麼糟糕的人生，他想給她最好的。

他上床睡覺，睡得很沉。

❖

他醒來的時候覺得有一種模糊的不安，有某件事情不太對勁——某件事情，他再怎麼努力也想不出是怎麼回事……

不是喬，喬是他心頭的第一要務；是某件被忽略了的事情——某件他當時無法思考的事情。

他想著：「我馬上就會記起來了……」但沒有。

在他著裝的時候，他想出了喬的問題要怎麼解決。他完全贊成盡快讓她到佛羅里達去，之後也許去瑞士。她非常虛弱——可是沒有虛弱到不能遷移，只要她一見到弗農跟珍……

他們要抵達了……什麼時候？璀璨號，不是嗎？璀璨號……

他手上拿的刮鬍剃刀掉了下來。他終於想起來了！在他眼前浮現了快報的影像。

璀璨號——恐怖的災難……

弗農跟珍在璀璨號上。

他猛力按響了叫人鈴。幾分鐘後，他開始掃瞄早報。報上大幅報導事件細節，他的眼睛迅速地掃過報導，璀璨號撞上冰山……死者名單，生還者……

有一排名字……生還者。他找到葛林的名字，無論如何弗農還活著。然後他搜尋另一份名單，最後發現了他要找的——也是他害怕看見的——珍．哈定的名字。

❖

他站得直挺挺的，瞪著手中的報紙。現在他把報紙整齊地摺好，擺在邊桌上，按了叫人鈴。他給侍者簡短指令，不一會兒就把祕書叫來了。

「早上十點我有一個不能不去的約會，有些事情你必須替我查出來，在我回來的時候替我準備好資料。」

他簡潔地逐一說明重點。蒐集關於璀璨號最完整的細節，拍發某些電報。

賽巴斯欽自己打電話到醫院去，提醒他們別對病人提起璀璨號船難的事情。他跟喬說了幾句話，設法讓自己聽起來顯得很正常。

他經過花店時停下來，買了些鮮花請人送去給她，然後出發去進行這漫長一日的種種會議與商務約會。有人注意到偉大的賽巴斯欽·列文有哪一點跟平常不同嗎？說來值得懷疑，在敲定交易時他從沒有像今天這麼精明，他為所欲為的能耐也從沒像今天這麼明顯過。

六點鐘的時候，他回到畢特摩爾旅館。

祕書帶著所有查到的資訊來跟他會合。生還者被一艘挪威船救起，他們會在三天後到達紐約。

賽巴斯欽點點頭，臉色不變的下了進一步的指示。

第三天晚上，他回到旅館，得到的訊息是葛林先生已經抵達，住進旁邊的套房裡。

賽巴斯欽大步走過去。

弗農站在窗邊，他轉過身來。

賽巴斯欽感到震撼，有事情發生在他的朋友身上，讓賽巴斯欽不認得他了。

他們站在那裡望著彼此。賽巴斯欽先說話了，說的是整天都縈繞在他心頭的事。

「珍死了。」他說道。

弗農點頭——很嚴肅，也很理解。

「是的，」他平靜地說道，「珍死了……是我殺了她。」

向來不感情用事的賽巴斯欽復甦過來抗議了。

「弗農，看在老天的分上，不要那樣看這件事。她跟你一起來——這很自然——別有那種病態的念頭。」

「你不了解，」弗農說，「你不知道發生什麼事。」

他停頓了一下，然後繼續說，說得非常平靜而鎮定。

「我沒辦法描述那件事……你知道，這發生得相當突然，半夜裡出事的。我們沒多少時間，船翻了，翻成一個駭人的角度。她們兩個一起過來了……滑了過來，從甲板上往下滑，她們救不了自己。」

「兩個什麼？」

「兩個人，奈兒跟珍。」

「奈兒跟這件事有什麼關係？」

「她在船上……」

「什麼？」

「對。我原本不知道。珍跟我在二等艙，當然我們也沒去看乘客名單。對，奈兒跟喬治・查特溫也在船上，如果你剛才沒打斷我，我正要告訴你這件事。出事了——就像夢魘般——沒有時間套上救生圈什麼的。我攀在一根柱子之類的東西上面，靠它撐住自己，以免掉進海裡。

「然後她們沿著甲板滑過來，那兩個人……就朝著我身旁滑過來，往下溜……愈來愈快……海面就在底下等著。

「直到奈兒滑過來之前，我根本不知道她也在船上……她往下滑向毀滅……而且大喊著『弗農』。

「我告訴你，在這種場合，人是沒有時間思考的，只能靠本能動作。我可以抓住她們其中的一個……奈兒或珍……

「我抓住了奈兒，抱住了她，像死神似的緊抓著她不放。」

「那珍呢？」

弗農輕聲說道：「我還記得她的臉……她注視著我……就在她往下落入那綠色的漩渦時……」

「我的天啊……」賽巴斯欽聲音嘶啞地說道。

然後在突然之間，他平時的淡漠不見了。他像公牛似的低吼著。

「你救了奈兒？你這可惡的笨蛋！你救了奈兒，卻讓珍溺死，這算什麼？奈兒連珍的小指指尖都不值，你真該遭天譴！」

「我知道。」

「你知道？那……」

「我告訴你，這不是你所能知道的事情——是某種盲目的本能抓住了我……」

「你該遭天譴……你該遭天譴……」

「我確實遭天譴了，你不必擔心。我讓珍溺死了——而我愛她。」

「愛她？」

「對，我一直愛著她……我現在看出來了……一直如此。一開始我怕她，是因為我愛上了她。那時的我是個懦夫，就像在其他各方面一樣企圖逃避現實。我抗拒她——她對我所具有的那種力量讓我覺得羞愧……我讓她經歷了地獄……

「現在我要她，我要她……喔！你會說，這就像是我一旦得不到某樣東西，就會想要它了——或許這是真的吧，或許我就像那樣……

「我只知道我愛珍，只知道我愛她，而且她永遠離開我了……」

他坐在一張椅子上，用正常的聲調說話：「我想工作。賽巴斯欽，出去吧，你是個好人。」

「我的天，弗農，我沒想過我有可能會恨你……」

弗農重複說道：「我想工作……」

賽巴斯欽轉過身去，離開了房間。

❖

弗農文風不動地坐著。

珍……

像這樣受苦，這麼想要某個人，是很可怕的……

珍……珍……

是的，他一直愛著她。在第一次見面以後，他就一直無法避開她，在某種比他更強大的力量牽引下，他被她吸引了……

傻瓜跟懦夫是會害怕的——永遠都在怕，害怕任何深刻的真實——害怕任何強烈的情緒。

而她早就知道……她一直都知道——而且無法幫助他。她曾說過：「在時間中分離。」第一次碰面的晚上，在賽巴斯欽的派對裡，她曾經唱過：

我在那裡見到仙女，
有著修長雪白的手和淹沒一切的秀髮……

淹沒一切的秀髮……不，不是那個。她竟然唱過那首歌，真是詭異。還有那個溺水女子的雕像……那也很詭異。

她那天晚上唱的另外一首歌是什麼？

我失去了我的愛人——她死了
她帶走了我最後僅存的愛，永遠地

他失去了普桑修道院，失去了奈兒……
但失去珍，對他等於是失去「我最後僅存的愛」。
在他的餘生裡，他只看得見一個女人——珍。
他愛珍……他愛她。
然而他折磨她、輕視她，最後拋棄了她，把她丟給邪惡的綠色大海……
南坎辛頓博物館裡的雕像……
神啊，他絕對不能想那個……
不——他會去思考每件事情，這回他不會逃開了。
珍……珍……珍……
他想要她……珍……
他永遠無法再見到她了。
他現在失去了一切……一切……

在俄羅斯的那些天，那些月，那些年……浪擲的歲月……

他是傻瓜——在她身邊生活，把她摟在懷裡，還有所有恐懼的時刻……恐懼著自己對她的熱情……

古老恐怖的野獸……

突然之間，在想到野獸的時候，他知道了。

知道自己終於踏上了命定之路。

❖

這就像他從鐵達尼號音樂會回來的那天，這就是他那時所看到的；他稱之為靈視，因為那似乎不只是聲音。視覺跟聽覺是一體的——聲音的曲線與盤旋——上升、下降、返回。

而現在他懂了——他有了關於技術性的知識。

他把紙張抓過來，迅速寫下簡單潦草的象形文字，一種狂熱的速記。龐大的、需費時數年的工作在他面前展開了，不過他知道，他將來永遠不會再重新捕捉到那靈視最初的新鮮與清晰……

一定是這樣，還有那樣……金屬的完整重量……銅管樂器，世界上所有的銅管樂器。

還有那些新的玻璃聲響，像鈴鐺般地清澈……

他很快樂……

一小時過了，兩小時過了。

有一刻，他從這狂熱中脫離出來，記起了——珍！

他覺得想吐，覺得羞愧。他甚至不能為她哀悼一個晚上嗎？他利用他的悲傷、欲望，把這些轉化成聲音的語彙，在這種方法之中，有某種低賤、殘酷的成分。

身為一個創造者就是這樣：殘酷無情地利用一切……

而像珍這種人就是犧牲者……

珍……

他覺得自己被扯成兩半——強烈的苦痛與狂野的欣喜。

他想著：「或許女人懷孕的時候，就是這種感覺。」

接著他再度俯身向紙張，狂熱地書寫著，每寫完一張就把它們扔到地上。

他沒有聽見門被打開了。有個女人穿著洋裝窸窸窣窣地走來，他也充耳不聞。直到一個小而恐懼的聲音說了「弗農」，他才抬起頭。

他費力地驅散自己臉上那種心有旁騖的表情。

「哈囉，」他說，「奈兒。」

她站在那裡，扭著手，臉色蒼白而淒涼。她用上氣不接下氣的氣音說話。

「弗農……我發現……他們告訴我你在哪裡……所以我來了……」

他點點頭。

「是，」他說，「你來了？」

雙簧管……不，拿掉雙簧管。這個音符太柔和了——這裡必須刺耳、厚顏無恥，但是豎琴，對了，要豎琴那種液態流動性——就像小——用水來當成一種力量的來源。

真煩人——奈兒在說話，他必須聽。

「弗農……在那樣恐怖的死裡逃生以後，我知道了……唯一重要的事情是愛。我一直都愛你。我回到你身邊了，這次是永遠的。」

「喔！」他回答得很蠢。

她靠過來把手伸向他。

他望著她，就好像從很遠的距離遙望著她。說真的，奈兒異常地美麗，他可以清清楚楚看出他本來為什麼會愛上她。怪的是，他現在一點都不愛她了。這一切是多麼尷尬。他真希望她走開，讓他繼續做他的事。

長號怎麼樣？加個長號可以有所改進……

「弗農……」她的聲音很尖銳，充滿恐懼，「你不再愛我了嗎？」

實話實說才是最好的。他用一種怪誕而正式的有禮態度說道：「我實在很抱歉，恐怕我……我不愛你了。你知道我愛的是珍。」

「你在生我的氣……因為那個謊言，關於……關於那個孩子……」

「什麼謊言？什麼孩子？」

「你根本不記得嗎？我說我懷孕了，那不是真的……喔，弗農，原諒我……原諒我……」

「奈兒，那其實沒關係的，你不要擔心，我確定一切都是最好的安排。喬治是個好得不得了的人，而且你跟他在一起其實最快樂。現在呢，看在老天的分上，請快走吧。我不想顯得很粗魯，不過我現在忙得要命，如果我不把這件事情搞定，靈感會跑掉的……」

她瞪著他看。

然後她慢慢地朝門口走去。她停下腳步，轉過身去，把雙手伸向他。

「弗農……」

這是絕望之中的最後一聲哭喊。

他甚至沒有抬頭看，只是不耐煩地搖搖頭。

她出去了，把門關上。

弗農寬心地嘆了口氣。

現在沒有任何東西會打擾他工作了……

他伏向桌面……

特別收錄

瑪麗·魏斯麥珂特的祕密

露莎琳·希克斯（Rosalind Hicks, 1919-2004）

早在一九三〇年，家母便以「瑪麗·魏斯麥珂特」（Mary Westmacott）為名發表了第一本小說，這六部作品（編註：中文版合稱為【心之罪】系列）與「謀殺天后」阿嘉莎·克莉絲蒂的風格截然不同。「瑪麗·魏斯麥珂特」是個別出心裁的筆名，「瑪麗」是阿嘉莎的第二個名字，魏斯麥珂特則是某位遠親的名字。母親成功隱匿「瑪麗·魏斯麥珂特」的真實身分達十五年，小說口碑不錯，令她頗為開心。《撒旦的情歌》於一九三〇年出版，是【心之罪】系列原著小說中最早出版的，寫的是男主角弗農·戴爾的童年、家庭、兩名所愛的女子和他對音樂的執著。家母對音樂頗多涉獵，年輕時在巴黎曾受過歌唱及鋼琴演奏訓練。

她對現代音樂極感興趣，想表達歌者及作曲家的感受與志向，其中有許多取自她童年及一戰的親身經歷。

Collins 出版公司對當時已在偵探小說界闖出名號的母親改變寫作一事，反應十分淡漠。其實他們大可不用擔心，因為母親在一九三〇年同時出版了《謎樣的鬼豔先生》及瑪波探案系列首部作品《牧師公館謀殺案》。接下來十年，又陸續出版了十六部神探白羅的長篇小說，包括《東方快車謀殺案》、《ABC謀殺案》、《尼羅河謀殺案》和《死亡約會》。

第二本以筆名「瑪麗．魏斯麥珂特」發表的作品《未完成的肖像》於一九三四年出版，內容亦取自許多親身經歷及童年記憶。一九四四年，母親出版了《幸福假面》，她在自傳中提到：

「……我寫了一本令自己完全滿意的書，那是一本新的瑪麗．魏斯麥珂特作品，一本我一直想寫、在腦中構思清楚的作品。一個女子對自己的形象與認知有確切想法，可惜她的認知完全錯位。讀者讀到她的行為、感受和想法，她在書中不斷面對自己，卻自識不明，徒增不安。當她生平首次獨處——徹底獨處——約四、五天時，才終於看清了自己。

「這本書我寫了整整三天……一氣呵成……我從未如此拚命過……我一個字都不想改，雖然我並不清楚書到底如何，但它卻字字誠懇，無一虛言，這是身為作者的至樂。」

我認為《幸福假面》融合了偵探小說家阿嘉莎．克莉絲蒂的各項天賦，其結構完善，令人愛不釋卷。讀者從獨處沙漠的女子心中，清晰地看到她所有家人，不啻一大成就。

家母於一九四七年出版了《玫瑰與紫杉》，這是她跟我都極其喜愛、一部優美而令人回味再三的作品。奇怪的是，Collins 出版公司並不喜歡，一如他們對瑪麗．魏斯麥珂特所有作品一樣的不捧場。家母把作品交給 Heinemann 出版，並由他們出版她最後兩部作品：《母親的女兒》（一九五二）及《愛的重量》（一九五六）。

瑪麗．魏斯麥珂特的作品被視為浪漫小說，我不認為這種看法公允。它們並非一般認知的「愛情故事」，亦無喜劇收場，我覺得這些作品闡述的是某些破壞力最強、最激烈的愛的形式。

《撒旦的情歌》及《未完成的肖像》寫的是母親對孩子霸占式的愛，或孩子對母親的獨占。《母親的女兒》則是寡母與成年女兒間的爭鬥。《愛的重量》寫的是一個女孩對妹妹的痴守及由恨轉愛——而故事中的「重量」，即指一個人對另一人的愛所造成的負擔。

瑪麗・魏斯麥珂特雖不若阿嘉莎・克莉絲蒂享有盛名，但這批作品仍受到一定程度的認可，看到讀者喜歡，母親很是開心，也圓了她撰寫不同風格作品的宿願。

（柯清心譯）

——本文作者為阿嘉莎・克莉絲蒂獨生女。原文發表於 *Centenary Celebration Magazine*。

國家圖書館出版品預行編目資料

撒旦的情歌／阿嘉莎・克莉絲蒂（Agatha Christie）
著；吳妍儀譯. -- 初版. -- 臺北市：遠流, 2012.12
面； 公分. --（心之罪）
譯自：Giant's bread

ISBN 978-957-32-7108-6（平裝）

873.57 101022922

心之罪 ⑤

撒旦的情歌

作者／阿嘉莎・克莉絲蒂 譯者／吳妍儀

編輯／余素維 校對／陳佩伶
封面、內頁設計／邱銳致 企劃經理／金多誠
出版一部總編輯暨總監／王明雪

發行人／王榮文
出版發行／遠流出版事業股份有限公司 台北市南昌路2段81號6樓
電話：(02)2392-6899 傳真：(02)2392-6658 郵撥：0189456-1
著作權顧問／蕭雄淋律師 法律顧問／董安丹律師
2013年1月1日初版一刷

行政院新聞局局版台業字第1295號
定價／新台幣360元（如有缺頁或破損，請寄回更換）

ISBN 978-957-32-7108-6

ylib 遠流博識網 http://www.ylib.com E-mail: ylib@ylib.com
遠流謀殺天后 AC 粉絲團 http://www.facebook.com/ylib.AC2010

Agatha Christie, a Mary Westmacott novel.（本書係阿嘉莎・克莉絲蒂以瑪麗・魏斯麥珂特之名發表）